The President

프레지던트

프레지던트

ⓒ 이서윤 2008

초판1쇄	2008년 4월 25일
초판10쇄	2013년 3월 25일

지은이	이서윤

펴낸이	박대일
편집	이문영 · 임수진 · 손수지 · 임유리 · 신지연
교정	박준용
마케팅	송재진
표지디자인	오피스덴

펴낸곳	파란미디어
출판등록	2004년 9월 14일 제313-2004-00214호

주소	121-886 서울시 마포구 성지 1길 32-36 (합정동)
전화	02. 3141. 5589(영업부) 070. 4616. 2012(편집부)
팩스	02. 3141. 5590
전자우편	paranbook@gmail.com
블로그	paranbook.egloos.com
트위터	@paranmedia

ISBN   978-89-91396-87-6(03810)

이 서 윤 장 편 소 설

The President

프 레 지 던 트

파란

통일대한민국 연표

1945	8.15 광복 건국준비위원회 조직 (여운형, 안재홍)
	조선인민공화국 선포 (1945.9.6)
	모스크바 3상 회의 (1945.12→신탁통치)
1946	제1차 미·소공동위원회 개최
	좌우합작운동 (1946.7~1947.12)
1947	유엔 한국 위원단 구성
	여운형 암살 (1947.7)
1948	대한민국 정부 수립 (김구, 김규식)
	조선민주주의인민공화국 수립 (북한, 1948.9.9)
1950	한국전쟁 발발 (~1953)
1953	휴전협정 조인 (7.27)
	제1차 통화개혁 실시
	한미상호방위조약 체결
1961	5.16 군사 정변
1962	제1차 경제개발5개년계획 (~1966)
1963	박정희 정부 성립
1967	5.3 대통령 선거
	6.8 국회의원 선거
	제2차 경제개발5개년계획
1970	새마을운동

	경부고속도로 개통
1972	**7.4 남북공동성명**
	남북적십자회담
	10월 유신
1976	민족 지도자 이수훈 선생 구금 사형 언도
	이강유 출생
	수출 **500**억 달러 달성
1979	군사쿠데타 실패
	민주화운동 성공
1981	남북고향방문단 상호 교류
	남북한 동시 유엔 가입
	중국, 소련과 수교
1985	미군 군사권 이양 및 완전 철군
1986	서울아시안게임 개최
1988	제24회 서울올림픽 개최
1990	대한민국 세계 경제 10위권 도약
1993	남북 합의에 의한 평화통일
	대통령 4년연임제 개헌
	초대 통일한국 대통령 이기하 선출 (~2001 연임)
2000	세계 경제 5위권, 군사력 3위권 도약

2001	2대 대통령 정해일 선출 (~2009 연임)
	공직선거 및 선거부정방지법 제정, 대통령 피선거권 30세 이상으로 변경
2002	월드컵 서울 개최
2004	통일한국, 국제연합(유엔) 안전보장이사회 상임이사국 진출
2009	대통령 선거 통일한국 3대 대통령 이강유 선출
	최연소 대통령 이강유 취임

프롤로그

#1

저녁 6시.

조용하게 술렁이던 분위기가 일순간에 가라앉았다. 어떤 기대에 찬 수백의 눈동자가 일제히 거대한 스크린에 펼쳐지고 있는 카운트다운을 하는 숫자를 향했다.

6. 5. 4. 3. 2. 1…… 18:00
민주당 이강유 후보 통일한국 제3대 대통령 당선 예상

시계가 정각을 가리키자마자 스크린에 크게 뜬 글자가 한순간 사람들의 시야에 가득 찼고, 장내는 찰나 물을 끼얹은 듯 조용해졌다. 그러다 다음 순간, 봇물이 터지듯 일시에 환호성이 폭발했다.

"와아!"

"우와아!"

박수와 환호 소리가 선거 본부로 사용되던 민주당사의 강당 안에 소용돌이쳤다.

— SBN의 출구조사 결과 민주당의 이강유 후보가 62.3%로 당선이 확실시되고 있습니다. 공화당의 류인호 후보는 31%······.

"이강유! 이강유!"

"대통령! 대통령!"

출구조사 결과를 알리는 TV 아나운서의 말소리가 묻힐 정도로 장내는 이미 '이강유'와 '대통령'을 연호하는 사람들의 환호 소리로 가득 찼다. 서로 얼싸안고 기쁨을 나누는 사람, 악수를 하며 인사를 나누는 사람······. 저마다 맡은 자리에서 이강유라는 한 사람을 지지했던 사람들의 얼굴에 감격이 차올랐다.

진인사대천명(盡人事待天命)이라 했었다. 최선을 다했으니, 지금은 기다려야 할 때.

눈을 감고 있던 강유가 천천히 눈을 떴다. 깊고 서늘한 눈빛이 생각을 하는 듯 잠시 흔들리더니 빠르게 날카로운 제 빛을 찾았다. 서늘함과 어울리는 깊은 눈매에 어느새 부드러움이 함께 돌았다. 남자답게 강인한 턱선이 긴장을 한 듯 팽팽해지는가 싶더니 보기 좋은 입술이 빙긋 호선을 그었다. 승리를 확신한 자의 여유로움. 그가 보던 TV 화면 속, 이강유라는 그의 이름을 외치며 환호성을 지르는 지지자들과 당원들을 향한 미소가 짙어졌다.

#2

"에이, 젠장, 젠장! 어떤 빌어먹을 인간이야!"

지후는 사람들의 환호 속에 묻혀 이리저리 쓸리면서도 꾸준히 욕설을 내뱉었다. 동시에 귀에 꽂아 둔 핸드폰 리시버의 버튼을 머리와 어깨 사이에 끼워 넣고 달칵 눌렀다.

다다다닥. 노트북 자판을 치던 손이 약간 느려졌지만, 앞을 주시하는 눈빛은 여전히 날카롭고 명민하게 반짝였다. 사방을 꽉 채운 경쟁사 기자들의 자판도 마찬가지로 불이 붙고 있었다. 1분 1초를 다투는 기사 전송 시간인 것이다. 자신은 당장이라도 보도국에서 마이크를 받으라면 튀어 나가야 할 판인데.

"데스크 아니면 끊으십쇼. 강지후한테 평생 재수 똥 튀게 욕먹지 않으려면."

핸드폰을 주머니에 넣어 둔 것을 그제야 알았다. 그녀의 원고를 기다리고 있을 국장이 아니었다면 전화는 받지도 않았을 것이다. 순간의 망설임이 하루를 좌우한다고, 남보다 늦은 기사로 인해 욕 뒤지게 먹고 너 죽고 나 살자 하면 인생이 달리 보이게 될 터였다. 하지만 이렇게 끈질기게 울리는 걸 보니 확실히 받아야 할 전화인 듯싶기는 했다. 빠르게 핸드폰 폴더를 올린 지후의 어조는 심드렁했다. 제발 끊으셔어. 마감이 얼마 안 남았다구!

― 강지후, 너 당장 안 튀어 와! 할아버지 지금 병원에…….

"에잇! 지혁 오빠, 끊어!"

아주 동생 앞길을 망치려고 작정을 했지. 내가 지금 대목 장사한다, 대목 장사! 올 국장이 지금 날 잡아 드시기 일보 직전이다!

오빠인 지혁의 목소리를 확인한 지후의 인내심이 바닥을 드러냈다. 그녀는 큰오빠인 지혁이 하루 종일 전화를 해 댄 것을 알고 있었다. 하지만 지금은 개인 전화 받을 정신이 있을 리가 없는 원고 마감 중.

처음 대선 취재단에 배치됐다는 걸 알았을 때는 하늘이 무너지는 줄 알았다. 이번에는 꼭 국제부로 갈 줄 알았는데 말이다. 하지만 강지후가 누군가. 누구보다 악바리 근성으로 근 20일이 넘도록 뛰어다닌 날 중, 제일 하이라이트인 오늘이 아닌가. 그 오늘이 무슨 날인 줄 빤히 알면서도 오빠가 이런다는 것은 노대마왕의 성질이 하늘을 찔렀다는 뜻일 게다. 그리고 이것은 그녀가 노대마왕이라 부르는 할아버지가 들이민 선 자리를 세 번째 바람 났을 때부터 시작된 타령이었다. 한 번 쓰러지셨던 할아버지가 또다시 오늘내일하신다는 그 타령. 내가 하루 이틀 속았냐고.

물론 처음 한 번은 가족들 모두 마음의 준비를 했었다. 정말 이대로 하늘로 보내 드리는 건 아닌지 싶어서. 하지만 할아버지는 멀쩡히 이 세상으로 돌아오셨다. 다만 자신의 부재에 대한 불안감을 엄청 안으신 채. 또한 못 이룬 일을 다 이루고 가야 한다는 사명을 안으시고.

'애비는 우리 집안 대를 끊으려는 게냐! 당장 세 녀석 혼사 준비해! 내 눈감기 전에 저것들 다 치우고 눈감을 테니.'

그때부터 시작된 손자들의 결혼 대작전. 그런데!

할아버지께서는 노발대발하셨지만 강씨 집안 3남매의 고집도 보통 이던가. 그나마 성격 고분고분한 첫째인 지혁조차 일을 핑계로 차일피일 맞선을 미루고 있는 마당에 까칠한 성격의 둘째인 지석이야 당연히 선 자리는 눈썹도 찡긋하지 않았고, 셋째인 그녀가 맞선을 보러 고이 나갈 리 또한 없었다.

그 이후로 결국 할아버지는 특단의 조처를 취하셨으니, 또다시 쓰러져 입원 사태를 만들고 마신 것이다. 물론 그 타령에 속아 세 번까지는 만사 제쳐놓고 달려갔지만, 그것이 그녀를 비롯한 세 손자 손녀들을 길들이기 위해 그러신다는 것을 안 후부터 지후는 아예 생까고 무시하는 쪽을 택했다. 오빠들에게는 어느 정도 먹히기도 한 방법이지만, 고집이 지석을 능가하는 지후에게는 어림없었다.

양치기 구라 대마왕! 으으……. 할아버지, 제발 오늘은 참으시라고요. 저도 밥 좀 벌어먹고 살아야 되잖습니까. 제가 지금 선보러 나다니게 생겼습니까!

지후는 지금 자신이 맡은 민주당 당사와 당선 예정자의 분위기를 전하기 위해 정신없이 기사를 작성하고 있었다. 이 기사가 완료돼야 대선 공동 취재단에 기사를 공급할 수 있다. 하도 당사 분위기가 들떠 있는 바람에 함께 온 카메라 기자인 안 기자는 어디에 있는지 알아볼 수가 없을 정도였다. 보도국 특별 취재단에서 나온 팀도 어딘가에서 신나게 영상 송출을 하고 있을 터였다.

방금 발표된 출구조사 결과로 이미 장내는 흥분의 도가니였고, 그녀 또한 그들을 따라 기분이 약간 상승한 상태였다. 아직 이른 초봄이어서 저녁에는 꽤 쌀쌀해졌건만, 이곳은 아랑곳없이 후끈 달아올랐고,

그 분위기에 휩쓸려 홍조가 오른 볼이 뜨거울 정도였다.

이강유 대통령 당선자 프로필

한국대 정외과 수석 입학

22세 대학 3학년 때 총학생회장 당선

통일한국전대련(전국 대학생 연합) 1기 의장 역임

24세 사시 합격

25세 외시 합격

26세 국회의원 당선 이후, 재선에 성공

34세 최연소 대통령 당선 유력시

지후의 눈빛이 뉴스를 위해 작성 중이던 기사의 중간, 이 후보의 프로필 부분에서 멈췄다. 이제 저 '당선 유력시'라는 꼬리표는 떨어지고 최연소 대통령이라는 타이틀로 바뀔 것이다.

대통령 후보, 이강유.

통일대한민국의 역사를 새로 써 온 이가 이제 다음 3대 대통령으로 당선이 유력시되고 있는 이강유라는 이 남자였다. 그는 지난 2001년 공직선거 및 선거부정방지법을 통한 대통령 피선거권 30세 이상 변경의 첫 번째 수혜자였다. 그리고 이제 통일 후 16년이 지나오는 동안 비약적인 성장 발전을 해 왔으면서도 정체기에 들기 시작한 정국에 새바람을 일으키고 있는 헌정 사상 최초의 30대 대통령이 될 젊은 남자였다.

보수의 공화당과 진보의 민주당이 맞붙은 오늘 선거의 결과에 대해 얼마 전까지만 해도 누구도 박빙의 승부를 의심치 않았다. 물론 며칠 전 TV토론회의 막강한 영향도 무시할 수는 없었지만, 그렇다고 이런 결과까지 예상한 것은 아니었다.

　압도적인 승리. 막상 뚜껑이 열리자 자그마치 60% 이상의 이강유 후보 지지라는 초유의 사태를 맞이해, 민주당 당사는 지금 거대한 축제의 도가니였다.

　반면, 현 집권당으로 대통령인 정해일이 소속돼 있는 공화당은 착 가라앉은 분위기였다. 사실 경선 과정에서 불거진 문제점을 해결하지 못해 후보를 뚜렷하게 부각시키는 것에 실패한 공화당의 고전을 다들 예상하긴 했다. 그렇지만 이렇게까지 참패할 것으론 그 누구도 예상치 못했다. 그렇기에 스크린에 비치는 공화당 당사 표정은 암울하고 침통하여 초상집을 방불게 했다. 아직 공식 집계가 시작되지도 않았지만 이미 판세는 확정이 된 셈이다.

　"와아!"

　"이강유! 이강유!"

　점점 커지는 함성에 부응하듯 앉아 있던 사람들이 하나둘 일어서서 이 후보의 이름을 연호하자, 그들에게서 옆으로 비껴 있는 곳에 마련된 기자석에 앉아 있던 지후의 시선 또한 자연스럽게 앞을 향했다. 언제 나왔는지 사무실에 조용히 있겠다던 이강유 후보가 사람들의 환호 속으로 걸어 나오고 있었다.

　보통 사람들보다 우뚝 솟은 키와 특유의 묵직한 카리스마로 좌중을 휘어잡는 그의 서늘한 눈매가 조금은 부드럽게 풀어져 있었다. 나이보다 진중하고 강력하며, 어떤 때는 날카롭게 보이는 인상조차 약간 상기되어 미소가 서렸다.

젊은 피, 젊은 바람, 이강유 대통령. 그를 원한 민중의 뜻대로 그가 여는 새 시대는 세계 초일류 강대국의 대한민국이 되기를 기대합니다.

마지막 줄을 채워 넣고, 기사를 위한 초고를 데스크로 송부 완료한 지후의 눈빛이 천천히 당원들에게 둘러싸이는 이강유에게서 떨어지지 못했다.

어……, 내가 보여?

문득 돌린 그의 시선과 마주쳤을 때, 움찔 눈이 커진 지후는 심장이 덜컹거리는 느낌에 당황스러워 지끈 입술을 물었다.

이강유…….

물론 아무 의미도 없는 눈빛의 교류였을 뿐일 텐데도 왜 이렇게 가슴이 뛸까? 20대 후반이 된 지금도 간직하고 있는 스무 살의 기억 탓일까?

대통령 당선 예정자인 이강유와 조금이라도 연결고리를 찾는다면, 그는 자신의 큰오빠인 지혁과 대학 동기 동창이라는 것. 두 사람이 친한 편이었나? 그렇다고 생각은 하지만 자신은 없다. 그리고 개인적으로는 잊을 수 없는 기억을 남긴 사람이라는 것. 본인은 아마 기억도 못 하겠지만. 그래도 이렇게 멀게 느껴지는 사이는 아니었는데.

그것은 아마도 이제 자신도 이강유를 오빠의 친구가 아니라 한 나라를 대표하는 지도자로 봐야 된다는 마음이 우선이기 때문인 것 같았다. 마주친 시선을 돌리는 이강유에게서 지후 본인은 정작 시선을 떼지 못했다.

#3

인천공항 입국장을 나서던 한 여자가 커다란 전광판 앞에 모여든 사람들 사이에서 문득 걸음을 멈췄다. 길고 부드럽게 컬이 진 연한 밤색의 머리카락과 세련된 화장, 그리고 깔끔하게 떨어지는 블랙 슬랙스를 입은 여자는 장시간의 비행에도 어느 한 곳 흐트러짐이 없었다.

— 다시 한 번 출구조사 결과를 정리해 보겠습니다. 민주당의 이강유 후보가 62.3%로 당선이 확실시되고 있습니다. 공화당의 류인호 후보는 31%로······.

화면에는 지지자들에게 둘러싸여 환호를 받고 있는 한 남자의 모습과 사람들 사이에서 일어나 등을 돌려 어디론가 들어가고 있는 한 남자의 모습이 서로 대비되어 동시에 비치고 있었다. 바라보고 있던 세아의 커다란 눈망울이 눈에 띄게 흔들렸다. 자신의 인생에 있어 가장 큰 영향을 준 두 남자의 모습에서 눈을 뗄 수가 없었다.

1

D-50

대통령 후보 등록일 20일 전.

아침이라 부르기에는 이른 시각이었다. 아직은 새벽의 푸릇한 기운이 뻗치고 있어 어둑한 공기가 사방을 감쌌다. 한국대학병원 주차장에 차를 세운 지후는 거칠게 차 문을 닫자마자 병원 정문을 향해 전력을 다해 뛰기 시작했다. 겨우 감아 말리지도 못하고 나온 짧은 머리카락이 아직도 맹위를 떨치는 겨울바람에 얼어붙는 듯했고, 보송보송한 볼도 바람에 붉어졌다.

오랜만의 비번이었다. 대선을 앞두고 너무나 굵직한 일들이 정가에서 연이어 터져 주는 바람에 쉴 새 없이 바빴다. 며칠 동안 취재하랴, 기사 작성하랴 보도국에서 밤을 꼴딱 새워야 했던 지후는 모처럼 가진 휴식을 온전히 잠으로 채우리라 다짐했었다. 아닌 밤중의 홍두깨, 할아버지의 병문안만 아니었다면.

이 노대마왕! 대체 손녀딸 쉬는 꼴을 가만두고 보질 못하시지.

할아버지 때문에 정말 미치고 팔짝 뛸 노릇이었다. 결혼 생각은 결코 눈곱만큼도 없건만 왜 자꾸 선 자리를 들이부으시는지. 하도 버티는 그녀로 인해, 아니, 그녀와 그녀의 오빠들로 인해 영락없이 또 쓰러지셔서 할아버지는 병원으로 실려 오셨다. 그리고 그 일은 새벽에 겨우 집을 찾아들었던 지후를 세 시간 자다가 이렇게 뛰쳐나올 수밖에 없게 만들었던 것이다. 아무리 꾀병이신 것을 안다 해도 왜 그 맘을 못 달래 드리냐는 오빠 지혁의 호통 소리에 잠이 번쩍 달아나 버렸다.

에이 씨, 제길!

지후는 이마를 덮는 앞머리를 거칠게 쓸어 올리며 대학병원 정문을 향해 쏜살같이 뛰어들었다. 청바지에 운동화, 그리고 헐렁한 티셔츠를 대충 걸친 그녀는 누가 봐도 급해 보였다. 어쨌든 적어도 헐레벌떡 뛰어온 티는 내야 하니까. 그런데 그때였다.

"앗!"

아직은 이른 아침의 한적한 병원 로비. 문을 들어선 지후는 앞에서 오던 남자의 옆을 달리며 스쳐 뛰었다. 하지만 피하다가 오히려 비틀거렸는지 상대의 팔꿈치에 찍혀 버렸다. 그녀의 어깨와 상대의 팔이 강하게 부딪친 것이다. 모직으로 된 겨울 코트를 입고 있었는데도 상당한 아픔이 몰려와 지후는 미간을 있는 대로 찡그렸다.

아웅, 아파…….

"괜찮습니까?"

문득 지후의 눈동자가 움찔 찡그러졌다. 그녀에게 친숙한, 하지만 귀에 익진 않은 목소리. 그러면서도 심장을 울릴 것 같은 듣기 좋은 목소리가 머리 위에서 들렸다. 찡그린 눈을 똑바로 뜬 지후가 상대를 알아본 순간, 상대의 표정도 그녀와 똑같은 반가움과 놀람이 교차된 표정으로 변해 갔다.

"어? 강유 오⋯⋯."

지후는 말끝을 흐렸다. 서먹서먹하고 낯설다. 반가움과는 다른 감정인 낯섦, 그런 종류의 느낌으로 한순간 주춤거렸다.

이강유라는 남자. 분명 그녀가 알고 있는 그에 대한 자신의 호칭은 '오빠'였다. 그녀가 고등학생 시절, 몇 번 얼굴을 익힌 그는 큰오빠인 지혁의 친구였으니까. 하지만 그때 이후 이게 몇 년 만인가.

정치부 기자 생활을 하고 있는 그녀가 이강유라는 이름 석 자가 가진 영향력을 모를 리 없다. 그러니 모든 것을 외면하고 덥석 오빠라고 부르기가 애매했던 것이다. 냉정한 기자의 관점으로 돌아가 '대통령 후보 이강유'라고 부른다면 모르겠지만.

"괜찮아, 강지후?"

그런데 그녀의 생각과 이강유의 생각은 다른 듯했다. 스스럼없이 부르는 이름에 지후는 심장이 덜컥 내려앉았다. 게다가 이강유가 자신의 팔을 잡았을 때, 마치 첫사랑의 열병을 다시 앓는 것처럼 심장이 콩닥콩닥 뛰어 버렸다. 음, 얼굴이 안 빨개졌으면 좋겠다.

그녀의 바람과 달리 하얀 피부인 그녀의 볼은 이미 발그레하게 변해 버렸다. 스물여덟 해를 살아오며 유일하게 짝사랑했던 상대를 이렇게, 이런 식으로 마주쳐 버리니 천하의 강지후도 바짝 얼어붙는 게 당연한 거 아닌가.

지후는 바짝 타는 입술을 혀로 빠르게 훔쳤다. 강유가 자신을 정확히 기억하고 있다는 것이 새삼스럽기도 하고 부담스럽기도 했다. 그는 초선 의원 도전을 시작한 정치 초년생이었고, 자신은 대학 1학년생으로 그의 선거 캠프에서 자원 봉사를 했었으니, 8년 만인가?

마치 연예인처럼 처음부터 멀리 있던 사람. 그녀가 사춘기와 대학 시절을 지나오던 그때, 강유는 벌써 사시와 외시에 합격한 이후 국회의원에 당선되어 의정 활동을 시작했었다. 게다가 대학 1학년 때 듣게 된 얘기, 그가 자신이 존경하는 이수훈 선생의 아들이라는 사실은 더욱더 이강유라는 사람의 의미를 강지후에게 각인시켰다. 반면, 그가 자신을 어느 정도 알고 있을까에는 자신이 없었다. 아마 친구의 동생 정도겠지. 어쨌든 우연한 만남에 어깨의 아픔도 잊고 기분이 좋긴 했다.

언제나 TV나 신문 지상에서 보던 강인한 인상과 달리 부드럽게 표정이 펴지는 이강유를 보며, 지후는 또다시 살랑거리려는 심장을 지그시 눌렀다. 그리고 그를 향해 입술을 늘이며 빙긋 웃었다.

"오, 오빠가 여기 어쩐 일이세요? 많이 바쁘신 분이."

역시 오빠라는 호칭은 제대로 매끄럽게 나오질 못했다. 그리고 민주당 대선 후보인 그가 얼마나 만나기 어렵고 바쁜 사람인지는 지후 자신이 더 잘 알고 있었다. 보좌관이나 비서 한 명 없이 새벽 대학병원 로비에서 마주쳤으니 이것도 인연이라면 인연인가? 아니면, 기자의 본성을 드러내 '심봤다!'라도 외쳐야 할까?

"강 교수한테 볼일이 좀 있어서."

강 교수? 지후의 눈매가 가늘어졌다. 이 병원에 강 교수가 한둘이어야 말이지. 그래도 그가 말하는 강 교수라면 어느 정도는 예상이 된다. 그녀의 오빠인 강지혁일 것이다.

"SBN 소속 기자라면서?"

어머, 그것도 알고 있어? 오빠가 말한 건가?

"예……."

지후는 눈을 크게 뜨면서도 강유의 표정을 새삼 올려다봤다. 길고 서늘한 눈매와 날카로울 정도로 바르고 우뚝한 콧날, 그리고 입술을 늘여 웃는 보기 좋은 입매. 하나도 변하지 않았다. 그때보다 연륜이 쌓여 조금 더 남자답고 진중해졌다고 해야 할까. 하긴 그때는 20대였고 지금은 30대니까. 지후는 조금씩 커지기 시작하는 자신의 심장 소리가 귀에까지 들려오는 듯해 얼굴을 붉혔다.

지금보다 어릴 때는 혼자 툴툴거리기도 했었다. 이런 남자들은 국가에서 돌아다니지 못하도록 구금시켜야 한다고. 괜스레 엄한 처자들 가슴에 불 지르지 말라고. 옛 생각이 떠오른 지후의 볼에 살짝 볼우물이 패었다. 그런 혼자만의 짝사랑이었던 젊은 이강유를 모르는 대한민국 여성이 지금 있을까. 비공식으로 집계된 그의 팬클럽 회원만 해도 수백만 명이라고 알려져 있다. 지금 여기도 사람들이 없어서 그렇지 알아보면 무작정 뛰어오실 여자 분들이 부지기수일 터.

왠지 모르게 뿌듯하면서도 아쉬운 기분이 들어 지후는 쓸쓸하게 웃었다. 그러면서도 기회를 놓치지 않고 그녀는 직업 정신을 발휘했다. 주섬주섬 코트 주머니를 뒤졌지만 급히 뛰어온 탓에 명함이 있을 리 만무했다. 아차!

대신 멋쩍음을 표시하며 지후는 씩 웃었다.

"아이고, 항상 중요한 순간에 명함이 없네. SBN 정치부에 있어요."

"정치부?"

강유의 눈빛이 순간 날카로워진 것을 지후는 예리하게 잡아냈다. 정치에 몸담은 그가 얼마나 기자들에게 예민한지 알고 있는 그녀로서는 아차 싶었지만, 이미 내뱉은 말이었다.

"햇병아리예요. 높으신 분들은 쫓아다니지도 못하는……. 하하."

이렇게 어색할 수가. 그래도 악바리 근성 하나로 버텨서 지고는 못 사는 게 강지후 아닌가. 지금까지는 국회보다는 정부 관련으로 기사를 쓰다 보니까 아무래도 국회의원 이강유는 자신의 취재 대상이 아니었다.

"그래, 조만간 다시 볼 수 있으면 보자."

강유의 눈빛에 살짝 감돈 것은 아쉬움일 수도 있다. 아니, 지후 자신의 아쉬움이 그에게 투영된 것일 수도 있었다. 마음이 머뭇거렸다.

그때, 강유의 곁으로 누군가 와서 섰다. 보좌진인 듯했다. 병원 현관 앞 도로에 이미 커다란 검은 차가 와서 대기 중이었다. 귓속말을 하는 그에게 강유는 알았다는 눈빛을 보낸 후 다시 시선을 지후에게 향했다. 발갛게 상기된 볼과 갸름한 얼굴 윤곽을 눈에 익혔다.

"가 보세요. 저도 올라가야 해요."

"그래, 가 봐."

강유의 눈빛이 움찔 흔들렸다는 것 또한 자신의 착각이리라. 지후는 머뭇거리는 마음을 접고, 다음이라는 말도 꺼내지 않았다. 그럴 여유가 그에게 있을 리가 없었다. 인사를 마치자마자 강유는 등을 돌려

바깥으로 향했다.

아, 저런 사람이었지.

강유가 멀어져 갔다. 검은 코트에 감싸인 강유의 뒷모습은 매서운 겨울바람도 무너뜨리지 못할 정도로 견고해 보였다.

어…….

지후는 멀어지는 차를 보면서도 한참 동안이나 그 자리를 떠나지 못했다. 감정이 몽글거렸다. 강유가 이제는 정말 자신과는 동떨어진 곳으로 살러 가는 사람 같았다.

"흠, 원래 별나라 사람이었어. 사시, 외시를 동시에 합격한 사람이 사람이냐고."

지후는 머리를 흔들었다. 아무리 그래도 첫사랑을 만났다는 흐뭇함과 설렘은 가시지 않았다. 나중에, 혹시 나중에라도 결혼을 하게 되고 아이를 낳게 되면, 그리고 그 아이가 첫사랑을 할 만큼 크게 된다면 말해 줄 수 있을지도 모르겠다.

있잖아. 엄마 첫사랑이 말이다, 통일대한민국 3대 대통령 후보였거든.

아니, 당선이 된다면 더욱 할 말이 많을지도 모른다.

그분이 대통령이 돼서 한 일이 얼마나 많은지 아니?

"후후."

상상만으로 즐거워졌다. 그런데 이 얘기는 해 줄까, 말까? 그분이 엄마 첫 키스 상대였다고.

어떤 느낌이었는지 감각은 잊었지만, 그때의 두근거림은 아직도 잊지 않고 있다. 자신도 모르게 아련하게 떠오르는 기억으로 지후는 살짝 입술을 깨물었다.

자신이 화가 잔뜩 나신 할아버지를 뵈러 간다는 것도 잊고 지후는 룰루랄라 콧노래를 부르며 엘리베이터를 향해 뛰기 시작했다.

D-10

제3대 대통령 선거일 10일 전.

두 번째 서울 공동 유세가 있는 날이었다. 수백만이 운집했다는 광장은 말 그대로 발 디딜 틈이 없을 만큼 사람들로 꽉 찼다. 제각각 당의 유니폼을 맞춰 입은 당원들과 선거원들, 그리고 구경 나온 시민들로 인하여 인산인해를 이뤘다. 거대한 경계가 쳐진 유세장 한쪽에서는 풍선이 날았고, 잔칫날인 듯 줄을 이어 차양을 드리운 아래에서는 무료로 잔치국수를 나눠 줬다. 흥겹게 울리는 음악 사이로 아이들이 아직은 겨울 끝자락의 추위가 남은 3월 초의 잔디밭을 뛰어다녔다.

완전한 축제의 장. 이제 선거는 어른들만의 잔치가 아니었다. 국민적 축제의 장이 된 것이 지난 대선 이후 자리 잡은 새로운 정치 풍속도였다.

"어……, 어, 강 기자!"

그런데 이런 축제의 장에도 순간적으로 질서가 무너질 때가 있다. 한참 동안 후보 순으로 연설을 하던 대권 주자들이 연단 아래로 내려와 경호 라인 바로 앞에서 그들을 기다리던 유권자들과 악수를 시작했을 때였다. 영상 취재를 하고 있는 카메라맨 옆에서 열심히 분위기 스케치를 하며 자신에게 마이크가 넘어올 것을 기다리고 있던 지후가 한 순간에 무너진 경호 라인에서 밀린 것도 그때였다.

"으악!"

가느다란 몸에 비해 깡다구가 엄청나다고 자부했는데, 한 젊은 후보를 향해 물밀듯이 밀려오는 여자들의 힘은 버틸 수가 없었다. 피켓을 든 그녀들 대부분은 소리를 지르면서 '이강유'를 연호해 마치 아이돌 그룹이라도 만난 듯한 착각을 일으키게 했다. 지지자 모임을 가장한 팬클럽의 회원이 수백만이라는 그 모임에서 나온 회원들인 듯, 그들은 연단에서 내려오는 강유를 조금이라도 더 가까이서 보기 위해 앞으로 돌진을 시작했다.

"아줌마, 밀지 좀 마요!"

지후는 온 힘으로 버텼지만, 그대로 앞으로 몸이 쏠렸다.

"엄마얏!"

바로 시멘트 바닥이 얼굴 가까이 올라오는 순간이었다. 갑자기 가뿐하게 몸이 들렸다. 누군가의 팔이 그녀를 받쳐 주면서 바닥에 깔리는 일을 면하게 만든 것이다. 그리고 곧바로 몰려든 경호원들이 줄을 지어 늘어서는 바람에 여자들은 아우성을 쳤지만 그 라인을 넘어오지 못했다. 그런데!

아니, 잡아 준 건 좋다고. 그래도 그렇지, 이분이 어딜 만지셔!

상황이 상황인 만큼 다른 생각은 못 하겠지만, 여차하면 치한이라 생각해도 될 법한 포즈였다. 지후가 얼떨결에 자신의 가슴 부근을 끌어당긴 상대에 발끈해서 고개를 들었다. 동시에 한 남자의 눈빛과 마주쳤다.

"강 기자, 깔리지 않게 조심해."

아, 흠. 아……, 이걸 어쩌면 좋아.

한순간 지후의 얼굴에 홍조가 올랐다. 현재 온 나라 여심을 울렁이게 만들고 있는 낮고 선명한 목소리가 귓가에서 울리니 심장이 덜컥거리며 내려앉는 듯했다. 이강유 대통령 후보. 경호원들에게 둘러싸였던 그가 손을 뻗어 자신에게 밀려왔던 지후를 받아 낸 것이다. 언뜻 올려다본 강유의 얼굴에 지금까지와는 다른 싱긋한 웃음까지 돌고 있어서 지후의 혼란은 더욱 심해졌다.

음, 이분께서 왜 이렇게 웃고 계시지?

지후의 미간이 일그러졌다. 그녀의 기억 속에 남은 이강유는 별로 웃음이 없는 사람이었다. 그나마 대외적인 이미지 때문에 웃고 있다는 생각이 저절로 들 정도로. 그런데 이 심장 간질거릴 만큼 부드러운 웃음은 뭘까?

한 달도 더 전 새벽, 한국대학병원 로비에서 그를 마주쳤을 때만 해도 지후는 자신이 대선 취재단이 되어, 그것도 민주당 선거 캠프를 전담해 쫓아다닐 줄은 꿈에도 몰랐다. 개인적으로는 접근도 어려웠던 사람과 이렇게 자주 얼굴을 맞댈 줄이야. 다시 볼 수 있으면 보자던 그의 말이 이렇게 빨리 다가올 줄은 몰랐다고 해야 하나. 하지만 그는 대통령 후보였고, 그녀 역시 바쁜 판국에 사적으로 대면할 기회가 있을 리 만무했다.

─강 기자, 준비!

얼떨결에 마주하게 된 강유의 웃음 앞에서 멍해진 정신도 잠시. 바로 리시버에서 들리는 소리에 지후의 정신이 번쩍 들었다. 생중계로 유세 현장을 연결하려는 감독의 목소리가 마치 천둥처럼 들려 심장조차 쿵쾅거린 순간이었다.

"고맙습니다."

꾸뻑 인사를 하고 뛰어가는 지후의 뒷모습에 강유의 눈길이 머물렀다.

D-5

제3대 대통령 선거일 5일 전.

대선 후보들의 TV토론회가 열리는 곳은 서울 근교에 방송단 연합으로 꾸며진 특별 스튜디오였다. 스튜디오의 사방으로 다섯 대의 카메라가 배치되어 있었는데, 저녁임에도 스튜디오 안은 조명이 강하고 환해 후보자들의 표정 하나하나까지 생생하게 화면에 비치고 있었다.

남녀 사회자를 사이에 두고 날개처럼 배치된 구조인 스튜디오 안은 현재 양당 구도로 가고 있는 선거전의 공화당과 민주당 후보가 서로를 비스듬히 바라볼 수 있도록 자리 배치를 했는데, 눈이 피로치 않은 연한 파란 색조로 꾸며져 심플해 보였다. 하지만 겉보기와 달리 스튜디오 안은 후끈 달아올랐다. 쏟아지는 조명의 열기 때문만은 아니었다.

"피 튀기네."

옆에 섰던 PD의 혼잣말에 절로 고개가 끄덕여졌다. 카메라 뒤에 서 있던 지후는 문득 자신이 취재 온 기자라는 사실을 잊고 토론에 빠져들었음을 깨달았다. 그 정도로 흥미진진한 설전이 벌어지고 있었다.

이내 지후는 정신을 가다듬고 앞쪽을 주시했다. 후보들이 땀을 흘리는 만큼, 지켜보는 이들 또한 긴장을 풀지 못해 손에 땀이 차올랐다.

현 집권당인 공화당의 류인호 대통령 후보와 민주당의 이강유 후보의 대선 TV토론회는 집중된 국민들의 관심만큼이나 열렬했다. 보수와 진보라는 양당의 이념 차이를 적나라하게 드러낸 토론회는 온 국민의 눈과 귀가 집중된 가운데, 양 후보의 날카로운 대립으로 스튜디오는 마치 파란 불꽃이 튀는 듯했다. 두 시간 가까이 진행된 정책 대결에서 줄곧 밀리던 류인호 후보가 막판 공세를 펴는 듯 어조의 날카로움이 더욱 거세졌다.

"그럼 이 후보께서는 현재 저점의 경제성장률에 대한 모든 책임을 집권당으로 돌리십니까?"

공화당의 류인호 후보는 정치 경력 30년이 넘는 정객이었다. 날카로운 인상의 그는 아들뻘밖에 되지 않는 이강유를 대하며 꼬박꼬박 존칭을 썼지만, 말에는 다분히 가시가 돋아 있었다.

재벌 개혁에 대한 공약을 내건 이강유의 발언에 대해 류인호는 말꼬리를 잡고 문제 삼기 시작했다. 지켜보던 이들은 지금껏 젊은 이강유 후보에 밀려 처음의 여유로움을 잃고 다분히 초조해져 가는 류인호 후보를 볼 수 있었다. 뒤처지기 시작한 지지율을 만회하기 위해 이번 토론회에 사활을 걸었다는 그의 막판 공세가 거세지기 시작한 것이다.

반면, 집권당을 공략하는 입장이었지만 줄곧 젊은 패기의 강한 이미지라는 자신의 단점이자 장점을 일부 가리고 냉정함을 잃지 않던 이강유 후보는 건방지다는 반감을 가져올 수도 있는 강한 성격을 누르고, 여전히 차분한 태도를 보였다.

그러나 그것은 보는 이의 관점일 뿐이다. 실은 이강유 또한 지금 두 시간 가까이 설전을 벌이는 동안 류인호의 말빨에 휘말려 여러 차례 맞닥뜨린 욱할 뻔한 상황을 기어이 참아 내고 있는 참이었다. 당장이라도 큰 소리가 오갈 것 같은 분위기를 저쪽 어두운 구석에서 조마조마한 눈빛으로 바라보고 있는 참모진을 생각하며 참고 있었다.

그때 문득 이강유의 눈가에 희미한 경련이 일었다. 익숙한 느낌. 하지만 그동안 인식하지 못했던 눈동자가 이 상황에서 인식이 됐다는 것은 무슨 의미일까. 용광로와 같은 뜨거운 열기 안에서 만난 한줄기 바람 같은 느낌으로 인해 이강유의 입가에 희미하게 미소가 서렸다. 찰나의 순간이었다.

"류 후보께서 제 견해를 곡해하셨습니다. 의견이 다르니 당도 다른 것 아니겠습니까? 현 정권과는 다른 견해로 받아들이시길 바랍니다."

이강유의 부드럽던 눈빛이 한순간 날카로워졌다. 이미 와이셔츠 차림으로 마주 앉은 두 대통령 후보의 이마에서 흐른 땀이 목 뒤로 주르륵 흘러내렸다. 한편, 양 후보 사이를 지켜보다 너무도 대립각을 세운다고 판단했던 사회자가 중간에 끼어들어 다른 안에 대한 의견을 물었다.

"최근 국제사회의 관심은 북동부 아프리카의 내전입니다. 인종 청소를 시작한 반군으로 인해 가장 첨예한 대립을 보이는 곳이 아이센공화국이고, 유엔에서는 그곳에 이미 중재를 위한 군대를 보내기로 합의한 상황입니다. 우리나라 또한 파병 요청을 받은 상황인데, 이것에 대한 각 후보의 의견은 어떠신지요?"

발언은 류인호가 먼저였다. 이강유는 막간의 틈을 타서 앞에 놓인 물잔을 들어 목을 축였다. 강한 조명과 뜨거운 심정 등으로 이미 온몸의 수분이 증발한 듯했다. 물이 넘어가며 몸에 힘을 준 탓에 드러난 그의 목울대가 강하게 일렁거렸다. 이강유와 대각선으로 앉았던 여성 사회자가 순간 긴장한 듯 미간이 움찔거렸다. 이강유의 강한 남성적 매력이 한순간에 눈에 들어왔던 것이다. 그리고 그의 차례가 오자 심장을 울리는 듯한 낮은 목소리가 단정하고 매력적인 입술을 타고 차분하게 흘렀다.

"파병은 단순히 이렇다고 결정할 수 없는 문제입니다. 하지만 제 개인적 신념은 한 나라의 자주권은 그 나라 국민이 지켜야 된다는 생각입니다."

"이강유 후보의 말씀은 국민이 원한다는 여론에 숨어 파병에 동의할 수 있다는 것으로 들립니다."

역공세였다. 류인호가 이강유의 말을 자르고 그의 깊은 곳을 찔렀다. 아마 전 북한군 출신으로 군부의 일부를 이루고 있는 강성(强性)의 사회당을 의식한 발언인 듯했다. 군부에서 그들의 세력은 무시하지 못한다. 게다가 그를 따르는 전 북한 지역의 국민들 또한 무시하지 못할 여론을 형성하고 있었다.

이강유는 갑자기 목이 죄는 듯한 답답함을 느끼며, 거친 손길로 매고 있던 넥타이를 느슨하게 만들었다. 이런 식이다. 계속해서 말꼬리를 잡는 류인호로 인해 차분함을 유지하던 어조가 약간 상기됐다. 날카로운 눈빛으로 류인호를 바라보는 눈에서는 파란빛이 나는 듯했다.

"류인호 후보께서 제 속에 들어오셨군요. 언제라도 상황은 변할 수 있으며, 속단할 수 있는 문제도 아닙니다. 그러니 제가 아니라 류 후보

께서도 단언하지 못하십니다. 국민의 뜻에 숨는 것이 아닌, 제 신념이
그러합니다."

속이 시커먼 애송이.

능구렁이 열 마리를 삼킨 음흉한 늙은이.

서로를 바라보는 눈빛에 불이 튀었다. 주변에서 배경처럼 쏟아지는
푸른 조명보다 더한 파란빛의 불꽃이 이강유와 류인호 두 사람의 주위
에 넘실대는 듯했다.

그렇게 두 시간이 넘는 혈전과 같은 설전이 이어질 때였다. 차츰 개
인적인 문제로 화제가 옮겨가더니, 어느 순간 류인호에게서 튀어나온
말이 다분히 이강유의 심기를 건드렸다. 자질론에 대한 문제였다.

"이강유 후보께서는 사춘기를 영국에서 보냈고, 그곳에 아직 생모
께서 살아 계시는데, 열다섯이면 가치관이 성립될 나이입니다. 그렇다
면 이강유 후보가 진정한 한국인의 사고를 이해할 수 있는 한국인이라
고 할 수 있을까요? 길러 주신 생모께서 영국인과 재혼을 하신 것으로
아는데, 그럼 이 후보가 단일민족으로서의 긍지를 갖고 반만년을 이어
온 우리의 민족성을 이해할 수 있습니까?"

화제가 개인적인 문제로 돌입했다. 이강유는 유세 기간 동안 그를
가장 괴롭혔던 사항 중의 하나를 맞닥뜨리며, 수려한 이마를 찡그렸
다. 갑자기 치밀어 오른 오기와 도전 의식이 부드럽게 펴지던 표정에
녹아들어 그를 날카롭고 서늘하게 만들었다. 대답하는 목소리조차 냉
랭했지만, 가슴은 어느 때보다 뜨겁게 타올랐다.

"제 정체성을 걱정하십니까? 스스로 의문 삼아 열다섯에 한국을 찾
아 들어왔으니, 류 후보께서 굳이 언급하지 않으셔도 될 것 같습니다."

갑자기 후끈거리며 오르는 열은 강유의 얼굴까지 달아오르게 했다. 언제나 안타까운 눈빛으로 그를 바라보던 분들이 떠올랐다. 영국에 계신 모친이나 한국에 계신 부친이나 그를 바라보던 마음은 두 분 모두 마찬가지일 것이다. 지금 자신의 이 모습조차 장소는 다르겠지만, 두 분이 지켜보고 계실 것이라는 생각으로 강유는 목에 핏대가 섰다. 답답한 마음에 와이셔츠 팔을 걷어붙인 강유가 그의 시선에 닿은 물잔을 손에 들어 다시 들이켰다. 팔뚝에 굵게 불거진 힘줄이 그의 마음을 대변하는 듯했다.

"모친께서 어떻게 저를 낳고 기르셨는지 궁금하신 분들이 계시겠지만, 이미 알려질 대로 알려진 사실이니 언급하지 않겠습니다."

통일 전 혼란의 시기. 통일한국의 국부로 일컬어지는 이수훈 선생의 유복자로 태어날 뻔했던 그였다. 선생의 어렸던 부인이 어떻게 남편의 곁을 지켜 왔었는지에 대해서도 사람들은 눈물지으면서도 마지막에는 미간을 찌푸렸다. 결국 어린 부인은 남편의 곁을 끝까지 지키지 못하고 떠났다는 결론이니까. 그리고 사람들이 어머니를 이해할 수 없다고 하는 만큼, 그것은 강유에게도 아픔이 되었으니까.

"제 정체성에 대한 의심을 많이 받습니다."

강유의 입가에 빙긋 웃음이 서렸다. 멀리서 그 모습을 지켜보던 지후의 심장도 덜컹거렸다.

이런 사생활까지 밝혀야 하는 건지.

"저는 오히려 제가 국수주의자가 될 수 없음을 다행으로 여깁니다."

순간 류인호의 표정이 굳었다. 이강유가 한 말이 자신을 대놓고 비난한 것이라는 생각으로 발끈 열이 올랐다. 하지만 이강유의 말은 계속 이어졌다.

"그 시간, 저는 한국인이라는 제 정체성을 심각히 깨닫고 조국을 찾아왔지 않습니까. 게다가 그로 인해 국제적 감각까지 갖출 수 있었습니다."

강유의 어조는 차분하려 했지만, 어쩔 수 없이 감정이 섞였다. 그의 유일한 단점이자 장점이 될 수 있는 대목에서 결국 그는 흥분해 버렸다. 말투가 거칠어졌고, 행동조차 그에 따랐다. 지금껏 차분한 반응과는 달리 거칠게 반응하는 그의 모습을 지켜보는 사람들의 심정은 한꺼번에 희비가 엇갈렸다.

"아아, 흥분하시라고 드린 말씀이 아닙니다. 대통령의 덕목이라면, 쉽게 감정을 드러내선 안 되겠지요."

"대통령이라 해도 옳지 않음을 봤을 때는 감정쯤 드러내도 된다고 생각합니다."

번뜩이는 눈빛의 류인호를 바라보며, 이내 이강유는 침착함을 되찾았다. 수천만이 지켜보고 있는 TV토론회의 스튜디오에는 두 마리의 거대한 용이 똬리를 틀고 앉아 있는 듯 숨을 쉴 수조차 없는 팽팽한 긴장감이 감돌았다. 취재를 위해 지켜보던 지후 또한 진땀이 배어나올 것 같은 기분을 겨우 추슬렀다. 그녀의 생각에는 이미 압도적으로 표가 몰릴 대상이 정해진 것 같았다. 자신이 쓸 기사의 초점 또한 자연스럽게 맞춰졌다.

이강유 민주당 후보.

그녀 또한 그에게 이미 마음이 굳어 가고 있었으니까. 젊은 혈기와 패기에 못지않은 강인함, 그리고 자존감. 모든 것이 유권자들의 마음을 움직이기에 충분했다. 시대는 새로운 지도자를 원하고 있었다. 강력한 지도력을 갖춘 그런 지도자.

토론회가 끝이 날 무렵, 문득 또다시 시선이 마주친 이강유를 향해 지후는 빙긋 눈으로 웃었다. 힘내라는 뜻이었는데, 그가 알아차렸는지는 중요하지 않았다.

그리고 지후의 생각과 정확히 부합할 정도로, 그날 TV토론회는 젊은 이강유 후보의 압도적인 승리였다는 평가가 대부분이었다. 그의 젊은 패기를 인정했다는 유권자들의 마음 이면에, 스튜디오에서 그가 걷어붙인 팔뚝의 힘줄이 표몰이를 했다는 비공개 분석이 떠돌았다. 토론회를 지켜보다가 소리 지르며 쓰러진 여성 유권자들의 마음이 우르르 그에게로 몰렸다는 이례적인 현상은 지지율 분석을 하던 참모진을 기막혀 웃게 만든 사실이었다.

2

2010년 봄, 통일한국력 17년. 이강유 대통령 집권 2년차.

북동부 아프리카의 아이센공화국 수도 아이드.

검은 대륙, 건조한 사막 중심부의 펑펑 솟은 오아시스에서 시작됐다는 전설을 지닌 사막의 도시는 밤새 조용했다. 아프리카 대륙의 뉴욕이라는 별칭으로 불야성을 이루며 하루하루가 다르게 마천루가 높아 가던 도시가 이제는 한쪽이 일그러진 원형극장처럼 여기저기 폭격에 맞아 흉측한 뼈대를 드러낸 곳이 한두 곳이 아니었다. 불과 반년 만의 일이었다.

무장 반군의 치열했던 시내 입성 시도를 막아 낸 정부군은 바리케이드로 쌓은 보호벽 뒤에서 숨을 죽이고 사막 저쪽을 노려보고 있었다. 그들의 사막색 철모는 이미 모래 먼지에 덮여 어느 것이 보호색인지 구분하기도 힘들었다. 멀리 지평선 너머로 새벽이 가시며 거대한 태양이 드러나 붉은빛을 뿌리기 시작했다.

삐유우웅……. 쿵쿵!

하늘로 솟아오른 포탄을 신호로 건물이 흔들리고 거대한 폭발이 시작됐다. 사방에서 귀청이 떨어질 만큼 울리는 총탄 소리에 정신이 다 혼미해질 지경이다. 예정되었던 반군의 새벽 공격이 시작된 순간이었다.

지후는 바리케이드를 쌓은 정부군의 뒤에서 초조하게 시계를 바라보았다. 반군들의 새벽 공격 예상 시각은 05시 25분. 이미 1분이 지난 시각이었다. 그녀 앞에서 카메라를 메고 있는 상민 또한 긴장하기는 마찬가지였다.

제길. 진실을 알리는 기자의 사명인가, 아니면 목숨인가?

상민은 지금 일촉즉발의 위기 앞에서 그보다 더 대담한 지후를 경탄하면서도 쏘아보고 있었다. 포탄과 총탄은 아무리 해도 면역이 안 되는데, 어째 강지후는 움찔도 하지 않는다. 어떻게 된 여자가 겁도 없냐고!

"지금 시각 05시 26분, 아직 공격은 이뤄……."

지후가 입을 뗀 그 순간이었다. 온몸을 진동시키는 거대한 폭음과 함께 지후의 눈앞에 서 있던 10층짜리 관공서 건물이 무너지기 시작했다. 그녀의 눈이 자동적으로 부릅떠졌다.

"강 기자, 위험해! 그만 철수해!"

너무나도 위험한 순간이었다. 날카로운 상민의 고함 소리가 들렸지만, 지후는 침을 꿀떡 삼키며 쥐고 있던 고성능 마이크를 더욱 꽉 움켜쥐었다. 철수하자는 상민 역시 카메라를 치우지 않는 것으로 봐서는 아직 더 버틸 여유가 있다는 뜻이다.

지후는 먼지로 꼬질꼬질해진 손바닥의 땀을 방탄복 아래 입은 흰 티셔츠 자락에 쓱 닦아 냈다. 화장기 없는 얼굴 또한 건조한 사막의 햇빛에 그대로 노출되어 검게 탔지만, 눈빛만은 또랑또랑 빛나고 있었다. 그녀는 이를 악물었다가 빠른 속도로 말을 뱉어 냈다.

"말씀드린 순간 공격이 개시되었습니다. 저들이 공언했던 그대롭니다. 현지 시각 05시 26분 현재, 반군은 수도인 아이드의 중심부에서 차로 한 시간여 떨어진 외곽을 공격 중이며……!"

그 순간이었다.

쿠쿵!

또다시 울린 거대한 포탄 소리와 함께 한 무더기의 돌가루가 우르르 날아와 지후와 상민의 머리 위를 덮쳤다.

"꺄아……."

지후의 비명 소리가 들렸지만, 상민은 얼어붙어 미동도 하지 못했다. 그 순간 상민이 찍고 있던 카메라의 화면이 흔들리며 암전이 되었다.

같은 시각, 대한민국의 서울.

한남동 주택가의 골목길을 따라 올라가다 보면 나타나는 한강이 한눈에 조망되는 곳에 3층짜리 그 집이 자리 잡고 있었다. 수령 오래된 굵은 둥치의 은행나무가 후원과 정원의 가장자리를 따라 빼곡히 심어져 있는 까닭에 은행나무집이라고 불리기도 하는 그곳. 한곳에서 터를 잡아 4대째 대를 이어 살아, 한남동 터줏대감으로 불리는 이곳이 강지후의 집이었다.

한적한 초봄의 휴일 오후, 느지막이 점심을 챙겨 드신 이 댁의 가장 웃어른인 강호 어른께서 불러들인 자손들로 인해, 3층집의 1층 거실은 들썩들썩거렸다. 증손자와 증손녀들의 맑은 웃음소리와 때로는 울음소리가 3층집에 왁자지껄 울려 퍼졌다. 단지 그 어른의 직계 혈손인 친손자, 친손녀가 낳은 자손이 아닌 외손자, 외손녀의 아이들이다 보니, 거실 중앙 커다란 소파에 좌정하고 앉으신 어른의 심기는 날씨처럼 맑게 펴지지 않았다.

"에잉……."

재완은 조심스럽게 아버지의 심기를 살피며 그의 아내가 방금 내온 과일 중 가장 먹음직스런 것을 포크로 찍어 아버지에게 내밀었다. 그의 막내딸인 지후가 종군을 한 일에 대해 아버지인 재완은 비교적 담담히 딸의 의견을 존중해 줬지만, 할아버지인 강호는 의견이 달랐다.

어디서 계집아이가 밖으로 나돌긴 나돌아!

신식 교육을 받으시고, 초기 의료 교육을 받으신 분답지 않은 유교적 사상으로 아들인 재완조차 종종 당황케 하시는 분이 이분이시다. 오늘도 그가 불러 모은 자손들 중에 지후가 빠졌다는 사실은 재완을 알게 모르게 불안케 만들었다. 그런데 그때였다.

"지후 누나다!"

지후에게는 고종사촌 동생인 고등학교 1학년 민후가 TV 앞에 앉았다가 함성을 질렀다. 지후가 종군을 한 이후, 거실의 벽에 붙은 대형 TV에는 항상 SBN의 뉴스가 흘렀다. 지금 그곳에 온 가족의 시선이 일제히 몰렸다.

— 현재 현지 시각 새벽 05시 25분입니다. 반군들이 공격을 예고한 시각이 다가왔습니다. 아이센에 나가 있는 강지후 기자를 위성으로 연결하겠습니다. 강지후 기자!

아이센공화국의 내전 현장을 위성 생방송으로 연결 중인 특별방송이 TV 화면을 통해 전국으로 생중계되고 있었다. 새벽 어스름을 뚫고 태양이 떠오르는 사막 도시의 위용과 함께 화면에 나타난 것은 새카맣게 탄 얼굴에 눈빛만이 강렬히 빛나는 강지후, 그들의 딸이요, 동생이요, 조카인 이의 얼굴이었다.

"어머나, 정말 지후네! 저런 데까지 찾아가야 해?"

지후의 고모인 혜완이 기겁을 하며 입을 떡 벌렸다. 조카가 기자로서 종군했다는 소식을 들었고, 뉴스에서도 한두 번 확인하긴 했지만, 이런 모습은 처음이라 간이 철렁거렸다. 그녀는 곁에서 소리도 없이 굳은 올케인 이영의 손을 꼭 마주 잡았다. 당장이라도 화면 안에서 무슨 일이 터지진 않을까, 그리고 아버지의 고함 소리가 터지진 않을까 마음이 조마조마했다.

— 지금 시각 05시 26분, 아직 공격은 이뤄…….

흙으로 지어진 건물과 그 사이사이 서 있는 키 큰 야자수. 배경과 함께 화면에 보이던 지후의 목소리가 흐르던 순간이었다. TV 화면이 흔들릴 정도의 커다란 폭음과 함께 지후의 뒤로 배경처럼 서 있던 건물이 무너지기 시작했다.

— 강 기자, 위험해! 그만 철수해!

아마 카메라맨일지도 모른다. 한순간 굳어 버린 지후 대신 다른 목소리가 화면의 한쪽에서 터져 나왔다. 하지만 어쩐 일인지 지후는 움직이지 않았다. 점점 더 무너지고 있는 건물 앞에서 그녀의 눈동자는 또렷하게 화면을 응시하고 있었다.

"오오, 하느님! 지후야, 얼른 나와야지!"

어머니인 이영은 혜완의 팔을 붙들고 가슴을 들썩거렸다. 당장이라도 그녀가 TV 속으로 뛰어들어 지후를 끌고 나오고 싶었다.

"어머어머……. 난 몰라, 저 지지배!"

"흐음."

바라보던 식구들의 애가 타는 찰나의 순간이었다. 꿀떡, 침 삼키는 기자의 숨소리가 손에 잡힐 듯 생생히 스피커를 타고 들려왔다. 굳은 눈빛의 지후를 바라보는 이영의 눈에 울컥 눈물이 솟구쳤다. 진실을 보도해야 한다는 딸의 신념을 이해하지 못하는 것은 아니지만, 지금은 그저 안타까웠다.

지후야!

― 말씀드린 순간 공격이 개시되었습니다. 저들이 공언했던 그대롭니다. 현지 시각 05시 26분 현재, 반군은 수도인 아이드의 중심부에서 차로 한 시간여 떨어진 외곽을 공격 중이며…….

하늘이 무너진다는 것이 이런 것일까. 방금 전까지 화면에 보이던 지후가 사라진 것도 순간이었다. 위성이 끊겼는지, 아니면 현지 모습을 잡던 카메라의 화면 송출이 끊겼는지 알 수 없는 사이에 화면은 암전이 됐다. 바라보던 이들 모두가 일순 들이켠 숨을 멈췄다.

― 까아……. 강지후 살려!

― 가, 강 기자! 아……, 가, 강 기자는 무사하답니다. 위성 송출이

끊겼을 뿐입니다. 시청자 여러분의 양해를 부탁드립니다.

화면이 순식간에 SBN 방송국 뉴스 센터로 바뀌었다. 그리고 황급히 상황을 수습하는 앵커의 다급한 목소리만이 뒤를 이었다. 그래도 '강지후 살려!' 라는 마지막 말은 전국으로 널리 울려 퍼진 뒤였다.

"하느님, 지후를……."

겨우 가슴을 움켜쥔 이영을 붙든 혜완의 얼굴도 경악으로 가득 찼다. 비단 그것은 그녀만의 감정이 아니었다. 거실에 모인 가족 모두 한동안 충격으로 말을 잇지 못했다. 그러다 겨우 경직된 분위기를 수습한 것은 한쪽 구석에 앉아 냉담히 화면을 바라보던 지석이었다. 냉혈동물의 표본이라 일컬어지는 그가 피식 웃으며 자리에서 일어섰다. 그러고는 성격만큼 냉랭한 목소리로 이 자리에 앉은 후 처음으로 한마디 입을 열었다.

"강지후, 살았다잖아요."

뚜벅뚜벅 걸어 위층으로 올라가는 그의 뒤로 바로 강호 어르신, 지후 할아버님의 대노성이 거실을 가득 메웠다. 어디서 폭탄이라도 터진 듯한 괴성으로 인해, 계단을 오르던 지석조차 움찔거릴 정도였다.

"이……, 이놈의 계집애를! 당장 그, 그 어디냐……, 외교통상부 연결해!"

팔순이 가까워 오시는 강호 어르신이셨다. 허옇게 질린 얼굴로 화면을 바라보시던 그가 겨우 정신을 수습하고 대갈일성을 지르신 것이었다.

"아버지!"

"뉘냐, 그 녀석 이름이……. 그래, 권민준! 권민준이 연결해!"

아들인 재완이 펄펄 뛰며 뒷목을 잡으시는 아버지 앞에서 안절부절 못하고 수화기를 들었다.

벌써 여러 해 전부터 손자와 손녀의 혼사에 대해 운운하시던 분이 이분이셨다. 한국 의학계의 한 축을 이루는 집안에서 유독 혼자만 청개구리처럼 튀었던 손녀. 그분의 바람대로 음전하게 있다가 시집을 가기는커녕, 본인의 눈앞에서 죽게 생긴 손녀딸을 보고 거품 물고 기절하지 않으신 것에 재완은 가슴을 쓸어내리고 있었다. 그러니 당장 친구의 아들인 외교통상부 장관에게 연락을 넣을 수밖에.

— 걱정 마십시오, 어르신. 이미 자국민 보호 명령이 떨어져, 우리 기자단 모두 철수시킬 겁니다. 강 기자는 제가 필히 귀국 확인하겠습니다.

강호 어르신은 상대에게 몇 번이나 확답을 받아 내고서야 전화를 끊으셨다. 그리고 그 자리에 있던 가족 모두가 가슴을 쓸어내린 사실을 지후는 일주일 뒤에야 알게 되었다.

같은 시각, 청와대 관저.

강유는 오랜만에 관저 거실의 소파에 몸을 눕혔다. 오전에 아버지를 뵙고 온 후, 오랜만에 갖는 관저에서의 휴식이었다. 아니, 어쩌면 그것은 폭풍 전의 고요함일지도 모른다. 연일 밀려드는 일들은 이렇게 관저에서 휴식을 취한다고 해서 그를 비껴가는 것은 아니었다. 항상 생각하고, 구상하고, 또한 수백 번, 수천 번씩 그가 말하고 행동함으로써 일어날 일들을 가정해야 했다. 그러니 대통령인 이강유의 머릿속은 항상 무언가로 분주했고, 그것은 이렇게 휴식하는 시간이라고 해서 예외일 수 없었다.

그런 그의 시야에 확 빨리듯 들어온 것은 관저 거실에 놓인 TV 속한 여자의 모습이었다. 아이센공화국 내전 상황을 보도하는 뉴스에 등장한 여기자의 모습이 낯이 익었다.

강……지후? 흐음.

강유의 미간이 움찔거리고 눈매가 가늘어졌다. 어느 때부터 시야에서 사라진 그녀를 보고 싶어 했을까? 아니, 언제부터 눈에 밟혔을까?

그날, 새벽바람을 맞고 뛰어오는 지후를 본 순간 가슴이 철렁거렸다. 문득 깨달은 것은 눈길을 뗄 수 없었다는 것. 아무도 없던 빈 공간에 무언가 가득 찬 느낌이 그에게 익숙히 다가와 잠시 시선이 멎었다. 그가 믿고 있는 몇 안 되는 이들 중 한 사람인 강지혁의 하나뿐인 여동생. 급격히 살아난 옛 감정에 움찔거렸다.

그녀가 아이센에 가 있을 줄이야. 기억에 남아 있는 모습보다도 더욱 또랑또랑한 모습이 인상적으로 강유의 시야에 박혔다. 검게 그을린 얼굴이 아마조네스(Amazones)를 연상시켰다. 거친 전장에 우뚝 선 모습이라니.

마지막으로 본 게 언제였더라? 한 1년쯤 전? 대선 캠프에서 종종 마주쳤고, 아마 인파에 쓸려 넘어지려던 그녀를 잡아 주었던 것이 마지막이었을 것이다. 아니, 더 있었나? 몇 가지 기억이 순식간에 떠오르며 강유의 미간이 약하게 찡그러지는 순간이었다.

—까아……. 강지후 살려!

순간 강유의 미간이 가운데로 쏠렸다. 심장이 덜컹거리며 무너지듯 내려앉았고, 동시에 눈빛도 깊어졌다.

훗, 강지후!

기막힌 반전이 아닌가. 강유는 저도 모르게 안도의 한숨을 짧게 내뱉었다. 오랜만에 나타난 강지후가 심장을 쥐고 흔든 순간이었다. 강유는 아찔한 순간을 더듬으며, 어느새 들고 있던 핸드폰의 단축 번호를 꾹 눌렀다. 그즈음 그가 종종 통화하고 있는 지혁의 번호였다.

"이강유다."

— 예, 듣고 있습니다.

의식적인 존댓말. 강유의 눈초리가 홱 치켜져 올라갔다.

"내 전화 받을 때, 존대는 좀 집어치워라."

— 급한 일이야? 잠시만.

수화기 저쪽으로 사람들 웅성거리는 소리가 들렸다. 아무래도 강지후의 본가이니, 지금쯤 난리가 났을 거라는 짐작이 쉽게 갔다. 강유의 입가에 저도 모르게 빙긋 웃음이 서렸다. 비교적 선명한 기억, 풋풋했던 한 여자와의 키스가 떠올랐던 탓이었다.

그로부터 1주일 후.

통일대한민국의 수도, 서울.

금요일 밤, 홍대 앞의 작은 클럽 'RED'는 펑펑 울리는 라틴음악으로 귀청이 떨어질 듯 소란스러웠고, 넘쳐 나는 젊은이들로 발 디딜 틈이 없었다. 사방에서 울리는 고함 소리와 흥겨운 함성 소리조차 온몸을 짜릿하게 만들었다.

격렬한 음악에 맞춰 30분, 지후의 몸은 이미 흠뻑 젖어 있었다. 등이 모조리 파인 검은색 상의는 몸에 착 달라붙어 그녀의 건강하게 그은 몸을 조명 아래 드러냈다. 등에서부터 허리 아래로 내려오는 선이 날씬하면서도 탄성 있어, 보는 이들의 탄성을 불러일으킬 정도였다. 슬릿이 여러 군데 들어가 걸을 때마다 스커트 사이로 드러나는 길고 매끈한 다리가 가느다란 무대용 스트랩 샌들 위에서 무게도 느끼지 못하는 듯 움직였다.

"지후야, 오늘 기분 안 나는 것 같다?"

"지쳐서 그래."

"너 귀국 축하에 무사 생환 축하한다고 모인 건데, 네가 벌써 지치면 어떻게 해?"

한바탕 몸을 풀고 나서야 지후는 바가 있는 벽 쪽으로 물러섰다. 그녀에게 갈색 맥주병을 권하며 곁에 선 신영이 흘끔 그녀를 바라봤다. 짧은 단발머리가 이마 위로 내려와 들러붙자 후후 바람을 불어 올리는 지후의 얼굴은 많이 상기되어 있었다. 기운이 없다 해도 발랄한 표정은 여전했다.

"늙어서 그렇다."

"늙어? 일주일 전만 해도 전쟁터 날아다니던 애가?"

신영이 눈을 동그랗게 뜨고 웃으며 물었다.

"몰라. 그냥 흥이 안 나네. 답답해."

"왜 그러셔, 우리의 영웅께서. 근데 어떡하냐, 부서 또다시 옮겨졌다면서? 이왕 들어온 거, 신나게 춤추고 잊어라."

신영은 지후와 건배를 하며 싱긋 웃었다.

일주일 전만 해도 포탄과 총탄이 날아다니는 내전의 한가운데 있었던 강지후가 어떻게 이 자리에 있는 건지 지후의 초등학교 동창으로 가깝게 지내는 신영, 그녀는 알고 있었다.

그날 아이센공화국의 내전 현장에서 위성 생방송으로 상황을 전해줬던 SBN의 국제부 기자 강지후는 일약 국민적인 이슈로 떠올랐다. 철수하자는 카메라 기자의 고함과 함께 들려온 그녀의 배포 높은 목소리는 두고두고 회자가 되었다. 반면, 그 장면을 생방송으로 접하게 된 지후 가족들의 반응이라니. 바로 외교통상부에서 내려간 지침으로 기자단 철수가 시작됐고, 내전의 현장에 있던 강지후가 수송기에 태워져 귀국한 사실은 몇몇 가까운 이들밖에는 모르는 일이었다.

아, 정말. 기분 참 꿀꿀하네.

지후의 표정은 심드렁했다. 댄스 스포츠 강사 자격증을 딸 만큼 심취했던 춤을 춰도 기분이 개운해지질 않았다. 분명 화장실 갔다가 뒤처리 안 하고 나온 것처럼 이렇게 기분이 찜찜해지는 것은 마무리를 못 하고 온 때문일 것이다.

아이센의 내전은 점점 더 심화되고 있었고, 그 내전 자체가 강대국들의 이권을 위한 세력 다툼이라는 설이 지배적이었다. 정부군뿐만이 아니라 반군의 배후에도 미국이나 러시아가 개입했다는 소문이 은근히 돌았다. 러시아, 미국, 영국, 그리고 한국까지……. 한국이 그곳에 개입했는지는 아직 밝혀지지 않았지만, 강대국들의 각축장이 된 것에는 모종의 이유가 있을 것 같았다. 정말 개발되지 않은 무한량의 광물 때문인가? 제2의 시에라리온이 될 만큼 다이아몬드가 숨겨져 있나? 쉽사리 접할 수 없는 고급 정보가 손끝에 닿을락말락한 순간이었는데……. 그것이 풀리지 않아 지후는 내내 골머리를 썩였다.

"지후야, 네 전화 아까부터 울렸어!"

그때 바의 건너편에 있던 지훈이 음악 소리에 묻힐까 목소리를 키우며 핸드폰을 내밀었다. 언제나 연락에 민감한 그녀를 위해 클럽의 주인인 지훈이 들고 있던 것이다.

"고마워요, 선배."

지후는 여유롭게 싱긋 웃으며 핸드폰을 받아 들었다. 하지만 부재중 전화로 뜬 번호를 확인하는 눈빛은 곧바로 날카로운 의혹으로 반짝였다.

"어디야?"

"보도국."

"왜? 뭔 일인데, 퇴근한 너까지 찾아?"

"먼저 가 봐야겠다. 연락할게."

지후는 궁금한 듯 머리를 갸우뚱거리는 신영에게 대답하지 않고, 곧 겉옷을 찾아들고는 시끄러운 클럽을 빠져나왔다. 멀찍이 세워 두었던 차로 이동하며 그녀는 발신 번호를 꾹 눌렀다. 엄밀히 말하면 보도국이라기보다는 보도국장의 개인 번호였다. 왠지 안 좋은 예감으로 지후의 어깨가 밤바람에 움츠러들었다. 동물적인 감각을 꽤 믿는 편인데, 어쩐지 오늘 밤은 예감이 안 좋다.

"국장님, 강지후입니다."

파킹해 두었던 자동차 앞까지 와서야 국장의 핸드폰이 연결되었다. 그녀에게 계속 전화를 해 대던 것과 달리 국장인 황현수의 핸드폰은 연달아 통화중이었다. 그녀가 다른 동료에게 묻기 위해 전화를 걸려던 순간, 다시 황 국장의 전화가 들어온 것이다.

— 강 기자, 어디야?

"지금 홍대 앞인데요. 저 찾으신 거 아니세요?"

— 지금 때가 어느 땐데!

소리를 버럭 지르는 황 국장의 목소리에 지후의 눈매가 가늘어졌다.

"때가 어느 때라뇨? 퇴근 시간 훨씬 지난 때죠. 아니, 찾으신 건 국장님 아니셨어요?"

그녀의 볼멘소리에 황 국장의 목소리도 한풀 꺾였다. 아무래도 골초인 그가 담배 한 대를 찾아 문 듯했다.

— 그래, 찾긴 찾았는데, 이제 됐다.

"네? 아휴, 국장님도. 똥개 훈련시킵니까? 지하에서 모임도 작파하고 올라왔어요."

지후의 입술이 대번에 튀어나왔다. 뭔가 급한 전화인 듯해서 튀어나왔더니, 고작 한다는 소리가 됐다? 그런데 그녀의 분노 섞인 한숨 소리를 들었는지 황 국장이 크게 숨을 내쉬더니 이내 말을 꺼냈다.

— 이미 상황 종료라 그러지.

"무슨 상황이요?"

— 강지후, 거기서 한국대학병원 얼마나 걸려?

"지금 교통 상황 봐서 정상으론 30분, 강지후는 10분이요."

지후는 퇴근길 정체가 거의 풀려 가는 도로를 보며 무심히 대답했다. 한국대학병원에 무슨 일이 있다면, 최선을 다해 달려가겠다는 뜻이었다. 그런데 순간 지후의 눈썹이 사납게 치켜져 올라갔다. 제길! 누가 주차를 이따위로!

후진을 해서 주차장을 빠져나가야 하는데, 옆자리의 차가 사선으로 주차된 것을 발견한 것이다. 그것도 외제차가. 아주 지랄을 세트로 해요. 운전을 못 하면 집에다 고이 모셔나 둘 것이지, 왜 끌고 나와! 곱상했던 지후의 눈매가 하늘을 향해 홱 치켜떠졌다. 성질이 난 구둣발로 외제차의 타이어를 뻥 차며 입을 열었다. 그래도 기분은 여전히 심드렁했다.

"병원은 왜요? 국장님네 누가 아픈가요?"

— 야이, 짜식아! 너, 기자란 놈이 속보도 안 듣고 다녀?

이미 종료된 상황이라면서도 황 국장은 소리를 버럭 질렀다. 수화기에서 터지는 그의 목소리에 잠시 전화기를 멀리한 지후의 이마가 잔뜩 찡그러졌다. 가뜩이나 주차장 빠져나갈 생각으로 머리가 아픈데, 이분은 왜 이러신단 말인가.

"아휴, 선배님! 왜 불타는 금요일에 후배를 못 잡아드셔 안달이세요?"

한국대 동문으로 따지면 까마득한 선배인 현수였다. 하지만 평소에도 사석에서는 '우리 지후' 하면서 챙기는 현수를 알기에 지후의 목소리도 어느덧 눈 녹듯이 풀어졌다. 그런데 이내 그녀의 심장은 덜컹 주저앉았다.

— 이수훈 선생, 돌아가셨다.

이수훈 선생께서……, 돌아가셨다고? 지후는 들고 있던 전화기를 꼭 붙들며 두 눈을 크게 떴다.

"어, 언제요?"

— 방금 전에 속보 나갔어. 지금 한국대병원으로 기자들 몰려갔고.

"아……."

지후의 머릿속이 한순간 멍해졌다. 이수훈……, 그리고 이강유. 빠른 속도로 이름들이 머릿속을 맴돌았다.

— 하지만 상황 종료야. 고인의 유언으로는 국장은 원하지도 않으셨고, 언론사 연합에서도 고인의 뜻을 존중해서 취재 경쟁은 벌이지 않기로 했어. 연합뉴스로 나갈 거야.

침통한 목소리를 낸 황 국장과의 전화를 끊고, 지후는 한동안 움직일 수가 없었다. 겨우 차에 올라타서도 핸들을 붙들고 한참을 앉아 있기만 했다. 이수훈 선생이 돌아가셨다? 이렇게 갑자기?

그녀가 학부 1학년 때 들었던 그분의 특강은 아직도 뇌리를 움켜쥐고 있었다. 젊음에게 고하는 글을 통해, 통일한국을 이끌어 갈 진정한 열사가 되고 투사가 되라고 했던 그분. 사형선고를 받은 후 머리가 허옇게 세셨다던 그분을 상징하는 허연 머리, 그리고 언제나 깨끗하고 단정한 흰 도포 자락에 흰 고무신. 그 모습이 통일대한민국의 국부로 일컬어지는 이수훈 선생이시다. 대대로 국회의원이며 국무총리, 그리고 걸출한 여당 중진 의원 등을 배출한 정치 명가에서 태어났지만, 집안과는 뜻이 달라 평생 재야에 묻혀 민족의 정신적 지주가 되어 왔던 이수훈 선생.

통일 전 혼란 시기, 정국은 군사 쿠데타에 대항하여 민주화를 위한 집회와 여론으로 들끓었다. 그 와중에 북한을 단독 방문하여 적극적인 활동을 펴며 정상회담의 물꼬를 트셨고, 그로 인해 통일의 기초를 만든 것도 선생이셨다. 그리고 최근 현직 대통령인 이강유의 부친으로 더욱 유명세를 타신 분.

그럼에도 당신으로 인해 아들의 행보에 걸림돌이 되기 싫다며 더욱 소리를 죽이셨던 분이 그분이 아닌가. 대통령 본인조차 부친이기 전에 정치적이자 정신적 스승으로 그분을 꼽는 것을 주저하지 않았다. 일찍이 아버지와 헤어진 모친과 영국에서 10대를 보낸 이강유가 부친을 찾아 한국으로 들어온 사실은 이미 유명해진 일화였다.

이수훈 선생에 대한 보도는 언론 스스로가 존경의 의미로 더욱 다루지 않고 있었다. 아니, 그분을 취재 대상으로 삼는 것조차 불경하다고 생각할 정도로 추앙을 받는 분이 그분이었다. 가끔 이강유 대통령이 사저로 이수훈 선생을 찾아뵙는 모습이 언론에 보도됐지만, 그것으로 다였다. 이수훈 선생은 아들과 관련해선 말을 아꼈고, 더욱 은둔하셨을 뿐이었다. 그것이 건강 때문이었나?

머릿속에 떠오른 생각들로 복잡해진 지후가 머리를 거칠게 헝클어뜨렸다.

"에잇! 가 보자!"

지후는 결국 옆의 외제차를 확 밀어붙이며 주차장을 빠져나왔다. 그녀의 RV 차량에 부딪친 자동차가 쿵 소리를 내며 밀려났지만, 지금은 그런 것 생각할 틈이 없었다. 분명 황 국장은 한국대학병원에서 중요한 결정권을 가진 지후의 가족 관계를 떠올리고 그녀를 찾았을 터였다. 먼저 취재원을 확보하기 위해서. 하지만 자신의 20대를 열정으로 타오르게 했던 이수훈 선생이 돌아가셨다는 사실 하나만으로도 지후의 가슴은 뜨겁게 울렁거렸다.

*

한국대학병원의 장례식장은 황 국장의 말대로 조용했다. 이미 경호원들이 깔려 철저한 경계와 감시가 이뤄지고 있었지만, 감시 여부와 상관없이 자체적으로도 고요했다. 언론인들 또한 묵시적으로 국부로 존경해 온 이수훈 선생의 장례를 엄숙하고 조용하게 보도하기로 합의한 터라, 볼썽사나운 시끄러움조차 찾아볼 수 없었다. 그리고 속보를 듣고 찾아왔다가, 일반인들의 문상은 내일부터 시작할 수 있을 거란 대답을 듣고 돌아서는 사람들도 조용하긴 마찬가지였다. 그 모습을 지켜보던 지후의 발걸음은 장례식장에서 한참이나 떨어져 있는 교수 연구동으로 향했다.

똑똑.

"오빠?"

지후는 '심장내과 전문의 강지혁'이라고 쓰인 명패가 붙은 방의 문을 살짝 열었다. 어렵사리 통화가 된 지혁이 그곳에 있는 것을 알고 찾은 것이긴 했다. 하지만 가운도 벗지 못한 채 의자에 몸을 깊이 묻고 창밖의 어둠을 바라보는 지혁의 표정 때문에라도 지후는 특유의 쾌활함으로 먼저 다가서지 못했다. 언제나 가깝고 다정한 큰오빠였는데, 오늘따라 지혁이 너무도 멀리 있는 사람 같다는 느낌이라 지후의 표정도 어두워졌다.

"들어오되 네 기자 껍질은 문 앞에 버리고 와. 아무것도 대답해 줄 수 없어."

지혁의 목소리는 깊게 가라앉아 있었다. 또한 시선을 돌린 그의 눈빛도 어둡게 흔들리는 듯했다. 지혁이 이수훈 선생의 주치의를 맡고 있다는 것을 알고 있던 지후의 표정도 한껏 가라앉았다.

"황색 취급하지 마. 연합 보도로 결정됐으니까. 난 존경했던 분이기 때문에 찾아온 거야."

문을 닫고 들어선 지후가 깊은 숨을 내쉬며 지혁 앞의 소파에 앉았다. 너무도 침통한 표정인 오빠로 인해 그녀는 어떤 말을 꺼내야 할지 몰랐다. 전공과목이 심장인지라 언제나 죽음과 가까이 있는 지혁이지만, 오늘따라 너무도 표정이 좋지 않았다.

"지병인 심장병 때문이라고 발표 났는데……, 심근경색?"

지후의 질문에 지혁은 오래도록 답변하지 않았다. 물끄러미 지후를 바라보다 토해 내듯 입을 열었다. 손으로 눈을 꾹꾹 누르는 그에게서는 피곤이 물씬 묻어났다.

"지석이가 수술하려고 열었다가 그대로 닫았다."

"어? 지석 오빠가?"

지후의 표정이 얼떨떨해졌다. 지혁의 쌍둥이 동생인 지석은 국내 흉부외과의 중 최고라고 칭해지는 인물이다. 그 오만하고 자기 잘난 맛에 사는 지석이 열었다가 그냥 닫았다는 소리는 정말 가망이 없었다는 뜻일 터였다.

"벌써 세 번째 수술이시라 혈관 유착이 심했어."

"세 번……이나? 건강하셨다면서."

지후의 목소리가 떨렸다. 그럼 혹시 지석이 실수라도? 그녀의 눈 또한 놀람으로 커졌다.

"보도였을 뿐이지. 원래 오래전부터 심장 쪽이 안 좋으셨어."

그랬구나. 내심 가슴을 쓸어내린 지후는 지혁의 표정을 살폈다. 자존심 강한 지석이 어디 박혀 혼자 머리 싸매고 있을지, 마음 한구석에 걱정이 일었다.

"지석 오빠는?"

"사라졌다."

후우.

지후는 긴 숨을 몰아쉬며 흘러내린 앞머리를 쓸어 올렸다. 수술 집도의가 사라졌으니 주치의였던 지혁이 지금 곤란한 상황임은 묻지 않아도 알 수 있었다. 이제 공식 발표가 나면 기자들의 질문이 쏟아질 텐데.

아휴, 지석 오빠도 참! 난감한 건 알겠지만, 그렇다고 이렇게 사라지면 어쩌라고…….

괜스레 지후의 마음이 안달이 날 정도였다. 그녀라도 지석을 찾아보고 싶을 만큼. 그때였다.

"강지혁 선생!"

갑작스럽게 문을 열고 들이닥친 사람으로 인해, 지후도 지혁도 놀란 눈빛으로 문을 바라보았다. 복도의 어둑한 불빛을 등지고 성큼 들어선 커다란 그림자는 지후는 보이지도 않는지 지혁의 이름부터 불렀다.

흡!

얼떨결에 지후가 숨을 들이쉬며 벌떡 일어섰다. 낮고 부드러운 카리스마의 음성, 하지만 지금은 어느 때보다 갈라지고 메마른 상대의 음성을 알아들었기 때문이다. 불과 1년 전, 이 남자의 선거 캠프를 무던히도 쫓아다니며 경청했던 그 목소리를 잊을 리가 있겠는가.

이강유, 그였다. 지후 자신이 국제부로 옮겨 잊고 있던 동안, 대한민국을 온통 장악했다는 그 목소리의 주인공.

"대통령님, 잠시……."

그를 따라 들어섰던 누군가가 강유를 막아섰다. 지혁과 함께 있던 지후를 본 때문이었다. 지후는 50대 초반의 부드러운 이미지인 그가 청와대 비서실장을 맡고 있는 이후영임을 알아봤다. 그 또한 선거 캠프에서 꽤나 낯이 익은 사람이다. 그제야 지후를 알아봤는지 날카로운 강유의 눈매가 움찔거렸다. 문득 강한 빛이 주춤 꺾인 듯했다. 지후는 자신도 모르게 못 본 척 강유의 시선을 비껴 고개를 돌렸다.

"지후야, 자리 좀 비켜 줘."

"가 볼게."

서둘러 일어서 지혁의 연구실 문을 닫은 지후는 한동안 숨을 쉴 수 없었다. 그대로 가만히 섰다가 한꺼번에 훅 숨을 토해 냈다.

임종을 지키지 못했겠구나.

왜 그 생각이 지금 났을까? 생각해 보니, 이강유 대통령의 오늘 일정은 제주도에서 따로 있었다. 일정대로라면 아마 중국 총리와의 단독 회담 후 만찬 중에 올라왔을 터였다.

그래서 그럴까, 선거 중 항상 뒤꽁무니를 따라다녔던 이강유 후보의 저런 눈빛을 본 적이 없었다. 아니, 오빠의 친구로 알기 시작한 그때부터 시작해서 돌이켜봐도 없던 것 같다. 깊고 쓸쓸하게 가라앉은 강유의 눈빛은 어느 때보다 강력한 카리스마와 포커페이스로, 온갖 소문이 난무하는 정계를 주름 잡았다는 그로 보기 힘들 정도로 침통했다. 마음이 그대로 표정에 드러났다. 얼마나 급하게 서둘렀으면, 소식이 전해졌을 한 시간도 안 되어 제주에서 서울까지 왔을까.

대통령은 무슨 로봇이냐. 감정도 있어야지. 낳아 주신 아버지가 돌아가셨다는데 말이야.

별나라 사람이던 그가 잠시 지구로 귀환한 것 같은 느낌이 들었다.

지혁의 연구실을 나온 지후는 건물 안팎으로 쫙 깔리기 시작하는 경호원들 틈을 헤치고 터덜터덜 걸음을 옮겼다. 오늘 기분이 가라앉았던 원인을 찾아낸 셈이었다. 통일한국의 큰 별이 떨어진 날의 기분은 끝도 모르게 가라앉아만 갔다.

문득 지후는 걸음을 멈추고 교수동의 한 곳을 올려다보았다. 오빠 연구실이 저쯤일까?

상처 입은 남자의 눈빛이 저럴까 모르겠다. 오빠들을 볼 때와는 전혀 다른 느낌이 그녀의 심장을 울렁거리게 했다. 함께 슬퍼해 주고 싶은 마음에 울 것 같았다.

*

100년을 가는 푸른 기와로 지붕을 인 곳. 10만 평이 넘는 공간임에도 지도에는 표기조차 안 되는 곳. 하지만 분명 세종로 1번지라는 것이 청와대의 주소이다.

통일은 많은 것을 변화시켰다. 남북한 학자들에 의해 의문부호로 남아 있던 역사의 의문스런 부분도 점차 메워져 가고 있는 상황. 그로 인해 새로운 위상으로 평가가 진행되고 있는 조선의 정궁인 경복궁 뒤로 북악산이 굳건한 모습을 드러내며 높이 솟았다. 그리고 북악산과 경복궁의 중간에 푸른 기와집이 펼쳐진다. 통일 후, 수도와 청와대 이전에 대한 국가적 건의가 있었지만, 터가 넓어진 것 외에는 굳건히 그 자리를 지키고 있는 이곳이 대한민국 대통령의 집무실과 보좌관들의 비서동, 대통령 관저 등이 위치한 청와대였다.

일요일 밤, 부친의 49재를 절에서 모신 후였다. 청와대 관저로 돌아온 강유가 서재에 들어가 한동안 나오지 않았다. 오늘 남은 일정으로 비서실에서 연락이 들어온 것도 10분이나 전이었다. 휴일에 다 늦은 밤이었건만, 아직도 대통령인 이강유의 하루는 끝나지 않았다.

대통령 이강유의 친누나로 대학 강단에 섰던 이미유가 청와대로 들어온 것은 미혼인 동생으로 인해 퍼스트레이디의 역할을 맡으면서였다. 그녀는 기어이 강유를 부르기 위해 관저로 달려온 비서실장을 대하며 그 몰래 작은 한숨을 내쉬었다.

"잠시만 기다려 주세요, 실장님."

"죄송합니다. 대통령님께서 늦어도 오늘 꼭 보자고 하셨던 사람들이라 계속 기다리고 있습니다."

"잊으신 건 아닐 거예요. 잠시만 혼자 있겠다고 하셨거든요. 제가 가 볼게요."

미유가 부드러운 목소리로 비서실장인 후영을 안심시켰다. 매일 꼭 두새벽에 출근하는 것은 물론 일요일인 오늘도 출근한 그를 보자 미안함이 물씬 일었다. 어느 때고 대통령의 부름에 달려와야 하는 그들이지만, 젊은 강유의 혈기에 나이 많은 보좌진들이 지칠지도 모르겠다는 염려는 항상 있었다. 그러면서도 한 번 밀어붙이기 시작하면 끝을 보고 마는 강유의 성격을 알기에 말릴 수 없는 미유의 마음이 무거워졌다.

비서실장을 뒤로하고, 서재 쪽으로 다가가 문을 가볍게 노크한 미유가 살짝 문을 열었다. 불은 켜져 있지 않았지만, 바깥의 정원 쪽에서 들어온 불빛으로 서재는 비교적 밝은 편이었다. 그곳 창가에 기댄 강유의 단단한 뒷모습이 어렴풋이 보였다. 생각에 잠긴 듯, 강유는 그녀의 노크 소리에도 돌아보지 않았다.

너도 이럴 때가 있구나.

미유는 한참 동안 강유를 부르지 못했다. 언제나 강철 같고 든든하던 뒷모습이 쓸쓸해 보인다. 세상이 말하는 이강유답게 강해지고, 그리고 그 기대만큼 우뚝 커 버렸다 해도, 그녀에게 강유는 문득 애잔함이 묻어나는 동생일 뿐이었다. 유년을 아버지와 함께 지냈던 자신보다도 강유가 아버지에 대한 기대와 믿음이 더 컸던 것 같다. 그러니 아버지를 보낸 지금, 가끔이나마 강유의 이런 쓸쓸함을 마주칠 수 있는 거겠지. 특히 대통령이라는 자신의 직분으로 인하여 부친의 임종을 지키지 못했다는 사실은, 아니라 해도 그에게 큰 상처가 됐을 터였다. 간혹 그녀조차 잠이 안 오는 봄밤이면, 홀로 깨어나 술잔을 들고 있는 강유를 볼 수 있었다. 예전에는 볼 수 없던 일.

흐음.

미유는 자신도 모르게 입술을 깨물었다. 오늘따라 관저가 너무 넓어 보였다. 이제 집권 2년차. 연임을 할 수 있을지는 모르지만, 길면 앞으로도 7년 더 이곳에 있어야 한다.

강유의 뒷모습을 바라보는 미유의 눈빛이 작게 흔들렸다. 강유에게 너무 일찍 허전함이 찾아든 것 같아 문득 불안해졌다. 이제는 누군가 마음이 따뜻하고 심지 강한 여자가 그의 옆자리를 메웠으면 하는 바람이 진하게 들었다.

달칵!

미유는 서재 입구 쪽에만 켜지는 미등을 켜 자신의 존재를 강유에게 알렸다.

"이강유 대통령님!"

부드러운 그녀의 음성에 강유가 고개를 돌렸다. 순간 강유의 깊은 눈빛과 마주친 미유는 덜컥 가슴이 내려앉았다. 동생은 나이를 먹어 가며 점점 더 아버지의 눈빛을 닮아 간다. 언제나 다정하고 진중하시던 아버지의 표정을 빼닮 닮아 가고 있었다.

"무슨 생각을 그렇게 해? 어디 아프니?"

염려가 섞인 피붙이의 다정함에 강유는 희미하게 미소 지었다. 미유는 평소 그를 존중하여 존댓말을 썼지만, 지금은 격의 없는 존재인 누나로 다가섰다. 자신보다 훌쩍 큰 동생의 표정을 올려다보는 미유의 얼굴이 걱정으로 어두워졌다. 하지만 이내 아무 일 없다는 듯 한쪽 입가를 말아 올려 웃는 강유로 인해 잠시나마 긴장을 풀 수 있었다.

"아플 리가 없지, 누나. 이미유 여사께서 얼마나 동생을 챙기시는데."

"생각이 많아?"

미유는 강유의 얼굴을 찬찬히 들여다보았다. 선이 굵었던 아버지와 달리 어머니의 영향인 듯 강유는 강인해 보이면서도 인상이 부드러운 편이다. 그렇다고 약해 보이지도 않는 그런 인상. 길고 서늘한 강유의 눈매가 아련함에서 벗어나 또렷해졌다. 이내 손으로 얼굴을 쓸어내리며 창가를 벗어난 강유 특유의 부드러운 저음의 목소리가 서재에 가득 찼다.

"아버지 생각 좀 하느라고. 이제 보내 드려야지."

"강유야."

미유가 동생의 이름을 불렀다. 너무 오랜만이라 강유조차 이상한 듯 미유를 바라봤다.

"억지로 그럴 필요는 없잖아. 자식이 돌아가신 부모 추억하는 거야 당연한 일이지."

강유가 누구보다 부친을 따르고 존경했다는 것을 알고 있었다. 오 죽했으면 아버지가 홀로 계신다는 것을 알고는 열다섯에 무작정 한국 으로 들어왔을까.

"이후영 실장님이 10분 전부터 기다리고 계셔."

강유는 알고 있다는 듯 무겁게 고개를 끄덕였다.

조만간 국내 최대 재벌가인 현일그룹 비자금에 대한 특별 법안이 국회를 통과할 것이다. 특검법이 발효되면, 그가 공약으로 내세웠던 재벌 개혁에 대한 첫 사정의 칼날이 현일그룹부터 시작될 터였다. 오 늘은 조만간 꾸려질 특별 검사팀과의 개별 면담을 진행할 예정이었다. 강유는 자신이 현실을 잊고 깊은 생각에 잠겼었다는 것을 깨닫고는 겉 옷을 걸치며 급히 걸음을 옮겼다.

"늦게 돌아올 것 같으니까, 누나 먼저 자요."

현관까지 마중 나오는 미유를 들여보낸 강유는 걸음을 집무실 쪽으 로 향했다. 그러다 문득 그의 발걸음이 멈췄다. 곁에 딱 붙어 따라오고 있는 경호부장인 최 경호원을 힐끔 돌아다봤다. 검은 양복을 단정히 입은 무뚝뚝한 그는 강유가 멈춰 서자 동시에 바짝 붙어 걸음을 멈췄 다. 그 너머 불이 환한 관저의 사방에서 경계를 서고 있는 검은 옷의 경호원들이 보였다. 사방을 돌아봐도 시커먼 사내들뿐이다. 강유의 반듯한 이마가 희미하게 찌푸려졌다.

"왜 그러십니까?"

강유의 이상함을 느낀 형민이 눈에 힘을 줬다. 감정 없이 바라보는 것 같은 강유의 표정에서 그가 무언가 말하고 싶어 한다는 것을 알아챘다. 오랫동안 붙어 다닌 형민은 바로 알 수 있었다.

"관저가 삭막하지?"

"예?"

무슨 뜬금없는 소리냐는 뜻으로 형민은 반문했다. 삭막이라고? 수목과 꽃나무가 많은 이곳에 얼마나 많은 꽃들이 철따라 피어나 울긋불긋 꽃대궐을 이루는데.

그때, 휘잉 불어온 봄바람이 강하게 그들의 몸을 때리고 비껴갔다. 봄이 깊었는데도 여전히 서걱거리며 무언가 부딪치는 마른 소리가 사방에서 들리는 듯했다. 고요하기만 한 청와대 관저 저 너머 어딘가에서 컹컹 개 짖는 소리가 났다. 팔도를 대표하는 토종개들로 여러 마리를 기르고 있는 개들 또한 봄밤이라 잠이 안 오는 듯했다. 한 놈이 짖으니 다른 놈들도 순식간에 따라 짖어 왠지 기분이 오싹하다. 순간 형민은 저도 모르게 고개를 끄덕였다.

"아, 예, 삭막하긴 하군요."

이내 걸음을 재촉하는 강유의 뒤를 따라가면서도 형민은 고개를 갸웃거렸다. 이런 대답이 맞는 건가? 왜 물어보셨지?

반면, 강유의 가슴은 바람을 맞아 더욱 썰렁해져 갔다. 왜 이렇게 가슴속이 허한지 스스로는 원인을 찾을 수 없었다. 이게 외롭다는 감정일까?

잘 모르겠다. 숨 돌릴 틈도 없이 바쁜데, 그럼에도 문득문득 가슴이 허할 때가 있었다.

흠. 외롭다면 결국 연애가 하고 싶은 건가?

하고 싶은 일들을 추진하기 위해 정신없이 살았다. 20대를 지나고 30대로 넘어온 지도 많이 지났건만, 아직까지도 구체적으로 생각해 보지 않던 그 일이 퍼뜩 머릿속을 스쳐 지나갔다. 그러자 떠오른 영상 하나가 그의 머릿속을 깔끔하게 정리하고 있었다. 거친 모래 바람 속에서도 강인함을 잃지 않던 한 여자의 얼굴.

강지후…….

오늘로부터 49일 전의 그날 밤, 예기치 못하게 맞닥뜨렸던 눈빛이 아버지를 보내 드리고도 한참이 지난 지금에서야 떠올랐다. 경황 중에 인식했던 것은 물빛이 찰랑이던 강지후의 눈망울. 꽃바람이 굵게 불고 지나간 후, 문득 그녀가 보고 싶은 밤이다. 소녀티를 훌쩍 벗은 그 여자가.

3

월요일, 청와대 춘추관.

"안녕들 하신가?"

기자실이 있는 춘추관의 프레스센터 맨 앞줄에서 기사를 작성하던 지후는 밝고 경쾌한 목소리에 고개를 번쩍 들었다.

"헉!"

그러다 정면으로 눈이 딱 마주친 최경훈을 보고는 고개를 푹 숙이고 말았다. 유독 이 많은 기자들 사이에서 자신과 눈이 마주칠 일이 무언지 모르겠다는 생각으로 지후의 코가 찡긋거렸다. 안 그래도 사돈의 팔촌까지 인맥을 동원해야 할 이 마당에 경훈은 꼭 인사를 가야 할 사람이었지만, 그럼에도 지금은 바늘허리에 실 매어서 쓸 만큼 바쁜 상황. 얼른 브리핑룸으로 달려가야 할 판국인데, 이 대변인이란 분은 월요일 기자실 상황이 어떤지 먼저 체크하러 오셨나 보다.

"오호, 이게 누구야? 아이센의 잔다르크, 강 기자 아니야."

청와대 대변인이자 홍보 수석 비서관을 맡고 있는 최경훈이었다. 이강유 후보의 선거 캠프 때부터 대변인을 맡아 일했던 경훈이었고, 뭐라도 나올까 그 뒤를 찰떡같이 쫓아다니던 지후였기에 이미 안면이 닳고 닳은 사이였다. 기왕 버린 몸, 아니, 시간. 작성하던 기사에서 손을 뗀 지후가 일어나 환하게 웃으며 경훈을 맞았다.

"안녕하셨어요, 최 수석님!"

경훈이 내미는 손을 잡으며 지후가 씩씩하게 인사를 했다. 그러자 주변에서 기사 작성 중이던 다른 기자들의 시선이 하나둘 그들을 향해 쏠렸다.

"어떻게 된 거야? 국제부로 발령 났다고 신나서 뛰어갔었잖아?"

"아, 하하. 그랬었죠."

기억력도 좋으시지. 지후는 어색하게 경훈을 보며 웃었다.

"아이센 방송 본 게 엊그제 같은데."

"들어온 지 좀 됐죠."

능구렁이 같으니라고. 기자단 철수 건은 먼저 알고 있었을 것이다. 청와대 홍보 수석이자 대변인이야말로 언론과 최전방에서 얼굴을 맞댄 사이다. 지후는 속마음을 내색하지 않고 경훈을 향한 웃음을 거두지 않았다. 그 마음을 아는지 모르는지, 경훈 또한 반가운 기색을 지우지 않으며 자리 뜰 생각을 하지 않았다.

"정말 언제 들어온 거야, 강 기자?"

"두 달째 돼 가요. 책상 빼는 줄 알았는데, 엊그제부터 여기로 출근 결정됐어요."

지후는 짧은 단발 뒷머리를 긁적거렸다. 정장을 말쑥하게 차려입고 하이힐을 신은 그녀에게서는 커리어 우먼의 지적인 이미지가 물씬 풍겼지만, 아직은 이런 차림이나 격식이 틀에 박힌 듯하여 부자연스러운 마음이 가시지 않았다.

보도국에서 그녀의 보직을 청와대 출입 기자로 발령을 낸 지 이제 일주일이 지났다. 그동안 다시 국제부로 가기 위해 기를 써 봤지만 위에서 무슨 압력이 있었는지 데스크에서는 아무런 답변을 주지 않았다. 집안 윗선에서 무언가 압박이 간 건 아닌지 곰곰이 생각해도 답이 나오지 않았다.

그래도 사표 받으라고 방방 뜨지 않는 것만 해도 감지덕지인 판국이라, 지후는 한동안 국제 정세 지켜보듯 꼬리를 말고 있었다. 그러다 결정 난 보직이 청와대로 출근하라는 명령이었다.

네, 하라시면 당연히 해야지요. 당분간이겠지만.

그렇게 기운차게 청와대 출입 기자 생활을 시작했지만, 업무 익히느라 정신을 쏙 뺀 게 며칠이던가. 아직은 직접 춘추관에 와 본 것도 손으로 꼽을 만큼이었고, 이곳 식당 밥도 이제야 익숙해지기 시작했다. 밥 한 주걱 더 퍼 주시는 아주머니 얼굴도 겨우 익혔고.

경훈은 머쓱한 듯 웃는 지후를 보며 경쾌한 웃음을 터뜨렸다.

"정말 반갑군. 열심히 하라고. 강 기자 보면 내 옛적 생각 많이 나."

"예예, 열심히 할 테니 따끈따끈한 정보나 흘려주세요. 핫라인에서 흘러나오는 거요."

헤헤거리며 웃는 지후의 얼굴에 밝은 햇살 같은 웃음이 피어올랐다. 기자실을 휘둘러보고 나가는 경훈의 입가에도 웃음이 폈다.

그런데 지후가 다시 자리에 앉을 때였다. 옆자리에 있던 모 중앙 일간지의 아이디카드를 목에 건 기자가 그녀를 경탄의 눈길로 쳐다보고 있었다. 대머리의 시초, 속알머리가 보이기 시작하는 40대 초반의 남자였다.

"최 대변인 알아요?"

"예? 아, 선거 캠프 때부터 좀 안면이 있어요. 왜요?"

신기한 듯 바라보는 옆자리 기자가 더 신기해서 지후가 반문했다.

"저분 상당히 까다롭기로 소문났는데."

"아, 뭐……."

지후는 머쓱하게 웃음을 머금었다. 그 얘기야 지후도 알고 있는 바였다. 까다롭다기보다는 최경훈과 말싸움을 해서 이길 수 없다는 의미일 터였다. 그리고 최 대변인이 기자들의 생리를 꿰뚫어 그들의 머리 꼭대기에 올라가 있는 사람이라는 점이 이들이 경훈을 무서워하는 이유일 수도 있었다.

오랜 기자 생활을 거친 모 중앙 일간지의 편집국장 출신이라는 경훈의 이력은 이곳 프레스센터에 빽빽하게 모인 엔간한 기자들의 기를 팍팍 눌렀다. 그만치 그들에게는 대선배라는 것이었다. 여차하면 그들의 국장이며 그 윗선까지 동기나 후배로 찍어 누르니, 그 앞에서 까딱 말꼬리라도 잡으면 바로 일갈이 터지는 이가 또 경훈이었다. 하지만 그런 것 상관할 강지후가 아니다.

"이제 보니 SBN의 강지후 기자시네?"

'어쩐지' 하며 훑어보는 상대의 눈빛이 별로 기분 좋은 것이 아니었지만, 지후는 그저 무시하고 말았다.

별꼴이야, 내가 강지후 기자라는데, 당신이 왜 기분 나빠?

작성하던 기사에 다시 시선을 둔 지후는 곧바로 울리는 전화벨 소리에 귀에 꽂고 있던 리시버를 눌렀다.

— 강 기자, 안 올라와?

"예, 갑니다요, 선배님!"

카메라 기자의 호출이었다. 벌써 카메라 세팅이 끝났나 보다. 매주 월요일마다 진행되는 대통령의 정례 브리핑이 있을 브리핑룸으로 지금 바로 올라가야 했다.

흐음.

그런데 왜 또 마음은 이럴까? 아마 청와대 발령을 확인하고부터였을 것이다. 아침마다 시작되었던 심장의 울림이 오늘은 더 심해졌다. 최경훈을 만날 때만 해도 아무렇지 않았는데, 이제는 확연히 느낌이 왔다. 공습이 시작되기 전을 기다리던 그때처럼, 가슴 쪽이 조금씩 뭉근해지고 옥죄기 시작했다.

근 두 달 만에 직접 보게 되는 대통령이었다. 사적으로는 아니었지만, 그래도 이미 선거 캠프에서 무수히 많이 봐 왔던 사람이었다. 그때도 이렇게 긴장했었나? 아니었는데……. 그런데 왜 오늘은 이렇게 긴장이 되나 모르겠다. 짐을 챙기는 지후의 양 어깨가 조금씩 팽팽해져 갔다.

그날 이후 처음이다. 오빠인 지혁의 연구실에서 본 이강유라는 남자의 눈빛을 아무래도 잊을 수 없어서 그런가 보다. 언제나 강인해 보였고, 그럴 거라 믿었던 남자의 눈빛이 더욱 슬프고 아프게 다가와서 일지도 모른다. 별나라로 이사 간 이강유 대통령도 사람이라는, 상처

받을 수 있다는 정상적인 자각을 아주 우습게도 그날 하게 된 자신의 바보스러움 때문일 거라고, 지후가 애써 잊기 위해 몇 번이나 머리를 털던 그날들이 부질없어져 갔다. 서서히 긴장이 고조되었다.

청와대 춘추관 브리핑룸은 각 언론사에서 들어온 기자들로 인해 빈자리 하나 없이 빽빽이 들어찼다. 이미 이강유 대통령의 브리핑이 있는 월요일은 각 방송사마다 고정 프로가 신설될 만큼 국민들의 눈과 귀가 청와대로 집중되었다.

형식적인 질문과 답변이 오갈 것이라는 초기의 예상과 달리, 직접 기자들을 상대하는 대통령의 기자 브리핑은 신뢰도 높기로 유명했다. 절대 계획된 답변이 아니면 하지 않는 게 정석일지도 모르는 대통령의 짜여진 언행에서 변수가 많은 그의 대답에 보좌진들이 당황하는 경우도 생겼고, 오히려 정곡을 찌르는 그의 화법에 질문을 한 기자가 공개적으로 망신을 당하기도 하는 그런 자리로 유명해지고 있었다. 그렇게 대통령에게 깨지고 돌아가면 그 기자의 밥그릇 깨지는 것도 시간문제였으니, 기자들 또한 브리핑이 있는 날은 잔뜩 긴장을 하게 마련이었다.

지후는 미리 배포된 보도 자료를 읽으며 마음을 가라앉히기 시작했다. 그러다 문득 달라진 공기에 고개를 들었다. 언제 브리핑룸으로 들어왔는지, 단상은 대통령의 크고 날렵한 몸으로 가득 채워져 있었다. 자세를 바로잡는 사람들의 헛기침 소리가 간혹 들려왔다. 그러다 한순간 지후의 심장이 쿵 바닥으로 떨어지고 말았다. 또다시 그와 눈빛이 마주쳤다.

흠.

짧은 신음이 토해질 것 같았다. 저 눈빛을 기억한다. 당장이라도 자신에게 말을 걸 것 같은 그런 느낌. 언제 봤더라? 1년 전, 대통령 당선 확정의 순간. 시간의 간극에 묻혀 있던 그때의 기억이 아련히 떠올랐다. 그로 인해 지후의 심장 또한 그때를 기억하며 울렁거렸다. 이제는 사적인 감정이 절대 들어가면 안 되는 정치부 기자로서 대통령인 이강유를 대해야 하는 입장이었다. 그런데 조금 더 솔직해지자면, 청와대 출입 기자로 배치됐을 때 심장이 은근히 떨렸음을 부인하지 못한다.

정신 차려, 강지후. 여긴 전쟁터보다 살벌한 정치판이다.

지후가 잊지 못하는 상처 입은 눈빛의 그가 아닌, 취임 반년 만에 국정을 장악해 강력한 대한민국을 만들어 간다는 평가를 받는 이강유 아닌가. 그의 매서운 눈빛이 모여든 기자들을 모두 훑더니, 천천히 부드럽게 풀어져 갔다.

짙은 색의 슈트가 그의 모습을 단단하고 견고하게 보이게 했지만, 봄빛에 맞는 파스텔 톤의 넥타이가 이미지를 부드럽게 해 주고 있었다. 부드럽게 풀어진 입가에 은은한 미소가 잡혀 보는 이의 마음을 편하게 해 주는 인상이 더욱 확고해졌다.

국민을 향한 그의 이미지는 단호하고 명쾌하면서도 멀거나 차갑지 않은 그런 쪽이었다. 깊은 생각에 빠지면 자연스럽게 무표정이 되어 차가워 보이는 이미지도 많이 개선된 것 같았다. 그러나 선거를 쫓아다니며 철저하게 자기 관리를 하는 모습과 냉혹하리만치 단호한 이면을 본 탓인지, 지후는 어느 것이 이강유의 본모습인지 이제는 헷갈릴 정도였다. 저 정도야 충분히 만들어 낼 수 있는 이미지였다.

"2010년 4월 26일 월요일, 브리핑을 시작하겠습니다. 오늘은 몇 가지 말씀을 먼저 드리고 시작합니다."

낮고 부드러운 목소리가 브리핑룸에 울렸다. 설득과 협상으로 정국을 장악했다는 젊은 대통령. 그만큼 신뢰가 담긴 음성에 브리핑룸의 모든 이가 숨소리 하나 없이 집중을 했다. 몇백 명이 모여 있다고는 생각 못 할 고요가 흘렀다. 꿀꺽. 긴장한 누군가의 침 넘기는 소리가 들릴 정도였다.

"우선 오늘 새벽, 평양이 2020년 올림픽 개최지로 선정되었다는 기쁜 소식을 들었습니다. 온 국민이 정성을 모아 함께 이룩해 낸 쾌거이고, 평양이 명실상부한 세계의 도시로 우뚝 설 수 있는 발판이며, 통일 전 남과 북으로 나뉘어 있었던 우리가 하나로 확실히 뭉칠 수 있는 기회가 될 것이라는 기쁜 생각을 했습니다."

강유의 말은 계속 이어졌다. 지난주 금요일에 있었던 국무회의 결과까지 그는 국정 전반에 관한 사항을 논리 정연하게 설명해 나갔다. 보도 자료와 다른 점을 열심히 적고 있던 지후는 중간에 한 번 그와 눈이 마주쳤을 뿐인데, 그 잠깐 동안 강유의 눈썹이 꿈틀거렸다는 착각에 빠졌다.

에에, 설마.

지후의 눈빛도 가늘어졌다. 나를 알아본 건가? 그런데 정말 이상하지, 왜 자꾸 저분이 나를 보고 있다는 생각이 들까? 지후는 고개를 갸우뚱거렸다. 설마…….

곧바로 이어진 대통령의 발언에 지후는 강하게 머릿속을 털었다.

"여러분들도 아시다시피, 재벌 그룹 수사에 관한 특별 법안이 지난주 국회를 통과했습니다. 그 첫 사정의 대상이 된 그룹에 대한 수사를 시작할 특별 검사팀이 꾸려질 예정이고, 이에 대해서는 조만간 기자회견이 있을 것입니다. 오늘 제 말이 좀 길었는데, 여러분의 질문을 받겠습니다."

대통령의 브리핑이 끝나자 기자들 사이에서 웅성거림이 일었다. 미리 대변인과 함께 대략 정했던 질문 순서를 확인하느라 눈짓하다가 중간에 앉아 있던 남자가 벌떡 일어섰다. 아무래도 국민의 관심사로 떠오른 재벌 개혁에 대한 질문이 쏟아질 것 같았다.

"한성경제의 박용현 기자입니다. 대선 공약으로 내세우셨던 재벌 사정의 확고한 원칙을 밝혀 주셨는데, 이에 따른 내부적 갈등이나 외압은 없었는지 궁금합니다."

강유는 첫 번째 질문을 한 박 기자와 정확히 눈빛을 마주쳤다. 장내 모든 시선이 그를 주시했지만, 그런 것쯤은 강유에게 아무런 동요도 일으키지 않았다. 다만 그의 눈빛을 받은 박 기자가 움찔했을 뿐이었다.

이런 제길, 또 밀렸어.

박 기자의 머릿속에 스쳐 간 생각을 아는지, 한 템포 멈춘 강유의 대답이 이어졌다.

"없었겠습니까?"

웃음을 머금고 여유롭게 대답한 강유에 반해, 기자들이 긴장을 했다. 종종 대통령의 역발언에 허를 찔린 기억이 있는 박 기자가 다시 입을 열었다.

"있으셨다는 말씀이신지요?"

"있고 없고가 중요합니까? 결론은 추진에 별다른 영향을 주지 못했다는 것입니다."

싱긋. 강유가 입으로만 웃었다. 그래도 그의 여유에 긴장됐던 분위기가 일순 풀어졌다. '과연 이강유다' 라는 생각으로 사람들은 술렁거렸다.

"한성일보 정대성 기자입니다. 재벌 개혁에 대한 의지는 전 정권부터 계속 대선 공약으로 내세웠던 얘기입니다. 국민들의 현재 심정 또한 '지켜보고는 있으나, 전 정권과 같이 솜방망이 수사로 끝나는 것이 아닐까?' 하는 우려를 갖고 있습니다. 대통령께서는 어떻게 생각하십니까?"

강유의 시선이 부드럽게 풀어지는 듯하다가 이내 강하게 빛나기 시작했다. 그는 기자단 한 명 한 명을 눈도장 찍듯이 바라봤다.

"기업하기 좋은 환경은 별다른 것이 없습니다. 모든 기업에 똑같이 적용되는 룰을 만들고, 또 그런 환경을 만드는 것, 그것이 기본이고, 또한 그 일은 대통령으로 있는 제 몫입니다."

흠, 정말 말은 잘한다니까.

지후는 열심히 강유의 말을 경청하며 마음을 가다듬었다. 이강유는 국회의원 시절부터 날카로운 언변을 자랑했다. 대통령의 대화 방식이 일단 질문 상대를 정확히 주시해 기싸움을 벌이는 듯하니, 저 심기를 감춘 포커페이스와 언변에 녹아들지 않으려면 정신을 똑바로 차려야 했다. 지후는 흠흠 목을 가다듬으며 자신의 질문 차례가 되기만 기다렸다. 처음 이강유를 공적으로 만나는 자리. 절대 밀리지 않을 테다. 그녀는 심기를 굳건히 했다.

"경한일보 성주현 기자입니다. 재벌 특검 관련해서 질문 드립니다. 대통령께서는 당선 축하금이나 통치 자금을 재벌로부터 받으신 일이 정녕 없으십니까?"

털어서 먼지 안 나는 사람 없냐는 질문일 터였다. 경한일보는 SBN과 같은 계열이긴 했지만, 그들 자체가 보수 성향을 띠고 있는 언론이다 보니 진보적 개혁을 기치로 세운 현 정부의 행보에 대해서는 질문의 어조 또한 사뭇 공격적이었다. 하지만 대통령은 이 질문에도 골똘히 생각하는 듯하더니, 곁에 있던 홍보 수석이자 대변인인 경훈을 불렀다.

"제가 모르는 당선 축하금이나 자금이 들어온 적이 있습니까?"

"없습니다."

경훈이 단호히 대답하자마자 성 기자의 목소리가 이어 터졌다.

"확신하십니까?"

성 기자의 안경 속 눈빛이 번뜩였다. 일순 날카롭게 변하는 강유의 매서운 눈빛을 마주해 움찔했지만, 온 힘을 다 끌어올려 한 치도 밀리지 않았다.

"500명이 넘는 청와대 참모진을 일일이 모두 믿으신다는 말씀이십니까?"

성 기자의 어조는 상당히 도전적이고 일견 얄미울 만큼 집요했다. 듣고 있던 지후조차 주먹을 꼭 쥘 정도로 어조가 강해서 그녀는 고개를 돌려 성 기자의 표정을 확인했다. 아니나 다를까, 당신은 이제 빠져나갈 곳이 없을 거라는 듯 의기양양한 그의 표정에 눈살이 찌푸려졌다.

분명 성 기자 또한 믿는 구석이 있을 것이다. 방송인 SBN보다 더 보수색이 짙은 언론인 경한에서 대통령이 하는 일에 순순히 꽃가루를 뿌릴 리가 없었다.

"성주현 기자님은 제 입에서 다른 답변이 나오기를 원하시는 것 같은데……."

성 기자를 바라보던 강유의 눈빛이 짓궂게 반짝였다. 기자들은 무슨 얘기가 나올까 싶어 그를 주시했다.

"……그렇다면 차라리 저를 돌로 치십시오. 그럼 제 참모들을 부인하겠습니다."

빙긋 웃던 강유의 말이 끝나자 기자들의 '와!' 하는 웃음이 터져 버렸다. 경직되었던 분위기가 부드럽게 풀리는 순간이었다. 일부는 얼굴 표정을 일그러뜨렸지만, 분명 대통령의 대답을 즐기는 쪽이 대다수였다. 분위기는 조금씩 웅성거림으로 들떠 갔다. 그러나 기자단을 전체적으로 훑어본 뒤 강유가 입을 열자 브리핑룸은 또다시 물을 뿌린 듯 조용해졌다.

"특검 관련해서는 기자회견으로 또 다른 만남의 장을 마련하겠으니, 이쯤에서 마무리하도록 하겠습니다. 그 이외의 다른 분야에 대한 질문 있으시면 받도록 하죠."

"경향TV의 이종우 기자입니다. 특검법으로 인하여 가려진 경향이 있는 아이센공화국 관련입니다. 지난해, 대통령께서 취임하시기 전에 터진 아이센공화국의 내전이 국제 사회의 초유의 관심사가 되고 있습니다. 파병에 대해서는 불가라는 신념을 줄곧 고수하셨던 대통령이신데, 취임 1주년이 된 지금은 그 입장이 어떻게 변하셨는지 궁금합니다."

흐음. 한 나라의 자주권은 보장되어야 한다는 생각이 이 대통령이었지.

지후의 눈빛이 가늘어졌다. 그녀의 전공이다시피 한 대목이 나오자 투지가 불끈 솟구쳤다. 지금껏 상황을 주시하고 있는 한국으로서는 대통령의 답변 하나에 초미의 관심이 쏠려 있었다. 하지만 신념이 변할 수 있는가. 취임 시 자신 있게 자주권 보장을 외쳤던 대통령이지만, 급변하는 세계정세를 주시하며 지금껏 능구렁이처럼 답변을 회피한 것도 이 대통령이었다.

"파병은 대통령인 저라도 혼자 결정할 수 있는 문제가 아닙니다. 파병이 필요하다고 해도 충분한 국민 의견 수렴 후 결정될 것입니다."

단호한 이 대통령의 말이 떨어지자마자 지후가 자리에서 벌떡 일어섰다. 그녀는 되도록 차분한 시선을 강유에게 보내며 여유를 찾았다. 저 말의 의미는 국민이 원하면 파병도 불사하겠다? 대통령 후보의 신념을 기억하는 사람들이 얼마나 있을지 모르지만, 적어도 지후 자신은 그의 말을 기억하고 있었다. 어떤 외압에도 대통령 이강유는 자신의 신념을 지켜 낼 수 있는 힘이 있었고, 그러길 바랐다. 반전에 대한 여론은 만만치 않았다. 이미 몇몇 단체들은 성명을 낼 정도로 파병 반대를 하고 있었고, 그것은 내전의 참상을 직접 눈으로 보고 온 지후의 뜻과 같았다.

안 돼! 제발 신념을 지키세요!

그의 말대로 일국의 자주권은 보장되어야 한다. 아이센 정부가 아닌 아이센 국민이 원하는 것은 군대가 아니라 외국군 없는 평화와 자유가 아닌가. 그녀가 직접 몸으로 뛴 내전은 아수라장이었고, 각국의 치열한 로비 접전이 벌어지는 곳도 그곳이었다. 왜 침략전쟁을 벌이려 하느냐고, 실리도 없는 그곳에 무슨 의를 두고 우리 젊은이들의 피를 뿌리러 보내는지 모르겠다고 거센 반대 의견을 내는 야당에 이 안건만은 한 표 던져 주고 싶었다.

"SBN의 강지후 기자입니다. 파병에 대해서는 찬반 의견이 첨예한 것으로 알고 있습니다. 반대의 여론을 무릅쓰고라도 대통령께서 파병하실 예정이라는 여론이 있습니다. 혹시 알고 계신지요?"

대통령 이강유의 시선이 기자 강지후에게 멎었다. 이미 장내의 모든 시선은 그녀와 한 치의 틈도 없이 시선을 마주한 대통령에게 쏠렸다. 아이센의 여전사로 불리는 강지후를 모르는 국민이 있을까. 그런 만큼 그들의 모습이 한 화면에 잡히자 카메라 기자조차 침을 삼키며 그들을 주시했다. 강유보다 훨씬 작은 키와 체구의 지후였지만, 팽팽하게 맞선 시선은 허공에서 만나 불꽃이 튀기는 듯했다.

하지만!

흠…….

이를 악문 지후는 내심 떨고 있었다. 저 강력한 눈빛을 이렇게 온몸으로 받아 낸 동료 기자들이 부러울 뿐이었다. 마치 제단 위에 오른 제물처럼 지후는 뒤로 밀리며 떠는 몸을 안간힘을 다해 버텼다. 간혹 마주 대하던 자신이 알던 이강유가 아닌 듯했다. 역시 자리가 사람을 만드는 건가.

그래도 밀린다는 건 말이 되지 않잖아. 강지후, 대통령이 대수야?

그런데 한순간 끊어질 듯 당겨진 신경이 무너진 것은 마주한 강유의 눈빛에 얼핏 스친 웃음 때문이었다.

어……, 어?

강유의 표정에 상당히 재밌다는 느낌이 떠올랐다는 사실이 지후의 마음을 흔들었다.

뭐, 뭐지? 무슨 뜻이지? 지후의 눈가가 희미하게 일그러졌다.

"알고는 있습니다만, 그것 또한 저 혼자 결정할 수 있는 일이 아닙니다. 대통령이 혼자 결정할 수 있는 일이 거의 없다는 것은 기자님들이 더 잘 아시지 않습니까?"

아무래도 말린 것 같은데…….

싱글싱글 웃음까지 곁들인 강유의 답변에 지후의 눈가는 더욱 가늘어졌다.

"그곳에 다이아몬드를 비롯한 미개발 지하 광물이 풍부하게 묻혀 있어, 아이센 정부가 그 개발권을 강대국들에게 당근으로 흔들고 있다는 얘기를 들었습니다. 파병에 대한 논의는 그것과 관련이 있는지요?"

지후의 생각으로는 파병에 대한 논의가 대두됨은 국민적 관심을 밖으로 돌리려는 정치적 의도가 다분히 깔려 있는 것으로 간주됐다. 당장 내년으로 다가온 지방선거에 대한 준비도 정치권은 하고 있을 것이다.

연임? 하셔야지요, 대통령님. 하지만 신념은 지키고 하십시오!

지후의 내심과 달리 기자단 사이에서는 웅성거림이 일었다. 개발권 얘기는 기자들 사이에서도 모르는 사람들이 더 많았다. 그만큼 내전의 현장에서 반년을 구른 지후가 알고 있는 고급 정보 쪽에 속했다.

"이제 보니, 아이센의 여전사로 불리는 강지후 기자시군요."

갑자기 아는 척을 하는 강유로 인해, 단단히 마음을 중무장했던 지후가 멈칫거렸다. 미간이 저도 모르게 찡그러졌다.

뭐야, 왜 갑자기 아는 척?

선거 캠프를 한 달 가까이 따라다녔어도, 그는 기자단 어느 누구도 특별히 가까이하지 않았다. 오히려 기자단과 어느 정도 거리를 둬서, 너무 차가운 성격이 아니냐는 우려의 목소리가 들릴 정도였다. 자신 정도면 한 번쯤 다가가 볼 수 있지 않을까 생각했던 지후도 너무나 거리를 둔 그로 인해 포기했을 정도였다. 그러니 새삼스러울 수밖에.

문득 떠오른 것은 사람들에게 깔릴 위기에 처했던 자신을 안아 줬던 강유의 단단한 팔. 여성 유권자들이 지켜보다 몰표가 몰렸다는 TV 토론회의 팔뚝은 저리 가라였던 단단함이 떠올라 얼굴에 확 뜨거운 기운이 올랐다.

그런데 왜 갑자기 아는 척을 하시지? 나는 분명 공적으로 이 자리에 있구만.

의혹이 몽글몽글 일어나는 지후와 달리 웃음까지 입가에 문 강유의 태도는 여유로웠다.

"역시 현장을 뛰시는 분은 다르군요. 아이센에 존재한다는 미개발 자원에 대하여는 아직 확인할 수 없습니다. 하지만 그런 여러 면을 생각한다 해도……, 파병은 현재로선 논의 사항이 아닙니다."

마지막을 단호한 어조로 끝맺은 강유가 지후를 지그시 바라보더니 시선을 돌렸다.

찰나의 시선이었다. 잠시의 접전이었지만, 그것만으로도 진이 빠진 지후 역시 자리에 앉았다. 그런데 이상한 것은 그의 시선이 아무 의미

없다는 것을 알면서도 가슴이 답답해졌다는 것이다.

언제나 능구렁이처럼 잘도 빠져나가는 대통령답게 이번에도 기자단은 파병에 대한 어떤 답도 명확히 듣지 못했다.

"마무리 지어도 되겠습니까? 오늘 브리핑은 이것으로 마치겠습니다."

죽 늘어섰던 보좌관들을 대동하고 브리핑룸을 나서던 강유의 눈길이 잠시 잠깐 지후에게 머물렀다. 강하고 도전적인 그녀의 눈빛을 보며, 봄바람처럼 따뜻한 웃음이 강유의 눈빛에 스쳐 지나간 것을 지후는 모르고 있었다.

*

그날 저녁, 청와대.

집무실과 관저가 한 울타리 안에 있다는 것은 일에 미친 대통령에게는 장점이겠지만 보좌관들에게는 고역이 된다. 항상 그의 곁을 따라다녀야 하는 경호부장과 제1부속실장은 9시가 넘도록 집무실에 남아 있는 대통령으로 인해 퇴근 시간을 훌쩍 넘기기가 일쑤였는데, 그런 이강유를 겨우 관저 앞까지 모셔다 놓은 것은 대통령 당선 전부터 그와 막역한 사이를 유지하던 유신혁이었다. 그는 현직 청와대 국가안보보좌관으로 청와대 참모진 중 소장파의 기수였다.

"제가 얼마를 더 말씀드려야 합니까? 사기업도 눈치 안 보는 칼퇴근이 장려되는 마당에, 청와대가 솔선하십시오. 퇴근 시간 좀 지켜주세요."

말인즉, 대통령 공식 일정이 끝난 후의 일들은 청와대 집무실에서 하든 관저 서재에서 하든 똑같을 텐데, 왜 굳이 집무실에 용처럼 버티고 앉아 애꿎은 비서진까지 야근을 하게 만드냐는 것이었다.

"유 보좌관님."

"예?"

관저로 돌아가는 길, 무언가 생각에 깊이 빠진 강유의 뒤를 쫓아가던 신혁은 최 경호원의 부름에 고개를 돌렸다. 가로등 불빛을 받아 더욱 단단해 보이는 최 경호원의 표정에는 오랜만에 보는 웃음이 서려 있었다.

"대통령님께서 관저로 돌아갈 생각을 안 하시는 것은 유 보좌관님이 오피스텔로 돌아가지 않는 것과 비슷한 이유 같습니다."

"무슨 얘기십니까?"

문득 신혁의 눈빛이 의문부호를 찍으며 바뀌었다. 최 경호원이 이렇게 길게 얘기하는 것도 거의 처음인 듯했다.

"보좌관께서도 오피스텔이 재미없으니까 항상 여기 머무는 것 아닙니까. 청와대 출근 후, 더욱 연애 상대 찾을 시간이 없지요?"

연애? 지금 내가 돌아갈 곳이 없어서 여기 있다고? 그건 아니라고 신혁이 발끈해서 대답할 찰나였다. 앞서 가던 강유가 몸을 홱 돌리더니 신혁을 바라봤다.

"유 보좌관!"

"예, 대통령님."

"나보고 할 일 없으면 일찍 관저나 가 보라던 자네는 왜 집에 안 가나? 오피스텔이 마음에 안 들어?"

에? 지금껏 이 생각 하셨던 거야?

이런 뒷북이 있을까. 청와대로 출근하고부터 집을 옮긴 신혁이었다. 강유의 질문에 머릿속이 멍해진 신혁이 대답할 말을 찾기도 전에 강유가 입꼬리를 말아 웃으며 그의 팔을 잡아끌었다.

"기왕 늦었으니, 들어가서 술 한 잔 해."

결국 술친구가 필요하신 거군.

봄바람이 살랑살랑 부는 밤이었다. 온 청와대에 이름 모를 꽃들이 만개한 봄밤. 짙은 꽃향기가 아무래도 남자들의 단단한 심장도 녹인 듯했다. 신혁은 오늘따라 강유의 모습이 대통령 이강유가 아니라 예전 격의 없이 지내던 강유 형의 모습인 듯해서, 술 한 잔 하자는 그의 청을 뿌리치지 못했다. 대답 없이 강유의 뒤를 따라 관저의 정문을 넘어섰다. 아니, 솔직히 어차피 돌아가서도 보고서에 매달려 있을 자신을 잘 알고 있기도 한 탓이었다. 어떻게 된 것이 청와대에 들어온 후, 사람들은 많이도 만나는데 인간관계 폭은 더 좁아져 버렸다.

청와대에는 꽃과 나무가 많다. 특히, 전 대통령 영부인께서 꽃나무를 너무도 좋아하신 덕분으로 관저의 정원에는 온갖 꽃나무가 진을 이뤘고, 지금 봄을 맞아 앞 다투어 꽃을 피워 올렸다. 흰 꽃잎이 관저를 밝힌 노란색 불빛 아래 봄눈처럼 흩날렸다. 그 모습이 보이는 거실에서 신혁은 강유를 마주하고 앉았다. 미색 니트로 갈아입은 강유의 모습은 편해 보이면서도 어딘지 모르게 허전해 보였다.

"외로우십니까?"

거실 창밖을 내다보던 강유의 시선이 신혁을 향했다. 긴장이 풀린 눈매는 부드러웠고, 한편으로는 무방비해 보이기까지 했다.

"바쁘다. 그런 생각 할 틈 없어."

"외로움이 틈 보고 찾아옵니까?"

"흠."

강유의 눈빛이 가라앉았다가 문득 반짝 빛이 돌았다.

"누님도 비슷한 말을 하시던데…… 너한테까지 그렇게 보인다면 문제군."

"저니까 알아본 겁니다."

강유가 색깔 없는 음색으로 대답하며 들고 있던 잔을 단번에 비웠다. 오늘따라 술맛이 쓴 것이 아니라 달다. 마음 때문일까?

"문제는 외롭다는 게 아닐 겁니다. 남자 나이 30대 중반이라는 게 문제죠. 그 나이 될 때까지 외로운 감정 한 번 느끼지 못했다는 게 문제 아닙니까?"

신혁의 시니컬한 어조에 강유가 쿡 짧은 웃음을 터뜨렸다. 모양 좋은 입가가 기분 좋은 듯 풀어졌다.

"그 남자는 나냐? 인간 같지 않다고 비난하는 거냐?"

"아시면 됐습니다. 아, 정 외로움을 덜고 싶으시면 연애를 하십시오. 해답이 될 수 있습니다."

"유신혁."

"예?"

문득 목소리 톤이 달라지는 강유로 인해 신혁은 조금 긴장했다.

내가 너무 풀어졌나? 그래도 대통령이신데.

그런 신혁의 마음은 아랑곳없이 강유는 진중했다.

"넌 언제나 무 자르듯 싹둑 잘라 얘기해. 그럼 30대 초반인 누군 가는 지금껏 외롭다는 감정 한 번 느껴 봤나? 남 말할 처지가 아닐 텐데?"

신혁의 얼굴에 약한 술기운이 돌았다. 강유의 말대로가 아닌가. 사 시와 행시 패스 후, 국회의원 이강유를 위해서 뛰어온 그 또한 연애를 할 감정적, 시간적 여유란 것이 없었다. 그러니 대통령 이강유야 말해 무엇 할까.

"연애……하면 좋겠지."

강유의 단단했던 표정에 한순간 스친 것은 아쉬움이었다. 지금껏 심각하게 생각해 보지 않던 일이 머릿속을 스쳐 갔다.

일거수일투족 모두 세간의 집중적 시선을 받는 내가 연애를 하면 어떻게 될까? 흐음…….

"쉽지 않을 거다."

"대통령의 연애 말입니까?"

"그래."

"대통령도 사람이고, 남자입니다."

강유는 툭툭 말을 내뱉는 신혁을 흥미롭다는 눈빛으로 바라봤다. 자신보다 더 열을 내고 있는 그가 재미있다는 표정이다.

"상황이 어렵긴 하겠지만, 대통령님께서 연애만 하신다면 충분히 도와드리겠습니다."

"유신혁, 내 연애에 흥미가 많군. 이유는?"

신혁은 강유를 향해 씩 웃었다. 특별한 이유는 없었다. 다만…….

"대통령님의 심기가 국정 날씨와 바로 연관이 되니까 그렇죠. 하하."

"후후, 누가 들으면 대통령이 노총각 히스테리라도 부리는 줄 알겠군."

강유가 짧게 혀를 차자, 신혁이 머쓱하게 웃음을 물었다.

"밤은 깁니다. 언제까지 저만 붙들고 술친구 하시겠습니까? 남은 임기에 연임까지 생각하면, 길게는 7년의 시간을 이곳에서 더 보내셔야 합니다."

7년. 길다면 길고 짧다면 짧은 시간. 그래도 이렇게 직접 말로 들으니 아찔하긴 하다. 강유는 슬쩍 미간을 찡그렸다.

"독수공방이 적성에 맞으시면 계속 그러십시오. 결혼, 생각 안 하십니까?"

결혼? 연애도 안 해 봤는데, 결혼?

전혀 생각도 없던 일들이 신혁의 입에서 나오자, 강유의 미간이 눈에 띄게 긴장을 했다. 그러다 문득 오늘 낮, 브리핑 시간에 마주쳤던 지후가 생생히 떠올랐다.

강지후.

그동안 마음으로만 궁금하던 강지후의 모습을 확인하니, 가슴 쪽에서 무언가 간질거림이 살랑거렸다. 반짝반짝 빛나던 그녀의 눈빛이 새삼 떠올랐다. 설렘일까?

"유신혁."

"예."

"대통령과 정치부 기자는 어떤 관계지?"

"정치부 기자요?"

새삼스럽다는 듯 신혁이 반문했다. 악어와 악어새의 관계인가? 아니, 불가근불가원(不可近不可遠)의 관계인가? 하지만 눈가에 빙긋 웃음을 문 강유를 보며 신혁은 고개를 갸우뚱했다. 강유가 모르고 묻는 것은 아닌 것 같았다.

"혹시, 다른 뜻으로 물으신 겁니까?"

강유는 미심쩍게 바라보는 신혁에게 대답하지 않았다. 정치부 기자, 강지후. 정치부 기자라면 민감한 사항이다. 약간의 틈만 보여도 분명 말이 나겠지. 사정을 알기도 전에 상대를 난도질할 수도 있는 문제였다. 자신이 의도하지 않은 사이에. 상황은 9년 전 그가 정계로 나올 때보다 나아진 게 없었다. 정신없고 바쁜 것은 그때보다 지금이 더하지 않은가. 그나저나 강지후는 그 키스 기억이나 하는지 모르겠군. 아직도 그의 기억은 선명했다. 스무 살 풋풋함이 그대로 묻어났지만, 열정은 그때가 최고였기 때문에.

"누가 뭐라 해도 올해 안에 연애 시작하십시오. 마흔 넘어서 아이 돌잔치 열고 싶으십니까?"

"홋. 누가 상관이냐, 유신혁?"

"죄송합니다."

멋쩍어하는 신혁을 보는 강유의 입가에 희미한 웃음이 서렸다.

"잔소리꾼."

신혁의 말을 웃음으로 넘겼지만, 강유는 가시가 걸린 듯 마음에 걸리는 이름 하나를 지우지 못했다. 그렇게 신혁을 보내고 2층 침실로 올라왔어도 강유는 쉽사리 잠이 올 것 같지 않았다. 곁으로 돌아온 밝은 웃음이 그의 의식을 자꾸만 깨우고 있었다.

강유의 침실에서는 아래층 정원이 내려다보였고, 그 너머 청와대

저편까지 아련히 조망되었다. 그의 취향에 따라 군더더기 없는 침실에는 하얗게 시트가 깔린 침대만이 덩그러니 놓여 있을 뿐이었다. 벽에는 그 흔한 그림 한 점 걸리지 않아, 오로지 잠만 잔다는 본연의 목적을 위한 방처럼 보였다.

술기운과 피로에 몸은 노곤해도 여전히 잠은 안 오는 그런 시각. 창가에 섰던 강유는 아직 덜 마른 머리를 쓸어 올리다 문득 손을 멈췄다. 무표정했던 입가에 설핏 웃음이 서렸다.

정말 밤이 길군.

신혁의 말대로 밤은 길었다. 긴긴밤 정책과 전략을 생각해야 하는 머릿속은 복잡했지만, 뚜렷한 길처럼 더욱 선명히 떠오르는 것은 한 여자의 얼굴이었다.

강지후, 강지후…….

왜 그 이름이 자꾸만 맴도는 것일까?

아래층 정원을 내려다보는 강유의 눈매가 의혹으로 짙어졌다. 그러면서도 꼬리를 무는 것은 스쳐 지날 때마다 강한 인상을 남겼던 강지후의 모습들이었다. 아버지의 입원 문제로 지혁을 만나고 나오던 병원 로비에서 마주쳤던 얼굴, 대선 취재단에서의 강지후, 그리고…….

생각 끝에 강유는 밤이슬에 꽃망울이 터지듯 풋 웃음을 터뜨렸다. 가장 기억에 남았던 순간이 떠올랐던 탓이었다. 아이센공화국에서 송출되던 생방송에서 발견했던 강지후의 눈빛. 새카맣게 탄 얼굴에 굳은 의지를 담고 흙덩이에 깔리는 마지막까지 기자 멘트를 웅얼거리던 그 여자. 마지막 비명이 '강지후 살려'였던가?

"쿡!"

강유는 저도 모르게 소리 내서 웃고 말았다. 절체절명의 그 순간에 온 국민은 숨을 죽였지만, 멀쩡히 살아 돌아온 지금은 모두 웃을 수 있으리라.

그런데…….

기억을 더듬는 강유의 눈매가 가늘어졌다. 순간 어둠 속에서 불이 켜지듯 확 떠오른 장면 하나가 그의 머릿속을 뒤흔들었다. 아버지의 부고를 들었던 그날, 지혁의 연구실에서 보았던 눈동자가 퍼뜩 떠올랐다.

아아, 그랬었군.

조금씩 흘러나오던 강유의 웃음소리가 뚝 끊겼다. 작은 한숨이 그 뒤를 이었다. 어쩌면 너무 오랜 기간이었는지도 모른다. 일 외에는 어떤 생각도 의식적으로 해 오지 않았던 것. 그리고 마음을 접어 두었던 것.

강유는 자신이 처음으로 이성을 잃었던 날을 떠올렸다. 9년 전 그날은 자신도 판단을 유보한 마음을 접기로 했던 날이었다. 국회의원 당선 확정 후, 선거 캠프 자원 봉사자들과 뒤풀이하던 중으로 기억한다.

'당선 축하드려요, 강유 오빠. 이제는 오빠라고 부르지도 못하겠어요.'

분명 강지후는 술에 취해 있었다. 맥주 몇 잔에 그렇게 가 버릴 줄이야.

'이건 당선 축하 선물!'

지후의 입술이 갑작스럽게 다가왔다. 볼에 느껴지는 순간, 강유는 저도 모르게 지후를 당겨 안았다. 그대로 입술에 충동적으로 입 맞췄다. 머리는 차가운데 입술과 가슴은 뜨거웠다.

하지만 그게 다였다. 취중이었고, 아마 강지후는 기억도 못 할 것이다. 스르르 그의 팔 안에서 잠이 들었으니까. 그것은 강유 자신에게도 다행이었다. 약간 들뜬 상태에서 마음에 두었던 강지후로 인해 잠시 이성을 잃었던 것이니, 서로 기억하지 않는 편이 낫다고 생각했다.

강지후……, 강지후.

이름을 되뇔수록 심장 박동이 급격히 빨라졌다. 문득문득 느꼈던 누군가를 향한 기억의 편린들이 비어 버린 가슴속에 한꺼번에 밀려들었다. 시간이 너무 많이 흐른 셈이다. 한 여자를 중심에 두고 맴돌고 겉돌았던 시간들이. 강유는 어느새 핸드폰을 꺼내 들고는 저장된 번호를 꾹 눌렀다.

"이강유다. 늦게 미안하다."

힐끔 바라본 시계가 아직은 12시 전이었다. 전화하기에는 이미 늦은 시각이지만, 전화의 상대가 이 시각에 잠을 자지 않는다는 것을 그가 알고 있고, 그만큼 상대가 편하다는 것이 이유일 수 있었다.

4

점심시간이 훌쩍 지난 대학병원 앞 한식당은 한적했다. 지혁이 퇴근 후 스태프들과 종종 소주잔을 기울이는 이곳에서 그는 지금 헐레벌떡 뛰어온 동생 지후와 대낮부터 삼겹살을 굽고 있었다. 지글지글 소리와 연기를 내며 고기가 익어 갔다.

"오빠, 왜?"

지후는 삼겹살을 굽다 말고 자신을 빤히 바라보는 지혁을 마주 바라보았다. 점심이나 먹자고 해서 없는 시간 빼서 뛰어왔더니, 왜 그렇게 바라보느냐는 물음으로 눈동자가 말똥말똥했다. 젓가락을 입에 문채 그가 굽고 있는 삼겹살이 익기만 기다리는 동생의 또랑또랑한 눈빛을 보며, 지혁은 내심 한숨을 푹 내쉬었다. 한 판 다 구워 놓은 것을 지후는 어느새 홀랑 다 집어 먹었다.

"너, 못 먹고 컸냐?"

"흐흐, 또 무슨 소리 하려고?"

들고 있던 젓가락이 허전한지 지후는 그새 야채까지 날름날름 다 집어먹었다. 당근을 씹는 소리가 오독오독 리듬감 있게 들려왔다.

"점심부터 삼겹살 굽는 여잔 너밖에 없을 거다."

"뭐라? 할아버지 한 분으로도 벅찬 여자 타령을 오빠가 해? 기자 체력은 국력! 우리가 얼마나 노가단 줄 알아? 시간 날 때 틈틈이 먹어 줘야 하거늘! 나, 오늘 7시에 방송 있어서 아침도 못 먹었어."

들고 있던 풋고추 한 개를 아삭 베어 문 지후가 마늘까지 집어 들려 하자, 지혁은 젓가락을 탁 치며 마늘 그릇을 빼앗았다.

"강지후. 너, 여기서 나갈 때 필히 섬유 탈취제 뿌려라."

"아이, 참! 지혁 오빠, 오늘 너무 까칠한데? 정체를 밝혀라. 강지혁의 탈을 쓴 강지석 아냐?"

가늘어진 지후의 눈초리를 받던 지혁이 피식 웃었다. 지혁과 지석은 쌍둥이라고는 해도 외모가 너무도 흡사한 편이었다. 게다가 같은 병원에서 근무하다 보니 어떤 때는 그들을 알고 있는 사람들조차 혼동을 할 정도였다. 하지만 입을 열면 그 둘은 성격부터 다르다는 것을 사람들은 알고 있었다. 지혁은 아무래도 인간의 선한 본성을 믿는 낙천주의 쪽이었다.

그런데 오늘 이분이 왜 이리 까칠하셔? 지후는 입을 샐쭉 내밀다가 자글자글 익고 있는 고기 한 점을 날름 입에 집어넣었다. 너무 급히 넣어서 뜨겁다고 후후거리는 모습을 보며, 지혁은 또다시 한숨을 푹 내쉴 수밖에 없었다.

정말 강유, 아니, 대통령께 이 철부지 녀석을 보내도 될까? 공식 절

차를 밟기에는 여러 가지가 번거롭고 또 시간도 많이 걸린다는 데 지혁도 동의하긴 했지만, 그래도 강유의 뜻을 도무지 알 수 없었다. 지후를 부르는 지혁의 목소리가 낮게 가라앉았다.

"강지후."

"응?"

"너, 오늘 애국 좀 해라."

"무슨 애국? 애국이야 항상 하는 건데."

"청와대 좀 들어가."

고기를 집어 쌈장을 푹 찍던 지후는 갑자기 무슨 소리냐는 뜻으로 눈이 둥그레졌다.

"청와대? 나, 청와대 매일 들어가는데. 거기가 내 보직이야."

"춘추관 말고, 일 끝내고 관저로 가서 이 대통령 좀 도와 드려. 갈 수 있지?"

에……?

"내가? 뭐, 뭘 도와 드려?"

"너 잘하는 거 있잖아."

지후의 눈이 이번에는 가장 크게 휘둥그레졌다. 갑작스럽게 튀어나온 대통령 얘기에 좋아하는 삼겹살이 타고 있는 것도 눈에 들어오지 않았다. 퍼뜩 강유의 의미를 알 수 없던 웃음이 떠오르자 심장이 두근거렸다. 그러다 지혁의 말에 입이 딱 벌어졌다.

"댄스."

"댄스?"

고개를 끄덕이는 지혁을 보면서도 지후는 입을 닫지 못했다.

*

그날 늦은 저녁, 청와대 관저.

흐음.

서글서글한 지후의 눈동자가 흐릿해졌다. 유심히 한 남자의 보폭을 따라가는 눈길이 신중해지고 가늘어졌다.

아아, 정말 춤 쪽에는 몸치인가 봐.

누가 알았겠는가. 운동에 만능이라 알려진 이강유 대통령의 몸이 이렇게 장승처럼 뻣뻣한 것을.

가늘고 늘씬한 다리를 따라 유연하게 흐르다 발목 부근에서 넓게 퍼지는 하의, 그리고 상체가 딱 붙는 부드러운 감촉의 민소매 티셔츠 차림인 지후는 지금 완벽하게 '도도한 선생'의 자세를 유지하고 있었다. 물론 한 시간 전 그녀를 데리러 온 경호원을 따라 대통령 관저로 들어와, 바로 이곳으로 안내됐을 때만 해도 이런 여유는 없었다.

한 시간 전.

여기 이런 곳이 있었네.

대통령 관저의 별채. 그곳에 따로 마련된 체력 단련실 같았다. 분명 경호원을 따라 지나오며 본 옆방에는 운동기구가 잔뜩 있었으니까 체력 단련실이 맞을 것이다. 그 체력 단련실과 맞붙어 있는 이곳은 바닥에 나무가 깔려 있는 것 하며, 또 한쪽 벽면 전부가 거울인 것이 마치 발레 교습소를 연상시켰다.

뭐, 춤을 배우겠다고 하셨으니, 교습은 교습이지. 암.

지후는 속으로나마 고개를 끄덕거리며 마음을 가다듬었다. 혼잣말이라도 중얼거리지 않으면, 긴장감에 돌아 버릴지도 모르겠다는 생각을 하며.

지후는 눈동자를 돌려 사방을 휘휘 둘러보면서 진땀이 나는 손바닥을 바지 자락에 쓱 문댔다. 초조하면 머리를 쓸어 올리는 버릇이 있는 그녀였다. 그녀는 자신이 지금 많이 긴장하고, 은근히 초조해하고 있다는 것을 앞에 있는 사람이 눈치 채지 않았으면 하는 바람으로 이를 지끈 물었다.

어찌 긴장이 안 될 수 있을까. 방금 전, 그녀가 안내되어 들어온 별채의 복도 문을 열고 들어온 한 남자의 시선을 온몸으로 받으니, 손끝의 미세한 신경까지 덜덜 떨리는 듯했다. 물론 심장이 제자리를 찾지 못하고 덜컥거린 것은 그 전이었다.

"약속을 해 놓고 늦어서 미안합니다."

무엇 하나 걸리지 않는 부드러운 저음이 들려왔다. 동시에 발끝으로 마룻바닥을 톡톡 차던 지후가 고개를 들었다. 매섭고 서늘하여 늘 강하게만 보이던 눈빛에 한순간 웃음이 감기는가 싶더니, 강유는 입술 끝을 올려 가볍게 웃었다. 부드러운 조명이 켜진 실내. 크림색의 브이넥 니트가 근사하게 어울리는 그의 모습을 본 지후의 시선이 한순간 흔들렸다. 이렇게 편한 느낌의 대통령을 볼 줄이야.

"강 기자님. 아니, 이 시간엔 선생님이시군. 맞지, 최 경호원?"

강유가 뒤따라 들어온 형민을 보며 물었다. 강유로 인해 놀란 지후 또한 그제야 누군가 이곳에 함께 들어왔다는 것을 인식했다. 언제나 대통령의 곁을 지키는 경호부장이 산처럼 떡하니 그의 뒤에 버티고 서 있었다. 아무래도 그가 있어서 강유의 말투가 좀더 격식을 차린 듯했다. 평소 기자들을 대할 때의 말투와 그다지 다른 것이 없었다.

"흠흠. 안녕하세요, 대통령님."

어색함을 이기지 못한 지후가 코앞까지 다가온 강유에게 꾸벅 인사를 했다. 집으로 그녀를 데리러 온 차를 타고 오면서 가라앉았던 가슴이 조금씩 일렁이기 시작했다. 얼떨떨하고 당황스러운 감정은 여전히 남았다.

"강 기자님이 이곳에 온 이유는 강 교수를 통해 들었을 거라 생각합니다. 그럼 시작할까요?"

"궁금한 게 있습니다, 대통령님."

그녀 앞에 팔짱을 끼고 우뚝 선 강유를 올려다보는 지후의 눈빛에 방금 전 긴장의 흔적이 사라지고 생기가 살아났다. 무엇이냐고 묻는 강유의 눈빛에 이제껏 의구심으로 갸우뚱하던 지후의 질문이 쏟아졌다.

"대통령님 말씀대로 대략적인 얘기는 강 교수님께 들었습니다. 하지만 왜 저인가요? 저는 춤을 가르치는 전문 강사도 아닙니다. 정식으로 초빙하신다면 실력 있는 분들은 많을 텐데요."

지후의 목소리는 저절로 딱딱하게 변했다. 청와대를 출입하게 되면서 대통령인 그와 눈빛이 자꾸 마주친 것도 신경이 쓰였는데, 이렇게 다시 사적으로 얽히니 더욱 신경이 곤두섰다. 정치부 기자라는 자신의 신분이 마음에 걸린 것이다. 그런데 결국 제대로 거부의 의사도 밝히지 못한 채 이곳에 들어온 이도 자신이었다. 그것이 한편으로는 기분을 좋지 않게 했다.

"그게 궁금했나?"

어느새 자연스럽게 말을 놓은 강유의 눈빛은 재밌다는 듯 반짝였다. 모양 좋은 입술에는 웃음이 스몄다. 그 모습을 보던 지후의 눈초리가 보기 싫지 않게 올라갔다.

"강지혁 교수는 동생이 춤꾼이라고 했었는데……. 과장된 건가?"

"어머, 언제 그런 말을……. 아, 아니, 뭐……."

끙. 정말 이런 얘긴 언제 한 거야?

지혁은 시시콜콜 이런 얘기를 할 만한 성격이 아니었다.

하, 여기서 부인하면 오빠는 뻥쟁이가 되나? 지후의 미간이 생각으로 좁혀졌다.

"강재완 교수님도 알지."

윽! 아버지까지 파시네.

지후의 얼굴이 저도 모르게 찡그러졌다.

대통령인 이강유가 그녀의 아버지 강재완을 모를 리가 없었다. 아버지는 대통령의 주치의였으니까. 하지만 아버지가 대통령 주치의라는 사실이 꼬리표처럼 달리는 것은 지후도 원치 않았다. 누구누구의 딸로 불리는 것은 성격상 도저히 용납이 되질 않았다. 사방 둘러보아 발에 걸리는 직업이 의사인 집안. 그래서 자신은 스스로 박차고 나왔는지 모른다. 으으, 지겨운 의사 선생들!

"강 기자는 굳이 따지면 내 대학 동문이지? 한국대 정외과 출신 아닌가? 국제정치학 김 교수님 여전히 깐깐하시지? 다음번 총장 출마하신다고 들었는데."

점점 더 얼굴이 일그러지는 지후를 보면서도 강유는 여전히 재밌다는 표정이었다. 학연, 지연 그런 것 따지지 않고 사람을 쓴다는 그가 이렇게 파고드는 것이 의아했지만, 또 따지다 보니 얽혀 있는 곳이 한두 곳이 아니었다.

　"이렇게까지 학연, 혈연, 지연 다 끌어다 댔는데도 안 도와주나? 난 상당히 급해. 강사 알아볼 시간도 없지."

　아마 성격이 급할 것이다. 강유는 난감해하는 지후를 보자 희미한 웃음으로 입꼬리가 말려 올라갔다. 언제나 당당했던 강지후가 당황하는 모습을 보는 마음이 점점 유쾌해졌다.

　그리고 결국 지후는 가벼운 숨을 내쉬었다. 입바람을 후 불어 이마로 내려온 머리카락을 날리고, 강유를 똑바로 쳐다보았다.

　"여기서 제가 돌아간다고 말씀드리면, 더 할 얘기 있으신가요?"

　"아니, 이제 회유가 안 되면 협박이 들어가야지. 그리고……."

　잠시 강유의 말이 끊어졌다가 다시 이어졌다.

　"……그 다음은 고문."

　지후의 도전적인 눈빛을 받아들인 강유가 희미하게 웃었다. 목소리는 냉정했으나 분명 눈이 웃고 있었다.

　과정이야 어찌 됐든, 지후는 강사가 되겠노라 수락을 했다. 사교댄스를 배워 두지 않으셨다는 이분. 하지만 지금은 꼭 필요하시다는 일국 대통령의 요청을 거절할 수 있는 입장이 아니었다. 그러나 아무리 그래도 지후는 지금 떨고 있었다. 시간이 갈수록 강사라는 사실에도 이건 뭐 점점 떨림은 더해 가니, 미칠 노릇이 아닌가. 대통령 이강유의 숨결을 바로 코앞에서 느낄 수 있을 거라고 상상이나 했었나. 그것도 이렇게 찰싹 붙어서.

"오른손은 여기, 그리고 왼손은 여기. 스텝은……."

부드럽게 흘러가는 왈츠의 기본 동작. 한 손은 여자를 맞잡고, 다른 한 손은 여자의 허리에……. 자신의 목소리가 지극히 자연스럽기를 소망하던 지후는 한순간 미간을 움찔거렸다. 허리에 얹힌 강유의 손이 뜨겁게 느껴진 때문이었다. 지후는 한꺼번에 일어난 짜릿한 감각에 허리를 움찔거렸다. 그곳에 힘을 주고 문득 시선을 들자, 깊게 가라앉은 강유의 눈빛이 그녀에게 맞닿았다. 헙! 놀라 숨을 멈춘 순간이 지나자, 지후의 깊은 곳에서 야릇한 감각이 몰려들었다.

그녀는 아주 짧은 시간 강유의 눈빛에 서린 당혹감을 알아차리지 못했다. 강지후의 손끝이 닿았을 때부터, 아니, 그 이전, 가까워진 서로의 거리로 숨결이 맞닿던 순간부터였을 것이다. 언제나 고요한 수면 같은 마음에 거센 풍랑이 일었다.

강지후…….

불에 덴 듯 강유의 미간이 꿈틀거렸다. 지후의 허리에 얹은 손에서 감지되는 저릿한 전류로 강유는 당장이라도 손을 떼고 싶었다. 급속도로 빨라진 심장 박동. 손아래 보드랍게 느껴지는 가는 허리를 확 끌어당기고 싶은 충동을 강유는 꾹 눌렀다. 또렷이 각인되어 있는 상대의 눈빛으로 인해 온몸에 팽팽한 긴장이 흘렀다.

"강 기자, 이렇게?"

"예……."

그 어색한 순간을 견디지 못해 입을 연 것도 강유였다.

고개를 한쪽으로 갸웃대는 그로 인해, 지후는 급작스럽게 요동치는 심장을 잠재우고, 빨라진 호흡을 정상으로 돌리기 위해 시선을 획 돌렸다.

왜 이러지…….

알고 있던 것보다 더 크게 느껴지는 키. 가까이 다가온 강유의 숨결이 볼 위를 스쳤다. 찌릿 솜털이 일어서는 느낌. 심장은 엇박자로 뛰었고, 맞잡은 손에서 진땀이 바짝바짝 났다. 한순간 지후는 스스로가 한심하고 어이가 없어서 미칠 것 같았다. 상대가 남자로 느껴지는 이런 비정상적 감정이라니.

동호회에서 한두 사람 가르쳐 본 것도 아니고, 상대를 수십 명, 수백 명씩 바꿔 가며 춤을 췄음에도 이런 느낌은 결단코……, 없었다.

강지후, 정신 차려! 상대는 남자가 아니라……, 대통령이다. 이강유 대통령.

흐음.

그런데 왜 호흡은 여전히 흐트러지는지 모르겠다. 지후는 정확히 강유의 눈을 바라볼 수가 없었다. 크고 강인한 손바닥에서 느껴지는 온기가 점점 더 뜨거워졌다. 시간이 갈수록 강유는 진지해져만 가는데, 그녀는 불쑥불쑥 딴생각이 치고 올라왔다.

강지후, 정신 차려! 강지후, 이분은 온 국민이 존경하는 대통령이다. 제발……, 딴생각 좀 하지 마.

그렇지만 현실은 냉혹했다. 지금 지후에게 느껴지는 것은 자신의 허리를 감싸고, 손을 맞잡은 남자 이강유의 손이었다. 허리에도 심장이 있었나? 맞닿은 그곳에서 쿵쿵대며 심장이 뛰고 있는 듯했다. 그리고 성큼 다가온 그 남자의 청량한 체취에 가슴 쪽 심장도 세찬 박동으로 신호를 보냈다. 그녀가 손을 얹고 있는 손바닥 아래로 강유가 움직일 때마다 단단한 어깨 근육이 꿈틀거렸다. 흘끔 올려다본 그의 입술에 살짝 미소가 감돌았다. 순간 지후의 세상이 움직임을 멈췄다. 더 이상 견디지 못한 지후는 곧바로 손을 놓고 돌아섰다. 자연스러워 보이기 위해 최대한 온 힘을 다했다.

"우, 우선……, 스텝부터 연습해 보세요."

목소리가 떨렸다. 후후 입바람을 불어 진땀이 배어 나오는 이마를 식혔다. 정말 정말 왜 이러지? 그러다 문득 지후는 자신이 거울 벽을 향해 마주 섰음을 깨달았다. 그곳에 비친 강유의 시선과 언뜻 눈이 마주쳤다. 팔짱을 낀 채 멈춰서 자신을 바라보는 강유의 표정이 단단해 보여 지후는 당장 입을 뗄 수가 없었다.

앞으로 3주. 그동안 이 사람에게 어색하지 않게 춤을 가르칠 수 있을까?

"강 기자!"

"예?"

얼떨결에 화들짝 놀라 뒤돌아본 지후를 향해 강유의 굳었던 입매가 부드럽게 풀어졌다.

"급하게 서두르지 않아도 돼."

그 말은 그 자신에게 하는 말이기도 했다. 성급하게 먼저 움직이려는 마음을 잡았다. 강유는 성큼 가까이 다가온 저릿한 이 느낌을 믿었다. 손안에 느껴지는 작은 온기.

천천히……. 그래, 천천히.

*

깊은 봄의 밤바람이 따뜻하다고 느낄 수 있는 것은 곁에 선 다른 사람 때문일까. 지후는 몇 발짝 앞서 걷고 있는 강유의 뒤에서 멈칫 걸음을 멈췄다.

대통령 관저에 목적을 가지고 오게 된 지 이제 사흘 째. 집으로 돌아가야 되는데, 관저 뒷길로 통하는 산책로에 호기심이 동했고, 결국은 이렇게 마음을 뺏겼다. 가로등 아래 이름 모를 꽃잎이 검은 밤하늘로 하얗게 날리는 광경이, 흩날리는 꽃향기가 마음을 흔들었다. 밤새도 우는데, 호젓하다기보다는 아련한 추억을 불러일으킬 만큼 기분이 좋았다.

밤에 보는 청와대는 또 다른 운치가 있었다. 야트막한 언덕으로 난 길 위에서는 서울의 야경까지 한 손에 잡힐 듯했다. 문득 따라오지 않는 지후를 느꼈는지 강유의 걸음도 멎었다. 그리고 뒤돌아본 강유의 눈빛과 정확히 마주치는 순간, 지후의 심장이 덜컥거렸다. 밤하늘만큼이나 깊은 빛이다.

"우와, 여기 너무 좋네요. 밤 산책하기도 좋고. 자주 나오시죠?"

강유와의 거리가 1미터쯤 될까, 어색함을 없애기 위해 지후는 생각나는 대로 말을 끌어다 붙였다. 제길! 80년대 데이트도 아니고, 이 무슨 어색한 산책이야. 그런데 이분이 원래 이렇게 말이 없었나?

입 안이 바짝바짝 말랐다. 대통령이 움직이는 곳 어디에든 따라와야 한다는 경호원이 뒤에 있는 것도 분위기를 한껏 경직시켰다. 아무래도 다음 주부터는 청와대 밤 꽃놀이는 안 해도 되니, 시간 끝나면 바로바로 집으로 가야겠다. 그렇게 지후가 생각을 하는 찰나였다. 순간 그녀의 놀란 목소리가 밤하늘을 갈랐다.

"대, 대통령님!"

어느새 훌쩍 한 걸음 다가온 강유가 지후의 손을 끌어 잡았던 탓이었다. 큰 손이 지후의 작은 손을 덥석 잡았다. 단숨에 온기가 전신에 퍼지고 전기가 찌릿찌릿 온 것도 그 순간이었다.

"산책 나온 적 없어. 나도 밤에 이 길 걷는 건 처음이야."

묵직한 목소리를 들으며 강유의 힘에 끌려가는 지후의 표정에 당황함이 서렸다. 그가 깍지 끼어 잡은 손으로 인해, 그녀는 보폭 큰 그의 걸음에 맞춰 종종걸음을 걸어야 했다. 가뜩이나 이 길은 내리막길이다.

"대통령님, 그게……."

"말해."

말하라니 말은 해야 되겠는데, 강유가 꽉 잡은 손에 끌려가기 바빴다. 어느새 뒤에 오던 형민은 저만치 떨어져 따라오고 있었다. 순간 강유가 내리막길 끝에서 우뚝 섰다. 그의 가슴 부근에 얼굴을 거의 부딪칠 뻔한 지후가 겨우 숨을 몰아쉬었다.

"강 기자."

"예?"

"집에서 결혼하라고 성화라며?"

이 얘기도 강지혁 선생의 작품이렷다! 본인도 엄청 괴롭힘 당하면서 왜 나만 그런 것처럼?

지후가 미간을 찡그리다 강유를 마주 보고 어색하게 웃었다. 에효. 가벼운 한숨도 덩달아 딸려 나왔다.

"잘하면 올해 안에 시집갈지도 모르겠어요."

물론 강경하신 할아버지의 뜻이다.

"올해 몇이지?"

"스물아홉입니다. 갈 때가 되긴 했나 보죠. 요즘은 늦은 것도 아닌데……. 저희 할아버지나 아버지는 이 나이에 학부모 되셨다네요."

지후의 입에서는 한숨이 폭폭 내쉬어졌다. 결혼은 아직 꿈꿀 생각도 없는데, 이렇게 불려 들어왔으니 또 할아버지께 시달릴 것이 빤하다. 3남매 중 누구 하나라도 먼저 시집이든 장가든 가야 숨통이 트일 텐데. 지후는 다시 걷기 시작한 강유를 따라 걸음을 옮겼다. 푸념하듯 말이 새어 나왔다.

"지난번에 선본 남자가 제가 좋대요. 결혼해도 전적으로 외조해 준다고 얼마나 설득하던지. 일에 지장 안 준다는데, 정말 확 결혼해 버릴까 고민……."

"강 기자."

문득 지후가 고개를 들었다. 그새 강유가 조금 편하게 느껴져 자신이 너무 많은 말을 했음을 깨닫고 급히 입을 다물었다. 하지만 강유의 표정은 진지했다.

"그 남자가 좋습니까?"

"예? 조, 좋은 건 아니지만 싫은 것도 아니니……."

"그러지 말고……."

지후가 올려다본 강유의 눈빛은 고요했다.

"……나랑 연애합시다."

강유를 올려다보는 지후의 눈이 휘둥그레 커졌다. 지금 내가 무슨 소릴 들은 거야? 마치 '밥이나 한 끼 먹읍시다' 하는 말을 꺼낸 사람처럼 일상적인 강유의 표정으로 인해 지후는 더욱 혼란스러웠다.

"예? 뭐라고 하셨죠?"

표정이 딱 굳은 지후의 반문에 강유의 무뚝뚝한 얼굴에 살짝 실낱같은 웃음기가 생겼다.

"그 남자, 뭐 하는 사람인가?"

"기업체 연구원인가 그래요."

하도 강유의 어조가 강경해서 지후는 얼떨결에 또박또박 대답을 했다. 순간 강유의 입가에 웃음이 짙어졌다.

"나랑 연애하는 게 더 좋지 않을까? 내가 우리나라 짱인데, 연구원보다는 짱이 낫지 않나?"

"짱……이요?"

입꼬리가 말아 올라간 것을 보면 분명 강유는 농담을 하고 있었다. 하지만 평소의 진지한 그를 생각할 때, 이런 모습은 적응이 되지 않는다. 얼떨떨해진 지후가 반문을 하자, 강유는 고개를 오른쪽으로 비스듬히 기울였다. 웃음을 지운 표정이 다시 진지해졌다.

"여자들은 짱을 좋아한다더군. 다들 나를 강짱으로 불러. 모르나?"

"아……, 흠."

인터넷에서 강유의 애칭이 '강짱'이라는 것을 모를 리 없었다. 짱도 짱 나름이지, '내 애인은 일진 짱' 이런 것도 아니고……. 난감해하던 지후는 이내 한순간 터지려는 웃음을 꾹 참았다. 강유의 표정이 너무도 진지한 탓이다. 그런데 웃는 것보다 진지한 강유가 더 귀엽게 느껴지다니…….

"강 기자는 짱 안 좋아해?"

"네?"

꿍. 너무도 진지하신 대통령으로 인해 지후의 표정은 딱 굳었다. 그리고 곧바로 나오지 않는 지후의 대답에 강유가 고개를 살짝 15도 가량 더 기우뚱하자 허겁지겁 다음 말을 붙였다.

"아, 조, 좋죠. 예, 짱 좋습니다."

킹왕짱이십니다요, 대통령님!

지후는 얼떨결에 수긍을 했다. 그러다 가로등 빛이 갑자기 가려졌다고 생각한 순간, 그녀의 입술에 말캉한 어떤 느낌이 왔다가 사라졌다. 분명한 것은 강유의 체취도 훌쩍 가까워졌다는 것이다. 심장이 터질 듯이 두근거렸다.

"그러니까 연애하자고."

"예, 예? 아, 연애요."

기분 좋은 웃음이 강유의 입가에 걸렸다. 그리고 더 이상 아무 말도 하지 않았다. 손을 새로 고쳐 잡은 강유가 먼저 몸을 돌리자, 지후는

킹왕짱 매우 대단하다는 것을 강조하는 뜻으로 킹(KING), 왕(王), 짱의 세 단어가 합쳐진 인터넷 신조어

놀란 표정 그대로 강유를 올려다볼 수밖에 없었다.

*

5월 16일 일요일.

일요일인데도 청와대 춘추관은 평소와 달리 아침부터 붐볐다. 이미 필기도구며 녹음기, 카메라를 챙겨 찾아온 출입 기자 모두는 등산복 차림이었다.

아아아. 젠장, 젠장, 젠장할!

묘하게 떠도는 웅성거림과 어떤 기대감 사이에서 지후는 존재감도 없이 거의 쓰러질 듯 기자실 구석에 웅크리고 앉았다. 얼굴이 잔뜩 일그러졌다.

픽!

순간 연약한 잔등을 무지막지하게 가격하는 손길에 눈가가 샐쭉 가늘어졌지만, 그조차도 이내 힘이 없어 풀어졌다. 어질어질한 눈이 풀처럼 딱 달라붙어 그대로 픽 쓰러지고 싶었다.

"으이그, 작작 좀 마시지. 아니, 이맘때쯤 주말엔 늘 경계 근무했잖아."

곰발바닥처럼 무지막지한 힘을 등 쪽에 가격한 이는 펜기자인 그녀와 짝을 이뤄 청와대 출입을 하고 있는 현기준 카메라 기자였다. 그녀에게는 까마득한 기수의 방송국 선배였고, 노련함으론 그를 따를 사람이 없었다.

"진짜 너무한 거 아니에요? 어떻게 이런 산행을 전날 저녁에 통보한 대요? 올 테면 오고 말테면 마라?"

지후의 입이 댓 발은 나왔다. 아, 정말 마음에 안 들어. 구시렁대는 입술은 연방 삐죽거렸다.

청와대와 언론만큼 가장 가까이에서 서로를 지켜보는 관계가 있을까? 그만큼 대통령이나 보좌진들이 청와대 출입 기자단과 어울리는 일은 비일비재했지만, 산행을 하는 것은 최근 들어 생긴 연례행사였다. 평소 운동과 등산을 자주 한다는 대통령이 기자들과의 자연스런 만남을 위해 종종 벌인다는 급작스런 회동 중의 하나가 돼 버렸던 것이다. 그런데 문제는 시간 여유를 주지 않고, 가능한 사람들은 참석하라는 통고를 홍보 수석실에서 전날 저녁에나 해 준다는 것이었다. 주말에 일부러 연락을 해 준 기준이 아니었다면, 지후는 아직까지도 침대에 늘어져 있었을 터였다. 아니라면, 새벽이 올 때까지 살아남은 동지들과 해장술을 마셨을지도 모른다.

이강유 대통령님……, 엊그제까지만 해도 이런 얘기 없으셨잖아요.

'주말에 뭐 하지?'
'결혼하는데요.'
'결혼?'
'아, 아뇨. 동기 결혼식 가요.'

그날 한쪽 눈썹이 치켜져 올라가는 대통령을 보고 어찌나 당황했는지 말조차 헛나왔다. 희미하게 웃던 강유의 웃음이 이런 의미였을 줄이야. 짐작도 못 하고 먹고 죽자며 신나게 밤을 팼으니. 이게 얼마 만이냐는 동기들의 폭탄주도 마다하지 않았다.

"아무리 그래도 다 온다. 새벽까지 술 푸신 강 기자님도 오셨잖아."

기준은 실실 웃음을 흘렸다. 짓궂게 비꼬면서도 지후가 밉지는 않다는 듯 그녀의 단발머리를 쓱쓱 쓰다듬었다. 아주 귀엽다는 식으로. 딱 막내 동생 정도의 나이인 지후는 연노랑색 등산복 차림이었는데, 아닌 게 아니라 봄날 병아리처럼 귀여워 보였다.

비교적 오랫동안 보도국에서 함께 일한 그조차 강지후라는 여자는 그 특징을 딱 집어 말할 수 없을 정도로 팔색조였다. 보통 때의 성격이야 털털거리는 것이 여간한 남자 저리 가라인 강지후. 그러니 난다 긴다 하는 선배들 다 제치고, 그 험한 내전 현장에 뛰어들어 특종을 낚아 왔지 않은가. 그런 반면, 또 어떤 때는 숨이 막히도록 섹시해 보일 때가 있었다. 야유회 갔던 때였나. 한밤중에 나이트를 주름 잡던 강지후를 모르면 보도국에서 간첩 소릴 듣곤 했었다. 그리고 오늘 같은 날 보면 또 이렇게 귀여우니, 동생 있으면 소개팅이라도 시켜 주고 싶을 정도였다. 그런데 강 기자 나이가 어떻게 됐지? 소개팅할 나이인가?

"거의 다 왔나 봐요?"

지후가 삼삼오오 몰려 있는 기자들을 보며 한마디 물었다. 출입한 지 이제 3주일이 지났다. 게다가 거의 춘추관에 상주하다시피 있으면서 세미나를 통해 틈틈이 얼굴들을 익혀, 이제는 대개가 친숙한 얼굴들이었다. 청와대 출입 기자단이라는 한 묶음 아래 동료들이었다.

"그럼, 우리 같은 일반인이 대통령 속내를 가장 가까이서 몇 시간 동안 듣는 일이 흔하냐?"

"어차피 오프더레코드(off the record 비보도)잖아요."

"그래도. 아는 것이 정보다. 위에 알려서 나쁠 건 없지."

기준의 말도 일리는 있었다. 그러니 이렇게들 기를 쓰고 대통령과 함께하려고 하지. 아니, 청와대 출입 기자가 된 것만으로도 이들은 제 각기 자신의 회사에서 한가락들 한다는 의미일 터였다.

흐음.

지후는 쓰린 속을 부여잡고, 또 다른 생각에 이마를 찡그렸다. 아무리 생각해 봐도 아직껏 대통령의 속마음을 모르겠단 말이다. 연애를 하자고 했지? 연애, 연애……. 도대체 어떤 의미의 연애란 거지?

아직도 툭 던진 강유의 음성이 귓가에 생생해서, 이렇게 틈을 보이면 머릿속을 마구 헝클어뜨렸다. 얼굴이 동시에 일그러졌다.

젠장! 그럼 뭐를 어떻게 해야 하는지 똑바로 얘기라도 하든지. 폭탄만 던지면 다야?

그때였다. 지후 옆에서 기준이 이런저런 얘기로 지끈대는 머릿속을 멍하게 만들 때, 누군가 기자실로 들어와 오늘의 일정에 대해 설명하고 있었다. 지후가 흐린 눈에 힘을 줘 시선을 맞추니, 이후영 비서실장이었다.

"오늘은 편안한 대화와 친목을 위한 자리니 만큼, 비보도를 요청 드리겠습니다."

언제나 이런 자리에서 항상 긴장을 하는 쪽은 대통령 본인보다 참모들인 듯싶었다. 대통령의 한마디 한마디가 어떤 파장을 일으켜 돌아올지는 누구도 모르니 만큼, 비서진은 비공식 행사에 더욱 신경을 썼다. 오늘 비서진들은 최소한만 동행한다더니, 아무래도 비서실장이 동행하는 듯했다.

"보도에 구애받지 않습니다. 제가 여러분과 연애라도 해서 오프더 레코드로 은밀히 대화할 얘기라도 만들면 좋겠습니다."

어느새 들어온 것일까. 기자실로 불쑥 들어와 끼어든 음성에 지후의 정신이 번쩍 들었다. 가슴이 철렁거리고 안색이 해쓱해졌다.

여, 연애라고? 여기서 그게 왜 나와!

절규하는 지후의 마음을 모르는 강유의 웃음 띤 목소리에 섞여 기자들의 반색하는 목소리가 함께 들려왔다.

"대통령께서 저희 기자들을 신뢰하시는 만큼 기자단도 오늘은 오프 더레코드를 합의했습니다. 오늘 같은 날은 취재 부담 없이 편히 얘기하고, 밥도 편히 먹고 싶습니다."

"어차피 제 행동과 말 하나하나가 인터넷에 오르는 세상입니다. 가릴 걸 가려야지요."

"하하, 정말 연예인 못지않으신 것 알고 계십니까?"

누군가 큰 소리로 떠들었다. 배짱도 좋지. 흘끔 보니, 경한일보의 성 기자였다. 저 인간이 왜 저렇게 설쳐?

기자들이 몰려든 곳을 흘끔 쳐다보던 지후는 순간 흡 숨을 멈췄다.

흐음.

신음 소리를 목 뒤로 삼켰다. 또……, 눈빛이 마주쳤다. 많은 기자들 머리 사이에 묻혀 있는 자신을 발견할 수 없을 거라 생각했는데, 지후는 단번에 강유의 시선에 드러나 버렸다. 마주칠 때마다 철렁거리며 내려앉는 심장 소리도 이제는 견딜 수 없을 만큼 커졌다.

이강유 대통령……, 또 웃었어.

시선 끝에 빙긋 웃음이 묻어난 것 같아 더욱 머릿속이 아찔해졌다.

연애하자던 그의 음성이 쓰린 속을 더욱 저리게 만들었다. 만인의 대통령 이강유가 훌쩍 지구로 내려온 날부터 강지후의 머릿속에는 딱따구리 한 마리가 둥지를 틀었다. 딱딱딱딱……. 머릿속이 시끄럽고 지끈거렸다.

*

등산로의 경치는 아름다웠다. 봄은 무르익었고 5월 중순의 날씨는 약간 덥기까지 했지만, 소나무가 우거진 등산로는 적당한 그늘과 쉼터를 제공하며 등산객을 맞았다. 산철쭉은 소담히 우거져 꽃분홍색을 뽐냈다. 하지만 지후에게 이 길은 고행길이 되고 말았다.

"아, 못 해, 못 해! 정말 못 한다고!"

계속 앓는 소리를 토해 내던 지후가 등산로 한쪽에 나와 있는 바위에 주저앉으며 포기 선언을 한 것은 걷기 시작한 지 한 시간 반이 지난 후였다.

아휴, 그놈의 동기들만 아니었어도.

발단은 방송국 입사 동기 모임이었다. 그중 한 명의 결혼식이 어제 있었는데, 화창한 봄날이 아닌가. 겸사겸사해서 동기 모임까지 해 버렸고, 관례대로 밤을 꼴딱 새워서 술을 마셨다는 것에 문제가 있었다.

허어, 이제 늙나 봐.

3박 4일 동안 술로 몸을 채워도 무쇠같이 이상 없던 몸도 이제 슬슬 녹이 스는가 보다고, 지후는 혼자 구시렁거렸다. 괜찮냐고 계속 곁에서 물으며 걱정을 해 주던 기준도 미안해서 더 이상 붙잡고 있기가 뭐

했다.

"저, 여기서 얼렁뚱땅 있다가 집에 갈 수도 있어요. 선배나 얼른 가서 고귀한 정보 많이 들어요."

그래도 한솥밥 먹는 식구인 기준을 올려 보내 조금은 안심이 된 지후는 한참을 바위에 앉아 숨을 씩씩거렸다. 그럼에도 저 꼭대기에 보이는 사람들을 따라 올라갈 엄두가 도저히 나질 않았다. 아무리 승부욕이 강한 그녀라지만, 지금은 때려죽여도 못 가겠다.

내려올 걸 왜들 기를 쓰고 올라간담? 언론과 친목 쌓으시려면 그냥 체육대회 같은 거나 하시지. 친목 체육대회, 좋네.

운동을 좋아해서 수많은 운동을 섭렵했지만 등산은 예외였다. 그래도 이 정도 산행에 지칠 강지후가 아니었지만, 간밤의 무리한 술자리 때문인지 오늘은 컨디션이 최악이었다.

무리한 산행 탓일까. 자리가 자리니만큼 억지로 한 시간 반을 걸었더니 가슴이 터질 것 같았다. 눈앞에 별이 왔다 갔다 하고 신물이 넘어오는 통에, 도저히 날듯이 앞장서는 대통령 옆까지 갈 수도 없었다. 그와 보조를 맞추기 위해 헐떡이는 숨을 쉬는 40대 기자들의 모습을 보면서 지후는 결국 웃을 수도 없었다. 자신은 이미 낙오자가 아닌가. 이런 젠장!

"괜찮으십니까?"

응?

그녀가 들썩이는 숨을 고르고 있을 때였다. 갑작스럽게 나타나 그녀를 내려다보는 한 남자의 모습에 지후의 눈이 동그랗게 변했다. 아니, 이렇게 잘생기신 이분은 누구?

흰 피부지만, 남자답고 굳센 인상의 남자가 걱정스런 표정으로 그녀를 바라봤다.

"예, 발을 좀 잘못 디뎠나 봐요."

지후는 천연덕스럽게 둘러댔다. 숙취로 이러고 있다는 말을 어떻게 한단 말인가. 더욱이 이렇게 멀쩡하게 잘생긴 남자 앞에서. 호호.

"의무실 직원이 함께 왔는데, 불러 드리겠습니다."

"아, 아니요. 실은……."

지후는 배시시 웃으면서도 상대에 대한 관찰을 늦추지 않았다. 누구더라? 낯이 익은데. 기자는 아니고……, 아하!

청와대 참모진의 면면이 머릿속에서 흘러가는 와중, 순간적으로 섬광과도 같이 스치는 예리한 기억이 한 곳에 멈췄다. 흐흐……. 강지후 기억력, 죽지 않았어! 유신혁, 국가안보 보좌관!

"어머, 보좌관님도 오늘 산행하셨어요?"

상대에 대한 신상이 떠오르는 동시에 지후의 얼굴 가득 웃음이 퍼졌다. 일단 상대 안면 익히기에 들어갔다. 상대가 나를 알고 있는지는 중요치 않았다. 이 정도 위치에 있는 사람이라면 하루에도 수백 명과는 인사를 나눌 터. 자신도 분명 기억하지 못하는 어느 선에서 그와 인사를 나눴으리라. 노장과 소장이 적당히 안배된 현 청와대 참모진 중, 소장파의 기수로 알려진 유신혁은 이강유 대통령의 국회의원 시절부터 보좌관을 지냈으니까.

"강 기자님이죠?"

일단 상대가 자신을 안다는 것에 지후는 더욱 탄력을 받았다. 맞는다는 듯 고개를 끄덕이고는, 자신이 이곳에 앉아 있는 이유라도 대는 듯 한껏 애처로운 눈빛을 보냈다.

"못 올라가시겠어요?"

지후가 천천히 고개를 끄덕거렸다. 그 모습이 진짜처럼 신중해 보였다.

"제가 웬만하면 올라가겠는데, 이제 도저히 더 이상은……."

미심쩍다는 듯 눈빛이 흐려지는 신혁을 보며 지후는 허둥지둥 뒷말을 붙였다.

"원래 등산은 쥐약인데다 제가 원체 몸이 허약해서요. 발목도 많이 시큰거리고. 저는 여기서 다른 분들 내려오길 기다릴게요."

쥐약? 허약? 아무래도 쥐가 듣다 배꼽을 찾겠군.

지후는 자신이 생각해도 믿기지 않는 변명을 하며 기권을 선언했다. 링 위에 있었다면, 바로 수건 던지라고 자빠졌을 상황이었다. 빌어먹을 동기 놈들. 그렇게 술 좀 작작 퍼 먹이지.

강지후 인생에 아직까지도 누워 자고 있을 동기들이 부러워 본 적은 기필코 오늘 하루뿐이었다. 맡겨진 책임을 회피하는 날이 오다니.

"기자의 기본은 체력 아닙니까?"

그런데 어느 순간 성큼 다가온 강한 느낌에 지후의 시선이 번쩍 들렸다.

흡!

지후의 숨이 잠깐 멎었다. 눈앞에 대통령인 강유가 서 있었기 때문이다. 언제 하산을 시작했지? 한참 앞에 가 있었는데, 다시 내려온 건가?

눈앞에 있는 강유를 보면서도 지후는 믿기지 않았다. 장난기 가득

한 강유의 눈빛이 묘하게 가슴을 긁었다. 언제나 그의 뒤를 따라다니는 최 경호원만이 강유를 따라 내려온 것을 보니, 기자단은 아직 저 위쪽에 있는 듯했다.

어머? 그럼 이분이 일부러 내려왔다고?

지후의 눈이 휘둥그레졌다. 성큼 다가오며 강유가 일으킨 바람에 숨이 차 왔다. 솔바람 가득한 산중에 있지만, 더욱 청신한 향이 그녀를 향해 밀려들었다.

딸꾹!

우뚝 솟은 그의 그림자를 인식하며 두근거리기 시작한 심장이 이제는 미친 듯이 격렬해졌다. 예정에도 없던 딸꾹질로 가슴이 막혔다. 이, 이게 왜 이래! 심장, 너 제대로 안 뛸래?

"강 기자 없어서 내가 찾았습니다."

"예?"

지후의 눈이 보름달만큼 커진 순간이었다.

"SBN 소속 기자가 강 기자, 포기했다고 하던데……."

"아, 예, 올라들 갔다 오시면, 저는 그동안 여기서 기다리겠……."

기왕 이렇게 된 것 어쩔 수 없었다. 밤새도록 술 푸느라 기가 다 빠져나갔다고 고백할 수는 없지. 지후가 있는 대로 한껏 약한 척, 연약한 척을 할 때였다.

"댄스 스포츠도 격렬한 운동이지. 그 체력과 등산은 다른 겁니까?"

"아, 그, 그게……."

지후의 당황함을 강유는 씩 웃음으로 무시했다.

"내 산행에 낙오자는 없습니다."

"헉! 대, 대통령님!"

순간 강유의 단단한 팔이 지후의 가는 팔목을 잡아챘다. 그 반동에 바위에서 일어선 그녀는 허둥지둥 강유의 보폭에 발을 맞췄다. 갑작스런 걸음에 숨이 턱까지 차서 말을 할 수 없었다.

"그, 그게, 그러니까……, 이 손 좀!"

손을 잡은 것이 두 번째였다. 하지만 적응이 되질 않았다. 게다가 아무리 날고 긴다는 강지후라 해도, 이런 훤한 대낮에 현직 대통령이 덥석 잡은 팔목에는 당황하지 않을 수 없었다. 대통령을 사모하는 전국 수백만 여인들의 공적이 될 수는 없잖은가! 대통령님, 아니, 대통령 오빠, 손 좀 놓으시와요!

당장이라도 찰칵거리는 카메라 셔터 소리가 들릴 것만 같아 지후의 얼굴이 울상이 되어 일그러졌다. 머릿속에서는 자신의 사진이 벽에 붙어 다트판이 되는 영상이 왔다 갔다 했다.

"제대로 안 따라올 겁니까? 우리 최 경호원이 힘 좀 쓰는데, 강 기자쯤은 충분히 떼메고 갈 수 있어."

보폭 넓은 강유를 쫓아가기 위해 지후가 안간힘을 쓸 때였다. 빙긋 웃으며 다가온 강유가 지후를 돌아보며 한마디 했다. 그 말투가 더없이 유쾌했다.

"으아! 그, 그래도 제가 지금 심장이……."

지후는 정말 심장이 터질 것 같았다. 분해되지 않은 알코올도 알코올이었지만, 정말 격의 없이 다가온 강유가 그녀를 당황스럽게 했다. 위에서 기다리고 있는 기자단의 면면이 눈에 들어오자, 심장은 더욱더 요동을 쳤다.

"강 기자, 결혼식은 즐거웠나? 그런데 언제 대답할 거야?"

가파른 길 위에서 손을 내밀어 그녀를 잡아끌어 올려 주었던 강유의 질문은 지후의 심장을 바닥으로 주저앉혔다. 스치듯 귓가에 속삭인 강유의 느낌이 너무도 선명한 탓이었다. 자신이 들은 것이 맞는지 확인하는 지후의 입술이 저절로 벌어졌다. 어느새 가깝게 다가온 느낌이 그와의 거리를 좁혔다.

"대답은 저녁에 듣지."

그녀의 귓가에 빠르게 속삭였던 강유가 멀어져 갔다. 여전히 그는 사람들에 둘러싸인 대한민국의 대통령일 뿐이었다. 순간 지후의 머릿속은 멍해졌다. 방금 내 옆에 누가 왔다 갔지? 정말 이강유 대통령이 왔다 간 거야? 그런데……, 대답이라고?

아아. 짧은 한숨이 지후의 입에서 터졌다. '끙' 하는 신음 소리가 절로 따라 나왔다.

그날 저녁, 청와대 관저.

지후는 자신이 스스로를 잘 컨트롤하고 있다고 나름대로 자부하고 있었다. 연습실에 팽배한 이 묘한 긴장감을 의식하지 않고 견딜 수 있다는 것만으로도 후한 점수를 주고 싶었다. 적어도 아직까지는 '선생'의 자세를 꼿꼿하게 유지하고 있으니까. 그것은 기자단과의 산행 후 아직 집으로 돌아가지 않고 관저에 남은 신혁 덕분일 수도 있었다. 대통령과 둘만 남아 어색한 것보다는 누군가라도 함께 있는 이쪽이 마음은 편했다. 물론 중간 중간 신혁의 눈빛이 얄궂게 변하고 있음을 지후는 몰랐다.

그녀의 앞에는 이제 기본 스텝은 웬만큼 밟게 된 강유가 '하나 둘 셋, 둘 둘 셋……' 지후의 목소리에 맞춰 스텝을 밟았다. 그리고 훌쩍 거리가 떨어진 강유를 바라보는 지후의 음성도 점차 냉정해졌다. 일견 흐뭇함으로 입가가 늘어지며 낙천적인 본성도 되찾아 갔다.

네 번째 강습 시간. 무엇이든 눈빛 하나로 기를 죽이던 대통령 이강 유에게 '그렇겐 안 되고요.', '이렇게 안 되세요?', '자꾸 이러시면 곤란합니다.' 등의 말을 예사로 해 댔으니, 스스로 안 뿌듯할 수 있을까.

"왈츠는 항상 부드럽게 추어야 합니다. 발만 움직여서 되는 것이 아니라, 상체가 골반과 팔다리의 움직임에 순응해야 하죠."

지후는 허리를 꼿꼿이 펴고 한마디 덧붙였다. 유능한 강사답게, 냉정하게. 뻣뻣한 통나무님을 기어이 낭창낭창한 버들가지로 만들리라. 강지후, 넌 할 수 있어!

"대통령님, 그렇게 여자에게 위압감을 주시면 곤란해요! 여자를 부드럽게 리드하셔야죠."

지후가 강유 앞에서 팔을 올리고 물 흐르듯 유연하게 남자의 동작을 시연했다. 턱이 살짝 들려 상당히 도도해 보였다.

"하루 이틀에 그 뻣뻣함이 가시겠습니까?"

그런데 그 순간을 치고 들어온 것은 신혁의 무뚝뚝한 목소리였다. 지후의 눈빛에 웃음이 서린 반면, 강유는 그 특유의 서릿발 같은 눈빛으로 신혁을 노려봤다.

"유 보좌관!"

"영국 방문은 보름 뒤입니다. 그 실력으로 총리 부인께서 다시 상대해 주시겠습니까? 이번에도 발 밟지 않으시면 다행이죠."

헉!

지후의 눈빛이 가늘어져 신혁을 흘끔 바라봤다. 아니, 어쩜 저런 말을 태연스럽게.

등산복 차림 그대로인 신혁은 팔짱을 끼고 벽에 기댄 채, 강유가 두렵지도 않은지 여전히 이죽거리고 있었다. 아니나 다를까, 강유가 움직이던 몸을 우뚝 세웠다. 무표정한 얼굴에서 냉랭한 말투가 툭 튀어나왔다.

"유 보좌관, 집에 안 가?"

"가야죠. 하지만 오피스텔보다 여기가 훨씬 좋습니다, 대통령님."

분명 신혁은 즐기고 있었다. 뻣뻣한 나무토막인 강유의 모습을. 하긴 그로서도 무슨 일을 못해서 진땀 흘리고 구박받는 이강유를 처음 봤을 테니까.

"그래도 좀 가지? 내일 보좌관 회의가 아침 6시 아니었나? 지시한 동북아 지역 보고서는 완료한 건가? 안보 각료 회의가 며칠이었지?"

기어이 강유도 참지 못한 듯했다. 줄줄 이어진 온기 하나 없는 목소리는 차갑고 냉정했다. 그런데……, 축객령이 분명한데도 신혁은 별 느낌이 없는 것 같았다. 여유롭게 씩 웃더니 지후를 보며 인사를 했다.

"그렇게 가라시니, 이만 물러갑니다. 좋은 시간 되십시오. 그럼 내일 새벽, 운동 시간 맞춰 나오겠습니다."

신혁이 꾸뻑 인사를 하더니, 잊은 것이 있다는 듯 말을 덧붙였다.

"참, 강사님 발은 밟지 마십시오."

이내 돌아 나가는 신혁은 무엇이 재밌는지 시니컬한 웃음이 입가에서 가시지 않았다. 지후의 미간도 덩달아 일그러졌다. 좋은 시간이라니, 뭘 알고 있는 거야?

물론 잘생긴 남자가 웃는 거야 지후도 환영이지만, 이 상황에서 그가 웃고 나갔다는 사실에 뭔가 기분이 이상해졌다. 나무토막인 대통령을 앞에 두고 으하하 웃고 싶은 거야 지후 본인도 마찬가지였지만, 자신은 이미 '연애 폭탄'을 안고 있는 상황이므로 집으로 돌아가겠다는 신혁이 반갑지만은 않았다.

흠흠. 신혁이 나가고 괜스레 어색해진 분위기 때문에 지후는 목을 가다듬으며 입을 열었다.

"그럼 다시 시작해 보세요. 스텝은 세 박자가 기본입니다. 하나 둘 셋……!"

순간 지후의 심장이 덜컹거리며 발끝까지 내려앉았다. 언제 이렇게 다가왔을까? 얼굴 바로 앞까지 성큼 다가온 강유로 인해, 지후는 저도 모르게 뒷걸음질쳤다. 그러다 거울 벽이 등에 닿는 것을 느낀 후 제자리에 그대로 우뚝 섰다.

"대통령님, 왜, 왜……."

왜 이렇게 가까이 오시와요? 심장 떨어집니다.

지후는 떨리는 눈망울로 절규했다. 거울에 찰싹 붙어 두려운 눈빛으로 강유를 올려다봤다.

"정말 내가 그렇게 뻣뻣한가? 아직도?"

지후는 안간힘을 써 두려움을 찍어 누르고 고개를 끄덕였다. 너무 직선적으로 뻣뻣해서 함께 왈츠를 추는 상대 여자를 깔아뭉갤 것 같다는 얘기는 꿀꺽 목 뒤로 삼켰다. 지금 상황에서 그 얘기를 한다면, 강유가 뒷목 잡고 쓰러질 것 같았다.

"강 기자는 왜 그런 얘기 안 했지?"

"학생의 기를 죽이면 안 되니까요."

이런, 내가 무슨 말을! 똑바로 강유를 보며 대답한 지후는 다급히 뒷말을 덧붙였다.

"나아지실 겁니다."

나아지길 바랍니다, 진심으로.

"이렇게 뭘 못한다고 구박받은 기억이 없군."

그가 기가 막힌다는 듯 '하' 하고 짧은 탄식을 내뱉었다.

"아하하, 그럴 수도 있죠. 원래 뭐든지 완벽하면 인간미가 없습니다."

지후가 어색하게 하하거리며 웃었다. 그런데요, 조금 떨어지시면 안 될까요?

강유의 체온이 가까워지는 것은 도무지 적응이 되지 않았다. 청신하고 기분 좋은 느낌이지만, 그로 인해 그녀의 심장이 당장이라도 파열될 듯 파닥파닥 뛰었다.

"그럼 이건 어떨까?"

"예?"

"왈츠 말고, 음, 이런 건 잘할 수 있겠는데."

번쩍 치켜 올린 지후의 시선이 강유의 시선과 얽히는 순간이었다. 그의 입가가 빙긋 웃음을 머금었다. 다음 순간 강유의 굵고 단단한 팔뚝이 지후의 가는 허리를 휘감았다.

헉!

그대로 홱 잡아당기니, 그녀의 유연한 허리가 휘청거리며 뒤로 휘었다. 지후는 급한 마음에 두 손바닥으로 그의 가슴을 밀어내며 놀란 눈으로 강유를 노려봤다.

"뭐 하시려고요? 이건 왈츠 포즈가 아닌데요?"

"맞아."

지후의 눈빛이 움찔거렸다.

"블루스 포즈지."

마치 귓가에 부드러운 재즈음악이 떠다니는 듯했다. 지후의 허리를 완전히 감은 강유의 숨결이 그녀의 귓가로 내려앉았다. 몸이 조금씩 박자를 느끼는 듯 움직이다가 어느 순간 그에게 꽉 안겼다. 물샐 틈도 없다. 그의 팔이 단단히 허리를 감아 맞닿은 가슴에서 조금씩 상대 심장의 두근거림이 느껴졌다. 지후의 얼굴이 화끈 달아올랐다.

"강 기자!"

"네, 네?"

지후가 얼떨결에 대답했다. 마치 선생님이 불러 착실히 대답한 학생처럼. 대답이 자연스러울 만큼 강유의 음성은 흡인력을 지녔다. 허둥대는 지후와 달리 그의 목소리는 여유롭고 차분했다. 하지만 그 역시 평범한 사람인 것을. 은근한 떨림을 지후는 몰랐다.

이강유…….

얽히는 눈빛 속에서 인식된 것은 한 남자의 모습이다. 단단하고 강건한 남자.

강유는 불러 놓고 더 이상 말이 없었다. 휘둥그레 커진 지후의 눈만 내려다보았다. 대통령님, 이렇게 컸었나?

오빠들과 비슷하거나 조금 클 뿐인 것 같았는데, 지후는 코앞에 우뚝 선 강유가 너무 거대하다는 생각이 들어 침조차 삼키지 못했다. 너무 가까워. 꿀꺽. 겨우 침을 삼키고 고개 들어 올려다본 강유의 입술 끝에 희미한 미소가 맺혔다.

"대답을 저녁에 듣기로 했지."

지후의 미간이 가운데로 모였다. 아휴, 집요하신 분!

지후는 거울이라도 밀어 버릴 기세로 있는 힘껏 몸을 뒤로 뺐다. 긴장한 등이 거울에 찰싹 달라붙었다. 그러자 강유는 그 틈도 없는 사이를 바짝 더 다가왔다. 바늘 들어갈 틈도 없이 강유의 강철 같은 몸이 지후를 덮쳤다. 그의 반도 되지 않을 지후의 몸이 옴짝달싹도 하지 못하게 된 것이다. 그러자 그녀의 귀 옆 벽을 짚었던 강유가 거의 울듯이 일그러진 지후의 얼굴을 한 손으로 감쌌다. 그 눈빛에 얼굴이 뚫어질 것 같았다. 한숨처럼 입술이 벌어졌다.

"꼭 대답……해야 돼요?"

"안 해도 상관없어. 이미……."

잠시 지후의 눈빛과 마주친 강유가 말을 끊었다. 긴장감보다는 호기심과 열기에 반짝이는 그녀의 눈빛으로 인해 심장이 간질거렸다. 나른하게 호선을 그린 입술 끝에 웃음이 서렸다.

"……대답은 들은 것 같으니까."

"내가 언제 대답을!"

지후의 눈빛과 목소리가 발끈한 순간이었다. 입술 위에서 따뜻한 바람이 간질거렸다. 숨결이 가까워진 것이다. 지후는 한순간 당황해서 두 눈을 번쩍 뜨고 온몸에 힘을 줬다.

"뭐, 뭐 하시려고요! 제, 제가 이런 건 익숙지 않아서……."

아아아, 미치겠다!

강지후 스물아홉 평생, 아마 이런 난관은 없었을 터였다. 거대하게 몰려오는 해일 앞에서 꼼짝도 못하고 서 버린 꼴이다. 더 이상은 폭발할 것 같은 마음을 참지 못해 다가선 강유로 인해, 지후는 덜덜 온몸을 떨었다.

"강 기자."

"예?"

"나도 익숙지 않아."

헉! 대통령님, 이렇게 출구도 없이 벽으로 밀어 놓으면 저보고 어떡하라고요오!

하얗게 질려 가는 그녀와 달리 강유는 너무도 진지하게 다가왔다. 지금껏 기다리고 지켜보았던 것이 억울하다는 듯 찰나의 망설임도 섞이지 않아 거침없었다. 입술 끝에 맺힌 희미한 미소만이 그의 심정을 대변했다.

"헉!"

지후가 떨고 있는 동안 강유의 숨결이 최대한 가까이 다가왔다. 얼굴을 감쌌던 엄지손가락 끝이 그녀의 상기된 볼을 쓰다듬다가, 바들바들 떨고 있는 입술선을 매만졌다. 지후의 온몸에 자잘한 솜털이 일어섰다. 그리고 지후의 숨이 거의 넘어갈 즈음, 강유의 얼굴이 성큼 내려왔다. 숨결이 감미롭게 입술을 맴돌았다.

"잠깐!"

그때였다. 지후가 벽을 짚었던 손을 황급히 들어 그와 자신의 입술 사이를 막았다. '응?' 하는 듯한 강유의 눈빛을 겨우 따라잡았다. 심하게 숨을 헐떡거리며.

"빠, 빨라요!"

'무엇이?' 라고 묻는 듯한 강유의 눈빛이 지후를 바라봤다. 그녀는 숨을 크게 들이쉬며 말을 뱉어 냈다. 너무도 가깝게 있는 강유의 체취가 들이쉰 숨을 타고 코끝으로 들어와 정신이 아찔해졌다.

"이런 건 너무 빠르다고요! 저도 정치적 이미지가 있지!"

"정치적 이미지?"

강유의 한쪽 눈썹이 위로 치켜져 올라갔다. 지후는 '끙' 하는 신음과 함께 자신의 말을 정정했다.

"아니, 사회적 이미지!"

지후의 단호한 외침에 고개를 갸우뚱한 강유가 낮은 목소리로 소리 내어 웃었다. 갑작스런 그의 웃음에 지후의 미간이 움찔거렸다.

"왜 웃으세요?"

지후는 메마르고 갈라진 목소리를 가다듬으며 겨우 입을 열었다. 당황한 그녀와 달리 강유는 여전히 낮은 소리로 쿡쿡대며 웃고 있었다. 그 웃음소리가 소름끼치게 매력적이다. 자잘한 강유의 떨림이 맞닿은 가슴을 통해 전해져, 지후는 겁이 덜컥 들었다.

"강 기자 생각에 동의할 수 없어서. 우리 인연도 꽤 길고 질기지 않나?"

그런가? 지후는 대선 등을 거쳐 오며 여기저기서 마주쳤던 강유의 모습을 기억해 냈다. 내심 동의는 하지만······.

아아, 내 첫 키스!

그러다가 이내 떠오른 기억 하나에 지후는 몸서리쳤다. 서로 술에 취했다고는 하지만, 당황해서 곯아떨어진 척은 했지만 분명 지후 자신은 또렷이 기억하고 있었다. 짧지만 기억 속에 각인됐던 그의 입술을. 그래서 지금 더 심장이 떨리지만, 차마 그의 질문에 고개를 끄덕일 수 없어서 그녀는 강력히 고개를 저었다. 물론 강유의 손에 들어간 얼굴이 크게 움직일 수는 없어 빠르게 젓기만 했다.

"이제는 감정 무시 그만 하고, 서로를 향해 뛰는 게 어떨까?"

무시라니. 감정 따위 무시한 적은 없었다. 첫사랑의 기억을 그냥 묻어 버리려 밀어 둔 적은 있어도. 그런데 그동안 수도 없이 덜컹거리고 내려앉았던 내 심장은 누구한테 보상받아? 지후가 한순간 쏟아진 생각을 몰아내며 입을 열려고 할 때였다.

"흡!"

결국 강유는 달콤한 유혹을 참지 못했다. 그의 입술이 도톰한 지후의 입술을 덮었다. 깜짝 놀라 눈을 휘둥그레 뜨고 버둥거리던 지후의 몸이 강유의 단단한 가슴 안에 눌리듯 막혔다. 예고도 없는 기습이었다.

"강 기자."

"예?"

"눈 감아."

입술 위에서 강유가 속삭였다. 빙긋 웃음 끝에 진지해진 그의 목소리에 지후의 머리털이 쭈뼛하고 섰다. 짜릿하고 야릇한 기분. 한순간 온몸의 힘이 빠져나갔다. 따뜻한 강유의 숨결이, 단단한 강유의 몸이 전면 압박을 단행했다.

"음……, 읍!"

부드러운 혀끝이 닿았다. 화들짝 놀란 지후가 도망가려 했지만 역부족이었다. 당황해 움찔한 그녀를 부드럽게 다독이던 그가 격해지자, 지후의 숨이 멈췄다.

분명 그녀의 첫 키스도 이 남자였다. 볼에 했던 축하 뽀뽀가 어떻게 키스로 변한 것인지 기억은 분명치 않지만, 분명 짜릿한 첫 키스의 추억은 갖고 있었다. 하지만 술기운이 알딸딸한 상황에서 했던 키스와는 상황부터 달랐다. 거칠게 들어와 여린 속살을 무자비한 정복자처럼 맛보던 그가 어느 순간 다정한 연인처럼 부드럽게 변했다. 그리고 시간이 갈수록 지후의 머릿속은 하얗게 변해 갔다. 우주여행을 하는 듯 수천 개의 별빛이 눈앞에서 터졌다. 귓가에 수십 마리의 벌새가 윙윙거렸다. 아찔했다. 허공을 헤매던 그녀의 손이 저도 모르게 강유의 목을 감싸 안았다. 그곳에 파르르 힘이 들어갔다.

"으음……."

그 와중에 들린 것은 강유의 낮은 신음 소리였다. 견디지 못하고 나온 남자의 낮고 은밀한 비음이 강렬해서, 눈앞이 캄캄해졌다. 단단한 강유의 가슴에 봉긋 솟은 그녀의 가슴이 눌렸지만, 어느새 가는 허리를 쓰다듬던 그의 손이 가슴 쪽으로 올라왔지만 지후는 지금 아무런 생각이 떠오르지 않았다. 오직 한 가지 생각뿐. 몸이 녹아내릴 것 같은데……. 혀도……, 뽑힐 것 같아.

"하, 하아."

한참 만에야 겨우 입술을 놓아준 강유가 급하게 숨을 몰아쉬는 지후를 보며 싱긋 웃었다. 희미하게 떨리는 강유의 손끝이 지후의 입가를 어루만졌다. 하지만 표정만 풀어졌을 뿐, 호흡조차 흐트러지지 않은 그로 인해 그녀는 심술이 나려고 했다.

"이제야 알코올 냄새가 안 나는군."

뭐?

지후는 화들짝 놀라 고개를 번쩍 들었다. 커진 눈이 반쯤 감겨 찌푸려졌다.

"술 마신 거 아셨죠?"

"강 기자에 대한 것은 다 알아."

눈을 가늘게 뜨는 지후의 얼굴을 이제는 두 손으로 붙들고, 강유는 또다시 소낙비 같은 키스를 퍼부었다. 저돌적이다. 너무도 격렬해서 이번에도 지후는 숨을 쉴 수도, 생각을 할 수도 없었다. 단지 애원하고 싶었다. 제발 숨 좀 쉬게 해 주세요!

"할 말이 많은 얼굴인데?"

얼마나 지났을까. 입술이 다 헐고 부르틀 것 같아, 지후는 강유를 노려봤다. 키스는 거부할 수 없었고, 이미 다가온 그로 인해 가슴은 가득 찼지만, 그래도 당황스러움은 어쩔 수 없었다.

"첫 키스였어요. 스무 살……, 첫 키스였다고요."

강유는 시무룩한 지후가 무슨 얘기를 하는지 단번에 알아차렸다. 그날을 말하는 것이겠지. 입매를 굳혔던 강유가 입을 열었다.

"너라서 이성을 잃었다."

9년 만의 고백인가? 마음에 두었던 그녀였지만, 자신도 규정할 수 없는 마음은 일단 접었다. 아니, 주변을 돌아볼 마음의 여유가 없었다. 그리고 강지후는 겨우 스무 살.

"넌 그때 스무 살이었을 뿐이니까."

진지한 강유를 올려다본 지후의 눈가가 가늘어졌다.

"기억해요? 쫑파티라 대통령님도 술 많이 드셨잖아요. 나도……, 취했었고."

낮은 강유의 웃음이 흘렀다. 맞닿은 지후의 가슴에도 잔잔한 물결이 일었다. 적어도 서로 기억 못 한 일은 아니었나 보다.

"대통령님, 그런데 왜 지금은……."

"대통령님이라……."

미간이 일그러진 강유가 짧게 한 단어를 음미했다.

"강 기자한테까지 내 직위로 불리는 건 좋지 않아. 그것보다는 예전처럼 오빠나 차라리 내 이름을 부르지."

귓가에 쏟아지는 것은 단정하게 떨어지는 그의 목소리. 하지만 그것조차 지후에게는 은밀하고 달콤하게 들려 소름이 돋았다. 그녀의 얼굴을 쓰다듬는 강유의 얼굴에는 기분 좋은 웃음이 서렸다. 언제나 신뢰감 있고 단호한 표정으로 대표되는 그라고는 생각할 수 없는 부드러움에 지후는 한순간 피가 식는 듯했다. 부드러운 카리스마. 분명히 이 표정이었던 것 같다. 10년쯤 전, 한순간 사춘기 소녀의 마음을 앗아 가 버렸던 스물다섯 청년의 표정. 세상을 바꿔 보겠다고 맨손으로 나선 국회의원 후보 이강유의 자원 봉사를 할 정도로 깊이 빠졌었다.

지후는 잔잔한 떨림을 이기지 못해 무너질 듯 그의 가슴에 이마를 기댔다. 그리고 강유는 그녀의 등을 단단히 안아 하얗고 가는 목덜미를 쓰다듬었다.

"난 정치부 기자예요."

지후가 떨리는 목소리로 겨우 내뱉었다. 강유와 이런 관계로 만나고 싶은 생각은 없었는데, 그래도 머리와 달리 마음이 먼저 그를 원했다.

"알아."

"대통령……, 오빠는 대통령이고요."

훗, 대통령 오빠? 강유의 입가에 은은한 미소가 서렸다. 손안에 놓인 작은 부드러움을 놓칠 수 없어 꼭 쥐었다.

"물론 알아."

목덜미에서 강유의 더운 숨결이 느껴져 정신이 아득해진 지후가 깊은 한숨을 내쉬었다. 아아, 정말 모르겠다.

"네 앞에서까지 대통령이고 싶지는 않아."

이렇게 손에 닿을 수 있는 눈앞에 있는데……. 눈을 감아도 아른거리는 여자. 이렇게 마음이 다급해졌으니 답은 하나다. 표현할밖에. 강유는 가슴에 머리를 기대 오는 지후를 꼭 끌어안았다.

"언제부터예요?"

"뭐가?"

"언제부터 내가 보였어요?"

강유는 지후의 머리 위에 턱을 묻었다. 생각을 하는 눈매가 가늘어졌다.

"언제부터 여자로 보였냐가 낫겠군. 보긴 계속 보고 있었으니까."

"그럼 정정할게요. 언제부터 여자로 보였어요?"

스무 살부터가 아니었을까? 그러니 당돌하게 축하 뽀뽀를 해 주던 너를 당겨 안아 키스로 바꿔 버렸겠지. 하지만 강유는 오리발부터 내밀었다.

"모릅니다. 정확히 언제부턴지."

그의 대답에 지후의 미간이 움찔거렸다. 강유의 키스로 아릿한 아픔이 남은 입술이 성이 난 듯 삐죽 튀어나왔다.

"답변이 시원찮으십니다, 대통령님."

"청문회라도 여실 겁니까, 강 기자?"

이내 그의 가슴에서 지후가 쿡 작은 웃음을 터뜨렸다. 이유를 모르면서도 짜릿했다.

"나보고 대통령님이라고 부르지 말라면서, 왜 나는 강 기자예요?"

지후가 강유를 올려다보며 반론을 제기했다. 강유의 눈빛에 설핏 난감함이 스쳐 지나다 이내 짓궂게 반짝였다.

"강 기자가 싫어? 그럼 뭐라고 부를까?"

이름 불러 주면 좋겠는데. 지후의 생각보다 빠르게 강유의 목소리가 이어졌다.

"음, 지후야? 아니면, 우리 자기?"

강유의 품에서 지후가 움찔거렸다. 근사한 목소리로 '자기'라고 불러 주는데 왜 슬금슬금 닭살이 돋는지 모르겠다. 은근한 강유의 목소리에 온몸이 부르르 떨렸다. 대, 대패 좀!

그녀는 대번에 의견을 바꿨다.

"그, 그냥 강 기자로 부르세요. 저는 그게 편해요."

"원하는 대로."

강유의 입가에 오랜만에 웃음이 담뿍 걸렸다. 결국은 그의 가슴에 머리를 쿵쿵 찧는 지후의 뒷머리를 쓰다듬었다.

"나, 미치겠어요. 난감하고."

"응?"

"방금 강지후는 수백만 여인을 연적으로 돌려 버렸어요. 한순간이
네요."

강유의 눈빛이 웃는 빛으로 반짝거렸다. 강지후는 무언가에 주저할
여자가 아니다. 적어도 그가 본 이 여자는 그랬다.

"그래서? 걱정하거나 후회하나?"

지후가 고개를 들었다. 똑바로 강유의 시선을 올려다보며 눈빛을
빛냈다. 열렬한 키스의 후유증으로 도톰하게 부푼 입술과 볼이 발갛게
상기됐다.

"강지후가 후회를? 천만에요."

그래, 천만의 말씀이다. 대통령은 이 사람의 직위일 뿐, 이강유는 사
람이고, 또한 남자다. 이렇게 심장이 벌떡대고 뛰는데, 이대로 도망가
면 아마 터질지도 모르겠다. 그래, 연애……할 거야. 연애할 거라고!

"대통령, 오빠나 겁 집어먹지 마세요."

지후의 목소리는 단호했다.

"나, 이제 스무 살 아니거든요?"

눈동자를 반짝이며 바로 그녀 스스로 발돋움하여 강유의 목을 껴안
았다. 보기 좋게 늘어진 그의 입술을 다시 찾아드는 지후의 입가에도
웃음이 터졌다. 그녀의 지구 마을로 강유가 돌아온 날이었다. 서로의
마음에 상대가 가득 찬 느낌이 꽃망울처럼 화륵 피었다.

*

"어, 오빠?"

욕실에서 나오던 지후는 2층으로 올라오는 지혁과 마주쳤다. 그는 방금 귀가를 한 듯 상당히 피곤해 보였다.

"일요일인데 늦었네?"

"급한 환자가 있어서 호출 받았다. 짜식아, 옷 좀 입고 다녀!"

지혁은 그 앞에 커다란 티셔츠 차림으로 선 지후를 보고 눈살을 찌푸렸다. 분명 팬티 위에 티셔츠를 걸친 그대로였다. 긴 티셔츠라 해도 팬티 라인 바로 아래서 살랑거리는 길이일 뿐이었다.

"어머나, 내 정신 좀 봐! 눈 돌려!"

그제야 자신의 차림을 인식한 지후가 들고 있던 수건으로 가리며 호들갑을 떨었다. 욕실 물기 안에서 어떻게 바지를 입느냐고, 항상 살금살금 걸어 나와 제 방으로 후다닥 뛰어가는 게 습관이 들었는데, 지금 또 자신이 어떤 상황인지 깜빡한 듯했다.

"쯧쯧. 강지후, 너 나이 어디로 먹었냐? 스물아홉 맞아?"

"흥! 그러게 독립시켜 달랬지. 지석 오빠 가능한데, 왜 나는 불가능한 거야! 혼자 살면 난 다 벗고 살 거라고!"

제 방으로 쏙 들어가며 지후가 투덜거렸다. 그러다 다시 고개를 내밀고 자신의 방으로 들어가는 지혁을 불렀다.

"오빠!"

툴툴대던 지혁이 고개를 돌렸다.

"왜!"

"그게……."

오빠한테 물어봐도 될까? 음음, 뭘? 대통령 오빠하고 연애해도 되냐고? 연애할 시간 있냐고? 어떤 사람이냐고?

에이 에이, 이런 물음 참 웃긴다. 아직 키스 한 번밖에 안 했는데. 부딪쳐 보지도 않고.

지후는 고개를 저었다. 자신에게 '키스 한 번'은 단순한 키스 한 번이 아니었지만, 지후는 바로 생각을 털어 냈다. 아아, 그냥 흘러가는 대로 놔둬야겠다. 대통령 오빠 바쁜 것만큼 강지후 기자도 바쁘답니다.

"뭐? 왜?"

방으로 들어가다 말고 묻는 지혁에게 지후는 싱긋 웃으며 손을 살랑살랑 흔들었다.

"잘 자라고. 바이바이!"

"싱거운 놈."

흐흐, 싱거운 놈이라도 오늘은 왜 이렇게 기분이 좋을까.

"참, 강습은 잘돼 가?"

문득 생각이 난 지혁이 또다시 방문을 열다 말고 물었다. 지후는 가슴이 뜨끔했지만, 아무렇지도 않은 표정으로 대답을 했다.

"그럼. 나, 상당히 유능한 강사야."

"지금 같으면 네 말을 믿겠냐?"

지혁의 말투가 퉁명스러워도 지후는 흐흐대고 웃기만 했다.

"에이, 오빠는……. 잠이나 주무셔요."

돌아선 지후의 입가에 머문 웃음의 의미를 지혁은 알지 못했다.

5

거대하다고 표현될 만큼 넓고 화려한 한옥은 마치 숲 속에 위치한 고급 요정을 연상시켰다. 그곳은 명동의 어느 골목에서 100만 원으로 시작하여, 이제는 지하경제의 숨은 제왕으로 불리는 민영철의 자택으로 알려졌는데, 말 한마디로 일개 기업의 생존을 좌우할 수 있는 거대한 힘을 지녔다는 그는 80대의 노인이었다.

밀실은 조용했다. 끊임없이 드나들며 산해진미가 차려진 술상의 부족함을 채우던 사람들의 발걸음도 밤이 깊어질수록 제한이 되었다. 이른 저녁부터 시작된 술자리는 밤이 깊어 가면서 참석자가 늘어나기도 하고 바뀌기도 하였지만, 쉽게 파하지 않았다. 그리고 은밀하게 저택에 차를 대고 밀실로 들어오는 이들의 면면은 가히 일반인들에게도 낯설지 않은 사람들이었다.

"어르신, 제가 늦었습니다."

마지막으로 들어와 민영철의 잔을 받은 사람은 현일그룹 총수 정현탁이었다. 40대 후반의 그는 아버지뻘인 민영철의 잔을 깊이 허리 숙여 받았다.

"휴일인데도 고생이 많으십니다."

"이게 다 경험도 없는 그 젊은 놈 때문이 아닙니까! 기업인들 목을 죄고 있으니, 일할 맛이 나겠습니까?"

누군가 동석한 사람의 한마디에 정현탁은 부르르 떨었다.

비자금 특검이다 재벌 개혁이다 해서 이강유 정권은 취임 첫해에 정국을 뒤집어엎더니, 결국 연초부터 여론을 형성해 재벌들을 압박해 왔다. 그로 인해 재계에는 초비상이 걸렸다. 이제 국회 비준을 남겨 두고 있는 재벌 개혁법으로 인하여, 당장 재벌들은 발등에 불이 떨어진 상황이었다.

특히 현일그룹은 몇 년 전부터 진행되어 온 편법 증여 문제로 재벌 개혁법 폭탄의 가장 큰 직격탄을 맞게 생겨서 분위기가 말이 아니었다. 당장이라도 검찰이 수사권을 발동해 기습 수색이라도 할 것 같은 두려움이 코앞으로 다가와 대책 마련에 나선 것이다.

세제 개혁을 하면 정부야 조세 수입이 넘쳐 나겠지만, 기업의 입장에서 생각하면, 내는 사람은 뭔가 미심쩍고 생색도 안 나게 갖다 바치는 생각이 들어 영 못마땅한 법이다. 제일 먼저 도마 위에 오른 게 현일그룹이었고, 총수인 정현탁은 덕분에 휴일인 오늘도 사장단 회의에서 골머리를 앓다 온 후였다.

"통일 자금으로 우리가 쏟아 부은 것이 얼마인데, 이제 와서 이렇게 모른 척을 한답니까? 그 돈 회수하려면 아직 멀었는데요."

"애송이가 간이 부었어."

민영철의 오른팔 격인 자금 담당 김민수가 정현탁과 주거니 받거니 한마디씩 할 때, 묵묵히 앉아 있던 민영철이 느릿느릿 입을 열었다. 그는 절대 사석에서는 대통령이라는 호칭을 쓰지 않았다. 그로서는 지금껏 자신이 밀었던 자가 대통령이 되지 못한 적이 없었고, 때문에 이번 정권 자체를 인정하지 않는다는 뜻이기도 했다.

"이강유가 아직 무얼 모르는 겁니다. 지금이야 젊은 혈기에 이것저것 손대고 있지만, 조만간 지쳐 떨어질 테지요. 국내뿐 아니라 국제적인 사안까지, 신경 써야 할 일이 어디 한두 가지인가요?"

민영철의 곁에서 오래도록 말이 없던 류인호가 결국은 입을 열었다.

30년 정치 경력, 그리고 현 제1야당의 대표인 류인호. 지난 대선, 집권당이었던 공화당의 대권 주자로 나섰던 그였다. 하지만 공화당은 경선에서 패한 후보들이 줄줄이 탈당을 해서 분열되었고, 결국 젊은 기수 이강유를 앞세우고 개혁을 기치로 건 민주당에게 참패를 면치 못했다. 통일 후 젊은 유권자들이 많아지고, 정치에 관심이 없던 그들의 마음까지 움직였다는 것은 예상했지만, 그래도 박빙의 승부를 예측했던 이들로서는 대선 결과는 충격이었다. 특히 그때 생각을 하면, 류인호는 지금도 자다가 벌떡 일어날 정도였다. 이강유라니……. 그런 애송이 핏덩이!

류인호의 얼굴에 보이지 않을 정도의 희미한 경련이 일었다.

"어떻게든 지지율을 하락시켜 내년 지방선거에서 만회해야 합니다."

"연임도 막아야지요."

"언론도 한통속인 이유가 뭐야? 이건 뭐, 믿었던 곳조차 대통령 띄우기에 혈안이 되어 사업하는 사람들 못 잡아먹어 안달이 났어."

정현탁이 못마땅한 목소리로 부르르 떨었다. 자유롭게 언로(言路)를 열어 버린 대통령으로 인해, 기존에 믿고 있었던 자신들의 언론조차 호의를 갖고 저들 쪽으로 돌아서고 있었다. 보수와 진보의 이념이라는 말이 이제는 무색할 정도로.

"오래 버티지는 못할 겁니다. 재계에서 언론사 광고를 전면 중지할 예정이라는 소문이 돌고 있으니까요. 지들도 밥줄이 달린 문제인데 언제까지 정부만 띄워요."

"흐음."

김민수의 대답에 류인호의 얼굴이 굳어져만 갔다. 현재로서는 국정을 책임지는 이강유 대통령의 지지율이 떨어지지 않고 있으니, 자신들로서도 자꾸만 입지가 좁아져 갔다. 뭔가 돌파구를 찾지 않으면 안 될 시기였다.

"애송이는 여자가 없는가?"

묵묵히 그들의 얘기를 듣고 있던 민영철이 입을 열었다. 미혼에다 젊고 매력적인 대통령은 특히 젊은 여성층에서 인기가 하늘을 찌르지만, 아직까지 그들의 정보망에 잡힌 이강유의 여자는 없다는 것이 정석이었다. 국정 현안에 바쁜 그로서는 어찌할 방도도 없을 터였다.

"아직 없습니다."

술잔을 보고 있던 류인호의 눈빛이 일순 흐려졌다. 그는 얼마 전 집에 왔던 세아를 떠올리며 미간을 좁혔다. 생각 같아서는 미혼 대통령의 스캔들이라도 터진다면 금상첨화겠는데……. 하지만 슬쩍 운을 떼었던 그에게 세아는 차가운 시선만을 되돌렸다.

"찾아보면 있겠지. 젊은 피 펄펄 끓는 30대인데, 여자 없이 지금껏 살았다는 건 말이 되지 않아. 과거라도 있겠지."

민영철은 단정적으로 말을 끝냈다. 모여 앉은 사람들도 이러니저러니 말은 했지만, 모두 그 말에 수긍한다는 반응이었다. 새벽이 오는 시각이었다.

*

청와대 춘추관에 모인 기자단이 최고로 긴장을 하게 되는 월요 브리핑 시간이 다가오고 있었다. 그 아침, 홍보 수석실에서 전달받은 국정 자료를 기사로 작성하여 보도국으로 보내는 작업과 그날 주요 브리핑 내용으로 인해 눈코 뜰 새 없이 바쁜 와중이었다. 옆자리에 앉았던 누군가가 툭툭 지후의 팔을 건드렸다. 평소부터 안면이 있던 한성경제의 박용현 기자였다.

"강 기자, 성주현 기자 잘 알아?"

"성 기자님이요?"

지후의 고개가 갸우뚱했다. 방송 매체인 SBN과 인쇄 매체인 경한일보는 한 계열사로 시작을 했다. 지금이야 아예 계열 분리가 됐지만, 지금도 일반 대중들에겐 둘이 한 회사라는 인식이 박혀 있을 정도였다. 아니, 실제로 가끔 함께 모여 세미나를 하기도 하여 한솥밥 식구라는 동지 의식이 강한 것이 사실이기도 했다. 그러니 자신도 '저 인간이!' 하며, 몇 기수 선배인 성주현을 무시하고 있지.

"그렇게 잘 알지는 못해요. 여기 출입하면서 얼굴 익혔지, 까마득한 선배신데."

지후는 한껏 자신을 움츠렸다. 성주현을 인간적으로는 그다지 좋아하지 않는데, 용현이 왜 그 얘기를 묻는지 궁금해졌다.

"왜요?"

"흠, 그 인간, 이번에 사고 쳤네."

"네? 뭐요?"

"강 기자도 모르는 걸 보니 경한일보 단독 보도인가 보군."

"보도?"

지후의 맑았던 눈빛이 한순간 의아함으로 물들었다. 경한일보? 또 무슨 일이?

"오프가 깨졌어."

"네?"

지후의 눈이 휘둥그레졌다.

"그 친구, 참나……. 요새 위에서 특종 안 나온다고 압박해?"

용현의 말이 무슨 뜻인지 단숨에 짐작한 지후는 작성하던 기사를 내려놓고 즉시 인터넷 검색을 시작했다. 분명 인터넷 판에도 실렸을 거라 판단하고, 수십 개의 언론사 즐겨찾기 중 경한일보 사이트를 재빨리 찾았다.

"이러다 우리만 물 먹는 거 아닌지 모르겠네. 그 기사 보고 다른 곳에서도 인터넷 판에 샤샥 올려 버렸던데."

물 먹는 건 둘째 치고, 다른 곳 다 나오는 기사를 혼자만 못 올리면 곧바로 그 기자에 대한 평가는 추락하게 되어 있다. 그러니 기자들이 특종이며 기사에 목숨을 안 걸 수 있을까. 박 기자의 말을 들으면서도 지후는 입술을 씰룩거렸다. 젠장, 성 선배!

분명 어제 산행은 오프더레코더를 요청할 만큼 중요 사항이 없었다. 언론과의 대화를 많이 하는 이·대통령 특유의 친목 도모였을 뿐이었다. 그리고 대통령 스스로도 언론에 보도될 만큼 중요한 얘기는 본인이 하지 않겠으니, 직업의식은 산 밑에 놓고 올라가라며 농담식으로 얘기했을 정도였다. 그래서 방송국 소속의 자신과 기준은 특별한 일이 없었다고 데스크에 보고까지 한 상황이었다. 그때, 경한일보 사이트에서 '대통령의 신념'이란 제목이 붙은 논평을 클릭한 지후의 눈가가 가늘어졌다.

이 대통령 '신념' 발언은 대통령의 내심인가

이 대통령은 16일 일요일 청와대 출입 기자들과 북악산 등산 중 '대통령으로서 해야 할 일은 내가 기존에 가지고 있던 생각과 다른 것들도 있다.'고 말했다.

하산 길에 파병에 대해 궁금증과 의견이 분분한 기자단에게 한 참모는 '파병에 대한 오해 소지가 있다.'고 지적했고, 이 대통령은 등산에 이은 오찬에서 '파병을 얘기한 것이 아니다.'고 해명했다.

그러나 이 대통령의 이날 발언이 개인적이고 사적인 발언이 아니라는 정황도 있다. 닷새 전인 11일, 장운일 국무총리가 국회 답변을 통해 파병의 필요성을 시사하는 발언을 하자, 여권 내에서는 이 대통령이 조만간 파병안 결의를 내놓을 것이라는 소문이 퍼졌다.

공화당 관계자는 '총리에 이어 대통령이 비슷한 얘기를 연달아 하는 것은 내부에서는 조율이 끝난 것 아니냐.'며 '대통령은 파병에 대한 국민적 여론을 수렴한다며 여론을 경청하는 듯 보이지만, 결국은 독단적으로 일을 추진하려는 뜻으로 들렸다.'고 말했다.

청와대 핵심 관계자는 얼마 전 사석에서 '신념은 변할 수 있다. 파병은 이 대통령의 확고한 생각'이라고 전하기도 했다.

아무리 비공식 행사라도 대통령은 자신이 무슨 얘기를 하고 있는지 알고 있고, 계획에 없는 발언은 하지 않는 것이 대통령 발언에 대한 정석이다. 따라서 이날 대통령의 발언은 '집권 2년차의 소감'이라고 단순히 생각하기는 어렵다. 최소한 말에 있어 타의 추종을 불허하는 이 대통령이 구상하고 있던 심중을 일단 내비쳤다고 보는 게 일반적인 생각이다.

문제는 정권의 중간 평가가 있을 임기 중반에 파병론에 대한 민감한 발언을 했다는 점이다. 정치권에서는 파병이라는 폭발성이 강한 이슈를 제기함으로써 통일 후 심화된 양극화 현상과 기존 북한 출신 국민들의 정치적 불만을 그쪽으로 돌리겠다는 의도를 드러낸 게 아니냐는 해석을 하고 있다. 한 나라의 자주권은 보장되어야 한다던 대통령의 신념은 결국 변한 것인가.

성주현 기자

돌아가시겠네. 생각이 신념으로 바뀌었군. 대체 이걸 왜 이렇게 해석한 거야?

지후는 있는 대로 눈살을 찌푸렸다. 대한민국 최초의 30대 대통령이 되어 집권 2년차를 맞은 소감을 말해 달라는 요청에 간단하면서도 명료하게 대답했던 것들이 저렇게 이해될 줄 누가 알았을까.

"분명 오프하기로 했잖아요."

"오프가 말이야, 신사협정일 뿐 법적 강제 의무는 아니란 거 강 기자도 알잖아. 문제는 성 기자가 이 대통령이 파병을 할 거라고 단정 지었다는 거야. 그쪽 데스크 의견인가?"

"하!"

짧은 한숨이 터졌다. 갈등이 수없이 머릿속을 스쳐 갔다.

언론인의 길을 걸으며 처음 다짐한 것이 있었다. 있는 그대로의 사실만으로 기사를 쓰고 진실만을 전할 것이라는 다짐. 자신의 감정으로 사실을 판단하여 오보하지는 말자는 수없는 자아비판. 기자도 사람인데, 어떤 일에 대한 느낌이나 감정이 왜 없을까. 동료로서 특종 보도에 대한 기자들의 집착을 모르는 것도 아니고, 그 마음을 이해하지 못하는 것도 아니다. 그러니 자신 또한 포탄이 당장 옆으로 떨어질지도 모르는 그 떨리는 현장에서도 마이크를 움켜쥐고 있었던 게 아닌가.

하지만 종종 맞닥뜨리게 되는, 이런 식으로 기자가 자신의 감정을 드러낸 기사는 그녀 스스로도 참을 수가 없었다. 데스크와 논의하여 합의했겠지만, 아무래도 이 건은 논란의 여지가 있어 보였다. 당장 포문을 연 경한일보의 기사와 관련하여 줄줄이 인터넷 포털에 뜨는 기사들이 심상치 않았다. 파병에 대한 국민 여론이 민감한 것을 눈치 챈 것

이다. 경한일보에서 오프 협정을 깨고 의견을 실었으니, 슬슬 눈치 봐
가며 비슷한 얘기를 꺼내 놓고 있었다.

으음.

지후는 입술을 짓깨물었다. 분명 자신과 기준은 어젯밤까지도 보도
국 국장에게 특이할 만한 사항이 없었다고 보고를 했었다. 기준은 특
별히 녹음기까지 챙겨 갔었으니까.

문득 지후는 어젯밤의 강유가 떠올랐다.

이강유……, 대통령.

격렬히 다가와 한순간 그녀를 녹였던 그 남자. 대통령이라는 직분
은 그 순간 사라졌다고 믿고 싶었다. 설렘이 섞인 서로의 감정이 아직
은 어떤 감정인지 섬세히 잡히지는 않지만, 그 순간만큼은 진심이 녹
아 있었다. 그 눈빛이 쏟아 내는 열정에 빠져들어 자신도 겁먹지 않고
그 순간에 몰두할 수 있었을 것이다.

"이 대통령 또 골치 아파지시겠군. 대선 공약도 있고, 지난주까지
파병 안 할 거라고 공언을 했는데."

이렇게 독단으로 결정해 버릴 것이라고 기사가 나갔으니, 국민들의
눈과 귀가 한꺼번에 쏠리게 될 것은 당연한 일이었다. 아마 파병에 민
감한 북한 출신 사회당과 반전 단체들의 여론이 아우성칠 것이다. 지
후는 순간적으로 핸드폰을 꺼내 보도국장인 황현수의 핸드폰 번호를
눌렀다.

"국장님!"

— 강 기자, 안 그래도 전화하려 했었다. 방금 다른 기자 보냈으니,
강 기자는 빨리 들어와.

"황 선배, 어제 산행은 말입니다……."

왜 마음이 조금씩 다급해질까? 인쇄 매체에서 영향력이 제일 큰 경한이 이런 논조를 보였으니, 이미 국민 여론은 들썩이기 시작할 터였다. 한순간에 대통령이 거짓말쟁이가 돼 버렸다. 지후가 짧은 머리를 쓸어 올리며 답답한 속을 털어 냈다. 그러자 기다렸다는 듯 황 국장이 말을 잘랐다.

— 그 건 때문에 그러니까, 빨리 복귀해.

지후는 번개같이 전화를 끊자마자 짐을 챙기기 시작했다. 제기랄, 제기랄!

또다시 도심 한복판에서 질주를 해야 할지도 모른다. 남대문이야 코앞이지만, 수없이 걸릴 신호를 생각하면……. 어허, 이번 달 벌점이 얼마더라?

*

청와대에서 방송국 본관 10층에 위치한 보도국까지 가는 데 정확히 15분밖에 안 걸렸다. 지하 주차장 엘리베이터 앞에 도착했을 때, 지후는 이미 국장실로 오라는 연락을 받았기에 곧바로 국장실을 향해 뛰었다. 물론 당장이라도 저 몇 층 위에 위치한 경한일보로 쫓아 올라가고 싶었지만, 지금은 그럴 시간조차 없었다. 아침의 분주함과 달리 이미 취재를 나가 썰렁한 보도국 책상들을 가로질러, 지후는 국장실을 향해 달렸다.

에이, 정말 심장 터지겠군.

이런 일이 어디 한두 번이랴. 그런데 왜 지금은 더 이렇게 자신이 서두르는 건지 몰랐다. 다만 빨리 회의를 마친 후, 오늘 브리핑에 참석한 대통령 이강유를 직접 확인하고 싶었다. 불안에 잠긴 사람들에게 믿음을 주던 그가 여전히 여유로운지, 여전히 그곳에 있는지 직접 자신의 눈으로 확인하고 싶은 마음뿐이었다. 뛰고 있는 지후의 이마에서 또륵 땀방울이 굴렀다.

똑똑.

국장실 앞에서 심호흡을 하며 지후는 냉정을 되찾았다. 자신의 본분을 잊지 말자고 수없이 되뇐 결과이기도 했지만, 그녀는 평소의 자신감을 되찾으며 숨을 혹 내뱉었다. 이내 유리문을 밀치고 들어서니, 국장실의 회의 테이블에 앉아 논의를 하고 있는 정치부 부장과 차장, 취재부 부장 등이 보였다.

"들어와, 강 기자. 거기 앉아."

꾸벅 인사를 하고 들어선 지후는 황 국장이 가리키는 자리에 앉았다. 회의를 시작한 지 얼마 안 된 듯, 골초인 황 국장 앞의 재떨이에는 이제 막 끈 담배 필터 한 개만 뒹굴고 있었다.

"강 기자, 어제 분위기가 어땠던 거야? 얘기 좀 해 봐."

정치부 부장 신현우의 날카로운 어조에 지후는 꿀꺽 침을 삼켰다. 40대 후반인 그는 오랜 정치부 기자 생활의 연륜이 밴 특유의 유들유들하면서도 예리한 안목을 지닌 이였다. 어쩌면 지후가 황 국장보다 더 어려워하고 무서워하는 이가 신 부장일지도 모른다.

그러나 지후는 이내 머뭇거리지 않고 담담한 목소리로 대답했다. 최대한 자신의 감정을 배제하려고 노력하면서. 지금 그녀의 심장은 사정없이 두근거리고 파열될 것 같았지만, 그것이 무엇으로 인함인지 또한 알고 싶지 않았다. 의식을 했든 안 했든, 민감한 사항에 대해서는 산행 중 일절 입을 열지 않던 대통령이었고, 그러니만큼 어제의 주제는 '등산' 일 뿐이었다. 간혹 우스갯소리를 해서 폭소를 자아냈을지언정, 결코 오해할 만한 사항은 전혀 없었다.

"한 가지만 먼저 여쭤도 되겠습니까?"

둘러앉았던 사람들이 '뭐?' 하는 눈빛으로 지후를 보았다. 그녀는 침을 꿀떡 삼킨 후 천천히, 하지만 정확하게 입을 열었다.

"경한일보에서 나간 기사 그대로 저희도 의견을 맞춰야 합니까?"

황 국장에게 시선을 돌린 지후의 눈빛이 조금씩 바닥으로 가라앉았다. 아무래도 자신은 그럴 수 없다고 생각하는데, 다행히 먼저 참석자의 얘기를 듣겠다는 황 국장의 의견에 가슴을 쓸어내렸다.

"그러니 말해 보라고."

"부장님과 국장님께 보고 드렸던 그대롭니다. 많이 심심할 정도로 아무런 이슈가 없었습니다. 정말 기사까지 갈 만한 내용이 없었다고요."

지후는 차라리 웅변을 하고 싶은 심정이었다. 그녀를 뚫어지게 바라보는 네 쌍의 눈동자가 너무도 진지해서, 여차하면 없는 내용도 토해 내라고 할 것 같았다. 기사를 만들어 내라고.

어쩌면 성 기자가 그런 기사를 쓴 것도 이해가 갈 만하다. 이런 분위기에서 토해 내듯 써낸 것일지도 모른다. 지후는 짧지만 깊은 숨을 들이쉬었다. 평소 통통 튀며 헤실헤실 웃던 눈빛을 거두고, 그녀 특유의 깊고도 반짝이는 눈빛으로 상사들을 바라봤다.

"제 기자 생명을 걸고 말씀드립니다. 대통령께서 한 말씀은……."

지후의 머릿속에 한순간 대통령 이강유의 얼굴이 스쳐 갔다. 지금은 남자가 아닌, 그녀가 그녀의 조국을 위해 권리를 행사해 뽑은 지도자의 얼굴이었다.

"……있는 그대로입니다. 젊은 대통령으로 집권 2년차를 맞아 느낀 점을 말씀하신 것뿐, 다른 뜻은 없었습니다. 그런 기삿거리도 되지 않는 얘기로 부끄러운 짓을 한 쪽은 저희 기자들입니다."

"경한 데스크에서 오버한 거라고?"

"대통령께서 하신 한마디에 너무 많은 것을 담았습니다. 생각이 신념으로 바뀌었더군요. 이강유 대통령께서 혼자 독단으로 일처리 하실 분이십니까?"

강지후, 넌 지금 객관적인 거야? 넌 정말 객관적이야?

신 부장에게 대답을 하면서도 지후는 스스로에게 되뇌었다. 한순간 파병에 대해 그와 나눴던 설전이 떠올랐다. 그의 복안이 무얼까, 평소의 자신도 머리를 썼지만, 왜 지금은 대통령 이강유가 있는 그대로 보이는지 지후 자신도 몰랐다. 스스로 감정에 치우쳐 편파적이지 않기를 그녀는 간절히 소망하고 바라고 있었다.

그때, 지후의 질문에 대한 대답으로 황 국장의 고개가 신중하게 끄덕여졌다. 그뿐만 아니라 모인 사람 모두 충분히 그럴 수 있다고 생각했다. 다들 사실을 밝혀 국민들의 알 권리를 충족시켜야 되는 기자의 생각 하나가 얼마만큼의 파급을 가져오는지 충분히 알고 있었다.

"이미 파병에 대한 얘기가 아니라고 홍보 수석실 측에서 기자단에 해명한 뉴스까지 나갔어. 문제는……."

신 부장이 뜸을 들였다. 지후 그녀가 춘추관에 있는 동안, 얘기가 상당히 진척된 듯했다.

"……여론이 안 좋아."

"네? 무슨 말씀이십니까?"

눈가를 찌푸린 지후의 질문에 정치부 차장이 어깨를 으쓱했다. 당연한 것을 묻느냐는 표정이었다.

"혈기만 왕성하고 경험은 일천한 대통령은 휴일이랍시고 기자단이나 데리고 친목 도모하고 있고, 그 경험 커버하려고 사회적으로 존경받고 명망 있는 인사들 데려다 참모진 꾸려서 자기 뒷수습이나 하게 한다고."

아닌데……, 이게 아닌데. 왜 상황이 이렇게 돌아가지? 지후의 미간에 근심이 서렸다.

"파병한다는 소리에 가뜩이나 민감한 반전 단체들이 들고일어났어. 옛 북한 쪽 국민들의 불안감도 가중되고 있고."

하!

지후는 터지려는 한숨을 속으로 넘겼다. 하루아침에 상황이 급변하고 있었다.

"대통령 지지율 떨어지는 소리 들린다. 지방선거에도 영향이 있을 텐데."

"대통령은 말 한마디도 역사의 기록이니 어쩔 수 없지."

차장이 툭 한마디를 던지고 취재부 부장이 대답하자, 국장실에는 싸한 냉기가 흘렀다. 누구도 부인하지 못할 상황이었다.

"부장님, 국장님."

무언가를 생각한 지후가 결연한 목소리로 황 국장과 신 부장을 불렀다. 그녀의 눈빛이 투지로 이글이글 불타올랐다.

"어제 참석한 사람이 저입니다. 이 건에 대한 기사를 제가 쓰겠습니다. 다음 시간부터 내보내 주십시오."

"무슨 기사?"

네 쌍의 눈동자가 지후를 향했다. 그녀는 훅 숨을 들이쉬고 단숨에 하고 싶은 말을 쏟아 냈다.

"대통령의 생각을 있는 그대로 사심 없이 받아들이지 못하고, 아전인수 해석을 해 버린 언론을 자아비판하겠습니다."

지후는 테이블 아래 주먹 쥔 손에 힘을 꽉 줬다. 어금니를 으득 사리물어 터지려는 분노를 참았다.

"강 기자야, 어조가 너무 세다."

"한솥밥 먹는 식구끼리 집안싸움이야."

하늘같은 대선배들이자 상사들 앞이었다. 신 부장이 신랄한 목소리로 지후에게 한마디 했다. 하지만 지후는 현실에 분노했고, 열렬한 마음을 담아 황 국장을 바라봤다.

"집안싸움으로 비쳐도 왜곡 보도에 대한 것은 정확히 알려야 된다고 생각합니다. 논평으로 내보낼 것을 제의합니다."

지후의 강한 어조에 신 부장의 눈가가 희미하게 일그러졌다. 나서서 총대를 메려 하는 지후가 탐탁지 않은 것이다. 부하 직원을 생각하는 걱정 또한 섞여 있었다.

"어제 행사에 대한 비보도는 언론인 스스로가 협약한 사항입니다. 협약이나 깨고 취재원을 보호하지 않는 언론에 대해서는 내부 규제를 해야 한다고 생각합니다."

"왜 그렇게 생각하나? 공익과 사회적 반향이 크다면, 비보도는 깰 수도 있는 문제야."

"그래서요? 경한은 공익을 선택했고, 약속을 깼다는 비난의 부담을 모두 떠안았다는 뜻입니까?"

"보도 가치와 취재원과의 약속 중에서 경한은 보도 가치를 택한 거 겠지."

신 부장의 눈빛과 목소리는 날카로웠다. 흥분하지 않기 위해 기를 쓰던 지후는 그를 신중히 바라보며 숨을 크게 들이쉬었다.

"언론이 먼저 신뢰와 약속을 지키지 않는다면, 누가 저희에게 진실된 정보를 알리겠습니까? 그렇게 되면 우리 언론 또한 신뢰 있는 정보에서 멀어지게 됩니다. 사실은 사실대로 알리고, 아닌 것은 아니라고 얘기해야 되지 않습니까? 같이 참석한 저나 현 기자의 의견은 그렇지 않는데, 같은 계열사니 같은 논조여야 한다는 것은 사실과 위배됩니다. 왜곡 보도였습니다."

최대한 객관적이라고 생각했다. 지후는 점점 더 흥분으로 격앙되려 하는 목소리를 겨우 누르고, 회의용 테이블 맞은편에 앉은 황 국장을 바라보았다. 신중히 생각하는 그의 눈빛이 안경 너머로 빛나고 있었다. 그러던 중 문득 황 국장이 테이블 위에 놓여 있던 TV 리모컨을 들어 버튼을 눌렀다. 그의 눈동자가 지후 뒤편에 고정되자, 국장실에 있던 눈동자들 또한 일제히 황 국장의 시선을 따라 벽으로 향했다.

"월요 브리핑 시작됐다."

황 국장의 말에 따라 지후는 자신의 등 뒤 벽에 붙어 있는 TV 화면을 향해 몸을 돌렸다. 볼륨을 줄여 놓은 TV에서는 어느새 대통령의 국정 브리핑이 시작되고 있었다. 이미 브리핑석에 나온 강유가 화면에 비쳐졌고, 지후는 자신도 모르게 꿀꺽 침을 삼켰다. 짙은 색의 슈트를 입은 그는 더욱 단단해 보이고 강인해 보였다. 그런데…….

왜 내 감정이 다르지?

지후의 눈동자가 미세하게 흔들렸다. 분명 어제와 다를 것 없는 이강유의 표정을 보면서 지후는 그가 아니라 자신의 감정이 알싸해지고 있다는 것을 깨달았다.

"하! 역시 이 대통령이네. 아침부터 청와대가 들썩들썩거렸을 텐데, 저 여유로운 표정 좀 봐."

그가 마주 보고 있는 기자단이 들쑤셔 놓은 여론을 이미 보고받았을 것이다. 그로 인해 심기 또한 편치는 않을 텐데, 이강유는 시종일관 분명한 태도였다. 전혀 속을 알 수 없었고, 여유로움 또한 사라지지 않았다. 심지어 인사를 나눌 때는 농담까지 던져 기자단의 웃음이 터졌다. 누구와도 거리낌 없이 질문을 주고받았다.

그런데 문제는 아침부터 터져 여야 정치권뿐만이 아니라, 파병에 민감하게 귀 기울이는 국민들의 관심까지 돌려놓은 어제 모임에 대한 발언을 누군가 하자, 일순 장내는 꿀 먹은 벙어리가 되었다.

회의실에서 그 장면을 지켜보는 지후 또한 시선을 뗄 수가 없었다. 그리고 그 순간이었다. 화면의 정면에 잡힌 이강유의 입가에 스민 차가운 미소가 걷히는 한순간, 지후는 그의 길고 서늘한 눈빛에 냉혹하리만치 차가운 빛이 스쳤다고 느꼈다. 그리고 지후의 눈매도 동시에 가늘어졌다.

그는 분명 분노하고 있었다. 하지만 수십 년 동안 정치판에서 단련된 사람들보다도 더 순발력 있게, 강유는 어느 때보다 신뢰를 줄 수 있는 진중한 표정과 어조로 답변에 임했다.

"지금 논란의 핵심은 파병의 진위 여부를 제가 모호하게 표현했다는 게 아니라고 봅니다."

한 사람 한 사람을 주시하는 강유의 눈빛은 흔들림이 없었다. 그는 낮고 선명한 목소리로 말을 이었다.

"산행 시작 전, 제 참모진들은 분명 이번 산행이 어떠한 정치적 의도와 연관된 것이 아닌, 기자와 청와대 간의 신뢰를 쌓기 위한 과정의 일환이라는 행사 취지를 들어 오프더레코드를 요청한 것으로 압니다. 기사 놓칠까 봐 여유 없는 기자 분들을 고려한 것이겠지요. 그리고 제 모호한 발언에 대해 제 참모진들은 왜곡된 뜻으로 해석될 수 있으니 산행 후 해명할 것을 조언하기도 했습니다. 오해가 있지 않게 최선을 다해 설명을 하는데도 절 신뢰하지 않는다는 것은……."

지후의 눈썹이 움찔거렸다. 한순간 이강유가 모든 사람을 주시하며 말을 끊었다. 조금은 침통해진 목소리가 이어 나왔다.

"……정부와 언론의 신뢰가 어느 선까지 와 있는지를 극명하게 보여 주는 사례가 될 것입니다."

곧바로 기자단이 웅성거렸다. 지켜보고 있던 국민들도 숨을 죽였으리라. 그러나 날카롭던 이강유의 눈매와 목소리는 이내 풀어졌다. 입매가 길게 늘어져 희미하지만 분명한 미소를 머금었다.

"이런 비생산적인 오해를 바로잡는 데 시간이 필요합니까? 현안 과제들이 얼마나 많은데, 이런 일로 언론과 정부가 신경전을 벌여야 되겠습니까? 파병에 대해 민감하신 분들이 많으시니, 그것만은 다시 한 번 짚겠습니다. 파병은 제 단독으로 결정할 사항이 분명히 아닙니다. 그리고 제 신념은 아직 건재합니다."

하!

사무실에서 지켜보던 이들의 입술에 작은 감탄이 서렸다. 이강유의 발언에는 들썩이는 사람들의 마음을 단번에 제압하는 힘이 서려 있었다.

"계속 걸려 오는 전화로 청와대 비서동 전화가 불통입니다. 제 비서진도 이제 일 좀 합시다."

빙긋 웃는 이강유의 얼굴로 인해 기자단 일부는 웃음을 터뜨렸고, 일부는 웅성거렸다. 카메라가 그 모습을 모두 화면으로 잡았다.

"산행에 초대받지 못한 기자도 있습니다!"

어딘가 뒤쪽에서 고함 소리가 터졌다. 그러자 이강유의 시선이 그쪽으로 향했다. 표정이 매우 밝아 보였다.

"통보는 몇 시간 전 기자실 앞에 붙습니다. 기자님은 공사다망하셔서 안내문을 못 보신 모양입니다. 밤새 바쁘셨던 분도 참석하셨습니다."

한순간 화면을 보고 있던 지후의 볼이 발갛게 물들었다. 밤새 바빠서 참석 못 할 뻔했던 사람에 자신이 포함됐으니까.

"흠, 역시 이 대통령이라는 말밖에 할 수가 없네."

"그렇죠, 부장님? 정치를 위해 태어났다는 얘기까지 듣는다잖아요."

신 부장과 정 차장이 말을 주거니 받거니 하는 동안 지후는 눈에 힘을 준 채 몸을 돌려 정면에 앉은 황 국장을 똑바로 바라보았다. 묵묵히 말이 없던 황 국장과 시선이 똑바로 마주쳤다. '이래도 머뭇거리실 거예요?' 하는 그녀의 눈빛에 황 국장이 한숨을 푹 내쉬었다.

"강 기자."

"예, 국장님."

"경한 데스크에서 날 죽일지도 몰라. 내 목 날아가면, 강 기자가 나 따라 나갈래?"

평소 방송국을 나가면 인터넷 신문사를 운영할 거라며 공공연하게 자신의 꿈을 피력하던 황 국장이었다. 굳어 있던 지후의 표정이 서서히 풀어졌다. 거친 손길로 담뱃갑에서 담배를 빼 입에 무는 그를 향해 지후의 웃음이 배시시 터졌다.

"뭐, 월급만 많이 주신다면."

"개뿔이다! 이 판국에 월급이 나가겠냐?"

황 국장이 버럭 소리를 지르고 담배를 뻑뻑 빨아 대도 지후의 웃음은 가시지 않았다.

"기사 써. 30분이면 돼? 바로 다음 정시 뉴스부터 내보낼 테니까."

"옛, 국장님!"

말을 마치자마자 지후는 벌떡 일어나 국장실을 나왔다. 벌써 머릿속에서는 어떻게 기사를 구성해야 할지에 대한 생각으로 정신없었다.

*

그로부터 열한 시간 후, 저녁 9시.

지후는 방송국 사옥 지하 주차장으로 내려왔다. 하루 종일 걸려 아마 한 시간에 한 번씩은 만지작거렸을 핸드폰은 여전히 손안에서 떨어지지 않았다.

어쩌면 비서관으로부터 연락이 올지도 모를 거라고 생각했다. 오늘은 시간 좀 빼자고.

젊고 경력이 짧다는 이유로 그가 반대 세력이 많다는 것쯤은 어린애도 아는 사실이었다. 대통령을 마치 TV 속의 우상처럼 여기는 사람들이 많아지니, 나이 많은 중장년층에서는 정치가 무슨 연예인 쇼하는 것이냐는 볼멘소리도 종종 나왔다. 16년 만의 정권 교체. 개혁을 기치로 내걸었으니 동조하는 힘이 있을 것이고, 그것에 반발하는 힘도 있을 것이다. 그 조화 위에 위태롭게 서 있는 사람 또한 대통령 이강유, 그였다.

하지만 오늘, 생각지도 못한 일로 얼마나 시달렸을지 누구보다 자신이 잘 알고 있었다. 그런 일들이 비일비재한 정가에서 대통령 이강유에게 어떤 타격이 있을 거라 생각지는 않았지만, 그래도 종일 시끄러웠으리라. 지금쯤은 혼자 생각하거나 쉴 시간도 필요할 것이다. 그렇기에 지후는 강유가 약속을 건너뛴다 해도 충분히 그럴 수 있을 거라고 생각했었다. 그런데 지후의 예상을 보기 좋게 넘은 것도 이강유였다. 정각 9시에 그녀를 데리러 오기로 한 차가 지후의 앞에 서고, 어제도 그녀를 데리러 왔던 경호원이 똑같은 모습으로 자신을 맞으러 오자 지후는 오히려 불안이 앞섰다.

이렇게 따라가도 되는지 모르겠어. 그런데 오늘 일은 화제로 올리는 게 나을까? 아님……, 모른 척할까?

마음이 심란해졌다. 청와대 대통령 관저로 들어설 때까지, 아니, 어제 그와 뜨거운 키스를 나눴던 별채에 들어설 때까지만 해도 지후는 그런 생각들로 머릿속이 복잡하기만 했다. 하지만 모든 것은 창가에 기대 바깥을 바라보고 있는 강유의 뒷모습을 보는 순간, 한순간에 사라졌다.

이강유.

보고 싶던 그로 인해 가슴이 막혔다. 그대로 돌아서지도, 다가서지도 못하는데, 문소리에 돌아본 강유의 표정이 지후를 보는 순간 스르르 녹아 내렸다. 생각으로 굳어 있던 눈가와 입매가 그녀를 부르며 부드럽게 풀어졌다.

"어서 와, 강 기자."

소름끼칠 만큼 낮고 다정한 목소리. 강유가 부르는 순간, 지후가 메고 있던 가방이 바닥으로 툭 떨어졌다. 동시에 그녀의 심장 또한 발끝까지 떨어졌다. 여전히 같은 모습. 여유롭고 단단한, 그녀가 알고 있는 그 남자 이강유.

지후는 단숨에 마룻바닥을 가로질렀다. 작게 울리던 구둣발 소리도 들리지 않는 순간, 그녀는 강유의 너른 품 안으로 뛰어들었다. 그의 목에 팔을 감고, 거칠고 격한 숨과 함께 강유의 입술을 찾았다.

보고 싶었어.

아마 하루 종일 무의식에서 이 사람을 찾았는지 모르겠다. 핸드폰을 만지작거린 것은 그의 연락을 기다린 것이 아니라, 그가 가르쳐 준 번호로 전화를 하고 싶어 그랬던 것은 아닐까. 차마 자신이 먼저 연락하지 못할 사람이라고 스스로 결계를 쳤던 마음이 무너져 내렸다.

지후는 강유의 단단한 등을 꼭 안았다. 그녀가 뛰어와 안기자 처음에는 흠칫했지만, 이내 빙긋 웃으며 지후의 얼굴을 붙든 강유 또한 그녀의 저돌적인 침입을 거부하지 않았다. 그녀의 달콤한 숨결을 앗았다. 강유가 크고 강인한 손으로 그녀의 얼굴을 부드럽게 쓰다듬자, 온몸의 솜털이 곤두서고 당장이라도 녹아내릴 듯했다.

"강지후."

강유가 이름을 부르자 온몸에 소름이 돋았다. 그의 목소리에 그녀의 감각은 더욱 예민해졌다. 거칠고 탁한 음성으로 겨우 대답을 했지만, 지후는 스스로를 잊어 갔다. 자연스럽게 강유의 뒷머리를 어루만지던 손가락이 머리카락 깊숙이 들어가 움켜쥐었다. 그리고 열렬히 그의 입술을 찾아가던 지후는 낮게 흐르는 강유의 신음 소리로 바짝 몸이 달아올랐다. 온몸으로 꼭 안은 강유가, 강유의 심장 소리가 그녀의 피를 지독하게 빨리 돌게 했다.

"강 기자?"

그런데 왜 자꾸 나를 부르지? 아아, 여기서 멈춘다면 대통령 오빠, 당신 가만두지 않을 거야.

아쉬움이 물씬 몰려와 지후는 강유를 잡은 손에 더욱 힘을 줬다. 그런데도 서서히 몸을 떼려는 강유를 느끼며 두 눈을 번쩍 떴다. 정말 멈춘 거야?

지후의 미간이 찡그러졌다. 흠, 전투력 불붙게 하네. 지후는 코를 찡긋거리며 강유의 탄탄하고 넓은 가슴을 밀어 벽으로 조금 더 붙였다. 하지만 그가 움직일 리 없었다. 후후 웃던 그는 지후의 볼을 쓰다듬더니, 그대로 가는 허리를 당겨 가슴에 안았다. 검은 눈동자 가득 유쾌한 빛이 돌았다.

"왜 그만둬요? 정말 내가 밑지는 느낌이야."

지후가 그의 가슴 위에서 볼멘소리를 냈다. 강유가 쿡 웃는 바람에 그의 가슴이 잔잔하게 울렸다. 맞닿은 그 느낌이 너무도 좋다.

"방금 최 경호원이 들어왔군."

"네?"

"나갔어."

지후가 강유의 가슴에서 고개를 번쩍 들었다. 어머, 그 아저씨 눈치도 없네. 헉, 그럼 키스하는 걸 다 봤다고?

"어머나……."

지후의 얼굴이 벌게지며 한숨이 폭폭 쉬어졌다. 확실히 이 남자는 보통 사람이 아니다. 주변에 보는 눈이 너무 많다는 것이 이렇게 제약이 될 줄이야.

하루 사이에 뭔가 많이 벌어진 것 같은데, 그녀는 아직도 얼떨떨했다. 이 나이가 되도록 연애는커녕 남자친구도 제대로 없었지만, 나름대로 이론에는 빠삭하다 여겼건만……. 아니, 이건 또 무슨 무조건반사일까. 열렬히 보고 싶어 했어도 이렇게 뛰어와 안기면 안 되는 거 아냐? 연애 초보의 상식으로도 아직은 밀고 당기기를 할 때란 말이다. 그러나 무시할 수 없는 사실은 이 남자만 보면 심장이 미친 듯이 뛴다는 것. 말릴 틈도 없이.

"비서실 분들이 다 알아요? 나, 정치부 기자예요. 이러면……."

객관성을 잃을지도 몰라.

끝을 맺지 못한 지후의 목소리에서 힘이 빠져 가기 시작했다. 오늘 기사를 넘길 때도 얼마나 경계했는지 모른다. 자신이 대통령 이강유에 대해 얼마나 객관성을 유지하고 있는지에 대해서. 혹시 남자 이강유로 보고 있는 것은 아닌지. 이렇게 마음이 바닷물에 쓸린 모래처럼 쓸려 버리면 공정성을 유지하기 힘들어진다. 그래서 다시 만나기가 더 두려 운지도 몰랐다. 적어도 그를 다시 보기 전까지는. 그런데 만나면 이렇 게 아무런 생각도 떠오르지 않으니, 이건 분명 문제가 있었다.

"강 기자."

강유는 의식적으로 시선을 피하는 지후의 턱을 가벼이 잡아 올렸 다. 그러고는 자신에게 시선을 맞추고 가만히 바라봤다. 강인하고 서 늘한 강유의 눈매가 부드럽게 풀어지자, 지후는 당황해서 얼굴이 벌게 졌다.

"강지후, 정치부 기자. 그게 그렇게 중요한가?"

중요할지도 모른다. 하지만 강유는 자신과 지후를 믿었다. 그러고 싶었고, 그래야만 했다.

"지금껏 해 오던 대로 해. 그래도 문제가 있다면, 그때 고민하는 게 어때?"

"제 직업의식을 시험하시나요?"

"아니."

강유의 입술 한쪽에 희미한 미소가 서렸다. 목소리는 가볍지도 무 겁지도 않았다.

"강 기자를 믿지."

"흠……."

지후는 불안한 마음을 지우고 그를 빤히 올려다보았다. 눈빛이 마 주친 순간 떠오른 강유의 싱긋 웃는 미소에 심장이 두근거렸다. 수백만 여인들의 공적. 갑자기 떠오른 그 단어에 미간이 움찔거렸다.

하, 웃지 말랄 수도 없고. 대신 목소리가 불퉁하게 튀어 나갔다.

"왜 웃는 거예요."

"이유? 없는데?"

"내가 그렇게 웃겨요?"

여전히 즐거운 표정인 강유를 보면서 지후는 미간을 찡그렸다. 그가 너무도 스스럼없이 표정을 풀어 처음에는 어색했는데, 지금은 이 모습이 더 자연스러웠다.

"흐음."

뭐라고 대답해 줘야 할까? 빤히 올려다보는 지후의 눈빛이 반짝거려 강유의 목덜미가 붉어졌다. 심장 쪽이 간질거린다. 언제 느꼈었는지 이제는 기억도 못 하는 감정에 당황했지만, 이내 포기했다. 무작정 밀어낸다고 해결될 감정이 아닌 것이다. 자신은 지금 연애 중이니까.

"강 기자 생각만 하면 마음이 가볍고 유쾌해. 이유는 모르겠다."

대답하는 강유의 얼굴빛이 환했다. 긴장된 눈빛으로 그를 보던 지후 또한 저도 모르게 배시시 웃고 말았다. 쑥스럽지만 기분이 좋다.

하지만 그럼에도 그에게 허리를 붙들려 안겨 있으니, 조금씩 인식되는 것은 자세의 야릇함이었다. 두 볼에 홍조가 돌았다. 끙. 이런 자세를 경호원께서 보셨다고? 키스까지?

그녀의 난감함과는 상관없이 강유는 무감각하고 뻔뻔했다. 블루스 전법으로 와락 다가오더니 계속 이런 식의 태도를 유지하고 있었다. 어색해진 지후가 슬그머니 몸을 빼려 꿈틀거렸지만, 강유는 어림도 없다는 듯 더욱 그녀의 허리를 당겨 안았다. 손길이 야릇하게 느껴져 지후의 허리가 움찔거렸다.

"오늘 브리핑은 다른 기자가 참석했더군."

그게……. 지후는 바로 입을 열지 않고 두 눈을 동그랗게 뜬 채 강유를 올려다보았다.

"날 찾았어요?"

"아니."

에? 뭐야?

기다리지도 않고 무 자르듯 대답하는 강유로 인해 지후는 한순간 당황했다. 이건 정말 억울하다. 자신은 하루 종일 생각했는데. 하지만 지후는 다음 순간 숨을 들이켠 채 내쉬기를 잊었다. 심장이 뚝 떨어져 내렸다.

"그냥 알아. 네가 있는지 없는지."

본능적인 느낌. 강지후가 있는 것과 없는 것은 느낌 자체가 다르다. 감추지 않고 터뜨린 강유의 고백에 지후는 얼굴을 들지 못했다. 애꿎은 발끝만 톡톡 바닥을 찼다.

"그래도 나, 너무 억울해요. 이렇게 홀딱 넘어오는 게 아니었어."

지후가 툭 입을 내밀며 말을 꺼냈다. 생각하니 정말 억울하지 않은가. 가뜩이나 어려운 자리에 있는 사람, 자신까지 복잡한 생각을 얹어 주고 싶지 않다는 단순한 이유긴 한데, 그래도 이렇게 좋다고 팔짝팔짝 뛰어왔으니. 열렬한 고백을 받은 것도 아니고 무슨 약속을 한 것도 아니었다. '연애합시다.' 한마디에 넘어온 여자라니.

"억울하지 않게 해 주면 되는 건가?"

강유가 고개를 숙이고 그녀의 귓가에 속삭였다. 너무도 은밀하다.

살짝 귓불을 건드린 그의 숨결로 인해, 지후는 머리끝에서 발끝까지 관통한 짜릿함으로 눈앞이 아찔했다. 그녀의 목덜미에 얼굴을 묻은 강유의 숨결에 자잘한 소름이 끼쳤다.

"좋다."

따뜻한 숨결이 그곳에 퍼졌다. 지후는 더 이상 아무런 말도 할 수 없었다. 이 순간이 좋다는 것일까, 아니면 내가 좋다는 것일까?

"가자."

"예? 어딜요?"

지후를 안고 있던 강유가 몸을 돌렸다. 자연스럽게 그녀의 손을 잡더니, 의아한 듯 물어보는 지후의 볼에 얼굴을 가져다 댔다. 그리고 낮은 목소리로 그녀의 귓가에 속삭였다.

"당신 나라 보러 가자."

내 나라? 어디로?

생각할 틈도 없었다. 성큼 문을 나선 그를 따라가느라 심장이 파열될 듯 뛰었으므로.

강유에게 손목을 잡혀 관저 밖으로 나온 지후는 바로 따라붙은 경호원들을 확인하고 눈매를 찡그렸다. 10시가 다 되어 가는 시각인데, 도대체 이분께서는 어디를 가려는 걸까? 밖으로 나가려고? 그럼 경호원들도 함께 가야 하잖아.

일단은 따라 나가는데, 아무래도 어색한 것은 어쩔 수 없었다. 검은색 양복으로 통일한 경호원들의 표정이 너무도 엄숙한 탓일 것이다.

청와대 경내는 조용했다. 보도를 따라 밝혀진 가로등만이 따뜻함이 담긴 봄바람을 맞고 서 있었다. 흐드러지게 피기 시작한 봄꽃들의 향기에 정신이 아찔해졌다. 소복소복 진한 꽃분홍으로 핀 철쭉이 이제는 활짝 만개해 무르익은 봄을 알렸다. 관저 앞 잔디 마당까지 그렇게 종종걸음으로 강유를 따라온 지후는 도대체 무슨 일이 생기는 건지 감이 잡히지 않았다.

"어디 가는 거예요?"

"춥나?"

그녀의 질문에는 대답도 없이 강유는 지후의 아래위를 훑었다. 여느 때와 같이 단순하고 깔끔한 스커트 정장에 흰 셔츠를 받쳐 입은 그녀였지만, 그것조차 만족스럽다는 듯 강유의 눈빛에는 흐뭇함이 스쳐 갔다.

"조금 추울 수도 있어."

강유는 들고 있던 점퍼를 그녀의 어깨 위에 걸쳐 줬다. 여전히 주변에는 경호원들이 깔려 있고, 그들의 시선이 의식됐다. 저분들 앞에서 이래도 되나 몰라. 아무리 대통령 경호에 자신의 목숨을 걸고, 비밀을 지켜야 될 의무가 있는 사람들이 경호원들이지만……

지후는 도무지 영문을 알 수 없는 상태라 목소리를 낮춰 물었다.

"어디 가냐고요?"

여전히 대답 없이 싱긋 웃기만 하는 강유로 인해 조금 토라지려던 순간이었다. 멀리서부터 들리던 다다다다 소리가 순식간에 가까워지며 거대한 소리로 변했다. 그리고 눈 깜짝 할 사이, 눈앞에 내려앉은 것은 커다란 날개가 무섭게 돌아가는 헬기가 아닌가. 잘 가꿔진 잔디가 날아갈 듯 불어 대는 바람에 한꺼번에 누워 파도처럼 쏴아 흘렀다.

"아, 아니, 이게……."

지후는 뛰어가 헬기 문을 연 경호원들이 자신들을 기다리고 있다는 것도 믿기지 않았다. 갑작스런 상황에 어리둥절할 뿐이었다.

*

검은 바탕에 뿌려진 보석 조각 같았다. 밤하늘에서 내려다보는 평양 시내는 화려하진 않았지만 은은한 불빛에 휩싸여 마치 한 폭의 수묵화 같았다. 달이 밝은 날이었다. 도도하게 흐르는 대동강 물빛조차 부서지듯 반짝이는 것이 대낮처럼 손에 잡힐 듯했고, 실제로 대동강변을 따라 밝혀진 수은등이 뿌연 강안개 속에서 아스라한 운치를 뽐냈다. 강 위를 떠다니는 배들, 그리고 군데군데 몇몇 곳은 아직도 불빛이 휘황하게 밝혀져 있었다. 멀리 평양공항의 모습도 보였다. 활주로에 불이 켜진 모습이 불꽃처럼 빛났다. 그녀가 태어날 무렵에는 이렇게 올 수 있을 거라 생각지도 못했던 곳, 평양. 하늘에서 내려다본 평양은 왠지 느낌이 새로웠다.

"당신의 나라, 아름답지?"

지후 가까이 다가온 강유가 속삭였다. 언제 헤드폰을 벗겨 버렸는지, 그녀의 귓가에 따뜻한 입술이 와 닿았다.

아…….

지후는 대답하지 못했다. 가슴이 턱 막혀 버렸다. 언제 이렇게 가까이 다가왔을까. 서울에서 헬기로 불과 20여 분. 오는 도중에는 몰랐는데, 이렇게 틈도 없이 다가온 그로 인해 심장이 덜컥거렸다. 헬기의 소음으로 인해 귓가에, 아니, 귓속에 바짝 대고 하는 그 말이 지후의 심장을 더없이 떨게 했다. 따뜻하게 다가온 숨결이 그녀를 바짝 긴장케 한 것이다. 창밖을 내다보던 지후의 어깨에 자연스럽게 팔을 두르고, 강유는 그녀의 목덜미에 얼굴을 묻었다.

으음.

아무리 경호원들이 모두 앞쪽에 있다지만 이래도 되는 건지 모르겠다. 가슴이 철렁거리는 지후와 달리 강유는 아무런 거리낌도 없는 것 같았다. 그로 인해 지후의 긴장이 극에 달했다. 결코 좁지 않은 헬기 안이었지만, 더없이 좁아 보이는 것은 등 뒤로 느껴지는 강유의 단단한 가슴과 허벅지 때문일 것이다. 심장이 입을 뗄 수도 없을 만큼 떨려 왔다. 자꾸 남자로 느껴져. 이래도 되는 걸까?

— 매일 이렇게 나와요?

— 가끔.

— 그럼 공무 집행 중? 제가 와도 돼요? 직권남용 아니에요?

— 음, 강 기자님은 슬쩍 넘어가는 법이 없으시군요. 예, 땅 위의 절차가 너무 복잡한 관계로, 하늘로 직권 좀 남용했습니다.

정색하는 강유의 목소리에 지후는 당황했지만, 그가 웃고 있다는 것이 확연히 느껴졌다.

— 강 기자님, 이럴 때는 좀 봐주시면 안 되겠습니까?

쓰고 있던 헤드폰 안으로 나직한 강유의 목소리가 들려왔다. 가끔 잠 안 오는 밤이면 이렇게 내 나라의 땅을 둘러본다는 사람. 답답하고 지칠 때면 처음 시작할 때의 마음을 되돌아보며, 다시 한 번 자신의 눈으로 아름다운 조국을 확인한다는 사람.

평양까지 오는 동안 나누었던 말을 떠올리며 지후는 천천히 강유의 팔에 몸을 맡겼다. 그와 같은 곳을 바라보고 있다는 것이 마음을 따뜻하게 한다. 나른하고 행복한 기분이 몸의 중심에서 시작해 천천히 온몸으로 퍼져 나갔다.

겁내지 말자, 강지후. 네가 본 이 사람을 믿고, 마음 가는 대로 한번 가 보자. 최선을 다해 좋아하면 되는 거잖아. 그러면 나중에라도 후회 따위 하지 않을 테니까.

이제는 기수를 다시 서울 쪽으로 돌린 헬기 안에서 지후는 강유가 잡은 손에 지그시 힘을 줬다. 귓가에 흐르는 강유의 숨결이 편안해졌다.

6

밤, 청와대 집무실.

봉황과 무궁화로 이뤄진 대통령 문양이 정면에 박힌 대통령 집무실이었다. 어떤 모임의 만찬에 참석하더라도 꼭 집무실에 들어왔다 가는 대통령 이강유의 하루가 마감되는 시각. 경제인 만찬에서 돌아온 강유는 비서실장이 한꺼번에 싸 들고 들어온 긴급 처리 건을 결재 중이었다. 필히 오늘 확인하고 넘어가야 할 일들에 대해서는 시간과 장소를 구애받지 말고 보고하라는 대통령의 뜻을 충실히 따른 셈이었다.

"이 실장님."

"예, 대통령님."

"제가 연애를 합니다."

결재를 다 마친 즈음, 갑작스런 강유의 말에 후영은 내심 당황했다. 하지만 이내 표정을 갈무리했다. 요 근래 언뜻 짐작 가는 일이 있었고,

그는 강유가 먼저 얘기해 주길 기다리고 있던 참이었다.

"알고 계셨군요."

결재 서류를 모두 후영에게 돌려준 강유가 시선을 주자, 후영은 천천히 고개를 끄덕였다.

"대통령님에 대한 것을 모르는 비서실장은 없습니다."

며칠 전 헬기가 밤에 뜬 내용은 이미 보고받았다. 누군가와 함께 탑승을 했다는 것까지 그는 알고 있었다. 그의 위치는 그래야만 하는 자리였으니까.

"숙제를 드리겠습니다."

"예?"

집무 의자에서 일어선 강유가 후영을 똑바로 바라봤다. 강한 눈빛에 후영이 움찔거렸다.

"데이트할 방법을 강구해 주십시오."

"아……."

강유의 요청에 후영이 선뜻 대답을 할 수 없었던 것은 그조차도 당장 해답이 없기 때문이었다.

"시간은 만들면 되는데, 다른 쪽이 걸립니다. 밖으로 나가려니, 함께 가야 할 사람들이 많더군요. 일단 직권남용을 좀 했습니다."

삼천리 방방곡곡에 대통령 연애한다고 소문을 내야겠냐는 뜻이었다. 후영을 바라보는 강유의 표정이 편안한 빛으로 풀어졌다.

"헬기 계속 써야 됩니까?"

"우선 생각나는 것이 그 방법밖에 없는데……. 제, 제가 다른 방법을 한번 강구해 보겠습니다."

"비서실장께서 도와 달라는 뜻입니다."

후영이 말까지 더듬었다. 난데없이 007 작전 같은 숙제가 떨어지니 어안이 벙벙해진 것이다. 그래도 그는 바로 자신의 위치를 파악해 목소리를 가다듬었다.

"도와는 드리겠지만, 상대가 강지후 기자 맞습니까?"

"맞습니다."

지후의 이름이 나오자 이번에는 강유 쪽에서 예민해졌다. 눈빛이 가늘어졌다.

"정치부 기자라는 점이 염려스럽습니다. 게다가 강 기자 또한 공인이라면 공인이랄 수 있으니까요."

후영의 염려가 이해되어 강유의 입가에 희미한 미소가 서렸다.

"저도 생각 많았습니다. 하지만 마음에 걸렸다면 시작도 하지 않았을 겁니다. 그렇게 못 미더우시면 관저에서만 데이트하겠습니다."

"아니, 그런 뜻은 아닙니다."

후영이 급히 부인했다. 누가 말리겠는가. 나이 서른다섯 한창때의 연애를.

"차이시지 않게 최선을 다하겠습니다."

진지한 후영의 말에 강유가 쿡 웃음을 터뜨렸다. 이내 후영 또한 농담을 했다는 뜻으로 함께 웃었다.

"늦었지만 축하드립니다."

강유는 집무실을 나서려다 새삼 후영을 돌아다봤다. 축하? 내 연애를?

연애란 것이 이들에게 이렇게 낯선 일이었나. 알고 지낸 지가 10년이 넘은 후영이 하는 말이라 더욱 쑥스러워 강유의 입가가 단정하게 굳어졌다. 그래도 나쁜 기분은 아니었다.

*

아침 6시 반. 재빨리 가벼운 화장을 마치고 아래층으로 뛰어 내려온 지후를 부른 이는 부친인 강재완 박사였다.

"지후, 아침 먹고 가!"

윽!

아버지인 강 박사는 보통 7시에 아침을 드셨다. 뒷덜미가 잡혀서 식당으로 들어간 지후의 눈앞에는 아버지뿐만이 아니라 어머니와 오빠인 지혁도 함께 자리해 있었다.

그녀의 아버지 강재완 박사. 의사로 명맥을 잇는 집안의 장남으로 태어나 의사의 길을 걸었고, 지금은 한국 의대 교수이자 한국대학병원 병원장으로 재직 중에 있었다. 그것만으로도 강 박사의 명성은 따를 이가 없었는데, 작년 현 대통령의 주치의로 선임되어 더욱 이름이 알려진 의학계의 권위자였다.

"아빠, 엄마 안녕히 주무셨어요?"

내일모레 서른이었지만, 여전히 지후의 아버지에 대한 호칭은 '아빠'였다. 오빠 둘에 막내딸로 큰 그녀였기에 아버지인 강 박사도 호칭에 대해서는 별말이 없었다. 하지만 할아버지인 강호 옹은 항상 '저놈의 계집애가!' 하며 혀를 끌끌 차셨다.

너른 식탁에는 이미 식구들의 아침상이 차려져 있었다. 오래전부터 집안일을 맡아 하고 있는 예산댁 아주머니가 지후의 자리에 맑은 국을 떠 주며 소탈하게 웃었다.

"요즘 딸 얼굴 보기가 힘들다? 아침도 안 먹고 가려고 했니?"

"강지후, 너무 늦게 다녀. 아무리 기자라 해도, 가능하면 일찍 다녀라."

강 박사의 부드럽고 다정한 음성에 바로 지혁의 까칠한 음성이 이어졌다. 매일 밤 이어졌던 강유와의 아슬아슬한 만남을 생각하며 지후는 내심 뜨끔한 심정을 감추고 배시시 웃었다.

"다음 주에 있을 대통령 영국 국빈 방문 때문에 너무 바빠요. 아빠도 함께 가시니 아시잖아요."

뭐, 이건 사실이지.

대통령 국빈 방문에 이은 유럽연합 정상들과의 정상회담으로 인해 청와대 비서진은 초긴장 상태였고, 수행 기자단에 선정된 지후 또한 덩달아 바빴다. 각국 정상들과의 회담에서 나누게 될 의제들이 쏟아져 나와, 정리해서 기사를 송고하는 데만 해도 춘추관에서의 하루가 다 갈 지경이었다. 정신없이 지나가는 하루였지만, 그보다 지후를 바쁘게 하는 것은 또 존재했다.

이강유 대통령.

강유는 욕심이 많았다. 아무리 늦은 시각이어도 그는 그녀를 봐야 하루를 마감했다. 시간이 없어 왈츠를 배우지 못한다 해도, 얼굴이라도 봐야 된다는 그 고집을 누가 막을까.

"아무리 바빠도 밥은 잘 챙겨야 해. 요즘 애들, 영양 불균형이 원인이 된 병들이 많아."

지후의 어머니인 최이영 박사가 한마디 거들었다. 환갑이 가까운 그녀였지만, 내과 전문의로 오래도록 WHO(세계보건기구)에서 일해 온 이영은 서태평양과 동남아시아 지역 본부가 통합하여 세워진 아시아 지역 사무국의 국장으로 얼마 전 취임을 했다.

"할아버진 아직 안 올라오셨어요?"

지후가 자신의 최대 반대파이신 조부의 행방을 물었다. 두 해 전 심근경색으로 한 번 쓰러지신 후, 여생 최대의 목표가 서른 안팎이 된 손자와 손녀들 결혼이라도 된 듯 만나기만 하면 결혼 타령을 하시던 할아버지. 어쩐지 요즘 조용하시다 싶었더니, 본인께서 이사장으로 계시는 강원도 요양원으로 정기 검진을 떠나셨단다. 가신 김에 의료 지원을 하고 계시다는 할아버지도 뵌 지 꽤 된 듯싶었다.

"너, 또 국제부로 옮긴다는 소리 하지 마라. 할아버지 다시 쓰러지시면, 아예 널 꽁꽁 묶어서 집에다 가둬 놓고 시집보낼 준비만 할 테니까."

아버지의 엄포에 지후의 입술이 실룩거렸다.

"아빠도 그런 고루한 생각을 가지시면 안 돼요. 전 할아버지 한 분도 벅찹니다."

왜 이리 반대파가 많은 건지. 현재 그녀는 틈나는 대로 국제부로 다시 돌아가겠다는 요청을 상부에 하고 있었다. 자신의 적성에는 하루의 대부분을 청와대 춘추관에 상주하며 대통령과 그 주위 일정만 쫓아다니는 이 생활이 맞지 않는 듯했다. 정치부 기자라면 누구나 선망하는 청와대 출입 기자라 할지라도. 그리고 지금은 더욱 다시 돌아가야 할 이유가 생겼는지도 모른다.

대통령과 정치부 여기자가 만난다? 떠올리려 하지 않아도, 말을 만들려고 하면 말이 나오리라는 예상은 누구나 쉽게 할 수 있었다. 아무리 스스로는 객관적이고 당당하다 하여도, 강유의 위치를 생각하면 섣불리 단정 지을 수는 없는 일이니까. 자신으로 인해 대통령이 좋지 않은 소문에 연루된다면, 스스로도 견딜 수 없을 뿐 아니라, 그것은 그녀에게도 좋지 않은 영향이 될 터였다. 그런데 항상 복병은 가까운 곳에 있었다.

"할아버지두 참. 시집이야 남자가 있어야 가죠. 매일 전쟁이 터지는 것도 아니고. 전 국제부가 적성에 맞아요."

퍽!

"아후. 아파요, 마님!"

그때, 지후의 등짝에 아픔이 몰아닥쳤다. 옆에서 밥을 드시던 모친 최 박사가 그녀의 등에 강렬한 손바닥 자국을 만든 것이다.

"강지후, 남자는 네가 매번 바람 놓잖아. 그리고 너 또 국제부 옮겨서 종군한다고 하기만 해. 그때는 엄마가 너 안 볼 테니까."

흐음. 이제 보니 사방이 죄다 적군이었다. 지후는 미간을 일그러뜨리며 이영을 향해 지지 않고 한마디 했다.

"엄마가 아픈 사람들 외면 못 하시는 거나, 제가 제 손으로 진실을 알리려고 하는 거나, 뭐가 달라요?"

"누가 뭐래? 하지만 넌 자중할 필요가 있어. 마지막 데드라인까지 넘어서잖아."

부친보다 매정한 모친의 말에 지후의 눈가가 실룩거렸다. 내 성격이 누굴 닮아 이런지 정녕 모르십니까, 마님?

"그러지 말고, 최 박사님이 WHO 다음 사무총장에 입후보하시죠? 나, 모친 덕 좀 보게. '울 엄마가 WHO 총재다.' 하면, 아무도 못 건드릴 거 아냐."

"누가? 행여나."

키득거리며 웃긴 해도 지후가 그러지 않으리란 것은 이영이 제일 잘 알고 있었다. 어릴 때부터 누구의 딸이라는 호칭을 제일 듣기 싫어했던 이가 강지후, 그녀였으니까.

"아빠도 오늘 일찍 나가시나 봐요?"

보통 이렇게 일찍 식구들이 모두 모이기는 쉽지 않았다. 홀로 독립한 지석은 열외로 치더라도, 남은 네 식구가 아침에 한 식탁에 모이는 것은 한 달이면 손에 꼽을 정도였다.

"바쁜 날이지."

대수롭지 않게 대답하는 아버지를 보며 지후는 고개를 갸웃거렸다. 오늘이 무슨 요일이더라?

"오늘 청와대 들어가세요?"

"아니, 내일인데?"

대통령 주치의인 재완이 일주일에 한 번 정기적으로 방문해 검진을 한다는 것을 알고 있었다. 지후는 문득 드는 궁금함에 눈빛이 빛났다.

"아빠, 이 대통령 건강 어때요?"

"이 대통령? 건강하시지. 그 나이에 건강 안 하면 되겠니?"

수저를 놓던 재완이 안 되겠다는 듯한 눈초리로 지후를 보았다.

"왜? 이제 아버지까지 취재원 만들어서 무슨 기사라도 쓰려고?"

"아이, 아빠두 참! 그냥 궁금해서요. 하하."

지후는 어색하게 큰 소리로 웃다가 식사에 열중했다. 하지만 궁금한 것은 어쩔 수 없는 일이다. 정말 그가 언론에 알려진 것처럼 술도 안 하고 담배도 안 하는지. 정말 건강하고 건전한 30대가 맞는지. 사소한 것들까지 궁금해지는 것을 보니, 좋아하긴 정말 좋아하나 보다. 지후는 즉각 떠오르는 그 남자의 얼굴에 가슴이 알싸해졌다. 어젯밤에도 보았는데 왜 이렇게 보고 싶을까?

"지혁아, 아침 컨퍼런스 끝나면 지석이 내 방으로 좀 오라고 해. 왜 그 녀석은 연락도 제대로 안 되는 거니?"

"예, 안 그래도 이 여사님 결과 때문에 아침에 제 방으로 올 겁니다."

후다닥 밥을 먹고 나오던 지후는 등 뒤로 들리는 아버지와 지혁의 목소리에 귀가 살짝 열렸다. 이 여사? 문득 떠오르는 사람은 공석인 퍼스트레이디 역할을 수행하고 있는 강유의 누나 이미유 교수였다. 이 여사는 그 여사님? 아닌가?

보도국에 들렀다 청와대로 나가야 하는 빠듯한 일정 때문에, 지후는 더 이상 두 사람의 말에 귀를 기울일 수가 없었다. 저녁에 강유까지 보려면 오늘 일정은 정말 빡빡했다. 그녀는 그대로 튀어나와 자신의 차에 몸을 실었다.

*

순간 지후의 눈빛에 이채가 돌았다. 눈앞에 펼쳐진 서울의 야경이 그녀의 맥박을 빠르게 뛰게 만든 것이다. 문득 귓가에 느껴지는 따뜻한 숨결에 정신이 번쩍 들었다.

"앉아."

어깨에 얹은 두 손에 지그시 힘을 주는 강유로 인해, 지후는 자신을 위해 마련된 자리에 다소곳이 앉으면서도 궁금한 눈빛을 지우지 않았다. 테이블을 돌아 자신의 자리로 돌아가는 강유의 모습을 시선으로 좇았다. 심장 쪽에 따뜻한 바람이 살랑거렸다. 짙은 색의 슈트에 감싸인 날카로운 옆선이 이제는 눈에 익었다. 강철 같은 단단함 안에 내재된 것이 얼마나 부드럽고 뜨거운지 알기 때문이다.

"이곳도 불편한가?"

레스토랑은 호텔의 가장 위층에 위치했다. 지후도 몇 번 이 특급 호텔에 와 본 적이 있었지만, 이렇게 누구의 눈에도 띄지 않고 들어올 방법이 있을 거라고는 생각해 본 적이 없었다. 그리고 타인의 시선이 완벽히 차단되는 이런 공간이 있을 줄도 상상하지 못했다.

외부와 차단되었지만 답답한 느낌은 들지 않았다. 공간은 넓었고, 미색 벽지와 은은한 조명이 깔려 허전하지도 않았다. 그곳에 놓인 나뭇결이 그대로 보이는 짙은 색 테이블. 그리고 그 위를 장식한 붉은 장미의 아찔한 색상. 아롱대며 타고 있는 오색의 촛불조차 야릇해 보였다. 그것에 더해진 강유의 낮은 음성이 가슴을 설레게 했다.

"하늘 대신 땅으로 내려온 건가요? 그렇다면 다음엔 바다 속?"

"원한다면."

아페리티프(aperitif 식전주)로 따라진 와인의 향긋한 과일 향이 혀끝에 맴돌았다. 가볍게 잔을 부딪치던 강유의 대답에 웃음이 머물던 지후의 입가가 급속도로 굳었다. 사레가 들려 하마터면 입 안에 머금었던 와인을 뿜을 뻔했다.

"하하. 노, 농담이에요."

강유가 하는 말은 아무래도 농담이 없는 것 같다. 저렇게 웃고 있어도 정말 다음에는 바다 속으로 끌고 들어갈 것 같은 예감. 이러다 잠수함이라도 승선할지 모르겠다. 아마 그곳도 둘러선 사람이 엄청 많을 테지.

"왜?"

"피곤하지 않으세요?"

이미 시각은 10시가 넘어가고 있었다. 주말, 지방 행사를 끝내고 바로 올라오느라 저녁을 제대로 못 먹었다는 강유가 너무도 마음에 걸렸다. 자신은 저녁을 먹었다 해도 함께 밥 먹어 주는 거야 어려운 일이 아니었지만, 이렇게라도 보고 싶다는 그의 마음에 기뻐하는 자신의 마음이 어려웠다. 새벽 5시면 일정을 시작하는 사람인데 잠은 대체 언제, 몇 시간이나 자는 걸까? 그런 지후의 마음을 아는지 강유의 입술 끝에 웃음이 서렸다.

"별로."

시간을 쪼개고 또 쪼갠 지금부터가 회복의 시간이다. 지후를 마주 본 순간부터 배고픔과 피곤은 사라졌다. 강유는 급격히 빨라지고 있는 심장의 박동을 지그시 눌렀다. 평범한 연애의 시작. 그 생각만으로도 벅찬 느낌. 생각으로 깊어진 눈빛을 마음에 담았다. 결코 가볍지 않은 지후의 마음이 그를 기쁘게 한다.

그런데 문제는 밥을 먹고 생겼다. 어디를 가고자 해도 제약이 생겼다. 둘이 앉아 영화 한 편 보고 싶어도 움직이는 것이 불편했다. 하지만 그럼에도 볼 수 있는 방법은 있었다.

"여긴 누가 예약했어요?"

"유신혁."

강유의 뒤를 따라 호텔 룸으로 들어서며 지후는 어색함을 지우기 위해 끊임없이 입을 열었다.

"경호원 없이 여긴 어떻게 오고요?"

"유신혁 차로. 데려다 주더군."

그럼 지금 대한민국 대통령은 증발? 지후의 미간이 가운데로 몰렸다.

"가실 때는요?"

"역시 신혁이 차."

지후는 강유의 손끝에 놓인 자동차 키를 힐끔 보며 침을 꿀떡 삼켰다. 신혁이 데려다 주고 본인은 택시라도 타고 돌아간 듯했다.

"이리 와. 정말 아무 짓 안 한다니까?"

어색했다. 극도의 어색함을 애써 지우려 하는 지후와 달리 강유는 자연스러웠다. 슈트 재킷을 벗고 넥타이를 풀어 버리니, 마치 집에라도 온 듯한 사람 같았다. 강유는 스위트룸 거실에 놓인 소파에 앉아 두 손을 들어 보인 뒤, 한쪽 입꼬리를 말아 올리며 빙긋 웃었다.

"그거 알아요?"

어색하게 다가선 지후가 푸하하 웃음을 터뜨릴 것같이 볼을 실룩거렸다. '뭘?' 하는 눈빛의 강유를 바라보는 그녀의 얼굴에 웃음이 가득했다.

"오빠 믿지? 지금 딱 그런 분위기라는 거."

그와 조금 떨어져 앉은 지후를 보며 강유는 한순간 크게 웃음을 터뜨렸다. 이내 그녀의 허리를 홱 잡아끌어 당긴 강유의 숨결이 귓가에 쏟아졌다. 자잘한 떨림이 손끝부터 발끝까지 전해져, 지후는 온몸에 힘을 줬다. 저도 모르게 팔을 들어 강유의 목을 끌어안았다. 얼굴과 얼굴이 맞닿아 따뜻함이 가슴에 알싸하게 흘렀다.

"그럼 믿어 봐."

강유의 낮고 은밀한 목소리가 귓속을 두드렸다. 짜릿할 만큼 매력적인 목소리다. 그리고 또 느끼하기도 하다. 지후는 견디지 못하고 후후 작은 웃음을 터뜨렸다.

"그것도 알려 줘요?"

"뭐?"

"짐승만도 못한 놈 이야기."

"아, 그 얘기 알아."

강유의 웃음소리가 조금 더 커져서 마주 닿은 가슴 쪽이 들썩거렸다. 목덜미를 쓰다듬는 강유의 손길에 온몸이 나른해지자, 지후의 입가에 배시시 웃음이 돌았다.

"호텔 예약했다면서 유신혁이 얘기하더군. 짐승이 되시겠습니까, 짐승만도 못한 놈이 되시겠습니까?"

"풋!"

이 남자들이 무슨 대화를 했을까 생각하니, 민망하면서도 왜 이렇게 웃음이 나는지. 지후는 강유의 머리카락을 슬며시 쓰다듬으며 조심스럽게 입을 열었다.

"그래서 뭐라고 했어요?"

문득 몸을 떼고 내려다보는 강유의 시선과 마주 닿았다. 깊어진 눈빛이 창밖으로 펼쳐진 밤과 같이 짙었다. 손바닥으로 얼굴을 감싼 그로 인해 지후는 뜨거운 한숨을 내쉬었다. 심장이 떨리면서 그의 옷자락을 잡은 손에 불끈 힘이 들어갔다.

"여기까지는……."

강유의 숨결이 성큼 다가와 그녀의 입술 위에 내려앉았다. 달콤한 와인 향, 그리고 알싸한 그의 체취가 어우러져 머릿속이 아찔한 기분.

"……짐승."

단숨에 강유의 뜨거운 입술이 지후의 것을 감쌌다. 조심스럽게 혀끝이 윗입술을 건드리다가 아랫입술을 살짝 물었다.

"하아."

짜릿했다. 온몸을 관통해 흐르는 전율로 지후는 스르르 눈을 감았다. 감미롭게 다가와 강력하게 숨결을 앗아 가는 이 남자. 부드럽게 스며들어서는 모조리 내놓으라는 이 남자. 조금 더 가까이 다가가고 싶어 그를 끌어당기고 자신이 다가가다, 결국 지후는 강유의 단단하고 튼실한 허벅지 위에 올라앉았다. 더욱 야릇한 자세가 되자 숨결이 점점 더 격해졌다.

훅. 그녀의 허리를 쓰다듬던 강유의 손이 어느 순간부터 한곳을 꼭 붙들고 움직이지 않았다. 깊은 한숨을 내쉬며 지후를 밀어냈다. 더 이상은 위험하다는 신호로 인해, 마지막 인내심까지 강유는 끌어올렸다. 그렇게 숨이 끝까지 달해서야 겨우 입술을 놓아준 강유가 지후의 입술을 조심스럽게 다독였다.

한참 동안이나 숨을 고르고 있던 지후가 눈을 떴다. 깊은 눈빛의 강유와 시선이 맞닿았다. 차분히 가라앉은 빛 너머 이글거리는 남자의 욕망이 너울댔다. 철저히 누른 뒤에 남은 것은 낮게 갈라진 목소리뿐.

"여, 영화 봐요?"

"응."

지후가 허둥지둥 테이블에 놓인 리모컨을 집었다. 벽에 걸린 TV의 전원이 켜지면서 어색한 침묵이 도는 공간에 다른 이들의 음성이 끼어들었다.

건강한 육체의 남녀 둘만 남은 호텔 룸. 그 사실만으로도 사람의 기분을 한없이 야릇하게 만들었다. 꿀꺽 마른 침이 넘어갔다. 하지만 그 야릇함보다 먼저 찾아온 것은 편안함. 어디에서도 느껴 보지 못한 편안함을 다른 느낌으로 밀어내고 싶지 않았다.

"강 기자?"

강유는 어느새 규칙적으로 들리는 숨소리에 시선을 돌렸다. 최신 영화라며 신혁이 호텔 측에 먼저 세팅을 부탁해 놓은 화면 안에서는 한창 영화계에서 상한가를 기록 중인 배우의 열연이 펼쳐지고 있었다. 하지만 이미 영화의 내용은 강유의 머릿속에 들어오지 않았다. 팔 안에 느껴지는 보드라움 때문이었다.

그의 팔 안에 안겨 있던 지후는 어느새 잠이 들어 있었다. 포탄이 떨어지는 곳에서도 잠은 자야 한다던 강지후답다. 자신은 이렇게 신경이 곤두서 있는데. 조금 더 가슴 안으로 끌어당겨 지후의 작은 머리를 안고 머뭇거리다 그 끝에 입맞춤했다.

이런 것이 연애인가 보다. 시간의 틈을 타서 만나야 되는데도, 감정은 이상하게 깊어만 간다. 그래서 더 안달이 나는 것일 수도.

"훗!"

강유는 머리를 쓸어 올리며 가볍게 한숨을 내쉬었다. 데려다 줘야 하는데 데려다 주기가 싫었다. 그렇다고 새벽이슬을 맞게 하고 싶지도 않았다. 그저 짧은 한순간 함께 있는 것만으로 감사할 수밖에. 지후는 편안한 숨소리를 내며 잠이 들었다. 내려다보는 강유의 눈빛에 아쉬움과 애틋함이 섞이며 부드럽게 풀어졌다.

*

경제인 조찬 회동을 끝내고 본관의 집무실로 돌아온 강유의 앞에 선 사람은 의전 비서관인 김호일이었다. 하루 일정에 대한 그의 보고가 끝나면 곧바로 비서실에서 주요 언론 보고를 하기 위해 대기 중이었고, 간밤에도 머릿속에서 떠나지 않던 신임 각료 인사에 대한 수석 보좌관 회의가 바로 이어질 예정이었다. 강유의 손에는 아침 일찍 홍보실에서 올라온 자료인 '국내외 언론 동향' 보고서가 들려 있어 귀로는 호일의 말을 들으면서도 눈은 보고서를 훑고 있었다.

"점심은 장운일 총리와 드실 예정이시고, 오후 2시에는 강재완 주치의가 오십니다. 오후 3시에는 해양수산부 장관과 대법원장 임명장 수여식이 있습니다. 그리고 말씀드린 대로, 오후 5시부터는 SBN의 특별 대담 녹화가 진행됩니다. 저녁은 주한 외국 경제인 모임 만찬에 참석 예정이십니다."

문득 호일의 보고를 듣던 강유가 인터폰을 눌렀다. 안보 수석 보좌관실과 직통으로 연결되는 번호였다. 바로 수화기를 든 상대의 목소리가 스피커를 타고 흘렀다.

— 유신혁입니다. 말씀하십시오, 대통령님.

"아이센에 대한 새로운 정보가 없나? 외신과 다른 사항은?"

— 국정원 보고 사항은 특별히 없습니다.

"이상하군."

무언가를 생각하는 강유의 눈빛이 순간 깊어졌다. 생각을 하는 듯 신혁도 잠시 대답이 없더니 곧바로 말을 이었다.

— 조만간 제가 직접 움직이겠습니다.

"그래, 수고."

인터폰을 끊은 강유는 계속하라는 듯 호일에게 눈짓을 했다.

"저는 이상입니다."

이내 자신의 보고를 다 마친 호일이 물러서자, 기다렸다는 듯 이후영 비서실장이 장운일 국무총리와 함께 들이닥쳤다. 정부중앙청사로 출근했어야 할 총리까지 청와대 집무실로 들어오자, 강유의 얼굴에 의외인 듯 반가움이 퍼졌다.

"오늘 약속은 점심으로 알고 있습니다."

강유가 장운일의 인사를 받으며 희미하게 웃었다.

행정고시 관료 출신으로 정부 요직을 두루 거치고 모 대학 총장으로 재직하고 있던 장운일이 총리직을 수락한 것은 강유의 부친인 이수훈 선생의 후배였던 것이 크게 작용했었다. 젊은 이강유를 아들처럼 여겼던 그는 아직도 사석에서는 젊은 대통령에게 뜨거운 가슴과 함께 냉철한 지성을 요구하는 사람이었다. 젊고 정치 경력이 짧은 강유의 단점을 완벽하리만치 보완하고 있는 쪽이 국무총리인 그였다. 그런데 오늘 그의 표정이 조금은 흥분한 듯 상기되었다. 언제나 자애로운 성정과 대쪽같은 성품으로 공무원들의 귀감이 되는 그의 기본 성격은 차분한 편인데, 오늘은 어딘지 모르게 불편해 보였다.

"김 비서관, 회의 30분 후부터 시작합니다."

"알겠습니다."

김 비서관이 고개를 숙여 인사를 하고 나가자, 너른 대통령 집무실에는 잠시 고요가 감돌았다. 고동색의 널따란 집무실 책상에서 일어선 강유가 그 앞에 놓여 있는 육중한 소파로 자리를 옮겼다. 고급스런 슈트가 단단하고 균형 잡힌 몸을 자연스럽게 드러냈다. 그리고 강유가 소파에 앉는 그때였다.

"대통령님, 연애하십니까?"

"……."

장 총리가 이렇게 단도직입적으로 물을 줄 몰랐던 비서실장의 얼굴에 난감한 기색이 서렸다. 비서실에서 놓고 나간 찻잔을 들던 강유의 손이 딱 멈췄다. 기분이 나쁜 것 같지는 않은데, 최대한 감정을 배제한 듯 물어보는 장운일의 표정은 일견 비장해 보였다.

"장 총리님 정보가 빠르신 겁니까, 아니면 비서실이나 경호실 정보 보호망이 헐렁한 겁니까?"

흐음. 강유의 눈빛이 한순간 매서워지자 이후영 비서실장의 얼굴에 난감함이 짙어졌다. 어젯밤, 대통령께서 마음에 둔 여자가 있는 것 같다며 그가 장운일에게 운을 떼었던 것이니까. 알게 모르게 마음 둘 곳을 찾지 못하는 강유의 마음을 느껴 왔던 그로서는 자신이 모시는 상관의 마음이 요즘 들어 화창한 봄 날씨라는 것을 누구보다 더 잘 알고 있었다.

강유의 마음이 가벼워진 마당에 그로 인해 국정 운영이 탄력을 받았으면 받았지, 결코 악영향을 끼칠 수 없다고 판단한 그였지만, 한 가지 사항이 그의 마음에 계속 걸렸다.

상대가 정치부 기자라는 것. 그래서 평소 아버지와 같이 강유가 속내를 털어놓고 있는 장운일을 찾아갔던 터였다. 그런데 밤새 무슨 생각을 했는지는 몰라도 아침부터 들이닥친 그의 모습을 보고, 후영조차 사실 조금 당황한 차였다.

"나쁜 의도로 여쭤 본 것이 아닙니다. 비서실장이 제게 와서 조언을 구해 알게 됐습니다."

정색을 하는 강유를 보며 장운일은 놀란 마음을 조금 가라앉혔다. 그래도 강유의 경직된 입매는 풀리지 않았다.

"어떤 상황인지 정확히 알고 싶습니다. 물론 대통령님께서 섣불리 판단하고 행동하실 분이 아니란 것은 알지만, 민감한 사항임을 누구보다 잘 아시잖습니까."

"연애……."

강유가 잠시 말을 끊었다. 분명 자신이 연애를 하고 있긴 한데, 타인에게서 들으니 왜 이렇게 생경한 건지. 문득 떠올리면 단단한 심장이 간질거리고 설레는 그것. 연애가 맞았다.

"네, 연애합니다. 마음에 둔 여자와."

숨기려고 한 것도 아니고, 그렇다고 숨길 일도 아니었다. 그러니 강유의 대답은 담담했다.

"꼭 지금 하셔야겠습니까?"

갑작스런 장운일의 질문에 강유의 눈가에 희미한 경련이 일었다. 눈매가 날카로워졌고, 장운일을 바라보는 눈빛이 깊어졌다.

"제 연애에 문제가 있습니까? 저는 연애도 할 수 있는 대한민국의 건강한 30대 남자입니다."

장운일을 바라보는 강유의 웃음이 담백했다. 그럼에도 장운일의 표정에선 심각함이 풀리지 않았다.

"문제가 무엇인지 확실히 말씀해 주시면 해결하겠습니다. 제가 혼자 움직일 수 없는 몸이라는 것은 충분히 인식하고 있습니다만, 이렇게 사생활 간섭에 나서시면 아무 말 없이 사라집니다."

경호원 달고 데이트할 순 없으니 자신의 차를 몰고 나갔다 오겠다고 했을 때, 먼저 반대하고 나섰던 곳이 경호실과 비서실이었다. 자신으로서는 충분히 그들을 존중해서 운신의 폭이 좁더라도 만족하며 연애를 하고 있는 중이다. 그런데 그것조차 막으신다고?

흐음. 난감하군.

농담 섞인 강유의 말투에 장운일은 작은 한숨을 내쉬었다. 청와대로 들어온 뒤로는 사라진 버릇이지만, 국회의원 신분일 때는 가끔씩 훌쩍 여행을 떠난다고 없어져 보좌관들의 애를 태운 이강유가 아닌가. 혈기 왕성한 강유가 지금 다시 그러지 않으리란 보장은 없었다.

"대통령의 연애 자체가 문제는 아닙니다. 다만 시기가 좋지 않습니다. 혹시 청와대 비서진 중 누군가가 여자와 호텔 출입을 한다는 소문은 들으셨습니까?"

장운일의 말에 속이 뜨끔한 것은 강유와 후영 둘 다였다.

"아니, 누가 호텔 출입을?"

후영이 다급함을 감추며 입을 열었다.

"비서진의 도덕성 문제가 불거지면 걷잡을 수 없습니다."

끄응. 후영은 남모를 신음을 삼켰지만, 강유의 표정에는 변화가 없었다. 무감한 표정으로 운일의 말을 듣고 있을 뿐이었다.

"대통령님의 사생활 간섭을 하자는 것이 아닙니다. 다만 저 또한 상대 때문에 걱정이 되어 이렇게 뛰어와 한 말씀 드리는 겁니다."

다독이는 듯한 장 총리의 말이 이어졌다.

"상대가 강지후 기자라고 들었습니다."

지후의 이름이 나오자, 무표정했던 강유의 미간이 경직되기 시작했다. 무엇보다 예민해졌다.

"예, 강지후 맞습니다."

"강지후 기자는 워낙 알려진 인물인데다, 요즘 들어 더욱 정재계의 주목을 받고 있는 기자입니다."

"저도 알고 있습니다."

그녀의 출신을 생각 안 하고 시작한 연애였나. 지후가 청와대 출입 기자라는 것이 아마 걸림돌이 될지도 모르겠다고 생각했었다. 하지만 그녀도 자신도 공사 구분을 할 수 있다는 자신감이 있었다. 강유는 장운일에게 향했던 시선을 거두고 찻잔을 들어 목을 축였다.

"강 기자 기사의 색깔이 진보 쪽이라 야당 쪽에서 지금 주시하고 있습니다. 가뜩이나 영향력이 큰 기자인데, 꼬투리를 잡으려 혈안이 되어 있다는 소식입니다."

강유의 표정이 은근하게 굳기 시작했다. 자신으로 인해 지후가 다치는 것은 원치 않았다.

"게다가 개혁법 발효로 이해관계가 얽힌 이들의 신경이 청와대를 향해 곤두서 있습니다. 청와대에서 작은 빌미라도 제공하면 치명타입니다."

강유의 눈빛이 희미하게 흐릿해지다 제 색을 찾았다. 그리고 본래의 표정으로 돌아가 아무렇지도 않게 입을 열었다.

"제가 어떻게 하길 바라십니까?"

"당에서 알아도 좋지 않은 소리가 나올 겁니다. 저와 이 실장이야 대통령님의 사생활 보호에 최선을 다하겠지만, 당분간은 멀리하시는 것이 어떠십니까? 그렇지 않으면, 의도하지 않아도 강 기자가 다칠 수도 있습니다."

멀리하라? 다친다?

강유의 눈가가 희미하게 경련했다. 이합집산이 난무하는 정치판이었다. 자신이 이 자리에 있는 한, 언제라도 주변 사람들은 표적이 될 수 있었다. 대답하지 않는 강유의 눈빛이 깊게 가라앉아 갔다.

그리고 같은 시각. 안보 보좌관실의 신혁은 난감한 상황에 봉착하여 한껏 얼굴이 일그러졌다. 청와대 내에서 '작은 이강유' 소리를 듣는 냉랭한 표정이 오늘따라 더욱 북극 날씨처럼 쌩쌩 얼어붙어 보좌관실 직원들은 아침부터 살얼음판을 걷고 있었다. 신혁의 밑에서 실질적인 실무 업무를 하는 서현을 앞에 두고 한참 동안 말이 없던 신혁이 입을 열었다.

"그래서 이게 나라고?"

신혁의 눈빛이 모 신문 사설 한쪽에 실린 작은 기사를 뚫어 버릴 듯 쏘아봤다.

"신경 쓰지 마세요. 나쁜 일 한 것도 아닌데 그럴 수도 있죠, 뭐. 불륜도 아니고, 미혼인데 좀 어때요?"

서현은 대수롭지 않게 대답했다. 생각이 꽤 앞서 나간다.

"왜 나라고 생각하지?"

"왜냐고요?"

서현이 고개를 갸우뚱했다. 그러고 보니 신문에서는 누구라는 정확한 언급은 피하고 있었다.

"글쎄요, 모두들 그렇게 생각해요. 유명세라고 생각하시면 편하실 텐데요."

국정원에서 파견되어 이미 1년을 신혁과 함께 일해 온 정서현이었다. 만약 기사의 비서관이 신혁이라 해도, 서현은 신혁이 단순히 남성적 욕구 해소를 위해 호텔이나 들락거리지는 않았을 거라고 생각하는 쪽이었다. 하지만 정작 지목 당한 당사자는 억울할 수밖에 없다는 것도 이해는 갔다.

신혁은 혀를 찼다. 도덕성 문제라니. 그것도 특급 호텔을 들락거리는 청와대 비서관의 도덕성 문제가 도마에 올랐는데, 하고많은 비서진 중에서 딱 집어 신혁에게 눈초리가 쏠린 것이다. 신혁은 보고서를 한 아름이나 올려놓고 나간 서현의 뒷모습을 한참 동안 노려보았다.

하! 아버지 아시면 기절하시겠구만. 이러다 진짜 장가도 못 가지.

대통령 연애 바람막이하다가 자신이 홀딱 뒤집어쓸 판국이었다. 그때, 신혁은 대통령 전용 전화 라인에 불빛이 반짝이는 것을 발견했다. 수화기를 드는 그의 눈빛이 신중해졌다.

"예, 유신혁입니다."

— 괜찮나?

강유였다. 아무래도 강유 또한 보고를 받은 듯했다. 신혁은 심드렁한 어조를 누르기 위해 안간힘을 썼다.

"조금 더 살피지 못한 제 탓입니다. 장가 못 가면, 뒷일까지 책임져 주십시오."

나직한 으름장에 강유의 웃음소리가 수화기를 타고 흘렀다. 상대의 멋쩍은 웃음만으로도 한껏 얼어 있던 신혁의 마음이 눈 녹듯이 녹아내렸다. 할 수 없었다. 스스로 자초한 일인 것을.

*

지후가 청와대 상춘재(常春齋)에 마련된 매실로 들어온 것은 대통령 취임 1주년 기념 SBN 과의 특별 대담이 있기 한 시간 전이었다.

풀 기자단(대표 취재 기자단)으로 오늘 그녀에게 배정된 일이 대통령의 특별대담 일정이었다. 대담 장소가 될 매실은 한식 룸이었는데, 곳곳에 꽂아 둔 꽃꽂이에서 단아한 아름다움이 돋보였다. 이미 여기저기 조명이 설치되었고, 진행을 맡을 SBN의 류세아 앵커가 감독과 무언가 얘기를 나누고 있었다. 키가 크고 늘씬한 그녀는 아이보리색 블라우스가 우아하게 어울려 움직일 때마다 볼륨 있는 몸매가 드러났다.

"류세아 앵커는 나이를 거꾸로 먹나 봐."

함께 들어온 기준이 세아를 보며 나지막한 감탄사를 내뱉었다. 물론 지후 또한 그녀가 아름답다는 것을 인정할 수밖에 없었다. 결혼으로 인해 방송을 떠났던 2년의 공백이 무색하리만치, 류세아는 점점 더 SBN의 간판 앵커 자리를 회복하고 있었다.

"뭐 해? 인사라도 나눠야지."

아마 세아의 아름다운 모습을 넋 놓고 감상했던 것 같다. 이미 방송국 시험을 보기 전, 지후 자신이 흠모해 마지않던 몇몇 방송인 중의 한 사람이 눈앞의 류세아가 아닌가. 다만 그녀는 결혼과 함께 이 땅을 훽 떠나서 지후를 실망시켰다. 왜 결혼한다고 일을 그만둬야 해! 그때 자신이 얼마나 분개했었는지.

"오랜만입니다, 류세아 씨."

"어, 현 기자님이 어쩐 일이세요? 아, 청와대 담당?"

"복귀한 건 알았는데, 만날 기회가 흔치 않네요."

"그러게요."

웃음을 머금은 세아의 시선이 기준의 옆에 선 지후에게 멎었다. 그다지 작지 않은 키, 하지만 조그만 얼굴에 커다란 눈망울이 유난히 반짝이는 그녀를 본 세아의 얼굴에 놀람이 번졌다.

"강지후 기자님? 여기서 보게 되네. 나, 강 기자님 팬이에요."

"안녕하세요, 선배님."

지후가 꾸벅 인사를 했다. 평소의 흠모를 떠나, 따지자면 까마득한 선배인 그녀였다. 배시시 웃는 지후의 얼굴에 옴팍 보조개가 패었다.

"아휴, 기자에게 팬이 어디 있어요. 저야말로 류 앵커님 너무나 좋아하는데."

지후가 손사래를 쳤다. 그를 바라보는 세아의 입가에도 즐거운 웃음이 서렸다.

"오늘 대담 저희가 취재합니다. 류 앵커라면 시청자들도 눈이 즐겁겠어요. 화면에 선남선녀만 나올 테니까."

기준의 웃음 섞인 농담에 세아의 볼이 불그스름하게 변한 것은 아마 자신의 착각이었을 거라고 지후는 생각했다.

기준의 말이 틀린 말은 아니었다. 하긴, 내가 시청자 입장이라도 한 화면에 이강유라는 남자와 류세아라는 여자가 나란히 잡힌다면…….

지후는 잠시 결론을 미루다 결국 인정하고 말았다. ……정말 그림은 그림이네.

그런데 인정을 하는 순간 왜 기분이 나빠지는 걸까?

못된 짓을 하는 것도 아닌데 강유를 만날 땐 숨어서 만나야 하고, 자신이 먼저 만나고 싶어도 무조건 제약이 걸렸다. 그녀 마음에서 먼저 쳐 둔 방어막 때문에, 지후는 아직껏 강유에게 개인적인 전화를 먼저 건 적도 없었다. 물론 자의였든 타의였든 강유도 마찬가지였지만. 흐음……. 우리가 연애를 하긴 하나?

"아무래도 류 앵커와 대통령님이 친구라는 게 영향을 미친 것 같지?"

"에?"

대담 준비를 시작한 세아 일행에게서 벗어나, 그들 또한 옆에 마련된 작은 룸에서 취재 준비를 시작하는 중이었다. 갑자기 던진 기준의 말에 지후의 눈이 둥그레졌다.

"두 사람이 친구예요?"

"몰랐나?"

"에이, 같은 학교 나오면 다 친구예요? 그럼 나도 대통령님께 선배라고 부르겠다."

지후의 목소리엔 이죽거림이 다분히 실렸다. 이봐요, 현 선배. 나는 그분을 대통령 오빠라고 부른다고요! 생각 같아선 확 쏘아붙여 주고 싶었지만, 지후는 지그시 어금니를 사리물었다. 자나 깨나 말조심.

"그거랑은 차원이 다르지. 류세아 씨가 류인호 공화당 대표 딸인 건 알지?"

"그거야 당연히 알죠."

"정치부로 왔으면, 이런 것도 좀 공부해라."

"뭘요? 안다니까요. 내가 얼마나 공부를 많이 하는데."

기준의 면박에 지후의 볼멘소리가 튀어나왔다. 그러던 한순간 가슴이 쿵 내려앉았다.

"이건 오프가 걸린 내용이긴 한데 말야. 류세아 씨가 이 대통령을 좀 좋아한 것 같아. 대학 때부터 따라다녔다는 후문이야."

에……?

지후의 눈이 휘둥그레졌다. 진실이냐는 뜻으로 바라보니, 기준이 더욱 목소리를 낮춰 그녀의 귓가에 속삭이다시피 말을 전했다. 주변에 아무도 없음에도. 지후의 미간이 자신도 모르게 일그러졌다.

"친구라면서 왜 소문이 그렇게 나요?"

지후가 퉁명스럽게 대꾸하자, 기준은 '허어, 애 좀 보게.' 하는 눈빛으로 그녀를 바라봤다.

"야, 인마. 원래 친구에서 다 말 나게 돼 있는 거야. 모두 류세아 측근을 통해 나온 얘기니까 100% 뻥이라고 볼 수도 없지. 이쪽에선 좀 유명한 얘기다, 이게."

기준의 말에 지후의 미간이 한순간 일그러졌다. 없는 것도 있는 것이 될 수 있는 바닥이었다. 근거도 없이 떠도는 소문은 당사자들만 힘든 법. 떨리는 목소리를 죽이고 지후는 한껏 담담해지려 노력했다.

"오래된 얘기예요?"

"류세아 결혼 전 얘기지. 근데 결혼도 말이야, 아버지가 서둘렀다는 얘기가 있거든. 왜 2년도 못 살고 뛰어들어 왔겠냐. 그것도 대통령께서 당선 딱 되니까."

처음에는 분분한 얘기가 있긴 있었다. 성격 차이로 이혼하고 방송에 복귀한 앵커였지만, 아버지의 덕택인지 류세아에 대한 뒷말은 시간이 갈수록 사라졌다. 아니, 그러기 전에 류세아 자체가 실력이 있었다.

"기준 선배 말은 이강유 대통령께서 류세아 씨랑 사귀던 사이였다는 건가요?"

자신이 모르고 있는 내용을 기준은 더 많이 아는 듯했다. 지후는 기분이 점점 더 가라앉는 것을 느끼며 기준에게 질문을 던졌다. 그런데 마음이 왜 이렇지? 지금껏 여자 한 번 사귀어 보지 않았다는 것이 더 매력 없는 거 아냐?

그렇게 생각하면서도 지후의 마음은 점점 더 착잡해졌다. 그와 같은 나이인 오빠들이 그동안 여자 사귀는 것을 곁에서 지켜보지 않았던가. 특히, 지석이 사귀던 여자를 먼저 저세상으로 보내고 나서 아직까지 방황하는 것을 보며 분명 남자의 순정이 더 무섭다는 것을 알지 않았나. 강유라고 그 나이가 되도록 사귀는 여자 하나 없었다면, 그거야말로 문제가 됐다. 남자가 얼마나 매력이 없었으면. 흥!

"에이, 그건 모르지. 둘 다 거물급 아니냐. 누가 섣불리 건드리려 하겠어? 이 대통령 연애관은 냉정한 편이라고 알려져 있고. 어느 말이 진실인지는 모르지만, 류 앵커가 혼자 쫓아다녔다는 말이 대세야."

"흐음, 이 대통령 스캔들 하나 없었잖아요."

지후가 반론을 제기했다. 가장 쉽게 상대의 약점을 잡아내고 흠집낼 수 있는 부분이 이런 쪽이라는 것을 누구보다 잘 알고 있는 그들이었다.

"대선 때야 아무래도 류인호 씨도 자기 딸이다 보니, 이런 얘기 언급할 수 있었겠어? 뭔가 조그만 것에도 꼬투리를 잡는 사람들인데."

듣다 보니 정말 기분이 안 좋아진다. 아마 강유에게는 들을 일도 없을 테고, 또 자신은 들을 생각도 없었지만, 기왕 들은 얘기에 기분이 안 좋아지는 것은 어쩔 수 없었다. 아니, 온갖 소문을 달고 다녀야 하는 대통령이라 해도, 그 당사자가 이강유라서 안쓰러워졌다. 정작 스캔들이 터진다면⋯⋯. 이런!

생각이 미치자 머리가 쭈뼛 섰다. 지금 스캔들이 터진다면, 당사자는 나?

"이 대통령 스캔들 터지면 아주 시끄러워질 테지."

"미혼인 대통령이 언제까지 혼자일 수만은 없잖아요."

"그렇긴 하지만, 아직은 국민들이 대통령 장가보낼 준비가 안 됐을 거다. 여성층 지지율도 무시 못 하고."

지후의 목소리가 저도 모르게 떨리고 있었다. 어?

순간 심장이 수십만 개의 바늘로 찌르는 듯 따가웠다. 왜 이러지? 난 그냥 재밌게 연애하고 있잖아.

그랬는데 이상하다. 감정이 자신도 모르게 깊어진 듯했다. 그를 생각하는 것만으로도 심장이 울렁거렸다.

*

떨리지 않는다면 거짓말이다.

세아는 깊게 숨을 내쉬며 두근두근 터질 듯이 뛰고 있는 심장을 눌렀다. 하지만 대통령인 이강유가 청와대 상춘재의 매실로 들어온 순간, 세아는 숨을 쉴 수가 없었다. 그를 따라 비서관들과 경호원들이 들어왔고, 이미 방송 장비를 세팅한 방송국 스태프들이 사방에 서 있었지만, 세아의 눈에 들어온 이는 이강유 그뿐이었다.

5년 만이구나.

세아의 눈가에 미세한 경련이 일었다. 그를 마지막으로 보았던 때가 떠올랐다. 그때도 아마 20대에 2선 국회의원이 된 이강유를 앵커로서 만났던 것 같다. 서른과 서른다섯. 이강유는 그 시간의 간극을 느낄 수 없을 만큼 단단하고, 이성적이며, 차갑고, 여전히 매력적이다. 그가 이 공간에 나타나며 바뀐 공기가 그녀의 피를 긴장시켰다. 왈칵 밀려온 공기가 그녀를 숨 막히게 했다. 부드러운 카리스마로 불리는 이강유만의 분위기에 자신이 단번에 압도당했다는 것을 세아는 은연중에 인정해야 했다.

역시 널 벗어날 수 없나 봐. 그러니 이렇게 돌아왔겠지.

세아의 커다란 눈동자가 일순 흔들렸다. 잠시 공백이 있었다지만 나름대로 노련한 방송인으로 자부심을 가졌는데, 그리고 수없이 '이강유'라는 이름을 무덤덤하게 입에 올리며 뉴스를 전해 왔는데, 모든 것이 의미 없어지는 것은 한순간이었다.

대통령 이강유가 아니었다. 그녀가 알던 그에서 변한 것은 조금 더 무게감 있고 연륜이 생겼다는 것일 뿐. 그러니 자신은 그저 남자였던 이강유를 아직도 못 잊었다는 것을 세아는 그를 본 순간 깨달아 버렸다. 남편이었던 이헌의 말이 사실이었다는 것을 스스로도 깨닫는 순간이었다.

"안녕하십니까, 대통령님. 오늘 대담의 진행을 맡게 된 SBN의 류세아 앵커입니다."

세아는 앉아 있던 자리에서 일어나 성큼 다가오는 강유를 맞았다. 가까워질수록 은근히 풍기는 그만의 향취에 머릿속이 어지러울 정도였다. 청량하고 기분 좋은 대숲의 향기.

"복귀했다는 소식 들었다. 환영하고, 반갑다."

존칭을 쓰며 허리를 굽힌 세아에게 강유는 손을 내밀었다. 미간이 움찔한 그녀가 시선을 들었을 때, 언뜻 그녀의 시선에 스친 것은 강유의 여유로운 표정이었다. 한순간 풀어진 그의 시선이 그녀를 내려다보고 있었다. 내밀어진 손을 거절하지 못하고, 세아는 그의 손끝을 살짝 잡았다.

세아는 입술 안쪽을 지그시 깨물었다. 가슴이, 그곳에 박힌 심장이 주체할 수 없을 만큼 거세게 뛰었다. 하지만 이강유 그는 모를 것이다. 처음과 마찬가지로.

"오랜만에 뵙습니다, 대통령님."

세아는 속마음을 온전히 감춘 채 특유의 깔끔한 미소를 담뿍 지었다. 아랫부분이 부드럽게 컬이 말려 올라간 짧은 커트의 그녀는 서른다섯이라는 나이에 맞는 우아함을 지녔다.

"류세아, 오늘 대담 딱딱하게 가지 말자. 네가 온다고 해서 마음 놓고 있었다. 긴장시키지 마라."

웃음 띤 낮은 목소리는 단숨에 그녀의 피를 뜨겁게 달궈 놓았다. 바라보는 것만으로도 그녀의 심장은 욱신욱신 조여져 풀어지지 않았다.

후.

세아는 강유도 몰래 조심스러운 한숨을 내쉬었다. 아무 뜻도 없고 아무 의미도 없는 강유의 너스레임을 알고 있었다. 녹화가 시작되기 전, 보통은 진행자가 한담으로 상대의 긴장을 풀어 줘야 하는데, 지금은 오히려 자신이 더 긴장을 하고 있었다. 이러지 마, 류세아.

힘이 들어갔던 세아의 어깨가 아래로 툭 떨어졌다. 그리고 겨우 그녀의 입가에도 희미한 미소가 서렸다. 진행자로서의 본분을 잃지 않으려 안간힘을 쓰며 제자리를 찾았다.

"수백만 여인들의 절대적 지지를 한 몸에 받고 계신 분을 단독으로 만나니까 그러지."

그녀의 대답에 강유는 쿡 낮은 소리로 웃었다. 눈빛은 여전히 차갑고 날카로운데, 입가가 살짝 휘며 웃는다. 그 웃음에 얼마나 많은 날을 가슴 설레어 했는지.

분명 이 남자를 해바라기한 적이 있었다. 자신을 바라보지 않는 한 남자만을. 하지만 접었다. 정치라면 신물이 나도록 싫어했지만, 그럼에도 한때는 심각하게 정치의 길을 생각했던 것은 오로지 이강유 그 때문이었다. 그렇지만 그 길을 걷는 그를 곁에서 지켜볼 힘도, 자신의 마음을 감당할 수도 없었기 때문에 그녀는 어느새 포기하고 말았다.

"여전히 멋지네. 신념도 그대로고."

조금은 마음이 편해진 듯했다. 아니, 그때로 돌아간 것 같기도 하다. 자신만이 이강유를 알던 대학 때의 젊음으로. 순수하던 그때로.

"너도 좋아 보여."

세아의 심장이 또다시 쿵 바닥으로 곤두박질쳤다. 좋아 보인다고? 입가에 씁쓸한 미소가 서리려 하는 것을 안간힘을 다해 참았다. 좋아 보이려고 노력했으니, 그렇게 보였다면 성공한 셈이다.

"오늘 잘 부탁합니다, 류세아 앵커."

낮고 부드러운 강유의 목소리가 들렸다. 세아는 희미하게 웃었지만, 대담의 주요 질문이 적힌 진행표를 쥔 손에는 자신도 모를 힘이 들어갔다. 결국 잊지 못한 것이다. 벗어나려 발버둥쳤던 이 남자를. 그러다 카메라 위치를 확인하던 세아의 시선이 문득 한곳에 멎었다.

잘못 보았나?

왜 강유의 시선이 카메라가 아닌 다른 곳으로 향했고, 문득 부드러운 웃음을 머금었다는 착각을 했을까? 그들 앞에 빼곡히 선 사람들을 눈으로 훑던 세아의 시선에 한 여자가 잡혔다.

강지후?

세아의 눈가에 천천히 힘이 들어갔다. 방금 대담장으로 들어온 그녀를 향한 세아의 시선이 조금씩 떨리고 있었다.

이강유 대통령 취임 1주년을 맞아 SBN과 진행된 특별 대담은 순조로웠다. 세아 스스로도 10년 경력이 부끄럽지 않을 정도로 준비해 온 것들을 묻고 답하면서도 강유의 말속으로 빠져들었다. 물론 그것 또한 예정된 질문과 어느 정도 예상된 답변이었지만, 이강유의 화법에는 묘하게 사람을 끌어들이는 힘이 있었다. 절대 다른 쪽으로 신경을 돌리지 못하도록 하는 그만의 눈빛이 있었다.

현안이 된 언론과 재벌의 개혁 문제라든지, 내전이 일어난 아이센의 파병 문제 등 평소 강유가 언론에 나서서 얘기해 온 문제를 다시 되짚어 보고 있었지만, 방송국에서 요구한 대로 조금 더 심도 있고 세밀하게 그의 뜻을 전하는 데는 무리가 없어 보였다.

"오랜 시간 좋은 말씀 감사합니다. 지난 1년을 돌아보셨을 때, 대통령이 돼서 후회하거나 힘드셨던 점이 있으셨는지요?"

담담한 세아의 목소리 끝, 강유의 눈빛에 슬쩍 스쳐 지난 것은 냉정을 감춘 흔들림이었다. 잠시 잠깐 지나갔지만, 그의 마음이 한순간이라도 움직였다는 것을 느낀 세아의 마음 또한 거세게 요동을 쳤다.

"후회해 본 적은 없습니다. 항상 최선을 다하니, 앞으로 남은 임기에도 후회는 없겠지요. 그렇지만 힘들었던 적은 있었습니다."

똑바로 한곳을 바라보던 강유의 시선이 깊게 가라앉았다. 그러다이내, 싱긋 웃음을 머금은 강유 특유의 표정으로 돌아갔다. 그를 잡고있던 메인 카메라 너머, 눈빛이 반짝거리는 지후가 시선에 들어온 직후였다.

"이미 모두 알려진 일이라 숨기는 것조차 어색합니다. 제 부친께서 돌아가셨을 때, 솔직히 힘이 들더군요. 모든 분들이 아시겠지만, 그분은 제 정신적 스승이시기 전에 아버님이십니다. 임종조차 지키지 못한 불효를 저지른 입장이라 한동안 더 힘이 들었다는 것을 고백해야겠군요."

강유의 시선이 메인 카메라를 향했다. 그곳 너머에서 자신을 바라보고 있는 검은 눈동자를 깊게 응시하다 시선을 돌렸다.

"아들로서 아버님을 생각하면 항상 그립겠지만, 지금은 극복하려 노력 중입니다."

쓸쓸했던 당시의 심정을 강유는 말하고 있었다. 그가 얼마나 자신의 부친을 존경했는지 알고 있는 세아는 크게 고개를 끄덕거렸다.

"그럼 마지막으로 한 말씀만 더 여쭙겠습니다. 아마 저를 포함한 대다수의 여성들이 가장 궁금해할 질문일 텐데요. 대통령이 아닌 남자 이강유에 대해서입니다."

대담장 안에 모인 모든 사람들이 일순 긴장한 것을 느꼈는지, 강유의 입가에 웃음이 번졌다. 쑥스럽다는 뜻으로 눈매까지 부드럽게 휘었다.

"대통령님께서 예상하신 대로 모두들 청와대의 새 안주인이 될 분이 계신지, 아니면 언제쯤 예정이실지 궁금해하고 있습니다."

강유의 눈빛이 웃음으로 반짝거렸다. 그는 그 순간 자신을 뚫어지게 바라보는 한 쌍의 눈빛을 의식하고 말았다. 강지후, 그 여자.

"마음에 두고 있는 사람은 있습니다. 다만 그 친구는 저를 어떻게 생각할지 모르겠습니다."

강유의 말이 떨어지자마자 사방에서 탄성이 터졌다. 웅성거림의 크기로 보아, 감독이 당장이라도 컷을 외치고 다시 찍자고 할 것 같은 분위기였다.

어머나, 대통령 오빠!

지후의 눈도 휘둥그레졌다. 아니, 지금 여기 얼마나 많은 사람들이 모였는데!

지후는 저 멀리 서서 단단히 표정이 굳은 비서실장의 얼굴을 힐끔 댔다. 혼자 발이 저려 가슴이 콩닥거렸다. 말조심하겠다고 두 주먹 불끈 쥐던 자신의 다짐을 보기 좋게 강유가 뒤엎어 버렸다. 그러다 스치듯이 마주친 강유의 눈빛에 심장이 내려앉았다.

허!

툭 터진 한숨. 스쳐 지났지만 서로만 알아볼 수 있는 눈빛이 오가며 천천히 지후의 심장 박동도 가라앉았다. 그래도 지후는 더 이상 대담을 지켜볼 수 없어 시선을 돌렸다. 볼이 화끈 달아올랐다. 그리고 강유의 맞은편에 앉았던 세아의 눈빛이 움찔거린 것도 그때였다. 이강유와 강지후 사이에 흐르던 미세한 전류를 민감하게 알아차린 탓이다. 분명한 느낌. 그랬구나.

아마 이강유에 대한 오랜 짝사랑으로 단련된 신경 때문일 거라고, 세아는 씁쓸하게 입술을 깨물었다.

*

청와대 춘추관, 기자실.

사방에서 기사 작성하느라 다다다 자판 치는 소리, 데스크와 통화하느라 전화하는 소리로 춘추관은 아침부터 북새통이었다. 바로 코앞으로 다가온 대통령의 영국 국빈 방문 공식 일정이 공개됐기 때문이다. 그리고 그것에 더해 며칠 전의 파장, 대통령의 무시무시한 발언 파문이 아직 남아 있는 때문이기도 했다.

"이것 봐, 강 기자. 이 기사 봤어?"

웹 기사에서 무언가 재미난 것이라도 발견했는지, 곁에 앉은 용현이 지후의 옆구리를 쿡쿡 찔렀다. 이제는 놀랄 것도 없었다. 이미 대담장에서 심장은 산산조각 날 정도로 제멋대로 요동을 쳤고, 그 이후로 계속 기분은 땅굴을 파고 있었다.

"뭐요?"

지후의 심드렁한 목소리에 용현이 돌아보며 작은 눈을 크게 떴다.

"강 기자, 아침부터 얼굴이 왜 그래?"

"왜요?"

"요새 거울 안 봐? 눈이 완전 판다잖아."

킥킥대며 웃는 용현에게 대구해 줄 힘도 없었다. 기자의 생명은 체력이라는 말도 무색하게 벌써 며칠째 불면을 앓아 버린 지후로서는 판다곰으로 불리든, 다크 서클이 온 얼굴을 뒤덮어 발끝까지 내려오든 지금 그것은 안중에도 없었다.

나쁜 대통령 이강유. 정말 나쁜 대통령 오빠!

전국적으로 들끓고 있는 여심은 이미 알 바가 아니었다. 정작 이강유 사진을 벽에 붙여 다트판으로 쓰거나, 저주 인형에 바늘을 꽂아야 할 사람은 자신인 듯싶었다. 며칠 전에는 수십 명이 모인 자리에서 떡하니 마음에 담은 여자가 있다는 둥의 발언으로 사람 심장을 꽉 쥐고 흔들더니, 왜 이제는 연락도 안 하느냐 말이다. 명색이 일국의 정상이고, 또 그런 위치에 있느니만큼, 그 말에 책임은 져야 하지 않느냐고!

그 밤은 충격에, 연이은 밤은 의혹에 잠 못 이루는 밤이 흘렀다. 명색이 강지후라는 이름과 체면이 있지, 지금 와서 전화해서는 왜 그랬냐는 둥, 아니면 왜 요새는 연락이 이렇게 뜸하냐는 둥을 묻기가 참 거시기해진 것이다. 도대체 일반인 아닌 사람과 연애 한 번 하기가 왜 이렇게 힘이 든 것이고, 전화 한 번 하기가 왜 이렇게 힘이 든 것인가. 나, 애인 맞아? 우리 연애하는 거 맞아? 그 친구, 나 맞아?

아무리 흔들어도 머릿속의 복잡함이 가시질 않았다. 가뜩이나 세간을 뒤흔드는 '대통령 이강유의 여인' 파동에 머릿속은 더욱 엉클어져만 갔다.

"근데 박 기자님, 뭐가 그렇게 재밌어요?"

자신이 불러 놓은 것은 잊은 듯 지후의 얼굴은 보고 킥킥대는 용현에게 지후는 심드렁한 목소리로 물었다.

"아, 맞다. 네일버 포털 좀 들어가 봐."

"네일버요? 왜요?"

"거기 가장 큰 이 대통령 지지 모임 있잖아. 그곳에서 지금 공식 성명서 발표했어."

"뭘요? 공식?"

지후의 얼굴이 황당함으로 일그러졌다. 용현은 재밌다는 듯한 표정으로 여전히 킥킥거렸다. 기자실을 휘둘러보니, 이미 풀 기자단 일정으로 인해 자리를 비운 기자들 빼고 몇몇이 이 얘기 중인 듯 은근히 웅성거렸다.

청와대의 인터넷 신문고 사이트가 서버 부하로 다운이 됐다는 것은 하루 이틀 후의 일도 아닌, 그날 당일의 일이었다. 분명히 강유의 그 발언 '마음에 두고 있는 사람은 있습니다. 다만 그 친구는 저를 어떻게 생각할지 모르겠습니다.'는 정식 기사화가 되지도 못했고, 물론 방송

편집분에서도 잘릴 것이라 예측되었지만, 문제는 그 자리에 있던 눈이 한둘이 아니었다는 데 있었다. 이미 춘추관의 기자단에 퍼진 소문은 둘째 치고라도, 일반인인 방송 스태프 중에서 퍼져 나갔을 한마디가 인터넷 강국의 위력을 보여 주기라도 하는 듯 일대 파란을 일으키고 있었다. 말은 말을 더한다. 이 대통령이 마음에 둔 여인이 있는 게 아니라, 현재 누군가를 사귀고 있다. 혹은 조만간 결혼할지도 모른다는 얘기로까지 번져, 봄 정국의 혼란에 빠지듯 민심은 흔들려만 갔다. 물론 물밑의 일이었지만.

지후의 손가락이 번개 같은 속도로 네일버의 메인 화면을 클릭했다. 그리고 메인에 굵은 글씨로 뜬 기사에 시선이 멎었다.

이강유 대통령 네일버 지지자 모임, 공식 성명서

뭔가 부자연스러운 제목에 지후의 눈가가 실룩거렸다. 이게 뭐야? 성명서라니!

"쿡쿡쿡. 지금 어떤 여잔지 범인 찾기라도 할 태센데? 색출 작업 들어간다는 선전포고네."

"범인이요? 왜 그 여자가 범인이에요?"

저도 모르게 지후의 목소리가 뾰족해졌다.

"범인 맞지. 대통령의 마음을 훔쳤다는데."

지후의 샐쭉한 질문에 용현이 호탕하게 맞받아쳤다. 범인이고 자시고, 기사를 클릭한 순간 지후의 눈이 크게 떠졌다.

"헉!"

저도 모르게 입이 쩍 벌어졌다. '오호라, 통재라!'라는 짧은 문장으로 시작되는 성명서는 지후의 등골을 오싹하게 만들기에 충분했다.

지난번 대통령님께서는 우리에게 말씀하시기를 '아직 결혼을 생각할 여유가 없습니다.'하며 여인은커녕 결혼의 의미마저 부정하셨다. 그러나 천하의 일 가운데 예측키 어려운 일이 한둘이 아니겠지만, 대통령님의 마음이 이리 하루아침에 변할 줄 뉘 알았던가.

이에 우리는 그 '친구'라는, 우리 대통령님의 지고지순한 마음을 아직도 몰라주는 후안무치한 여인을 전심을 다해 찾아낼 것을 맹세하며, 동시에 그녀의 뜻을 알아낼 수 있도록 전력을 다할 것이다. 아아, 물론 그녀는 아무런 감정이 없이 순수한 친구라 해도 말리지 않을 것이다.

아, 그럼에도 이 무너지는 마음은 무엇으로 막을 것인가. 아, 가슴이 터지는 수백만 여인의 애모의 정을 단칼에 끊으시는 그분을 어찌 다시 환한 마음으로 바라볼 수 있으랴. 이에, 우리는 하루아침에 마음을 바꾸신 우리의 대통령님께 심심한 유감의 뜻을 전한다.

으아악!

순간 지후의 입에서 비명이 터질 뻔했다. 아니, 이건 뭐 그 옛날 일본에 억압당하던 선조들의 피 끓는 통곡과 분노인 '시일야방성대곡'도 아닌데, 발본색원하겠다는 그녀들의 의지가 춘추관에 앉아 있는 지후에게까지 전해져 오는 듯했다. 그나저나 왜 이렇게 오싹하고 춥지? 하아, 정말 돌아가시겠다. 내 인생, 왜 이렇게 힘들어졌냐?

자신도 농담 삼아 강유에게 수백만 여인을 적으로 돌렸다는 말을 하긴 했지만, 그 진실을 눈으로 확인하니 대체 믿기지가 않았다.

"뭐, 뭐예요! 누가 이런 황당한 기사를 냈어?"

"그 밑에 댓글 펴 봐. 그 친구 분 꿈자리 오지게 뒤숭숭하겠어."

용현의 말이 아니라도, 지후는 자동적으로 접힌 댓글을 클릭하고 있었다. 벌써 1,000개가 넘어가는 댓글이 붙은 소리 없는 아우성이 그녀의 귓가에 울리는 듯했다.

─ 흑흑. 그렇게 가시는 게 소원이시라면, 가시는 길 앞에 압정 가득 뿌리렵니다.

─ 안 돼요, 대통령님. 영원히 저희 곁에 계셔 주세요. 이렇게 일찍 보내 드릴 수는 없어요. 엉엉.

─ 강짱, 강짱, 우리 강짱! 나보구 어쩌라규우우우우!

─ 사흘째 잠을 못 잤어요. 엉엉. 님들, 전 이제 어떻게 살아요?

─ 안드로메다에서 소식 듣고 왔다. 우리 대통령님, 그 친구 좀 얼른 찾아라. 내가 확 찢어 놓게.

─ 괜찮은 남자는 모두 임자가 있더라. (먼산)

─ 에효. 이강유 대통령도 품절인 건가요? (글썽)

─ 여러분, 사실 그 친구가 접니다.

─ 여러분 사실 그 친구가 접니다 → 선생님, 301호 환자 탈출했어요.

─ 님들하, 진정요! 진실은 밝혀집니다.

─ 옵하! 제 영원한 로망으로 남아 주삼. ㅜㅜㅜㅜㅜㅜㅜㅜㅜㅜㅜㅜ 이대로 결혼하시면 미워요.

— 대통령 보쌈단 모집. X월 X일 청와대 담장 넘으실 분 연락주3.

— ㅋㅋㅋ 눈화들! 정신 차려!

— 이 쉐키! 너, 남자가 여긴 왜 들어왔어?

— 대통령님~~~ 힘내요!! 저는 영원한 대통령님의 편입니다! 얼른 그 친구 분께 청혼하시고 결혼하세요.

— ↑ 윗님, 맞을래요?

— ㅋㄷㅋㄷ 윗님, 짱드셈.

— 이강유 대통령~~~~~ 누나가 사랑한다. 제발 제발 없던 일로 해 주라.

— 대통령님! 이렇게 저희 마음 찢어 놓고 기분 좋으삼? 이렇게 속상하게 해 놓고 기분 좋으삼?

— ㅠㅠㅠㅠㅠㅠㅠ 사흘째 식음 전폐. 꼭 그 친구 분 좀 찾아 주세요.

— 악악악! ㅜㅜㅜㅜㅜㅜㅜㅜㅜ 인정하기 싫은데. 헤어지세요.

— 역시 기대를 저버리지 않으신 우리 대통령님. 예쁜 사랑 하세요. 퐈이팅!!!!!!!!!!! ㅋ

댓글을 읽어 내려가는 지후의 눈이 둥그렇게 커졌다. 어째 뒷골 당김이 더욱 심해졌다. 아니, 그 친구는 찾아서 뭐 하게? 결혼하겠다고 발표한 것도 아닌, 단순히 마음에 둔 '친구'로 인해서 이 정도라니.

"웃자고 쓴 기사겠지만, 이게 또 전부 웃을 수만은 없지. 이 대통령께서 난감하시겠구만. 그녀들의 표심이 장난이 아니었을 텐데."

"이런 얄팍한 인기에만 편승했다면, 이 대통령 지지율이 그렇게 높지 않았어요."

지후는 용현을 향해 싸늘하게 대꾸했다. 아무 생각 없이 말했다가 지후의 얼음 폭탄을 뒤집어쓴 용현이 머쓱하게 웃음을 지었다.

"아아, 알지. 농담한 거야. 뭘 그걸 갖고 그렇게 민감해. 강 기자는 완전 이강유 노선인가 봐?"

"노선이 어디 있어요? 저는 사실만을 갖고 얘기해요."

지후는 짧은 단발머리를 신경질적으로 쓸어 올렸다. 아아, 짜증 나.

이렇게 민감해진 것은 아무래도 강유 때문인 것 같다. 대체 사고는 누가 쳐 놓고, 갑자기 이렇게 안면 몰수란 말인가. 풀 기자단 일정도 대통령 쪽이 아니라 벌써 며칠째 얼굴도 보지 못했다.

그런데 연락 한 통 없다? 나 못 보면 죽는다던 사람 맞아? 흥, 만찬장에서 총리 부인이든 누구든 발이나 콱 밟으삼!

얼굴에 은근히 열이 올랐다. 답답함에 작성하던 기사를 송고하자마자 자리에서 벌떡 일어나 휴게실을 향해 나왔다.

여러 날 사교댄스를 가르쳤다고는 하지만, 여전히 강유는 뻣뻣한 나무토막이었다. 좀 진중히 배우라고 밀어 버려도, 어느새 다가오는 그로 인해 포즈 자체가 엉망이 되었던 것이다. 그런데 그 시간마저 이제는 없었다. 영국으로 떠날 날은 이제 이틀 뒤였다.

문득 지후는 자신이 핸드폰을 만지고 있다는 자각을 했다.

바보. 이렇게 답답해할 거면서, 왜 자신 있냐고 큰소리는 친 거야. 너 말이야, 너!

심란했다. 이 와중에 대통령 오빠께서는 연락 한 통 없으시다.

물끄러미 핸드폰을 바라보던 지후는 작은 한숨을 내쉬며 걸음을 옮겼다. 그러다 진동으로 울리는 핸드폰을 보며 고개를 갸웃했다. 모르는 번호였다.

*

지후는 문득 느껴진 차분한 시선을 향해 고개를 들었다. 상대의 단
아한 시선에 찻잔을 든 손끝이 조심스럽게 떨려 왔다. 대체 이 울렁증
은 언제 가실까?

붉은 카펫이 웅장하게 깔린 청와대 본관, 퍼스트레이디 집무실에서
마주한 이미유의 얼굴에 차분한 웃음이 감돌았다. 비둘기색 정장을 입
고 우아하게 머리를 틀어 올려 목덜미가 드러난 미유는 청아한 아름다
움을 은은하게 풍겼다. 누가 그녀를 마흔이 다 된 사람으로 생각할 수
있을까.

강유와 닮은 듯도 하고 다른 듯도 한 얼굴에 가슴이 철렁거렸다. 가
냘픈 외모에서 보이는 강단이 어쩌면 강유를 닮았다. 그리고 서늘한
눈매도 닮은 것 같다. 하지만 미유는 여성 특유의 섬세함을 지녔다. 그
것이 아마 강유와 다를 것이다. 그는 직선적이고 여간해서 무너지지
않을 단단함이 넘쳤지만, 미유는 또 달랐다.

무언가 알고 계신 것일까? 그렇게 관저의 별채를 드나들었으니 모
를 리가 없겠지만⋯⋯.

그것 또한 지후는 별로 자신할 수 없었다. 아무 의미 없이 춤을 가르
치러 온 레슨 강사라고 했다면 그대로 믿을 수도 있었을 테니까. 그리
고 경호에 관해서는 최고라는 경호실의 호위 속에서 움직이지 않았나.
강유 스스로 밝히지 않았다면, 어쩌면 모를지도 모른다. 그러면 그가

나를 밝혔을까? 꼬리에 꼬리를 물고 일어나는 생각에 지후는 떨리는 마음을 애써 다잡았다.

"궁금했습니다, 강지후 씨."

"아닙니다. 제가 여사님을 뵙게 돼서 영광입니다."

지후는 순수한 의미로 미유의 인사말을 받아들이고 되돌렸다. 더이상 깊게 생각하지 않기로 했다. 지금만으로도 머리가 복잡한 것을.

그런데 무슨 이유인지, 지후에게서 시선을 돌리지 못하던 미유는 다시 조심스럽게 웃음을 지었다.

"내가 보자고 해서 불편하죠?"

"아니요, 하실 말씀이 있으시다는 얘길 듣고 달려왔습니다."

지후는 어색함을 없애려고 안간힘을 썼다. 대체 하실 말씀이 무엇일까? 꼭 시댁 선을 보는 듯한 심장이 울렁거렸다. 도무지 청와대와 자신의 심장은 궁합이 맞지 않는 듯했다.

"바쁜 사람한테 미안해요."

"저보다는 여사님께서 더 바쁜 분이신데요, 뭐."

전혀 기도 죽지 않고, 그렇다고 건방진 것도 아닌 지후의 태도를 미유는 유심히 살펴보았다. 전장을 휘젓고 다녔다고 해서 성격 자체가 과격하거나 문제가 있지 않나 걱정했는데, 그것도 아닌 듯했다. 목소리도 차분하고 강단이 있었다. 일단 미유는 지후가 주치의인 강재완 박사의 딸이라는 사실에 안도했다. 정계나 재계에 속한 사람이 아니라도 그의 영향력은 무시할 수 없었다. 강유에게 힘이 되어 줄 수 있을 거라는 현실적인 생각도 얼핏 들었다. 그런데 그보다 더 중요한 것은 지후를 보고야 깨달았다.

이강유, 네 가슴이 알아봤으니, 정확하구나.

믿음이 간다고 하나. 나이로 따지면 한참이나 아래인데도, 어딘지 든든하고 안심이 됐다. 아무래도 동생이 강지후의 이런 면에 빠진 것 아닐까. 미유는 지후 모르게 속으로 한숨을 삼켰다.

"이번 영국 방문 수행 기자단에 선정되었다고 들었어요."

"예, 방송 대표로 갑니다."

"우리 강유, 부탁해도 되죠?"

"예?"

지후의 눈이 휘둥그레 떠졌다. 느닷없는 미유의 질문에 지후는 눈에 띄게 당황했다.

"여사님, 무슨……."

본인도 믿기지 않는 눈빛으로 그녀를 바라봤다. 그런 지후를 보며 빙그레 웃던 미유가 입가의 웃음을 지웠다.

"강유가 말한 그 친구, 강지후 씨 아닌가요?"

"그건……."

지후는 말끝을 흐렸다. 그녀 또한 확답을 할 수 없었다. 그 이후, 강유를 만난 적이 없었으니까.

"연애한다고 들었습니다."

지후의 귀가 발갛게 물이 들었다. 누님도 알고 계셨구나. 후, 쑥스러워라.

"강유가 얘기한 건 아니에요. 요새 강유가 종종 없어져서 비서실장께 살짝 물어봤지요."

지후의 귀가 조금 더 붉어졌다. 화끈거리며 열이 몰려 목소리까지

막혔다.

"강유는 내 동생이지만, 재미없는 남자입니다."

아, 예. 지후는 약간의 긍정을 섞어 고개를 천천히 끄덕였다. 그런데 재미없다는 그와 있는 시간은 왜 그렇게 빨리 지나가는지 모르겠다.

지후는 자신의 엉뚱한 생각을 들키지 않으려, 흠흠 목소리를 가다듬으며 조금 더 진지해졌다. 그리고 미유의 시선을 공손하게 맞받았다.

"자신이 옳다고 생각한 일을 하기 위해서, 스스로의 감정에는 인색한 편이었다고 나는 생각해요."

20대가 되자마자 정계로 진출할 초석을 닦은 남자. 한 해에 하나씩 두 개의 고시를 패스하고, 행정고시는 직접 행정부의 수반이 되어 이루겠다며 일부러 보지도 않았다던 그 남자.

참 멋없게 20대를 보냈겠구나. 다른 생각을 할 틈이 있었을까?

지후의 눈망울이 저도 모르게 흔들렸다. 정말 연애를 해 보긴 한 거야? 여자는 있었어? 잠시 들었던 의문이 떠올랐다가 사라졌다. 아마 없었을지도 모르겠다.

'너라서 이성을 잃었다.'

문득 그때 강유가 했던 말이 떠올랐다. 스물과 스물여섯의 키스. 아! 전구가 들어오듯 지후의 머릿속이 환해졌다. 그러다 미유의 나직한 웃음에 시선을 바로 했다.

"강유가 요즘에는 편하게 웃어서 나도 가끔 놀라요."

"웃……어요?"

질문 자체가 말이 되지 않았다. 대통령인 이강유는 의식적으로 잘 웃어야 하는 사람이었다. 의도된 웃음이든 아니든. 잘 웃는 그가 웃는다?

"나는 지후 씨가 우리 강유 옆에서 많은 힘이 되어 줄 거라 생각해요."

"여사님, 저희는 그저……."

순간 아직 이렇게 단정 지을 수 없는 사이라고 말할 뻔했다. 며칠 동안 연락이 없다는 것에도 자신은 좌불안석이 아닌가. 하지만 미유의 눈빛을 본 지후는 그 얘기를 할 수가 없었다. 무언가 간절하고 힘에 겨운 듯한 눈빛. 거절할 수 없는 힘이 들어 있었다.

"계속 우리 강유 곁에 있어 줄 수 있죠? 힘이 들어도."

한참 미유를 바라보다가 지후는 저도 모르게 고개를 끄덕였다. 혹시 무슨 일이 있는 것은 아닐까? 불현듯 가슴을 서늘하게 만드는 예감이 그녀를 떨게 했다. 혹시…….

'예, 안 그래도 이 여사님 결과 때문에 아침에 제 방으로 올 겁니다.'

스쳐 가듯 들었던 지혁의 말과 관련된 것이 아닐까? 하지만 지후는 더 이상 아무런 생각도 할 수 없었다. 소리 없이 다가와 손을 잡은 미유의 얼굴이 너무도 편해 보였다.

지후가 퍼스트레이디 집무실을 나온 직후였다. 그녀를 안내했던 경호원을 따라 청와대 본관의 1층 홀을 걷던 그녀는 무언가 아릿한 마음에 걸음을 멈칫거렸다. 오늘따라 바닥에 깔린 붉은빛의 카펫에 현기증이 날 것 같았다.

미유와 만나는 동안 꺼 놓았던 핸드폰을 켜는 동시에 액정에 번호가 떴다. 심장이 덜컹 내려앉았다. 누군가 기다렸다는 듯 건 전화였다. 전화야 이곳저곳 올 곳도 많았지만, 마치 암호와 같이 뜨는 번호가 누구의 것인지 단번에 알아 버린 심장이 미친 듯이 뛰기 시작했다.

흥!

"네."

그래도 말이지, 여자가 지조가 있지. 어떻게 덥석 반가운 티를 낼 수가 있냔 말이지.

콧방귀 한 번 뀌어 준 그녀의 싸늘한 대꾸에 뭐가 우스운지 상대의 쿡쿡대는 낮은 웃음소리가 수화기를 타고 울렸다. 처음 전화해 놓고 왜 웃을까? 지후의 미간이 곱게 찡그러졌다.

― 앞에 보면 키 큰 경호원 보일 거야.

지후의 시선이 그녀를 본관으로 데려왔던 퍼스트레이디 경호원 너머 그 앞을 향했다. 언젠가 본 적이 있는 경호원 한 명이 그녀에게 다가오고 있었다. 검은색 양복이 무척이나 잘 어울린다.

"여기 경호원들은 키가 다 커요."

심드렁한 목소리로 대답을 해도 상대는 여전히 유쾌한 듯했다.

― 김 경호원 따라가. 정확히 15분 뒤에 30분 볼 수 있어.

"네? 무슨 소리예요?"

― 끊어야 해.

정말 그 말과 함께 강유의 전화는 끊겼다.

자, 잠깐! 지금 이게 무슨 소리? 날 보겠다고? 지금? 15분 뒤? 대통령 오늘 일정이 어떻게 되지? 먼저 정부종합청사 들렀다가, 파주 전자단지였잖아. 그 뒤로 울산 내려가고.

지후의 머릿속이 영문을 몰라 어리둥절할 때였다. 곁으로 다가온 김 경호원이라는 사람이 그녀의 기자 명찰부터 살폈다. 그러고는 지후를 안내하던 경호원에게 자기들끼리만 소곤대더니, 이내 지후에게 한마디 던졌다.

"따라오시죠."

지후의 커진 눈이 김 경호원을 향했다.

"무슨 일이죠?"

"저도 모릅니다. 모시라는 연락만 받았습니다."

그로부터 15분 후.

지후는 눈을 더 크게 뜰 수밖에 없었다.

아아, 대통령 오빠, 당신 정말 어려운 사람이야! 내가 지금 첩보 영화 찍느냐구요오오!

똑같이 생긴 리무진을 세 번째 갈아탔을 때, 그리고 그 안으로 강유의 커다란 몸이 불쑥 들어왔을 때 이미 지후의 심장은 너덜너덜해졌고, 심통은 있는 대로 뻗쳐 있었다.

*

강유의 표정은 평소 혼자 있을 때의 그와 다름없었다. 바늘 끝 하나

들어갈 틈 없이 단단하고 완벽한 무표정. 하지만 그는 지금 혼자가 아니었고, 마음속을 들여다본다면 현재 시점의 이강유가 얼마나 당황하고 난감해하는지 금세 알 수 있었다. 모두 다 그를 향해 얼굴도 돌리지 않는 강지후, 그녀 때문이었다.

흐음.

처음에는 그저 강지후를 볼 수 있다는 것으로 좋았다. 며칠 동안 비서실장인 후영의 잔소리에 얼마나 시달렸던가. 어찌나 감시를 하고 뭐라 하는지, 시어머니가 따로 없을 정도였다.

마음에 둔 친구, 그 발언의 잘못된 점을 알려 주십시오.

절대 충동적 발언이 아니었다. 가슴이 말하는 것까지 속일 생각은 없었다. 그럼에도 그 발언의 파장은 강유에게도 거셌다. 철창 없는 감옥이 따로 없었다. 그 며칠간 얼굴은커녕 전화조차 제한된 여자로 인하여 강유의 신경이 극도로 곤두서 민감해지자, 비서실장은 한숨을 푹 쉬었다. 그리고 고육책으로 내놓은 것이 이 방법이었다. 그것도 다른 곳으로 이동 중에 볼 수밖에 없는 처지라니. 하! 못마땅해도 지금은 따를 수밖에.

"강 기자, 정말 나 안 볼 거야? 5분 지났다."

강유의 시선은 정확히 지후를 향해 있었다. 목소리는 차분하게 가라앉았다. 대통령 전용 리무진의 실내가 이렇게 넓은 줄 예전엔 왜 몰랐을까. 그에게서 멀찍이 떨어져 앉은 지후의 숨결이 느껴지지 않았다. 외면하고 돌아앉은 그녀의 어깨에 손을 대고 싶어 손끝이 움찔거렸다. 하지만 머리끝까지 화가 났는지 지후는 돌아보지도 않았다. 이럴 때 여자를 어떻게 달래 줘야 하는지, 강유는 정말 알 수 없었다.

"강지후."

강유의 낮은 음성이 흘렀다. 지후의 서늘한 옆모습을 바라보는 강유의 눈빛이 깊게 가라앉았다. 검은빛이 짙어진 강유는 작은 한숨을 내쉬었다.

"강 기자."

강유가 기어이 견디지 못하고 팔을 뻗어 지후의 어깨를 붙들었을 때였다. 홱 고개를 돌린 지후로 인해, 강유의 눈빛이 움찔거렸다. 심장이 욱신거렸다. 파르르 떨리는 지후의 눈빛이 그를 동요케 했다. 무엇도 두렵지 않다는 남자, 이강유를.

"또 1분 지났잖아요. 그 말도 안 되는 30분 중에서 벌써 6분 지났잖아요."

울고 있었던 거야?

후드득 떨어지는 지후의 눈물에 강유는 미간이 일그러졌다. 그녀가 고통스럽게 입 밖에 낸 말로 인해, 강유의 심장이 중심을 향해 움츠러들었다. 그는 단숨에 지후의 허리를 끌어당겨 단단하게 제 품에 안았다. 지금은 이 방법밖에 떠오르지 않는다.

"하지 마. 싫어! 안 해! 이강유랑 연애 안 해!"

지후는 펑펑 울었다. 밉다며 그의 가슴을 때리는 손에 힘도 안 들어갔는데, 너무도 서럽게 우니까 강유는 더 이상 할 말을 잃었다.

"다 무를 거야! 마음에 둔 친구? 혼자 폭탄 다 터뜨려 놓고, 나흘째 전화 한 통 없고……. 그 친구가 강지후인지 다른 여자인지 알게 뭐야! 나는, 나는 길 가면서도 이유 없는 살기 느껴서 심장 떨리게 만들어 놓고! 내가 미쳤어. 뭐가 겁이 안 나. 이렇게 겁나잖아! 이게 무슨 연애야!

무슨 연애가 이래! 내가 지금 첩보 영화 찍는 거예요?"

울면서도 지후는 쏟아 낼 것은 모두 쏟아 냈다. 그리고 그 모습을 지켜보면서도 강유는 아무 말도 하지 않았다. 그저 여전히 뚝뚝 떨어지는 지후의 눈물을 양복 안주머니에서 꺼낸 손수건으로 닦아 주다가 기어이 지후의 얼굴을 두 손으로 붙들었다. 고개를 돌리려는 그녀의 얼굴을 힘주어 잡았다. 그러고는 다정하게 입 맞추며 그 위에서 속삭였다.

"나 봐, 강 기자."

"뭘 봐요. 앞으로 15분 남았잖아."

눈과 코가 벌게지도록 서럽게 울어 목소리조차 맹맹해졌다. 포탄이 작렬하는 와중에서도 앞을 향해 불끈 일어나던 강지후인데.

이 녀석이 이럴 줄도 아네.

오히려 강유가 당황해 버렸다. 강지후는 자신보다도 담담할 줄 알았는데…….

펑펑 서럽게 울면서도 남은 시간까지 확인하는 지후를 보는 강유의 눈빛은 서서히 부드러워졌다. 그리고 심각함에도 견디지 못하고 쿡 낮은 웃음을 터뜨렸다. 홱 노려보는 그녀를 힘주어 끌어안고, 지후의 목덜미에 얼굴을 묻었다. 가슴 가득 번져 가는 그녀의 느낌이 마음을 편안하게 만들었다.

"이대로 벌설까?"

한참 동안 그대로 지후를 안고만 있던 강유가 문득 고개를 들었다. 시선을 피하는 지후의 턱을 살짝 잡아 제게로 정확히 시선을 향하게 하고, 시선을 맞췄다. 얼음같이 차가운 눈빛에 일렁이는 파란 불꽃이 그녀의 심장을 울렸다. 검은 눈동자에 가득 실린 것은 그래도 떨치지 못한 그리움.

"정말 겁나?"

입을 열 수가 없었다. 말로는 무엇을 못 할까. 또다시 아니라고 큰소리 뻥뻥 치고 싶었지만, 마음이 주춤댔다. 지후는 무겁고도 천천히 고개를 끄떡였다. 미동도 없이 그녀의 눈동자를 들여다보던 강유가 나직한 목소리로 입을 열었다.

"나도 겁나."

지후의 눈동자가 흔들렸다. 안타까움이 물씬 담긴 강유의 눈빛에 가슴이 떨렸고, 손끝에 전율이 흘렀다.

"내가 이렇게 다가가면……, 네가 도망갈까 봐."

아아아!

단숨에 숨이 막혔다. 열렬히 다가온 강유의 입술이 지후의 붉어진 입술을 삼켰다.

흡!

호흡을 삼키고 또다시 영혼까지 가져가려는 듯, 강유는 그녀의 모든 것을 남김없이 흡입해 버렸다. 그녀의 허리를 한 팔로 단단히 휘감고, 강유는 폭풍처럼 지후를 몰아세웠다. 가슴 깊은 곳까지 밀려들어온 그로 인해, 지후는 숨을 쉴 수도 움직일 수도 없었다. 자신을 옭아맨 강유의 강철 같은 팔에 안겨 하늘에서 바다로 떨어지는 것과 같은 아찔함을 느꼈다.

"도망가지 마."

강유의 목소리가 낮게 갈라졌다. 거세게 밀려들어온 그의 입술이 벅차서 지후는 움직이지도 대답하지도 못했다. 점점 더 허리가 뒤로 휘고, 어느새 자연스럽게 리무진의 너른 좌석으로 밀려 등이 닿았다. 서러웠던 마음을 묻은 채, 그녀는 강유의 옷자락을 꼭 쥐고 가쁜 숨을 내쉬었다.

내가요, 대통령 오빠 많이 좋아하나 봐. 그래서 속상해.

"그 친구……."

지후가 침울하게 입을 열자, 강유는 '응?' 하는 눈빛으로 그녀를 바라봤다.

"……나 맞아요?"

강유의 눈빛이 순간 굳었다. 서서히 감았다 뜬 강유의 눈빛은 어둡게 반짝거렸다. 낮은 신음을 내뱉은 그는 한 손으로 머리를 쓸어 올렸다. 그리고 다음 순간, 지후의 눈빛을 정확히 마주 보았다. 너른 손바닥으로 지후의 작은 얼굴을 감싸고 엄지손가락으로 볼을 쓰다듬었다. 낙낙해진 입가에 천천히 미소가 스몄다.

"아직도 모르겠어?"

모르지는 않는다. 하지만 여자에게도 확인하고 싶은 마음이 있는 법이다. 지후는 발끈 눈빛을 빛내고 입술을 삐죽댔지만, 곧바로 입술을 막은 강유로 인해 버둥거렸다.

몸으로만 말고 말로도 해 달란 말이에요. 왜 말을 못 하냐고요!

그래도 온몸으로 밀려드는 강유를 지후는 두 팔로 꽉 안았다. 너른 등을 그녀의 두 팔로 보듬으니, 세상을 가진 듯하다. 많이 좋아해. 정말 많이.

흐음.

뜨거운 숨결이 온 얼굴과 귓가에 쏟아졌다. 흐릿해지는 눈빛 속에서 지후는 강유의 얼굴에 떠오른 열망을 보았다. 아마 남자의 욕망일지도 모른다. 지후 자신이 이렇게 뜨겁게 타오르며 온몸이 옥죄어 오는데, 이 남자는 더할 것이다. 하아. 지후의 숨결이 급격히 빨라지고 뜨거워졌다. 귓가에 와 닿는 강유의 숨결도 더할 수 없이 거칠어졌다. 허리를 더듬으며 올라온 강유의 손끝이 떨리고 있다는 것이 온전히 느껴졌다. 하지만 어느 경계는 넘어서지 않는다. 정말 참고 있구나.

여긴 자동차 안. 운전석 쪽과는 완전히 별개로 떨어져 있지만, 누군가가 저쪽에 있다는 사실에 신경이 쓰이다 못해 뾰족해질 지경이었다. 그리고 이 차 앞뒤로 호위하는 차들이 몇 대였던가. 지후는 작은 한숨을 내쉬었다. 행동 하나도 수많은 눈이 보고 있는 사람이 이 사람이다. 말 한마디, 인터넷 댓글 한 줄조차 대한민국의 역사로 남을 사람. 이럴 줄 모른 거 아니면서……, 네 스스로 불 속으로 뛰어 들었잖아.

지후는 강유의 거친 숨결이 잦아들자, 가슴에 안았던 강유의 커다란 등을 엄마처럼 토닥토닥 보듬어 주었다.

"미안해요, 울어서."

알면서도, 그가 어떻게 시간을 냈는지 알면서도 투정을 부린 게 미안해졌다. 왜 그를 보자마자 목 놓아 울었을까. 마음대로 움직일 수 없다는 것을 알면서도 왜 이렇게 서러웠을까. 힘들게 만남의 시간을 마련했다는 것을 알면서도 왜 이렇게 속이 상했을까. 보고 싶었는데……. 만나서 만지고 싶고, 뽀뽀하고 싶었는데. 그 친구, 어떤 여자인지 확인하고, 내가 아니라면 얼굴을 확 긁어 주고 싶었는데.

"아후, 정말 창피하다."

얼굴을 쓰다듬는 강유의 손을 잡고 지후는 볼을 붉혔다. 그에게 깔린 몸을 일으키려 주춤주춤거리는데, 이내 강유가 두 팔에 힘을 줘 그녀의 어깨를 눌렀다. 내려다보는 그의 눈빛에 불꽃이 일렁거렸다. 참기 힘든데, 참아야겠지. 마치 그렇게 얘기하는 듯했다.

"영국 가서나 보겠다."

제대로 볼 수나 있어요? 흐려지는 지후의 눈빛을 강유는 그대로 두지 않았다. 그녀의 얼굴을 단단하게 감싸고 눈가에 입맞춤했다.

다시 격렬하게 뛰기 시작한 심장 소리에 지후는 눈을 감았다. 온몸 가득 밀려들어오는 그를 막지 못했다. 3분 남았는데…….

*

그날 저녁, 보도국으로 돌아온 지후는 하루 일과를 마감하고도 한동안 자리를 뜨지 못했다.

"강 기자, 안 가? 요새 계속 야근하고 무리하네?"

나가려던 동료가 아는 척을 해도 그저 무심하게 웃을 뿐이었다. 야근 중인 동료들의 소리 없는 움직임만 의미 없이 시야에 담겼다. 그러다 결심을 한 듯 지후는 자리에서 벌떡 일어나 국장실로 향했다.

똑똑.

국장실 문을 슬며시 열었다. 여전히 퇴근하지 못한 황 국장이 담배를 뻑뻑대다 지후의 눈초리를 받았다. 딱딱한 지후의 말이 자동적으로 튀어 나갔다.

"여기 금연 건물입니다, 국장님."

"네가 내 시어머니냐? 매일 잔소리는. 퇴근 안 하고 왜 들어와?"

"국장님!"

지후는 결연한 표정으로 황 국장의 책상 앞으로 다가섰다. 심상치 않은 그녀의 표정에 황국장이 움찔거릴 정도였다.

"왜 그래?"

"저, 국제부 아직도 대기인가요?"

지후의 질문에 황 국장의 눈가가 보이지 않게 실룩거렸다. 안 그래도 그 건 때문에 머리가 좀 아픈 터라, 그녀의 질문이 예사롭게 여겨지지 않은 것이다. 황 국장은 조만간 종군할 기자에 대한 심사가 있을 것이라는 얘기는 지후에게 하지 않았다. 까다로운 그 조건에 강지후만한 적임자도 없었지만, 상부에서 다시 강지후를 보낼지는 미지수였다. 여자라는 제약도 무시할 수는 없었다.

"강지후, 나는 너 여기서 오랫동안 보고푸다."

"저도 마찬가집니다."

"지후야."

"예?"

황 국장은 순간 묻고 싶었던 얘기를 그냥 꿀꺽 삼켰다. 높은 분들하고 얼마나 아냐고, 왜 청와대를 맡고 있는 네 보직을 옮겼으면 한다는 소리가 나오냐고……. 아끼는 후배 하나 앞에 두고, 황 국장은 이러지도 저러지도 못하고 있었다.

"국제부로 가도 네가 원하는 일은 할 수 없을지도 몰라. 다른 부서는 어때?"

"사회부나 문화부요? 제 몫으로 주어지면 할 테지만, 제가 지금껏 해 오던 일은 아니잖아요. 그쪽으로 발령 날 겁니까?"

도전적인 지후의 눈빛을 보며, 황 국장은 서둘러 말을 맺었다.

"아니, 정치부 일 잘하고 있으니까. 출장 잘 다녀와라. 갔다 와서 다시 얘기하자."

지후는 국장실을 나오면서도 무거운 마음이 가시지 않았다. 숨바꼭질 같은 그와의 연애는 언제까지 해야 할까? 연애를 너무 쉽게 본 것이 아닌지 자책감이 들었다. 자신이 정치부 기자라는 틀만 벗어도 강유가 조금쯤 편해질 것 같았다. 하지만 이것 또한 해결책은 아닌 것 같아 가슴이 답답했다.

7

암호명 경복궁.

몇 해 전 왕세자 신분으로 방한했던 영국의 젊은 국왕 에드워드 11세가 한국의 아름다움으로 극찬한 경복궁에서 따온 행사명이었다. 그 경복궁 행사, 대통령의 4박 5일 영국 국빈 방문 일정이 시작되었다.

국군 의장대의 사열을 받으며 방문단 일행이 탑승을 마치고 드디어 대통령 전용기인 공군 1호기가 수도공항에서 이륙하자, 통일한국 공군 소속의 전투기들이 거대한 굉음과 함께 떠올랐다. 석양을 가르며 초계비행 중이던 전투기들과 신속한 무전을 주고받으며, 대통령 전용기를 동서남북에서 에스코트하던 전투기들은 이제 곧 인도양에 대기 중인 항공모함 독도함에서 떠오른 해군 소속 전투기들과 임무 교대 후 본토로 돌아갈 예정이었다. 세계 수위를 자랑하는 대한민국의 군사력답게 대통령에 대한 경계와 엄호 또한 물샐 틈이 없었다.

"이 코드원이 말이야, 우리나라 최첨단의 항공, 군수, 정보산업 기술의 총집결체란 말이지."

이번 방문에는 250명 남짓한 방문단이 꾸려졌다. 대통령 경호실과 비서실을 위시한 참모진과 외교통상부 장관을 비롯한 각료들 외, 경제 단체 대표와 기업인들로 꾸려진 수행 경제인단, 그리고 80명가량의 청와대 출입 기자들이 그들이었다. 비행기가 정상 궤도에 진입했을 때, 옆자리의 기준이 알고 있냐는 듯 지후에게 소곤거렸다. 경호원 숫 자도 불문에 붙여질 만큼 철통같은 경호가 펼쳐지고 있겠지만, 바로 몇 미터만 가면 대통령께서 타고 계신다는 생각으로 목소리조차 크게 못 내는 듯했다.

"영화관까지 있다니, 크긴 크군요."

이륙 전에 승무원이 설명해 준 내용을 떠올리며 지후가 눈을 동그 랗게 떴다. 그녀로서도 대통령 전용기는 말로만 들었지 처음이었다.

"하늘을 나는 작은 청와대라잖아."

기준의 말 그대로였다. 군사위성을 통한 미사일방어체제와 핵폭발 에도 견딜 수 있는 특수 방어 장치 및 보호 장치가 되어 있는 비행기 안에서는 전 세계 어느 지역과도 즉각 통화가 가능하도록 최첨단 전자 통신 장비가 갖춰져 있었다. 그뿐 아니라 회의실, 기자실은 물론 욕실 과 영화관, 심지어 응급 상황에 대비한 수술실까지 마련돼 있어 모두 를 놀라게 했다. 게다가 공중 급유도 가능해서 유사시 몇 달 동안 하늘 에서 전쟁을 총지휘할 수도 있었다.

유사 이래 최강의 국력으로 평가받는 대한민국. 그리고 그 나라를 이끄는 젊은 지도자인 이강유. 지후는 생각할수록 물밀듯이 밀려오는 먹먹함에 보고 있던 의전 자료에서 시선을 들어 앞쪽을 바라봤다. 문으로 가려진 저쪽, 수많은 참모진에 둘러싸인 그가 있을 것이다. 지금만큼은 남자 이강유가 아닌, 내 나라의 대통령인 그가 자랑스러웠다. 지후의 얼굴에 희미한 웃음이 피어올랐다.

"이번 출장은 긴장의 연속이겠어. 그나저나 반전 시위가 열릴까?"

무심한 기준의 말에 지후도 동의한다는 뜻으로 미간을 찡그렸다.

청와대 풀 기자단인 그들과는 별도로 본부에서는 특별 취재단을 먼저 영국에 보냈다. 근간의 국제 정세를 고려하여 특별방송들이 편성됐기 때문이었다.

점점 더 사태가 심각해지고 있는 아이센공화국 내전. 이라크에서의 전례로 인해 러시아와 팽팽한 긴장 관계를 유지하고 있는 미국이 몸을 사린 가운데, 아이센 정부는 지속적으로 국제사회에 도움을 요청하고 있었다. 그중 가장 유력한 곳이 대한민국이었는데, 국제 여론을 종합해 보면 한국이 파병할지도 모른다는 예상이 지배적이었다. 그로 인해 대통령 국빈 방문에 맞춰 대규모 반전 시위가 계획되고 있다는 소식이 들려왔고, 대통령 경호에 더욱 비상이 걸린 것은 두말할 필요가 없었다.

"류세아 앵커가 우리 부럽다고 난리야 난리."

기준이 슬쩍 웃으며 먼저 출발한 특별 취재단의 류세아를 언급했다. 류세아라는 이름에 지후의 눈이 저도 모르게 세모꼴로 변했다.

"왜요?"

"국왕께서 사시는 버킹엄궁에서 어떤 일반인이 자 보겠냐. 같은 취재 가서, 누군 궁에서 자고 누군 호텔이냐고 한마디 하대."

지후는 후후 웃으며 다시 자료로 시선을 돌렸다. 얼마 전 인사를 한 뒤로 보도국에서 몇 번 마주쳤던 세아는 냉정하고 지적인 외모와 달리 성격이 서글서글했다. 나중에 한 번 물어봐야겠다. 류세아 씨랑 얼마나 친한지.

문득 지후의 눈빛이 가늘어졌다. 강유와 연애라는 것을 시작한 지 이제 한 달이 되었을 뿐이었다. 그런데 왜 몇 년도 더 지난 것 같을까? 마치 선거 캠프부터, 아니, 어쩌면 그 전부터 곁에 있던 사람처럼 상당히 그가 익숙해졌다. 이제는 연락 한 통 없는 것조차도 자연스러울 정도로. 지금도 어이없게 펑펑 울어 버린 자신 앞에서 당황한 강유의 표정을 떠올리면 빙긋 웃음이 지어졌다. 그를 생각하면 가슴이 따뜻해졌다. 말을 하지 않아도 느낌으로 알 수 있었다. 그가 자신을 많이 생각한다는 것은.

반면 또 달리 생각해 보면 서로에 대해 아는 것이 별로 없었다. 영국 가서 보자고 한 것은 강유였지만, 어떻게 보게 될지는 자신도 몰랐다. 대통령 공식 일정이야 사방팔방 사람들 천지일 테고, 영국에서 유년을 보낸 그를 위한 비공식 일정도 있다는데 그것은 언론에 공개되지 않았다. 어머니를 만나려나? 앗, 아버지!

끙.

지후는 속으로 신음을 토했다. 대통령 주치의인 아버지가 함께 오신 것이다. 서로 아는 척하지 않기로야 했지만, 강유와의 관계를 조심해야 할 눈이 또 한 쌍 늘어난 셈이다.

"식사하시겠습니까?"

어느덧 다가온 스튜어디스의 상냥한 음성이 들리자 지후의 입가에 살짝 미소가 서렸다. 오전에 영국에 도착할 예정으로 저녁 무렵에 출발한 터라 벌써 식사가 나오는 듯했다. 그런데!

어머나, 이런 미인이!

지후의 눈가가 샐쭉해졌다. 스튜어디스들의 미모가 미스코리아를 능가했다. 대통령 전용기 스튜어디스는 다 이런 미인이야? 그럼 저 앞에는 더 미인이? 대체 선발 기준이 뭔데? 흥!

*

런던 히드로공항(Heathrow Airport)에 도착한 대한민국의 이강유 대통령 일행을 영접 나온 사람은 영국 왕실 서열 2위인 필립 왕자 내외였다. 공식 환영식이 열리는 호스가드 광장(Horse Guard Parade)까지의 안내를 맡을 예정인 그는 올해 스물여덟인 젊은 왕자인데, 부왕의 갑작스런 타계로 왕위를 계승한 에드워드 11세의 동생이었다. 하지만 결혼은 국왕보다 일찍 해서 벌써 아이가 둘인 가장이었다. 부드러운 금발에 푸른 눈동자의 미남인 그가 트랩에서 내려온 강유에게 다가가 손을 내밀었다.

〈방문을 환영합니다, 이강유 대통령님.〉

〈환대에 감사드립니다, 필립 왕자.〉

손을 끌어 가볍게 포옹까지 한 필립이 순간 강유의 귓가에 낮은 목소리로 한마디 했다.

〈오랜만이야, 형.〉

〈아는 척 반갑지 않다.〉

〈기자들이 귀신이긴 하지. 그래도 에드워드 형님이 얼마나 이날을 기다렸는데.〉

강유의 뒤를 따라 내리기 시작한 퍼스트레이디 이미유와 수행단이 완전히 내려서자, 빠르게 나누던 그들의 대화는 곧 중단됐다. 강유는 부드러운 미소를 띠며 필립 곁에 선 왕자비와 가볍게 악수를 했다. 옅은 갈색 머리의 그녀 또한 살짝 웃으며 강유를 맞았다.

그날 오후, 지후는 런던브리지가 잘 보이는 다리 위에 마이크를 잡고 섰다. 기자 멘트를 하고 있는 입매가 추운 듯 떨려 왔다.

제기랄, 6월이구만 왜 이렇게 추운 거야! 바람이 씽씽 부네.

콧물이 당장이라도 떨어질 것 같았다. 화창한 봄 날씨라고 해서 준비한 정장이 너무 얇은 탓에 온몸이 오들오들 떨려 왔다. 하지만 큐사인이 들어옴과 동시에 바들바들 떨던 기색은 일시에 사라지고, 그녀는 준비했던 기사 멘트를 맑은 음성으로 전하기 시작했다. 대통령일행이 아침 일찍 런던에 도착하면서 이미 영상 송출이 시작됐으니, 한국의 국민들은 실시간으로 대통령의 국빈 방문 일정을 지켜보고 있을 터였다.

"아침 9시, 영국 런던의 히드로공항에 도착함으로써 4박 5일의 공식 일정에 들어간 이강유 대통령은 영국 왕실 서열 2위인 필립 왕자 내외의 영접을 받았고, 곧바로 공식 환영식이 열리는 호스가드 광장으로 향했습니다. 붉은 제복의 영국 왕실 의장대가 도열한 가운데, 이강유 대통령과 퍼스트레이디 이미유 여사가 공식 환영식장에 입장하자 애국가가 울려 퍼졌고, 같은 시각 그린파크와 런던타워에서는 마흔한 발의 예포가 발사됐습니다."

국빈을 맞는 영국의 의전은 화려했다. 영국 왕실 의장대장이 대통령을 모시고 일사불란한 대형으로 의장대 사열을 진행하는 동안, 기자석에 있던 지후의 시선은 대통령 이강유를 향해 있었다.

짙은 색깔의 양복을 입은 강유는 단정하고 절도가 있었다. 국왕인 에드워드 11세를 비롯한 총리 및 런던 시장 등의 영국 측 환영 인사들 가운데서도 단연 돋보였다. 예포가 울리고 근위 기병대의 호위를 받으며 국왕 관저인 버킹엄궁으로 들어갈 때까지의 시간은 짧다면 짧은 순간이었다. 그런데 지후는 어느 순간, 강유와 시선이 마주쳤다는 느낌을 받아 가슴이 덜컹거렸다. 환영 인파도 많았고 사방이 시끄러웠다. 그렇지만 어디에 있든 느낌으로 안다는 그의 말을 들어선지, 그녀는 그가 자신이 어디에 있는지 알고 있을 것 같았다. 그 뒤로 자신은 취재를 나오느라 강유를 보지 못했지만, 오전의 그 느낌을 떠올린 마음은 더없이 편안해졌다. 기자 멘트를 하고 있는 가운데서도 가슴이 설레었다.

"……이강유 대통령은 방문 기간 동안 국왕의 관저인 버킹엄궁에 머무를 예정이고, 오늘 저녁에는 국왕의 공식 만찬에 참석하게 됩니다. 런던에서 SBN 강지후였습니다."

카메라가 멈췄다. 카메라를 내려놓은 기준이 도저히 안 되겠는지 자신이 입고 있던 점퍼를 벗어 오들오들 떨고 있는 지후에게 건넸다. 그러면서 걱정스런 눈빛으로 말을 했다.

"여기가 한국보다 저녁 바람이 세네. 감기 걸리면 어떡하냐? 국왕 폐하 만찬에 우리도 초대받았는데."

기자단도 만찬에 초대한다는 뜻을 밝힌 국왕으로 인해 기자단이 잠시 술렁거렸다. 확실히 영국 국왕의 사고는 개방적인 듯했다.

"음, 우선 방에 가서 뜨거운 물에 샤워라도 하고 상황을 보죠. 안 되면 선배만이라도 가요."

국왕 주최의 만찬은 풀 기자단에서 취재를 맡고 있었고, 그녀와 기준은 오늘 취재 일정이 끝난 터였다. 그러니 그쪽은 신경 쓰지 않아도 되지만, 참석 자체가 영광인 자리가 아닌가. 그런데 기내에서 1박을 해서일까. 며칠 동안 잠도 못 자고 무리를 한 것에 더해진 듯 지후는 온몸이 으슬으슬한 것이 감기라도 온 모양이다.

아무래도 오늘 만찬은 접고, 챙겨 온 약이라도 먹고 푹 자야 할까 봐. 아버지 아시면 또 한마디 하시겠네.

잠시 마주쳤던 아버지의 눈웃음이 떠올랐다. 아, 아쉽다.

갈등이 생겼다. 만약 이대로 참석한다면 당장 내일부터의 취재 일정에 차질이 생길 수도 있다. 게다가 만에 하나 국왕께서 베푸는 국빈 만찬인데 추태라도 보인다면? 안 될 말이었다.

그런데 욕심이 생겨 버렸다. 그래도…….

강유가 정말 춤을 출까 궁금해졌다. 성질이 나서 몇 번 퍼부은 대로 총리 부인 발이라도 밟는다면?

지후는 저도 모르게 키득대며 웃음을 지었다. 영문 모르는 기준만이 차에 오르며 고개를 갸우뚱했을 뿐이었다.

*

국왕의 관저인 버킹엄궁전 2층 홀에서 진행된 만찬은 전통과 격식을 중요시하는 영국 왕실답게 화려하고 장엄했다. 만찬장은 수만 송이 장미꽃으로 꾸며졌고, 은은한 촛불 아래 고풍스런 유리잔과 금테가 둘러진 식기는 반짝거렸다. 조용하게 깔리는 백파이프 음악 소리가 마음을 편안하게 만들었다. 특이할 사항이라면, 만찬은 국빈으로 방문한 한국 대통령의 공식 수행단뿐만 아니라, 특별히 기자단에게까지 공개가 됐다는 점이었다. 물론 언론사를 대표한 소수의 인원이었고, 왕실의 권위를 위해 진행되는 만찬 자체를 취재할 수는 없었다. 하지만 이런 특별한 자리에 앉을 수 있다는 것만으로도 선택된 기자들은 흥분을 감추지 못했다. 안 그랬다면, 자신들도 기자실에서 CCTV로 만찬장을 지켜보며 샌드위치나 씹고 있을 처지였으니까.

만찬장의 식탁은 디귿(ㄷ)자형 대형 테이블이었다. 헤드 테이블에는 국왕을 정중앙으로 우측에 이강유 대통령과 한국 측의 외교통상부 장관, 영국 측의 총리 등이 앉았고, 좌측에는 필립 왕자와 이미유 여사, 그리고 영국 측 인사 등이 자리했다. 물론 지후와 기자들에게 지정된 자리는 그들과 멀리 떨어진 곳이었지만, 지후에게는 차라리 그것이 다행이었다.

서서히 오르는 열로 인해 눈앞이 뜨거워지고 있었다. 분명 특별히 신경을 써 준 이 여사가 아니었다면, 기회를 다른 이에게 돌리고 오지 않았을 것이다. 오후 일정을 끝내고 저녁 만찬 준비를 하고 있던 미유가 참석 예정자 중 두 명의 여기자를 따로 불렀던 것이다.

"여사님, 신경 쓰지 않으셔도 돼요. 저희는 갖고 온 정장을 입겠습니다."

신문사에서 선발된 한 여기자가 겸손히 미유의 제안을 거절했다. 하지만 미유 또한 온화한 미소를 거두지 않았다.

"괜찮아요. 벌써 궁에서 도와줄 사람들이 나왔어요. 그리고 우리 스태프들도 도와준다고 했는데, 뭘."

미유가 그녀 곁에 서 있던 두 명의 젊은 여자들을 보며 환히 웃자, 그녀들도 이구동성으로 자리에 앉으라고 권했다. 아무래도 영부인과 함께 온 코디네이터와 미용사인 듯했다.

"젊은 사람들은 이게 나을 것 같은데?"

미유 자신은 미색 저고리와 하늘색 치마의 색 고운 한복을 입으면서도 젊은 기자들에게는 하늘하늘한 드레스를 권했다. 궁 전속 코디들이 가져온 드레스 중에서 그녀가 지후를 위해 고른 것은 연분홍 드레스였고, 그것은 지후의 늘씬하고 탄력적인 몸매를 적당히 감싸며 흘러내려 더없이 화사해 보였다. 열이 올라 불그스름해진 얼굴빛조차 수줍어 그런다는 착각을 불러일으킬 정도로. 정말 동화 속의 공주라도 된 것 같다며 멋쩍게 웃는 다른 여기자를 보면서 지후 또한 희미하게 웃고만 있었다.

그렇게 만찬의 시간이 왔고, 지정된 자리로 안내되었다. 그런데 시간이 갈수록 딱딱하게 굳어지는 기준의 얼굴을 보면서, 지후는 속으로 웃음을 삼켜야 했다.

"아아, 진짜 무슨 맛인지 모르겠다. 난 아무래도 서민 체질인가 봐."

국왕의 환영사와 이 대통령의 답사 등이 이어지고, 몇 번의 건배 제의가 있었다. 양측 합쳐 200명 남짓한 인원인데, 거의 두 배 가까운 시종들이 서빙을 보는 바람에 아무런 불편은 없었다. 하지만 그것이 몸에 익지 않은 사람에게는 더 불편한 법이었다.

"서비스 정신들이 몸에 배셨다니까."

기준이 작게 투덜대는 소리가 옆자리에 앉은 지후에게까지 들렸다. 개인에게 지정된 그 공식 시종들이 얼마나 극진한 대접을 하는지, 기준은 취재에서 돌아온 후부터 계속 당황함 섞인 감탄의 연발이었다. 궁의 배정받은 방으로 돌아왔을 때, 대충 팽개치고 나갔던 가방 안의 모든 짐이 꺼내져 가지런히 정리되어 있어 깜짝 놀랐던 건 시작에 불과했다. 심지어 속옷까지 세탁해 다려서 대령 받으니, 처음에는 당황하지 않을 수가 없었다. 서비스 정신으로 철저히 중무장한 시종들이 감탄스러울 뿐이었다. 물론 기준은 지금도 메인 요리로 나온 사슴 요리조차, 소금에 절였는지 설탕에 절였는지 그 맛을 모르겠다고 투덜대는 중이었다.

지후는 점점 흐려지는 시선 속에서 정면으로 보이는 강유를 바라봤다. 검은 연미복에 흰 나비넥타이, 그리고 국왕과 같은 붉은 휘장을 어깨에서 허리까지 두른 모습이 당당하고도 품위가 있었다. 그런데 점점 더 눈이 흐려지며 시야에는 그가 두른 붉은빛만이 들어왔다. 기준과는 다른 이유로 그녀 또한 자신이 무엇을 먹는지 잘 모르고 있었다. 문득 지후는 스치는 시선 속에서 강유의 느낌을 잡아냈다. 웃고 있는 걸까? 아니, 표정이 굳은 것 같아. 눈앞이 흐릿해지는데도 왜 가슴은 이렇게 뛰는지 모르겠다.

시간이 갈수록 의혹으로 눈빛이 가늘어져 가던 강유의 눈가가 결국 미세하게 경련을 일으켰다. 그러다 작은 신음을 목 뒤로 삼켰다.

발단은 모두 젊은 국왕 에드워드의 개방적 성향 탓이었다. 버킹엄 궁으로 들어온 방문단 일행에게 에드워드는 기자단도 만찬에 초대하겠다고 밝혔고, 그 명단에 강지후가 있을 줄은 강유 자신도 예상치 못했다. 그러니 의전 비서관이 전해 준 참석자 명단에서 강지후라는 이름 석 자를 봤을 때, 강유의 미간은 움찔거릴 수밖에 없었다.

"김 비서관, 이 명단 어떻게 뽑은 거야?"

"잘은 모릅니다. 기자단에서 매체별로 할당했을 겁니다."

흐음.

김 비서관이 자신과 지후 사이를 알 리는 없었다. 그런데 왜 이렇게 신경이 쓰이는 건지. 아무래도 의전 비서관에게 얘기하는 것보다는 나을 것 같아, 미유에게 만찬에 참석할 여기자들이 갑자기 당황했을 테니 챙겨 달라는 말을 넌지시 했었다. 지나가는 얘기로 한마디 했을 뿐인데, 미유가 슬쩍 웃어 가슴이 뜨끔거린 것까지도 자신이 민감하려니 생각했다. 그런데…….

강유의 눈가에 희미한 선이 생겼다. 어느 순간 그의 시야에 들어왔던 강지후. 그녀의 어깨와 가슴이 깊게 드러난 드레스가 마음에 들지 않았던 탓이었다. 팔이 훤히 드러나는 것은 어쩔 수 없다지만, 가느다란 어깨까지 드러난 것을 본 그의 눈가가 움찔거렸다.

〈앨런(Allan), 아까부터 네 시선이 한곳만 향했다는 것 알아?〉

식사가 끝나고 가벼운 담화가 이루어지던 중이었다. 통역을 물린 에드워드가 강유에게 건배를 권하며 가볍게 웃었다. 딱딱하게 표정이 굳는 강유가 재밌다는 듯, 에드워드의 푸른 눈동자가 장난기로 반짝였다.

〈무슨 소리야?〉

거의 입술만 움직였지만 강유의 목소리는 살벌했다. 내가 그렇게 눈치 채게 행동했다고? 스스로에게도 충격이었다.

〈오호, 상당히 민감한데? 누구야? 정말 뭔가 있나?〉

에드워드의 낮은 목소리를 강유는 공식적인 웃음을 흠뻑 지으며 되돌렸다. 하지만 그의 귓가로 다가간 강유는 으득 이를 갈았다. 아무래도 오늘은 자신이 에드워드의 화법에 말려든 것 같았다. 여자에 대해서만 예리한 칼날인 에드워드의 레이더망에 자신이 걸려들었다.

〈너, 오늘은 장난치지 마.〉

언제나 에드워드와 앨런, 즉 이강유는 경쟁의 정점에 서 있었다. 그 것은 끝까지 졸업은 못 했지만 이튼스쿨(Eton School) 재학 시에 극명하게 드러났던 점이다. 무엇이든 지기 싫어하는 성격들이 만났으니, 능글능글한 성격의 에드워드가 강유를 가만둘 리 없었다.

〈자, 분위기를 바꿔 볼까?〉

에드워드가 싱긋 웃었다. 금발이 섞인 갈색 머리에 짙은 청록빛 눈동자가 짓궂게 반짝거리는 순간, 그가 벌떡 일어나 사람들을 향해 입을 열었다.

〈연회에 춤이 빠지면 재미가 없지요. 국왕인 제가 시작을 하는 것이 관례이니 먼저 한 곡 추겠습니다.〉

파티의 호스트인 그가 미혼인 관계로 호스티스로 참석한 마리 공주의 손을 살짝 붙들고 홀의 중앙으로 나아갔다. 어느새 음악은 경쾌한 왈츠 음악으로 바뀌어 있었고, 전 세계에 알려진 빼어난 외모를 뽐내며 에드워드 국왕은 우아한 자태로 왈츠 한 곡을 가뿐히 끝냈다.

저분은 정말 화보가 따로 없네.

딱딱한 나무토막 같던 강유와는 비교할 수조차 없는 유연함에 지후조차 감탄을 할 즈음이었다. 허리를 숙여 마지막 인사를 하던 그가 다음 순간, 홀을 가로질러 곧장 지후가 앉아 있는 테이블로 향했다. 그리고 에드워드는 정중히 허리를 굽히며 지후를 향해 손을 내밀었다.

"한 곡 추시겠습니까, 레이디?"

에드워드의 청록색 눈동자가 반짝거렸다. 원래부터 개방적 성격의 국왕인 것을 아는 왕실 사람들조차 당황하여 웅성거렸다. 그도 그럴 것이, 아무런 준비가 없었을 손님에게…….

〈영광입니다, 국왕 폐하!〉

하지만 한순간의 당황함을 감춘 지후는 살짝 웃으며 에드워드가 내민 손 위에 손을 얹었다. 상대를 생각해 준비해 뒀던 짧은 한국어에 대응하는 부드럽고 쾌활한 억양의 영어를 듣는 순간 그의 입가에 미소가 짙어졌다.

〈발을 밟혀도 상관없으시다면요.〉

당황한 기색이 역력한 속에서도 나름대로 여유롭게 응대하는 지후의 눈망울을 보며, 에드워드는 호탕하게 웃고 싶었다. 자신의 예감이 맞은 셈이었다. 지금 뒤통수에 꽂히는 뜨거운 화살은 분명 이강유의 것이리라. 작은 숙녀의 눈빛이 반짝일수록 왜 이렇게 짜릿한 걸까.

*

지후는 조용히 숨을 몰아쉬며 연회가 열리고 있는 2층 홀을 빠져나왔다.

아휴, 국왕 폐하라니. 떨려 죽을 뻔했잖아!

왈츠 한 곡을 어떻게 끝냈는지 모르겠다. 하지만 너무도 우아하게 이끌어 주는 국왕의 리드 덕에, 자신은 가만히 서 있기만 해도 춤이 완성되는 것 같았다. 세기의 미남이라는 영국 국왕의 숨결을 바로 코앞에서 느꼈다니. 손에 닿은 그의 군건한 팔이 누군가를 연상시켰다. 하지만 본의 아니게 화제의 중심인물이 된 것 같아 머릿속이 어지러웠다. 그리고 이 어지러움은 단순히 그것 때문이 아닌 것 같았다.

"신데렐라도 아니면서 어딜 그렇게 급히 가?"

지후는 자신의 앞을 우뚝 가로막은 남자로 인해 눈앞이 더욱 아찔해졌다. 표정이 왜 저러지? 단단히 굳은 표정의 강유가 그녀 앞에 서 있었다. 대통령인 강유가 나오자 문 앞에 잔뜩 서 있던 경호원들이 웅성거렸다. 나가면 안 된다고 이러나?

"어, 어떻게……?"

"여기 사람들 너무 많다. 손 잘 잡아."

귓가에 빠르게 속삭인 강유의 말을 알아듣는 데는 그다지 오래 걸리지 않았다. 문 앞에 쫙 깔린 경호원들을 향해 강유는 슬쩍 웃음을 지었다. 그러더니 지후의 손을 잡아끌고 다시 연회장 입구로 들어가는 것이 아닌가.

"흐음. 저기……, 나, 아파서……. 어?"

그런데 어느 순간 지후는 벌린 입을 다물지 못했다. 그가 들어온 곳은 만찬이 열리고 있는 홀이 아니었다. 벽화가 웅장히 그려진 벽을 따라 걷던 그가 한순간 쑥 몸을 감춘 곳으로 지후 또한 따라 들어온 것이다.

"대통령님, 나……."

지후는 더 이상 어지러움을 이기지 못할 것 같았다. 하지만 곧바로 허리를 꺾을 듯 당겨 안은 강유로 인해 아무 말도 하지 못했다. 익숙한 그의 체향에 심장이 터질 듯이 뛰고 있었다. 목덜미며 등, 그리고 팔까지 살결이 드러난 곳에 닿은 강유의 손길이 뜨거운 몸을 차갑게 식혔다. 그것이 더 짜릿하고 감각적이었다.

강유가 들어온 곳은 연회가 벌어지고 있는 홀이 훤히 보이는 곳이었다. 바로크양식으로 꾸며진 방 안의 장식이 고급스럽고 화려했다. 벽에 한두 점 걸려 있는 그림들도 마치 국보급으로 보였다. 이 고색창연한 궁에 국보급 아닌 것이 무에 있으랴. 다만 그들이 선 곳에서는 창처럼 밖이 보이는데, 밖에서는 이곳이 보이지 않는 듯 너무도 바깥사람들의 행동이 자연스러웠다. 마치 여기가 거울의 방인 것처럼.

우와, 대체 이게 무슨 일이야.

지후의 눈이 눈앞의 광경을 믿지 못하는 듯 커졌다.

"제기랄, 에드워드 자식!"

내가 잘 들은 거 맞지?

으스러질 듯 안은 강유 때문에 숨을 쉴 수 없었음에도, 지후는 눈을 휘둥그레 떴다. 대통령 오빠, 지금 욕한 거 맞아? 지금 '에드워드 자식'이라고 했어? 그거 영국 국왕 이름 아냐?

뜨악한 지후의 심정과 달리 강유는 정말 아무렇지도 않다는 듯, 그녀의 드러난 목덜미를 쓰다듬으며 그곳에 뜨거운 숨결을 토해 냈다. 자신이 뜨거운 것인지 그가 뜨거운 것인지 지후는 알지 못했다. 온몸이 떨리는 것 또한 무엇으로 인함인지 분명치 않았다.

"왜 이렇게 뜨거워?"

지후의 상기된 얼굴을 어루만지며 강유는 걱정스러운 목소리로 물었다. 안 그래도 에드워드의 그 말 '그녀, 너무 뜨겁더라.' 한마디에 발끈했다가 그대로 만찬 끝내는 줄 알았다. 바로 '이야, 앨런은 대통령이 돼서도 발끈하네.' 하는 에드워드의 키득거림이 없었다면 곧바로 의자를 박차고 일어섰을지도 모른다.

"여긴 어디예요? 자리에서 없어져도 돼요?"

강유의 질문에는 대답도 없이 지후가 눈가를 찌푸렸다. 아니, 이분이 지금 자신이 어떤 위치인 줄도 모르고! 다분히 책망이 섞인 그녀의 표정이 한껏 굳었다.

"여기? 내려오는 얘기로는 어느 병약했던 왕비가 자기 남편이 어떤 여자랑 노는지 은밀히 관찰하기 위해 만든 방. 그리고 나도 화장실은 가고 살아."

강유의 볼멘 대답에 지후의 표정이 아연해지다 쿡 웃음을 터뜨렸다. 표정을 풀지 못하는 강유가 익숙한 듯하면서도 익숙하지 않았다. 이 남자 너무 귀여운 거 아냐?

"이런 곳은 어떻게 알았어요? 여기 처음 아니에요?"

미심쩍다는 표정의 지후를 보며 강유는 입꼬리를 말아 웃었다.

"에드워드 앨버트 아서 조지(Edward Albert Arthur George), 현 영국 국왕. 열다섯 전까지 지겹게 붙어 다녔어. 거울의 방은 그가 추천한 곳이고."

"추천?"

지후의 눈이 또다시 커져 그녀를 내려다보는 강유의 짙은 눈빛을 올려다봤다. 부드럽게 풀어진 그의 눈빛에 오롯이 자신만이 들어 있는 지금 이 순간이 믿기지 않았다.

"자신이 애용했다는 뜻이겠지."

물론 강유는 에드워드가 그의 시선을 눈치 챘다고 말하지 않았다. 여자에 대해서는 타의 추종을 불허하는 에드워드의 예민한 직감이었으니까. 그리고 거울의 방 문을 열어 놓았다고 살짝 귀띔한 것도, 15분은 커버해 줄 수 있다고 한 것도 그였다.

"그래도 이렇게 오래 사라지면……."

"국왕이 둘러대 줄 거야. 배탈 났다고."

지후의 미간이 일그러졌다. 아픈데도 자꾸만 걱정이 되고, 한편으론 어이가 없어 웃음이 난다.

"정말……이에요?"

"정말일 리가 없지."

정말이라면 얼마나 우습겠는가. 만찬 중에 배탈 난 대통령이라니. 외교상의 실례도 그런 실례가 없을 것이다. 아마 왕실 조리장이며, 확인을 제대로 못한 경호실장 등이 줄줄이 소환될 터였다. 어쩌면 대통령 주치의로서 그녀의 아버지인 재완까지. 그래서 점점 더 정색을 한 지후에 반해, 강유의 표정은 화창한 봄날과 같이 유연했다. 에드워드와 춤을 추던 그녀를 바라보던 날카롭던 눈빛은 간데없이 사라졌다. 눈빛에 찔려 죽겠다던 에드워드의 엄살이 귓가에 맴돌 정도인데도.

"대통령님, 에드워드 국왕과 친하셨어요? 왜 아무도 몰랐죠?"

아마 친분과 영향력을 따졌다면 대선 당시 조금 더 이슈가 되었으리라. 그만큼 영국 국왕 에드워드 11세는 국제적으로도 영향력을 미치는 인물이었으니까. 게다가 동서양을 대표하는 듯 강유와 묘하게 대비되는 수려한 외모까지.

"대통령님이 어머니와 이곳에 살았다는 것밖에는 알려진 게 제한된 듯해요."

고개를 갸우뚱하는 지후를 본 강유의 입술 끝에 희미한 웃음이 걸렸다. 그 부분에 대해서는 확실히 사생활을 보호받은 기분이다. 아무래도 아버지와 어머니에 대한 부분은 언론에서도 조금쯤은 자제했을 테니까.

"기자 티내는 건가?"

강유는 가볍게 대답했다. 그가 알리고 싶어 했어도 언론에 막강한 힘을 휘두르는 계부 쪽에서 막았을 수도 있는 문제였다. 알리고 싶은 마음도 없었으니, 덕분이라고 해야 할까.

"그냥 궁금한 거죠. 어릴 때 대통령 오빠는 어땠을지."

뜨겁게 열이 오르는 가운데서도 지후의 눈빛이 반짝거렸다. 가까이 다가온 강유로 인해 어지러움이 더하는 듯했다.

"평범했어."

"믿기지 않아요. 그때도 뭔가 한자리했을 것 같아."

지후를 보며 강유는 피식 웃었다. 백인 사회에서 유색인종으로 살았으니 그저 평범했다고는 할 수 없지만, 더 이상 그는 입을 열지 않았다. 그저 뜨겁게 달아오른 지후의 볼을 어루만졌다. 작은 몸은 불처럼 달아올랐고, 그녀를 감고 있는 실크 드레스는 서늘하게 흘러내렸다. 그 경이로운 조화에 강유의 손끝이 미세하게 흔들렸다. 남자로서의 욕망. 지후를 안은 강유의 두 손에 힘이 들어갔다.

"춤 안 춰요? 다들 기대하는 눈치던데요."

"강지후가 대한민국 대표로 췄잖아."

"그건……."

지후의 입술을 강유는 손끝으로 살짝 쓰다듬었다. 입가에 의미를 알 수 없는 매력적인 웃음이 떠올랐다.

"선생님과 추겠다면?"

"대통령님!"

지후가 짧은 탄식처럼 그를 부르자, 강유는 그녀를 꼭 껴안았다.

"다른 여자하고 못 추겠다. 항상 발을 밟아."

"못 말린다, 정말. 3주 동안이나 가르쳤는데."

낮은 목소리로 강유가 웃었다. 그 차분한 떨림이 좋아, 지후는 그의 가슴에 얼굴을 기댔다. 추고 싶다는 왈츠가 아닌, 그가 항상 그랬듯이 꼭 껴안은 블루스 자세. 움찔거리는 그녀의 몸을 그가 더욱 세게 끌어당겼다. 입고 있는 실크 드레스보다 더 보드라운 살결이 델 듯 뜨거웠다.

"강 기자."

낮고 갈라진 음성으로 강유는 그녀를 불렀다. 달아오른 입술이 지후의 귓가를 살짝 건드렸다. 민감하게 반응하는 그녀로 인해 그조차 어지러웠다.

후.

열이 오르는 지후를 안고, 강유는 깊고 짧은 한숨을 내쉬었다. 그러다 고개를 들더니 이내 그녀의 얼굴을 붙들고 격렬하게 입술을 앗았다.

"으음. 안 돼. 나, 몸살 온 거 같아요. 옮는단 말이야."

다가선 강유의 힘을 이기지 못해 지후의 허리가 뒤로 휘었다. 강유는 그녀의 허리를 움켜쥐고, 다른 손으로 얼굴을 쓰다듬었다. 뜨겁긴 뜨거웠다. 지후는 험악해지는 그의 눈빛을 보면서도 기어이 그를 밀어냈다.

"상관없어."

낮고 허스키한 강유의 음성이 그녀를 눌렀다. 대통령 오빠, 정말 고집쟁이…….

결국 야릇한 감각을 참지 못한 지후 또한 발돋움해 강유의 목덜미를 휘감았다.

"나는 상관있는데. 감기 걸리면 사진 잘 안 받아요. 대통령이 콧물 흘리는 사진 찍히면……."

"감기 비상 경계령을 내려야겠지."

"풋!"

사실 말은 그렇게 했지만, 지후 자신이 어질어질하면서도 강유를 더 이상 밀어내지 못했다. 아니, 오히려 그를 더욱 끌어들였다. 뜨거운 몸이 서늘한 그의 몸을 안은 채, 그대로 단번에 침몰할 것 같았다. 뜨거운 입술을 가르고 들어온 그로 인해 어지러웠다.

저녁 만찬을 끝내고, 그에게 지정된 서쪽 궁의 룸으로 돌아온 강유는 수행 보좌관들을 일찍 각자의 방으로 돌려보냈다. 본국에 남은 비서실장 대신 그의 모든 것을 책임져야 할 의전 비서관인 호일이 강유의 말을 듣고 마지막으로 룸을 나갔다.

"내일 오전 6시까지 절대 깨우지 말 것. 긴급 아니면 연락 안 받아."

"예, 대통령님."

그에게까지 단단히 못을 박은 것은 당연히 거실과 침실로 구분된 룸 저편, 침실 쪽에서 약을 먹고 자고 있을 지후로 인함이었다. 그렇다고는 해도 끝까지 따라와 남은 에드워드까지 돌려보내진 못했다. 그를 거실에 들이면서도 강유의 눈빛엔 귀찮음이 다분했다.

〈차 한 잔은 더 해야. 이게 얼마 만인데. 아이쿠, 3년 만이네.〉

만면에 웃음을 띠고 들어오는 것이 이미 모든 것을 알고 있다는 듯 익살스러웠다. 그것이 강유는 더 못마땅했다.

〈에드워드, 날 도와준 것까진 좋은데 말야, 더 이상 방해하지 마라. 안 그래도 서늘한 애정 전선이다.〉

강유의 너스레에 에드워드는 쿡쿡대고 웃었다.

〈오오, 서늘하기까지? 국제 정세까지 한 손에 휘어잡으신 대한민국의 대통령께서 연애 전선은 먹구름에 고전이시라?〉

〈휴우.〉

확실히 그랬다. 그에게 있어 지금 무엇보다도 어려운 것은 지후와의 일인 것이다. 확 발표해 버리자니 여러 가지 문제가 걸렸다. 바깥보다는 내부에서 걸리는 문제로 머리가 아플 지경이었다.

〈한 가지만 묻자. 이번에 파병하냐?〉

〈아직 결정된 바 없어.〉

〈네 신념이 널 곤란하게 하겠군. 언제나처럼.〉

조금은 진중해진 에드워드의 말에 강유는 대답하지 않았다. 복잡한 몇 가지의 구상이 아직은 명쾌히 정리되지 않았기에.

〈앨런.〉

〈말해.〉

〈고민 많겠다.〉

〈정말 걱정하는 거냐?〉

한쪽 눈썹이 올라간 강유를 보면서 에드워드는 흰 이를 드러내고 함박 웃었다.

〈내가 너한테 관심이 많지. 너 대선 나왔을 때, 나서서 응원해 주고 싶어서 좀이 쑤셨다. 네 조국도 얼마나 걱정을 하는데. 내 애정 전선에 이상이 생길 정도야.〉

강유는 피식 웃었다. 표현은 그렇게 해도 에드워드의 마음이 가슴에 와 닿았다.

〈네 말대로 해야 할 일과 신념 사이의 간극이겠지.〉

짧은 한 문장에 강유의 고뇌가 모두 들어 있었다. 아이센 정부가 국제사회, 특히 한국에 줄기차게 파병 요청을 하는 것을 에드워드가 모를 리 없었다. 우회적인 노선을 찾아 한국과 줄을 대는 로비를 하느라 정신이 없는 그들 아닌가.

〈만약 나였다면 말이야……〉

강유의 시선이 에드워드를 향했다. 여느 때보다 진중한 그의 표정에 강유의 미간이 움찔거렸다. 태어났을 때부터 왕으로 자라 온 에드워드의 생각이 문득 궁금해졌다.

〈……진정 내 조국의 미래를 위한다면, 신념 정도는 꺾겠어. 뭐, 그러기 전에 내게는 내 나라가 의무로서 원하겠지만.〉

에드워드의 입가에 쓸쓸한 미소가 서렸다. 그는 진중하게 다음 말을 이어 갔다.

〈내가 왕이 될 사람으로 커 와서 이런 생각을 할 수 있는지는 모르지만…….〉

에드워드는 고개를 저었다. 수려한 입가에 미소가 서렸다.

〈……아니, 너 또한 한 나라의 대통령이 돼서 미래를 생각한다면, 당장 네가 먹을 욕쯤은 감수해야 된다고 생각해. 평가는 후대가 하는 거야. 당장은 밝히지 못하는 네 기록들이 널 평가해 주겠지.〉

강유의 눈매가 가늘어졌다. 에드워드의 말과 함께 강유는 안개가 낀 듯 뿌옇던 머릿속을 털어 내려 노력했다.

〈생각이 많아.〉

〈이해해. 파병이 주는 경제적 이익이나 파급효과에 대해서는 너 또한 인정할 테니까.〉

무겁게 고개를 끄덕이는 강유를 보면서 에드워드는 후 한숨을 내쉬었다.

〈그래. 어쨌든 한국의 파병에 대해 전 세계가 주목하고 있는 것은 확실해. 그것 때문에 대규모 반전 시위 계획됐던 것 알고 있지?〉

〈흐음.〉

그로 인해 경호에 비상이 걸린 것도 알고 있었다.

〈아이쿠, 오랜만에 무거운 대화 좀 했더니 머리가 다 지끈대네. 미용에 안 좋은데.〉

에드워드가 너스레를 떨어 분위기를 바꾸며 활짝 웃었다.

〈그녀 말이야.〉

문득 지후를 지칭한 에드워드의 말에 강유의 눈썹 한쪽이 치켜져 올라갔다. 민감해진다.

〈누구야?〉

〈호기심이 너무 강해, 에드워드.〉

〈당연하지. 내가 너 궁금해서 여기 왔겠냐?〉

무뚝뚝한 강유의 어조에 에드워드는 키득키득 웃었다. 지금까지의 심각한 얘기와는 달리 이제는 이강유란 남자를 움직인 여자만이 궁금한 듯했다. 잠깐 춤을 췄을 뿐이지만, 그녀의 인상 자체가 그의 맘에 콕 박힌 탓이었다. 확실히 이강유가 사로잡힐 만하긴 한데.

〈언제부터야? 왜 낯이 익지?〉

세습되어 국왕이 되고, 아직까지 왕에 대한 절대적 신뢰를 받고 있는 그에게는 숨바꼭질 연애를 하는 한국적 상황을 설명해도 이해할 수 없을 것이다. 강유는 피곤한 듯 미간을 문지르며 빨리 에드워드를 쫓아내려 골몰했다.

〈모른다. 그러니 묻지 말고 네 방으로 가라. 국왕께서 손님 초대해 놓고, 이게 무슨 실례야.〉

〈흥! 나 없으면, 너 좀 곤란할 텐데?〉

거실을 왔다 갔다 하며 에드워드는 무언가를 생각해 내려 애썼다. 하지만 그가 아이센 내전의 참상을 알리던 CNN 뉴스에서 스치듯 보았던 여기자를 기억해 낼 리는 없었다. 아무리 여자를 좋아하는 그라도 말이다.

〈참! 의사 안 불러도 돼?〉

〈일단 상비약 먹었으니 괜찮을 거다. 12시에 돌려보낼 예정이니, 그때나 도와줘.〉

〈왜 돌려보내? 애써서 몰래 데려다 줬구만. 연인 아냐?〉

너무도 태연자약한 에드워드의 질문에 강유의 미간이 일그러졌다.

〈아직 밖에 알리지 않았어. 그러니 네가 좀 도와줘.〉

〈흐음.〉

에드워드의 눈매가 가늘어졌다. 무언가 더 알아내려는 듯 강유를 바라봤지만, 그는 이내 어깨를 으쓱하고는 고개를 끄덕였다.

〈사무엘 전화번호 알지?〉

강유가 대답 대신 고개를 끄덕였다. 사무엘은 에드워드의 개인 비서였다. 왔을 때와 마찬가지로 그가 도와줄 수 있을 것이다.

〈내일 오찬에서 보자. 그런데…….〉

무언가 머뭇거리던 에드워드는 이내 씩 웃더니 그대로 문을 열고 나갔다. 시간 없는 연인들을 더 이상 방해한다면, 강유가 어떤 식으로든 자신을 잡아먹으려 들 것이었다. 아무리 요크 공작부인, 그에게 숙모님뻘인 여인의 얘기를 하고 싶어도 지금은 적당한 시간이 아니었다.

*

"강 기자, 강지후."

문득 귓가에 강유의 속삭임이 들린 듯하여 지후는 눈을 떴다.

몸살 참 지독하네.

뜨겁고 어지러워서 눈앞이 흐릿했었다. 지금은 조금 나아진 것 같아 지후는 내심 안심하며 가슴을 쓸어내렸다.

여기가 어디지?

눈동자를 굴려 사방을 둘러보니 자신의 방 같기도 하고 아닌 것 같기도 하다. 자세히 보지는 않았지만, 그녀의 방보다 더 고전적으로 꾸며진 곳이다. 아기자기한 소품이 많은 자신의 여성적인 타입의 방과 달리, 이곳은 남성적이고 진중함이 흘렀다. 무언가 무거운 것이 가슴을 짓누르는 것 같기도 하고……. 어!

일순 지후의 미간에 힘이 들어가 눈썹이 움찔거렸다. 강유였다. 그녀를 끌어안아 몸 위에 한 팔이 올라온 강유로 인해 가슴이 답답했던 것이 이유였다.

지후는 강유의 팔을 치우고 일어나려다 문득 새근새근 잠에 취한 그의 얼굴을 한참 동안 바라보았다. 그대로 잠이 든 모양인지 옷을 갈아입지도 못한 채였다. 엎드려 눈을 감은 모습이 불편해 보였지만, 한편으론 또 나름대로 편해 보였다.

이런 모습도 귀여운데?

지후는 팔을 뻗어 조금은 흐트러진 강유의 얼굴을 손끝으로 쓰다듬었다. 언제나 단단해 보이고 단정했던 그가 이렇게 풀어진 모습은 처음이었다.

이렇게 무방비면 덮치고 싶다고요.

지후는 빙긋 웃으며 강유의 짧은 머리카락 속으로 손을 넣었다. 가지런히 난 눈썹과 단정하고 깨끗한 이마, 그리고 곧게 뻗은 콧날까지 살며시 쓸어내렸다. 이내 가슴 쪽에 먹먹함이 차올랐다. 이렇게 풀어진 모습을 볼 수 있는 유일한 사람이라는 사실이 뿌듯하면서도 못내 마음에 걸렸다. 내가 제대로 잘 수도 없게 했구나.

지후는 상체를 조금씩 움직여 강유의 이마에 입술을 맞췄다. 가슴을 가득 채울 듯 밀려오는 그의 향기에 심장이 단단히 얼어붙었다. 앗!

그러다 어느 순간, 갑작스럽게 그녀의 어깨를 미는 힘으로 인해 지후는 숨을 들이켰다. 언제부터였을까, 눈을 뜬 강유가 그녀의 어깨를 침대로 밀어 누른 채 바라보고 있었다. 차갑게 정제된 눈동자에 일렁이는 것은 안쓰러움과 걱정, 그리고 열기와 열망. 강유의 커다란 손이 그녀의 얼굴을 감쌌다. 폭 싸서 두 눈을 똑바로 내려다보았다.

"열, 떨어졌어."

"응, 방으로 돌아가야겠어요."

"어떻게?"

뜨겁게 쏟아지는 눈빛과 다른 냉정한 그의 질문에 지후는 당황해서 미간을 일그러뜨렸다.

"흐음……. 뭐, 그런 거죠. 도와주지 않으면, 대통령의 방에 스며들었다가 당당히 나가는 여기자가 되는 거죠. 내일 조간에 대서특필되고 말이에요. 제목은 대통령 방에 잠입하는 법."

아무렇지도 않게 대꾸는 했지만 상당히 약이 올랐다. 여기서 자라고 끌어다 놓은 건 누구고? 심통이 난 지후가 이제는 또렷한 시선으로 그를 올려다보았다. 강유의 눈가에 돌고 있는 장난기가 그녀의 심장을 바닥으로 쿵 떨어뜨렸다.

"나 왜 놀려요? 또 울어 버린다."

샐쭉해서 으름장을 놓는 지후가 그래도 귀여운지 강유의 낮은 웃음소리가 흘렀다.

훗!

여전히 그녀에게서 떼지 못한 시선은 열망을 지우지 못했다. 얼굴에 머물던 그의 손이 천천히 목덜미로 내려왔다. 조금씩 손가락 끝이 매끈한 목선을 따라 매만지다가 봉긋한 가슴이 시작되는 부근에서 맴돌았다. 깃털처럼 가볍게 아른거리는 손길에 지후는 떨어졌던 열이 다시 바짝 올랐다. 미열이 남은 곳이 가느다랗게 흔들렸다. 낯설지만 두렵지 않은 감각. 하지만 감질나서 숨이 막히는……. 문득 강유의 손길이 멎었다.

"지금 이러면 빠른 건가?"

무심한 듯 물어보는 목소리와 달리 깊게 가라앉은 눈빛에는 뜨거운 욕망이 서렸다. 또다시 유영을 시작한 강유의 엄지손가락이 천천히 지후의 목선을 쓰다듬었다. 지극히 부드럽고 감미로운 느낌에 지후의 목이 조금씩 뒤로 휘었다.

하아, 간지러워…….

그 느낌만은 아니었지만 순간, 참지 못한 지후가 강유의 손목을 잡았다. 열기 가득한 눈으로 그를 올려다보던 지후는 터질 것 같은 심장을 토해 내듯 입을 열었다.

"빠르다고 하면……, 그만둘 거예요?"

팔을 뻗어 강유의 목을 감았다. 순순히 따라온 강유의 목덜미에 지후는 입술을 맞췄다. 그 또한 그녀만큼 뜨거웠다.

"으……음."

참을 수 없었는지 흘러나온 강유의 낮은 신음 소리에 지후의 온몸에는 자잘한 전율이 흘렀다.

"신음 소리……, 상당히 섹시한 거 알아요?"

지후가 말을 할 때마다 강유는 움찔거렸다. 지후는 작은 웃음소리를 흘리며 그의 볼에 수많은 입맞춤을 뿌렸다.

강유는 그녀의 몸을 안아 침대에 똑바로 눕혔다. 거칠어지려는 숨결을 억지로 안으로 밀어 넣으며, 강유의 손끝이 지후가 입고 있는 하얀 셔츠 위에 닿았다. 우아한 쇄골선을 따라 흐른 시선이 가슴까지 흘러내렸다.

"강 기자는 그만둘 수 있나?"

그럴 수 없다. 천천히 그녀가 입고 있던 셔츠의 단추를 풀어 가는 강유의 눈빛이, 그 열기가 지후를 견딜 수 없게 만들었다. 빠르게 고개를 저으며 이미 달콤한 숨결로 달아오른 입술을 열었다.

"그럴 수 없어…… 흡!"

말이 끝나기도 전에 다가온 강유의 입술을 지후는 열렬히 받아들였다. 아직은 미열이 남은 입술로 그의 서늘한 입술을 허겁지겁 찾았다. 뜨거운 기운에 달콤함이 섞였다. 여린 그녀의 입 안을 난폭한 폭군처럼 휘두르는 그를 위해, 지후는 기꺼이 자신을 모두 열었다.

그래도 참을 수 없는 것은 이 남자를 향한 갈증. 지후는 두 손으로 그의 얼굴을 쓰다듬는 것만으로는 부족했는지, 견디지 못하고 강유의 셔츠 속으로 손을 집어넣었다. 움찔거리는 강유의 단단한 가슴이 손 아래로 느껴졌다. 운동으로 잘 단련된 근육 위의 살결이 매끄러웠다. 생각보다도 더 기분 좋은 감촉.

"으……음. 후."

강유의 뜨거운 숨결이 귓가에 잔잔히 울려 정신이 몽롱해졌다. 이미 반이나 풀어헤쳐져 셔츠 밖으로 드러난 지후의 봉긋하고 모양 좋은 가슴이 강유의 손안에 들어가 버렸다. 공기 중에 드러난 분홍빛 가슴

끝을 그가 조심스럽게 손끝으로 쓰다듬었다.

모든 게 느껴진다. 아른아른 몸속에서 지펴지는 불꽃. 온몸에 실린 그의 무게가 지금은 전혀 낯설지 않았다. 단단하게 밀려오는 그의 중심까지도. 조금 더 가까이 가고 싶고 만지고 싶어 지후는 강유의 목을 한껏 끌어당겼다.

"강지후……."

"하아……."

다정한 목소리. 강유가 그녀를 으스러질 듯 껴안자, 지후 또한 그의 머리를 감싸 안았다. 무슨 말이 더 필요할까. 이렇게 이 사람을 원하는데.

천천히 목선을 더듬어 내려가는 강유의 입술에 지후는 아득해지는 정신을 부여잡으려 안간힘을 썼다. 입술이 닿을 때마다 불이 붙는 듯했다. 강유는 바르르 떨고 있는 지후의 몸을 세심한 손길로 쓰다듬었다. 잔물결 치는 몸. 당장이라도 흐느낌이 터져 나올 것 같아 주먹으로 입을 막고 싶었다. 고개를 든 강유가 천천히 그녀에게 입을 맞추며, 한 손으로 자신의 셔츠 단추를 풀기 시작했다. 더 이상 참기 힘든 순간이었다.

작지만 또렷이 울리는 인터폰 소리가 야릇하고 뜨거운 정적을 깬 순간, 지후의 몽롱한 정신이 번쩍 돌아왔다. 멈추지도 않고 계속 울려 대는 인터폰 소리가 신경을 자극했다.

"전화……."

"괜찮아."

이미 청각이 곤두선 지후에게 강유는 허스키한 목소리로 대답했다.

벨소리는 끈질겼고, 신경이 쓰인 지후는 이미 그의 품에서 벗어나기 위해 움찔거렸다.

"받아 봐요. 급한 일일 수도 있어."

"빌어먹을!"

옷차림이 한참이나 흐트러진 강유가 거칠게 머리를 쓸어 올렸다. 그러고 보니, 급한 일이 아니라면 연락하지 말라고 했었다. 그러니 이렇게 연락이 온다면 정말 급한 일일 수도 있는 것이다. 강유는 손을 뻗어 사이드 테이블 위에 놓인 인터폰 수화기를 받아 들었다. 목소리가 한껏 가라앉아 있었다.

"이강유입니다."

— 대통령님, 두 가지 사안이 있습니다.

김호일 의전 비서관이었다. 외유 중인 대통령 대신 청와대를 지키고 있을 비서실장이 없는 지금, 가장 가까이에서 그의 일정을 챙기는 사람이었다.

"듣고 있어."

— 여사님께서 지금 진찰 중이십니다.

"뭐?"

나른했던 강유의 눈이 번쩍 커졌다. 도망가려는 지후의 허리를 끌어안았던 그는 손을 놓고 침대에서 일어섰다. 바닥에 우뚝 선 강유에게서는 가까이 다가서기 힘든 단단함이 풍겼다.

— 가벼운 심장 통증을 호소하셔서 강 박사님이 진찰 중이십니다.

"그래, 바로 그쪽으로 가지."

— 그리고 또 한 가지…….

강유는 비서관이 바로 말을 못 하고 말끝을 흐리자 관자놀이를 누르던 손을 멈췄다. 문득 무언가 짚이는 것이 떠올라 미간이 일그러졌다.

"말해."

— 어머님께서 만나기를 요청하고 계십니다.

어머니 얘기가 나오자 강유는 잠시 눈을 감았다 떴다. 여기까지 와서 어머니를 안 뵙고 갈 수는 없는 일이다. 그래서 비공식 일정을 따로 잡았는데, 오늘 찾아오실 줄은 몰랐다.

왕실 서열 15위인 요크 공작 내외가 왕실 만찬에 참석하지 않은 것은 모두가 자신을 배려해서 그랬다는 것쯤은 강유도 알고 있었다. 한국 이름 김정윤. 그녀가 만찬에 참석했다면, 그녀가 이강유의 생모라는 사실을 아는 언론이 그냥 놔둘 리 만무했다. 그 마음은 고마웠지만, 아직도 그다지 만나고 싶지 않은 것 또한 사실이다.

"내가 갈 테니까 따로 모셔."

인터폰 수화기를 내려놓은 강유의 시선이 불안한 듯 올려다보는 지후에게 향했다.

"무슨 일 있어요?"

이미 셔츠를 제대로 입은 지후가 일어서서 그에게 다가갔다. 깊게 잠긴 강유의 눈동자를 보자 지후는 가슴이 서걱거렸다. 무슨 일 있는 거죠? 하지만 내색하지 않고 그의 허리에 팔을 둘러 가만히 그를 안았다.

"괜찮죠?"

"응."

왜 강유의 눈동자가 메말라 보인다는 생각이 들까. 지후는 조심스런 손길로 그의 등을 토닥였다. 그러고는 그녀의 목덜미에 긴 한숨을 후우 토해 내는 강유를 꼭 안아 주었다.

"누님이 좀 아프시네."

"여사님이요?"

혹시……. 지후의 눈빛이 한순간 흐려졌다. 하지만 아무래도 아버지나 오빠한테 물어봐야 될 것 같다는 생각을 끝으로 그녀는 생각을 털어 냈다.

"많이 아프신가요?"

"강 박사님이 진찰하신다는데, 가 봐야겠어."

가 봐야겠다고 말하는 강유의 눈빛이 흔들리는 것을 보며 지후는 희미하게 웃었다. 기다리라고 하고 싶은 그의 망설임을 읽었지만, 그가 아프신 누님 곁에서 다른 생각을 하는 것은 원치 않았다.

"울 아버지 눈치 채시면 큰일 나요. 그러니 자다가 막 일어난 티 팍 팍 내요."

지후는 싱긋 웃으며 강유의 흐트러진 머리를 매만져 줬다.

"나도 방으로 돌아갈래요. 여긴 너무 조마조마해."

강유가 허리를 끌어당겨 힘주어 안는 바람에 지후의 심장이 애타게 뛰었다. 그녀는 그의 허리를 마주 꽉 안고는 작은 한숨을 토해 냈다.

"얼른 가 봐요."

"강 기자."

"응."

"나 귀찮다고 도망가지 마."

지후는 고개를 끄덕였다. 이미 도망갈 수 없다는 것, 알잖아요.

*

"언제부터 이랬던 겁니까?"

강유의 음성은 단단히 굳었다. 그의 걱정 어린 시선을 받으며 미유는 애써 입가에 미소를 떠올렸다. 주치의는 신경을 너무 많이 써서 그런 거라고 했다. 이미 자신의 건강은 한계치에 다다른 것 같은데, 내색을 할 수 없는 상황이니 그것 또한 스트레스로 작용하는 듯했다. 주치의의 말대로 공식 일정 외에는 무리하지 않고 충분히 휴식을 취했음에도 말이다.

"괜찮다니까 그러네. 저녁에 많이 긴장을 한 것 같아. 여기 격식 까다롭더라. 서민인 내가 따라가기 힘들었어."

사주식 침대의 헤드에 기댄 미유의 얼굴은 창백했다. 그럼에도 괜찮다고 말하는 미유를 보며 강유의 굳은 얼굴은 펴지지 않았다. 학자로서 조용히 살던 미유를 정치판으로 끌어냈고, 많은 일정을 소화해 내게 만든 그의 입장에서는 언제나 미안함이 가시지 않았다.

"항상 건강이 우선이야, 누나."

아버지를 떠나보낸 후에는 가끔 심장이 덜컥거렸다. 주위 사람들 또한 자신의 곁을 떠날 수 있다는 사실 하나만으로도.

"요즘 누나가 행사 때문에 많이 무리했어요. 부속실에 얘기해 둘 테니, 당분간 공식 일정 잡지 말아요."

"아휴, 아니야. 강 박사님도 내가 얼마나 건강하다 그러셨는데. 그렇죠, 박사님?"

미유의 곁에 선 재완은 진찰 도구를 챙기며 웃음을 지었다. 미유의 간곡한 부탁으로 인한 억지웃음이었지만 나름대로 자연스러워 보였다.

"조금 무리하신 듯합니다. 평소 혈압이 있으신데, 안정을 취하시면 일정에는 무리가 없을 겁니다."

긴장하여 재완을 보던 미유의 표정이 그제야 안심을 했는지 살짝 펴졌다.

"밤늦게 죄송합니다, 강 박사님."

"제 할 일입니다. 그럼 두 분 말씀 나누시고, 급한 일 있으시면 바로 불러 주십시오."

온화한 미소를 띠며 강 박사가 방을 나섰다. 너무도 자연스러운 모습에 강유는 그제야 마음을 놓으며 한숨을 내쉬었다.

"제발 무리하지 말아요."

"아유, 괜찮다는 말 함께 듣고도 그래. 강 박사님 말씀이 신체 나이는 이제 30대 초반이란다."

미유는 뜨끔한 가슴을 누르며 말도 안 된다는 듯 손을 내저었다. 서둘러 나가 준 재완이 고마운 순간이었다. 그녀는 황급히 화제를 바꿨다.

"강 박사님께도 얘기했는데 말이다, 오늘 강 기자, 참 예뻤지? 떨지도 않고 어쩜 그렇게 춤을 우아하게 추니? 영국 국왕 멋지다고 소문만 들었는데, 둘이 춤추니까 완전히 영화 속 한 장면이더라."

강유의 표정을 의식하며 미유는 가볍게 웃었다. 지후 얘기가 나오자, 살짝 광대뼈 근처가 스치듯 붉어지는 동생의 표정을 놓치지 않고 잡아내니 더욱 웃음이 짙어졌다. 어머, 얘도 질투하나 봐?

"누구 심장 다 타 버린 거, 강 기자는 아나 몰라?"

이번에는 강유의 눈동자가 당황함으로 흔들렸다.

"알고 있었습니까?"

"비서실장께 들었어."

흐음.

얼굴이 굳는 강유를 보며 미유는 서둘러 말을 보탰다.

"내가 비서실장께 추궁해서 어쩔 수 없이 털어놓으신 거니까 너무 뭐라 그러지는 마. 요즘 너 보면 말이지, 나까지 기분이 좋아져."

어쩔 수 없다는 듯 강유가 낮게 웃었다.

"만만치는 않아요."

연애도, 강지후도.

강유의 마음이 복잡하게 녹아들었다. 그렇게 한동안 말없는 시간이 흘렀다.

"누나!"

"강유야!"

물끄러미 서로를 바라보던 남매의 시선이 얽히며 동시에 서로를 불렀다. 강유는 키가 큰 자신을 올려다보는 미유를 위해 그녀의 침대에 걸터앉았다. 링거를 꽂고 있는 미유의 팔을 조심스럽게 쓰다듬었다. 서둘러 갈아입고 온 체크무늬 셔츠 아래서 그의 팔이 가늘게 떨렸다. 마음고생 많이 했는데. 이제 좀 편히 살게 해 줘야 하는데.

"먼저 말해, 강유야."

"고마워, 누나."

미유의 말이 떨어짐과 동시에 강유는 입을 열었고, 그 말을 들은 그녀의 커다란 눈망울이 흔들렸다. 아프다. 강유는 그 시선을 마주하다, 결국 참지 못하고 시선을 돌렸다.

누나는 아버지보다 어머니를 훨씬 많이 닮았다. 나이가 들어갈수록 더욱 닮아 가는 모습에 그의 가슴에는 어느덧 시린 바람이 드나들었다.

"나, 대통령 입후보한다고 했을 때, 누나까지 말렸다면 많이 허전해서 견디지 못했겠지."

강유가 씁쓸하게 웃었다. 부친인 이수훈은 그가 대선에 나온다고 했을 때 탐탁지 않은 마음을 비쳤었다. 본인께서 정치 돌아가는 것으로 목숨까지 위협받았던 적도 있었고, 녹록치 않은 그 세계로 젊은 나이에 발을 들일 그를 아버지로서 걱정한 것일 테지만, 그 당시 강유에게는 충격이기도 했다. 누구보다도 아버지가 이해해 주실 거라고 생각했었으니까. 그래도 대통령이 된 이후에는 아낌없는 조언을 해 주셨던 분이 아버지셨으니, 그나마 다행이랄 수 있겠다.

"네가 누구보다 잘 해낼 거라 믿었으니까. 그런데 강유야⋯⋯."

"말해요."

"⋯⋯여기까지 왔는데, 정말 어머니 안 만날 거니?"

강유는 대답하지 않았다. 미유의 시선을 외면한 그의 표정은 무채색이었다.

"실은 낮에 어머니 잠깐 뵀어, 그분하고."

그분이라⋯⋯. 계부를 지칭하는 것이었다. 강유는 훅 깊은 숨을 몰아쉬었다.

"뵙고 가야겠지. 생각하고 있어."

그때였다. 갑작스런 벨소리가 딩동 울렸다. 미유에게 배정된 룸은 강유가 묵는 곳에서 대각선으로 위치한 에메랄드룸이라 불리는 곳이 었다. 벨소리는 정확하게 연달아 울렸고, 동시에 사이드 테이블 위에 놓인 인터폰도 울렸다.

"이강유입니다."

— 〈앨런?〉

강유의 목소리를 확인하자마자 다급한 에드워드의 목소리가 뒤를 이었다. 궁금하게 바라보는 미유를 힐끔 보고는 강유는 특유의 무표정 으로 돌아갔다.

〈무슨 일이야?〉

— 〈야, 앨런. 아니, 이강유!〉

〈듣고 있으니까 소리 지르지 말고 말해. 여기 누님 방이야.〉

태어날 때부터 몸에 밴 매너로 인해, 에드워드는 여간해서 목소리 를 높이는 일이 없었다. 그런 그의 고함을 들은 강유의 미간이 찡그러 졌다. 낮고 조용한 음성으로 강유는 뒷말을 재촉했다.

— 〈너도 알다시피 여긴 내 궁이다. 내가 내 궁에서 잠도 못 자고 밤 새도록 시달려야겠냐?〉

에드워드의 어조는 고함치던 때와 달리 사뭇 사정 조였다. 그래도 강유의 음성은 냉랭했다.

〈그러니까 무슨 일이냐고.〉

— 〈너, 왜 어머니한테 아직도 미적거리냐? 공작부인이 돌아가지도 못하고 하도 애처로운 눈빛만 보이시니, 요크 공이 나한테 쫓아와서 얼마나 난린 줄 알아?〉

강유는 두 눈을 찔끔 감았다 떴다. 어머니에게는 절절매지만 불같은 성격의 계부라면 충분히 그러고도 남을 일이었다.

〈잠시 후에 뵐 거야. 혹시 네가 누님 아픈 거 말씀드렸니?〉

— 〈응, 아마 지금쯤 누님 방으로 달려가셨을걸?〉

웬수 같은 에드워드. 안 그래도 저 벨소리의 주인이 어머니라는 예감이 들었다.

— 〈이 대통령.〉

갑자기 에드워드가 성격답지 않게 묵직한 목소리로 분위기를 잡았다. 강유는 지끈거리는 관자놀이를 꾹 누르다 순간 멈췄다.

— 〈넌 핏줄 따라 떠났지만, 네 피의 반을 주신 분은 평생 가슴에 너 안고 사신 것, 잊지 마라. 너 때문에 10년을 혼자 사셨잖아!〉

이방인이자 이혼녀인 여자를 향한 요크 공의 구애는 한동안 왕실의 골칫거리였다. 아무리 왕실의 권위를 내세워 막아도 그의 불같은 성격에 먹히지 않았다. 결국 그는 사랑을 이루었고, 동시에 왕위 계승권을 내놓아야 했다. 그것이 복권된 게 불과 몇 해 전이었다.

〈에드워드, 앞서 가지 마. 이미 아무 감정 없어.〉

그저 서먹할 뿐이라고 생각했다. 어머니를 떠나 고국을 찾아간 자신에 대한 어머니의 서운함은 이해할 만큼 커 버렸다. 하지만 그때는 자신도 어머니에 대해 화가 났었다는 것을 다른 이가 아는 것은 원치 않았다.

*

지금은 요크 공작부인으로 불리는 캐서린(Catherine K. George), 아니, 정윤은 초조함과 안타까움에 입술을 물었다.

　"큰 병은 아니십니다. 잠시 기다리시죠."

　만나러 오겠다는 강유의 말까지는 기다렸지만, 결국 정윤은 미유가 아프다는 소리에는 이성을 잃었다. 낮의 만남은 잠시 스친 찰나와 같았지만, 그때만 해도 아무런 눈치를 채지 못했었다. 역시 내게는 모성이 부족한 건가. 마음이 안정되지 않아 정윤은 한없이 밀려오는 자책감에 몸을 떨었다. 그러다 결국 그녀는 참지 못하고 미유를 찾아나섰다.

　그러나 일국의 국가 원수 경호답게 삼엄하게 펼쳐진 경계 앞에서 정윤은 눈앞이 암담해졌다. 그녀가 로열패밀리로, 그녀의 남편이 왕실 서열 15위인 것뿐 아니라 건드릴 수 없는 재력과 힘을 지닌 요크 공이라는 이유로 경호원들도 무작정 그녀를 제지하지는 못했다. 하지만 그렇다고 들여보낼 수도 없는 상황이었다.

　"잠시 얼굴만 보고 갈게요."

　조용하지만 강단 있는 정윤의 표정을 보며 대통령 경호를 책임지고 있는 최형민 경호부장, 그리고 김호일 비서관은 서로의 표정만 살폈다. 아무래도 빨리 안에 알리는 것이 낫다는 결론이 도출되었다. 정윤에게 길을 연 그들의 얼굴에 안타까운 감정이 짧게 스쳐 지났다. 한국에 계셨다면 일국 대통령의 모친이 되셨을 분에 대한 안타까움이다.

　"어머니."

　그리고 그때, 문이 열리고 그곳에 나타난 강유의 목소리가 조용한 복도에 나직이 울렸다. 시선을 확 들어올린 정윤의 눈가에 한순간 뿌연 안개와 같은 습기가 찼다. 강유의 모습을 보자마자 가는 그녀의 어깨가 미세하게 떨리기 시작했다. 도저히 50대 후반이라고는 믿기지 않는 아름다운 얼굴에 울컥 솟은 눈물이 비 오듯 쏟아져 내렸다.

열다섯 어린 나이에 결코 찾지 말라며 한국으로 들어갔으니, 벌써 20여 년이 흘렀다. 딸과는 이제 스스럼이 없을 정도가 되었지만, 반면 아들은 점점 더 품에서 멀어졌다는 생각에 가슴이 뻥 뚫린 듯했다. 하지만 모든 것은 심지가 굳지 못했던 자신의 잘못. 그렇기에 받아들여야 할 거리감. 그래서 이렇게 앞으로 나서는 것조차 이제는 조심스럽다. 분신처럼 키웠던 아들과 서먹서먹해진 것조차 가슴이 시릴 정도로.

"미유가 아프다고 해서……."

어머니의 얼굴을 바라보던 강유는 작은 한숨을 속으로 삼켰다. 바르르 떨리는 어머니의 눈빛이 가슴을 저릿하게 했다. 누구의 상처가 더 큰지는 알 수 없는 일이다.

"요크 공께서 난처하실 겁니다."

"강유야……."

"들어오세요, 어머니."

목이 따끔해졌다. 강유는 머뭇거리는 정윤을 잠시 바라보다 그녀의 작은 손을 잡아끌었다. 그리고 움찔거리는 어머니의 손을 지그시 쥐었다. 투둑. 그녀에게서 떨어진 뜨거운 것에 심장이 멈칫거렸다.

언제나 어머니를 생각하면 가슴 쪽이 묵직해졌다.

'가겠습니다. 제 나라로…….'

자신이 어느 나라 사람인지 정체성을 잃고 방황하던 그때, 어머니는 아무 말도 하지 않으셨다. 다만 크고 선한 눈에 눈물만 가득 담았다. 지금처럼.

"어디가 아픈 거야?"

"괜찮아요, 엄마. 정말 괜찮다니까. 요즘 조금 무리해서 그래요."

서로를 보듬는 모녀를 보면서도 강유의 마음속은 가벼워지지 않았다.

한때는 어머니가 아버지와 어린 누나를 버렸다고 생각했었다. 사랑하나에 모든 것을 건 어린 어머니는 세상을 부딪쳐 내기에 심약하고 나약했으니까. 스무 살의 어머니와 서른다섯의 아버지. 그때 아버지는 어떤 심정이셨을까? 자신이 그 아버지의 나이가 되었지만, 여전히 그는 이해하지 못하고 있다. 이들의 사랑을. 불같이 뜨거운 사랑을. 감옥에 들어가 사형선고를 받은 아버지와 그 아버지를 기다리던 여섯 살 어린 꼬마. 그들을 생각하면, 가슴 한구석에는 아직도 서늘한 바람이 들어찼다.

"미유야, 엄마가 잘못했어. 그래, 엄마가 잘못한 거야."

타국에까지 와서 아파 누워 있는 딸을 본 정윤의 마음이 기어이 무너졌다. 후드득 정윤의 눈에서 눈물이 쏟아져 내렸다. 우아하게 틀어올렸던 머리카락을 고정했던 핀이 풀려 한 가닥이 그녀의 어깨 위로 흘러내렸다. 당황한 미유가 울고 있는 정윤의 가는 어깨를 껴안았다.

"엄마, 나 정말 괜찮대도요."

"엄마가, 잘못했어. 어린 너 두고, 네 아버지 두고 오는 게 아니었어. 지키지 못한 엄마가 잘못한 거야."

"엄마!"

정윤의 작은 어깨가 무너져 내렸다. 긴장이 풀린 다리에서 힘이 빠져나가 거의 주저앉으려 하는 그녀를 성큼 다가선 강유가 안았다. 손으로 입을 꾹 누른 정윤에게서는 억눌린 울음이 새어 나왔다.

"미유야, 강유야. 엄마가, 엄마가 정말 잘못했어. 네 아버지 돌아가셨을 때……, 그래서 가 보지도 못했어."

나무라지도, 잘못했다고 하지도 않으셨다. 그저 본인이 잘못했다고 해 주셨지. 너무도 어린 나를 곁에 둔 것이 잘못이었다고. 내 욕심으로 당신을 묶어 두어 미안하다고. 그래, 강유야. 엄마가 너무 어렸어. 그런데 엄마도 너무 무서웠어. 그곳에서 견디기 너무도 힘들었어.

"어머니……."

강유는 품에 안은 어머니를 꼭 안아 드렸다. 얼마 만일까? 익숙하지만, 또한 서먹서먹한 품. 어머니를 안은 강유의 표정에 미세하게 균열이 갔다. 아버지 마지막 가시는 길, 그래도 어머니가 오셨으면 하고 바랐다. 결국은 오시지 않았던 어머니. 그저 담담하게 어머니를 바라보고 싶었지만, 이것이 혈육일까. 자신이 혈육과 조국을 찾았듯이, 이곳에 남으신 어머니 또한 담담하게 바라볼 수 없음은.

정윤이 진정된 것은 꽤 오랜 시간이 흐른 뒤였다. 그동안 미유는 어머니를 찬찬히 바라보다 결국은 한숨을 쉬며 입을 열었다. 아무래도 무덤까지 가져갈 비밀은 없나 보다.

"엄마, 계속 이렇게 울며 사셨어요? 가끔 봤지만, 그래도 꿋꿋하셨다고 생각했는데."

아마 아픈 딸 앞에서 죄책감이 밀려들었을 게다. 견디지 못하고 무너진 어머니로 인해, 미유는 안쓰러움이 밀려들었다. 그러니 부모 앞에서 아픈 것이 얼마나 불효일까.

"엄마……."

미유의 목소리가 가늘게 떨렸다.

"물론 어렸을 때는 엄마 원망도 하긴 했어요. 우리 할아버지 오죽 무서우셨어야죠. 오지 않는 엄마, 아빠 기다리며 많이 울기도 했고."

매사에 매섭고 혹독하시던 조부는 특히 그녀를 더욱 다그치셨다. 아마 아버지 때문이었을 거라고, 미유는 설핏 쓸쓸하게 웃었다. 그러다 문득 강유의 시선을 느낀 그녀가 동생을 향해 고개를 돌렸다.

"강유야, 엄마, 아버지가 보내신 거야. 엄마가 못 견뎌 가신 게 아니라."

강유의 눈가가 미세하게 떨렸다. 미유를 바라보는 눈빛이 크게 흔들렸다. 그런데 그때였다.

"미유야, 제발! 아들……, 엄마가 정말 잘못했어. 엄마가 죄스러워서 그분 마지막 길에도 가 보지 못한 거야."

정윤이 힘없이 입을 열었다. 처음 기억하는 어린 그날부터 강유를 부르던 호칭이었던 '아들'이란 소리에 강유의 속에서 무언가 울컥했다. 저도 모르게 눈가에 힘이 들어갔다.

"제가 모르는 무엇이 있습니까?"

강유의 낮은 음성이 가슴으로부터 울려 나왔다. 부모의 이혼에 상처받았던 어린 마음. 어쩌면 자신이 모르는 무언가가 있을지도 모른다는 생각에 심장이 움찔거렸다.

"아버지가 보내셨다고. 두 분 사랑이 식은 게 아니라, 아버지가 엄마 위해서 먼저 보내셨다고. 그리고 어머니 문상 거부한 쪽도 우리 친가야. 어머니, 오셨다가 그냥 돌아가셨어."

"문상을 거부해?"

미유의 단호하고 정확한 말에 강하게 빛나던 강유의 눈빛이 차츰 스러져 갔다. 후드득 눈물을 쏟는 어머니와 누나를 바라보는 그의 마음이 먹먹해져 갔다.

35년 전 그날 아침.

며칠 전 다녀간 남편이 남겼던 말이 정윤의 가슴을 심하게 울리게 했다.

"미안하다, 정윤아."

결혼 5년째. 같이 산 날보다 떨어져 있는 날이 많았던 남편이었다. 그 즈음, 심화된 남북 관계에서 남편은 항상 중심에 있었다. 어쩌면 남과 북의 사정에 가장 정통한 사람이 그인지도 몰랐다. 할아버지의 고국으로 대학 진학을 했고, 그곳에서 그분, 아니, 한 남자 이수훈을 만났다. 다시 돌아봐도 먼 나라, 할아버지 조국의 한 사람이 썼던 책을 읽고 시작된 어린 10대 소녀의 존경과 그로부터 시작됐던 그 사랑에 후회는 없었다. 결국 부모님과도 등을 돌렸고, 때때로 막막함이 엄습할 때면 이상과 현실의 차이 앞에서 두려움에 떨기도 했다. 하지만 아직 사랑이 남아 있었다. 그랬기에 심심하면 찾아와 남편의 행방을 묻는 국가 사람들의 눈초리도 견뎌 낼 수 있었을 것이다.

하지만 그가 자신에게 미안하다고 한 것은 그때가 처음이었다. 여전히 부끄러워하는 아내를 안는 그에게는 절박함이 묻어났고, 그로 인해 정윤은 불안해서 잠이 들 수 없었다. 실제로도 수면 장애를 겪고 있었지만, 남편에게 그런 얘기를 꺼낼 수 있는 상황은 아니라 그저 잠이 든 척했을 뿐이었다. 아마 그는 자신이 잠이 들었을 거라 생각하는 듯했다.

"엄마! 아빠, 또 언제 와?"

다섯 살 미유는 유치원에 가기 위해 옷을 입으면서도 딴생각에 빠진 엄마가 못마땅한지 큰 소리로 아빠의 행방을 물었다.

"미유야, '아빠 또 언제 오세요?' 해야지. 우리 미유, 엄마랑 잘 지내고 있으면, 아빠 바로 오실 거예요."

아이의 옷을 제대로 입히며 정윤이 설핏 웃던 그때였다. 아이가 무엇을 보았는지 눈이 커다래졌다.

"엄마, 아빠다!"

무의식중에 계속 켜 놓았던 TV 뉴스 채널이었는데, 등을 돌리고 있던 정윤의 심장이 덜컥 내려앉았다.

"어?"

"도망 중이던 이수훈 씨, 어젯밤 경찰에 잡혀……."

한글을 떼기 시작한 미유가 또박또박 TV 화면에 흐르는 자막을 읽기 시작하자, 정윤은 당황해 몸으로 아이의 시야를 가렸다.

"미유야, 유치원 가야지. 늦었어."

"엄마, 아빠 잡혔어요?"

휘둥그레 눈을 뜬 미유를 와락 안고, 정윤은 속부터 떨리는 마음을 애써 억눌렀다.

"아니야, 미유야. 경찰은 죄 지은 사람만 잡는 거야. 아빠는 아무 잘 못도 안 하셨는데 왜 잡아."

아이를 안고 서둘러 밖으로 나오면서도 정윤의 심장은 정신없이 뛰었다. 정말 잡힌 걸까? 정말 구속된 걸까? 무엇을 먼저 해야 할지 두서가 잡히지 않았다. 아아, 그래. 운일 씨한테 전화해 봐야겠다. 아마 그라면 알 거야.

행시에 합격해 정부에서 관료직을 시작한 장운일은 수훈의 후배였고, 그 즈음 혼자인 그녀를 가장 열심히 챙기던 사람이었다. 아마 그라면 이 막막함을 어느 정도 해소해 줄 거라는 생각에, 정윤은 서둘러 미유를 유치원에 보내고 연락처를 찾으러 들어갔다.

그로부터 열흘이 흐른 날이었다.

"여전히 면회가 허가되지 않습니다."

아아아!

단단히 굳은 얼굴로 나오는 운일의 말을 듣자마자 정윤은 교도소 앞에서 실신을 할 듯 주저앉았다. 벌써 며칠째 대전에서 기거하며 면회 신청을 하고 있지만, 정부 당국은 결코 그녀의 면회를 받아들이지 않았다.

"나, 아직 할 말 많은데……."

사랑한다고 제대로 말씀도 못 해 드렸는데……. 언제나 사랑하고, 사랑할 거라고.

사랑한다는 말에는 쑥스러워하고 어색해하던 남자. 그래도 언제나 그가 자신을 사랑한다는 것은 온몸으로 느낄 수 있었다. 멍하니 중얼거리던 정윤의 볼에 후드득 눈물이 떨어졌다.

순식간에 국가 전복을 기도한 음모죄로 사형이 확정된 남편으로 인해 까무러침도 잠시. 남편을 봐야 했다. 도저히 이대로 있을 수 없다며 사방으로 손을 썼지만, 언제나 그녀의 길은 막혀 있었다. 수훈의 구명을 위해 수백 통을 써 보낸 편지들이 어느 허공을 헤매고 있을지 모를 일이었다.

"아, 아버님을 찾아봬야겠어요."

정윤이 큰 소리로 외쳤다. 여당의 실세라는 그의 아버지는 한 번도 뵌 적이 없었다. 비록 재야로 떠돌던 아들과 절연하셨고 지금도 침묵을 지키고 계시지만, 꼭 도와주실 것이다. 결국은 자식이니까.

언제 눈물을 흘렸는지 모르게 정윤은 일어섰다. 그 길로 운일의 차를 타고 서울로 올라갔다. 그리고 운일의 아내가 데리고 있던 미유를 찾아온 그 오후였다.

검은색의 커다란 차가 집 앞에 두 대나 섰을 때, 정윤은 가슴이 섬뜩해지다 머리끝까지 곤두서 버렸다. 서울 외곽 도시에 작게 마련했던 집 앞은 차로 인해 길이 꽉 들어차 버렸다.

"누구……시죠?"

"수훈이 애비요. 좀 봅시다."

바로 찾아뵈려 했던 그의 아버지가 먼저 찾아 오셨을 때, 얼마나 떨었는지 모른다. 그리고 얼마나 간절한 마음으로 빌고 또 빌었는지 모른다. 제발……, 구명하게 됐다는 소식을 알려 주시러 오셨을 거라고.

하지만 모든 것은 정윤의 바람일 뿐이었다. 문을 연 그녀는 바로 차에 태워졌고, 미유 또한 다른 차에 태워졌을 뿐이었다.

"영국으로 돌아가요. 미유는 잘 키울 테니. 앞길이 먼 자네는 새 출발해도 늦지 않아."

아연해지는 그녀를 두고 수훈의 부친은 냉정하게 말했다.

"그럴 수 없어요, 아버님! 제발 부탁이니, 그분 살려 주세요. 제 목숨을 가져가서도 좋으니, 그분만 살려 주세요."

울며 매달리는 그녀를 싣고 차는 이미 움직이기 시작했다.

"그 아이 마지막 유언이야. 돌아가요. 자네한테도 이곳은 아픔일 테니, 다시는 쳐다보지도 말고 새 출발해요."

아마 그것이 마지막이었을 것이다. 그녀가 본 자신의 어린 딸, 미유와의 마지막.

강유를 바라보는 정윤의 시선은 간절하고 애가 탔다. 강유가 생겼다는 것을 안 것은 석 달 뒤였다. 그리고 남편의 형이 무기징역으로 감해졌다는 것을 안 것은 그로부터 5년 후. 그리고 5년을 더 복역한 후, 수훈은 풀려났다.

"할아버님께서도 여간한 마음이 아니셨겠지. 엄마가 미유를 다시 볼 수 있었던 게 미유가 열여섯이 되고서였으니까."

수훈을 원망하던 마음이 재가 돼 버렸던 시간. 하지만 돌아보면 눈 깜짝할 새 지나간 세월이었다.

"그분께 편지를 수천 통을 썼는데……, 답장이 한 통 왔어. 아이 이름이라도 달라던 편지에 '이강유'란 세 글자를 보내셨더구나."

묵묵히 얘기를 듣던 강유가 시선을 돌렸다. 아버지를 찾아왔던 그때, 열다섯 살 자신을 묵묵히 바라보시던 아버지가 떠올랐다. 미유조차 시큰해지고 붉어진 눈으로 강유를 바라봤다.

　'아내……, 집으로 보내 주세요, 아버지. 앞길이 아직 먼 사람입니다. 그리고 미유……, 부탁드립니다. 불효자식이 아버지께 드리는 마지막 소원입니다.'

　사형이 확정된 후, 아버지가 할아버지께 마지막으로 하셨다는 말이 머릿속을 맴돌아 미유는 가슴에서 뜨거운 것이 솟구쳤다. 할아버지와 아버지의 마지막을 모두 곁에서 지켜본 그녀로서는 어머니와 서먹한 강유가 못내 안타까웠다. 사형이 선고된 그 순간 아버지의 눈앞에 스친 것은 무엇이었을까. 국가? 민족? 대의? 미유는 고개를 저었다. 아마도 깊은 밤 가장 아프게 떠오른 것은 자신의 젊은 아내였을 터였다.

　아버지의 눈에 비친 어린 아내는 얼마나 사랑스럽고 또한 가여웠을까. 온실 안의 꽃처럼 자랐던 그녀가 자신의 곁에서 비바람 맞는 것이 얼마나 안쓰러웠을까. 그리고 어린 그녀를 사랑한 자신을 얼마나 후회했을까. 불같은 사랑에 빠졌지만, 결국 곁에 있어 준 것은 얼마 되지 않았다. 혼자인 밤이 얼마나 무서웠고 외로웠을까 생각하면, 아버지는 가끔 후회한다고 하셨다. '그냥 사랑만 할걸.' 하면서 웃으셨다. 그 웃음조차 아프셨던 것을.

　"병실에 계실 때 아버지께 한 번 물었어요. 엄마 보내신 것, 후회하지 않으셨냐고."

　강유의 표정이 일그러졌다. 흐느낌도 없이 투명하게 흐르는 미유의 눈물이 그의 가슴에 젖어 들었다.

"아버지는 '후회하지 않았겠냐, 녀석아……' 라고 하셨다가 바로 농담이라고 껄껄 웃으셨는데, 아마 그것이 진심이셨을 거예요."

나이보다 훨씬 젊어 보이지만, 그래도 이제는 주름이 보이는 정윤의 얼굴을 미유는 살며시 쓰다듬었다. 잔뜩 눈물에 젖은 그녀, 자신의 어머니를 보며 아프게 웃었다.

지금의 자신보다도 훨씬 어렸던 어머니. 곱게 자랐던 그녀가 얼마나 힘이 들었을지는 미유는 그 나이를 지나오며 서서히 깨달아 갔다.

"한 번도 말씀은 안 하셨지만, 많이 보고 싶어 하셨거든요."

미유의 말에 정윤의 젖은 얼굴이 멍해졌다. 믿기지 않는다는 듯 겨우 입을 열었다.

"찾아가면 소리만 버럭 지르신 분이야. 다시는 오지 말라……."

"마음에 없는 말이셨어요. 그리고 돌아서면 아버지도 아프셨거든요. 며칠 동안 앓으실 때도 있으셨어요. 그래서 저는 엄마가 오는 게 싫을 때도 있었어요."

미유의 목소리가 점점 더 물기에 젖어 갔다. 듣고 있던 강유의 경직된 미간도 풀리지 않았다. 어쩌면 아픈 역사의 자국일지도 모른다. 엄마가 아버지를 떠나셨던 것도, 강유가 다시 조국을 찾아왔던 것도. 자욱이 깔리는 밤안개가 궁전을 휘감아 더욱 신비한 힘을 지닌 밤이 지나고 있었다. 가슴에 하나씩의 아픔을 품은 사람들을 숨겨 줄 듯 안개는 더욱 짙어졌다.

8

아아, 정말…… 뭐가 이렇게 바쁘니. 뭐야, 이거. 꼭 나만 일 못하는 사람처럼 왜 이렇게 바빠!

아침 시간이 훌쩍 지났건만, 지후는 기자실에서 그제야 아침용 샌드위치를 입에 물고, 머리에 김을 폴폴 날리고 있었다. 아침 일찍 풀로 따라갔다 온 조찬 겸 동포 간담회도 기사를 정리해서 기자단에 뿌려야 했고, 본사의 저녁 방송도 마감을 해야 했다. 그러니 조간신문 마감 후 시내 구경이나 하자며 우르르 나간 사람들을 마냥 부러워할 수는 없는 노릇이었다.

"강 기자님, 홍차 한 잔 더 드려요?"

기자실에 배치된 아르바이트 유학생이 살갑게 물었다. 살짝 고개를 들었던 지후가 슬쩍 웃으며 고개를 끄덕였다. 짜식, 귀엽네.

신사의 나라 유학생이라 그런지, 스물두셋밖에 안 되어 보이는 청년은 매너 있고, 일단 생김새가 훈훈하게 받쳐 줬다. 아쉽구나. 누나가 바쁘지만 않다면 작업이라도 걸어 볼 텐데⋯⋯. 응?

지후는 문득 떠오른 자신의 생각이 민망해서 볼펜으로 머리를 긁적댔다. 그 아침, 동포 간담회에 나왔던 강유가 퍼뜩 떠올랐던 탓이다. 잠을 제대로 못 잔 듯 얼굴은 수척했지만, 어느 때보다 편안해 보여서 겨우 안심을 하고 있었다. 이 여사께서 아프시다니 나름대로 걱정을 하고 있었는데, 그분도 괜찮으신지 표정이 밝아 보였다.

흠, 그새 안심이라고 내가 딴 데 한눈을 파네. 잡은 고기라 이거지, 강지후?

지후는 혼자 키득대며 들고 있던 샌드위치를 홀랑 입 안에 털어 넣었다. 아르바이트생이 따라 준 홍차까지 홀짝대면서도 눈은 여전히 작성 중인 기사에서 떨어지지 않았다.

"강 기자님, 혼자 바빠 보이십니다."

그때, 기자실 문을 열고 들어온 남자가 말을 걸었다. 책상에 앉아 노트북에 시선을 고정시켰던 지후가 시선을 드니, 신혁이 빙긋 그녀를 향해 웃고 있었다.

"어머, 유 보좌관님! 어쩐 일이세요?"

지후가 반색을 하며 일어서 신혁을 맞자, 그는 씩 웃으며 기자실로 들어섰다. 다른 책상에 남아 있던 한두 명의 기자가 그를 보고 일어나서 인사를 했다.

"아침 동포 간담회, 제가 풀로 갔잖아요. 그거 기자단에 뿌려야 해서요."

"기자들 이런 거 취재는 안 해요?"

"예?"

"왕궁 앞에서 시위가 있다고 해서 급히 들어왔는데……."

신혁의 말에 지후가 눈을 동그랗게 떴다. '시위'라는 단어만 귀에 들어온 탓이었다. 어머, 어떡해! 남은 기자들이 없는데 결국 반전 시위가 일어난 거야?

지후의 얼굴이 일순 긴장으로 딱딱하게 굳었다. 이미 풀 제로 배정된 기자들은 예정에 없이 잡힌 대통령과 상원 의장의 대담에 투입됐고, 나머지는 국회의사당으로 향해 있었다. 영국 총리와의 공동성명이 발표될 예정이었던 것이다. 그런데 반전 시위라지 않는가. 시내 구경 간 사람들을 당장 불러올 수도 없고, 이런 중대 사항이라면 아무래도 자신이라도 뛰어나가야 될 것 같아 지후는 급히 핸드폰을 들어 기준을 찾았다. 영상 송출을 위해, 그는 지금 다른 방에 있었다.

"아아, 그런 거 아니구요."

지후가 하도 급히 행동을 취하자 신혁이 두 손을 들어서까지 말리고 나섰다. 여전히 의문이 풀리지 않은 지후는 의혹의 눈초리로 그를 바라봤다.

"맞다! 그 시위, 저 알아요."

어느새 다가온 아르바이트생이 아는 척을 했다. 그를 향해 시선을 돌린 지후가 고개를 갸웃거렸다.

"영국에도 한류 바람 불잖아요. 주현성을 영국으로 보내 달라고, 한국 대통령 방문 때 팬클럽에서 왕궁 시위할 거라고 한참 들썩였거든요."

한국의 초절정 인기 가수이자 배우인 주현성을 들먹이는 아르바이트생은 재밌다는 듯 웃었다. 그 모습을 보던 지후가 맞는 말이냐는 뜻으로 신혁을 바라보았다. 길게 늘여진 그의 입가에 미미한 웃음이 서렸다.

"피켓 들고 시위하긴 하더군요."

"예?"

"주현성을 당장 영국으로 보내 달라!"

지후의 눈이 둥그렇게 커졌다. 시위대의 구호를 힘차게 흉내 내던 신혁이 머쓱한 웃음을 지었다. 농담을 한 것 같은데 아무래도 썰렁했다. 의아한 표정의 지후를 본 신혁은 흠흠 자신의 어색함을 감췄다.

"이 대통령께서 지나시다 듣고, 알았다고 하셨습니다."

"보낸다고요?"

씩 웃고 마는 신혁을 보며 지후는 털썩 자리에 주저앉았다.

"주현성 오빠 부대인가요?"

"강 기자님, 요즘엔 영국뿐만 아니라 유럽 전체가 주현성 때문에 난리예요."

에……?

아르바이트생의 덧붙이는 말이 이어졌다. 그런데 문득 푸푸 한 번 웃음이 터지기 시작하자, 정말 걷잡을 수 없을 만큼 웃음이 커졌다.

"정말 기사 써야 될 것 같은데요. 반전 시위대보다 격렬한 주현성 시위대."

지후가 하도 웃어 슬쩍 비어져 나온 눈물을 닦을 때였다. 슬쩍 비껴가듯 책상을 지나친 신혁이 그녀의 노트북 아래 무언가를 놓아두었다.

일 끝나고 4시쯤 여기로 전화해. 사무엘 전화번호야.

정확하고 힘이 있는 필체는 당장이라도 알아볼 수 있을 만큼 익숙했다. 그리고 사무엘이라면, 어제도 그녀를 방으로 데려다 준 국왕의 비서라는 그 남자였다. 가무잡잡한 얼굴의 그를 떠올리던 지후는 천천히 시작되는 심장의 두근거림을 느꼈다. 싱긋 웃으며 나가는 신혁이 그때만큼은 왜 그렇게 예뻐 보일까.

"강 기자, 기사 멀었어? 우리 왕궁 앞에서 마무리 멘트 찍어야 해!"

어느새 튀어 들어온 기준이 지후를 불렀다.

"다 됐어요!"

급히 메모를 안주머니에 집어넣은 지후가 재킷을 들고 일어섰다. 마음이 더없이 급해졌다.

지후는 살금살금 몰래몰래 움직이고 싶다는 생각을 접고 대담해지기로 결심했다. 왕궁에서 나와 사무엘이 데려다 준 곳에 내렸을 때, 잘 닦인 숲길 너머로 넘어가는 오후 햇살의 아름다움에 눈을 가늘게 떴다. 그 순간 눈앞에 광택으로 반짝이는 은빛 스포츠카가 바짝 다가왔다. 그녀는 한동안 멀뚱멀뚱 열린 차 안만 바라보고 있었다.

"강 기자!"

"네……. 네?"

안에 타고 있는 사람이 이강유라는 남자라는 것을 바로 인식하지 못했다. 슈트 차림의 그에게 너무도 익숙해진 탓이었다. 강유의 목소리를 듣고서야 지후는 정신이 번쩍 들었다.

"안 타?"

운전석에 앉은 강유가 열린 차창을 향해 몸을 숙이고 빙긋 웃었다.

흰 폴로셔츠에 탄탄한 허벅지를 그대로 보여 주는 청바지, 그리고 운전을 하느라 낀 선글라스가 근사하게 어울린다. 하루 만에 다시 둘만 있게 되자 지후의 입가에 헤실헤실 웃음이 돌았다.

"어디 가요? 직접 운전해도 돼요?"

차 안으로 들어선 지후가 걱정된다는 듯 물었다. 기사에 맞춰 멘트 녹음하고, 엔딩 멘트 찍고, 또다시 편집하고, 정말 정신없이 마감하고 나온 길이었다. 후다닥 방에 들러 가벼운 옷차림으로 갈아입고 나온 그녀 또한 마치 학생 때로 돌아가 피크닉이라도 가는 듯한 기분이 들었다.

"이렇게 경호원 없이 나와도 돼요? 나, 너무 걱정되는데."

운전석에서 몸을 돌려 지후를 보고 있던 강유가 한쪽 입가를 말아 올리며 희미하게 웃었다. 그러다 한 손으로 선글라스를 벗자마자 다른 손으로는 종알대는 지후의 뒷목을 끌어당겼다. 기습적인 키스였다. 짧고 강력한 이끌림에 끌려온 지후가 버둥댈 틈도 없었다. 단숨에 입술을 가르며 밀고 들어와 숨결을 훔쳤다. 온몸에 아른아른 나른함이 퍼져 나갔다.

"강 기자."

그사이 탁해진 강유의 목소리가 은은하게 흘렀다. 강한 키스의 흔적으로 도톰하게 부어 버린 지후의 입술선을 강유는 손끝으로 살며시 쓰다듬었다. 성급함을 대신하여 천천히 여유로움이 되살아났다. 그의 입술 한쪽 끝이 살짝 들렸다.

"그냥 밖으로 나가자. 걱정은 나도 조금 되지만."

억지로 웃음을 참은 강유가 가슴을 울리는 묵직한 음성으로 입을 열었다. 눈빛이 변하는 지후의 모습을 보며 조금 더 미간을 일그러뜨렸다.

"영국에서는 운전이 3년 만인가? 그리고 이 차 주인 말이 조금만 속도 올려도 바로 총알이 된다고 경고하던데……."

천천히 느려지는 강유의 말에 지후는 미간을 찡그렸다.

"주인이 누군데요?"

"에드워드. 스피드에 미친 왕."

헉!

지후의 숨이 기도에 콱 막혔다. 갑자기 에드워드 국왕이 무슨 랠리에 나가 우승했다는 기사가 떠올라 눈빛이 움찔거렸다. 게다가 뭐라고? 영국에서는 운전이 3년 만이라고?

"나, 굵고 길게 살고 싶어요. 내가 운전할까요? 아, 나도 영국은 초행이지."

우아하고 고상하신 국왕께서 스피드광이라니. 그것도 상상은 안 가지만, 우선 이곳에서 3년 만에 운전한다는 강유부터 말려야 했다. 당신과 내 목숨은 하나라고요!

쿡쿡 웃음을 머금은 강유로 인하여 눈빛이 샐쭉해졌다. 문득 지후의 볼에 엄지손가락 끝을 가져다 댄 강유의 눈빛이 진해져 갔다.

"강 기자."

왜 이렇게 떨릴까. 아무래도 이 목소리가 문제인 것 같은데. 낮고 부드럽지만, 어딘지 모르게 강력하고 힘 있는 목소리에 가슴이 조곤조곤 뛰었다.

그런데 동상이몽이란 이런 것일 터였다. 지후의 생각과 달리, 강유의 머릿속은 온통 한 가지 생각뿐이었다. 언제 써먹을까, 항상 때만 기다렸던 그 얘기를 바로 지금 쓰면 되겠다는 일념 하나로 얼굴 표정이 굳어져 갔다.

'그러니까 말입니다, 대통령님! 이성을 유혹할 때 쓰는 말은 말입니다……'

언론인 출신으로 달변이라는 대변인의 말이라면 신빙성이 다분히 있었다. 연애 모드만 들어가면 어찌 그렇게 무뚝뚝하냐고, 차이지 않으면 다행이라는 신혁의 경고가 귓등을 때렸다. 강유는 불러 놓고 아무 말이 없자, 그를 의아하게 바라보는 지후를 향해 고개를 홱 돌렸다. 그러고는 생각에 빠져 눈빛이 날카로워진 것도 모른 채 아까부터 생각하고 있던 말을 빠르게 툭 던졌다.

"강 기자, 오빠 가슴에 구멍 났다."

그런데…….

하지 말았어야 했나? 눈만 깜빡거리는 지후를 본 강유의 표정이 흐릿해졌다.

에? 그러니까……, 뭐라고요? 구멍이 나셨다고요?

심각하게 그의 얼굴을 보던 지후가 갑작스럽게 풋 웃음을 터뜨렸다. 슬그머니 강유의 표정에 떠오른 난감함을 본 탓이었다. 그녀는 가슴을 들여다보는 듯 강유 쪽으로 몸을 숙였다.

"에에, 거짓말! 구멍 안 났는데?"

간단하게 결론을 내리는 지후를 보자 결국 강유도 쿡쿡대며 웃음이 터져 나왔다. 이번 것도 실패인가? 동시에 지후의 입에서도 푸하하 유쾌한 웃음이 터졌다.

"미쳐, 미쳐! 이번 청와대에는 전부 펭귄만 산다고 내가 소문내야지. 그 멘트는 또 누구 작품이에요? 느끼함이 작렬하잖아요!"

타박을 하고 눈물이 찔끔 쏟아질 만큼 웃어 대는 지후의 박장대소에 강유의 눈가가 살짝 찌푸려졌다.

"그렇게 우스운가? 이번엔 대변인 거야."

"풉!"

강유가 가끔 보좌진으로부터 너무도 진지하게 배워 오는 진담 같은 농담들이 이렇게 그녀의 웃음을 터뜨리게 한다는 것을 정작 강유는 모르는 듯했다. 지후의 쾌활한 목소리가 차 안을 가득 채웠다.

"고맙지만, 사양도 좀 하세요. 대통령 오빠는 아직 30대 중반밖에 안 됐다고요. 젊은 분들도 많잖아요."

하긴, 젊다 해도 신혁 같으면……. 그 썰렁함을 기억하는 지후는 쿡쿡거림을 멈추지 못했다. 그래도 펭귄 날아다니게 만드는 썰렁함만 빼면 신혁도 빠지는 것은 없으니.

강유는 무엇이 좋은지 빙긋 웃다가 부드럽게 차를 출발시켰다. 하지만 바로 이어진 지후의 말에 웃음이 싹 가셨다.

"유신혁 보좌관, 얼마나 좋아. 매너 있고, 얼굴 훤하고, 성격 좋고, 충성심 대단하고……."

입도 무거운데 다만 하나 썰렁함이 걸리네.

"강 기자, 유신혁 스타일 좋아하나?"

"그런 스타일은 모든 여자들이 좋아해요."

호호거리며 대꾸하는 지후와 달리, 강유는 무언가 기분이 상한 듯 표정이 펴지지 않았다. 점점 더 속도를 올려 대는 바람에 지후의 몸이 뒤로 약간 쏠렸다. 슬쩍 계기판을 보니 아우토반도 아닌 길에서 속도계가 빠르게 올라가고 있었다.

"어머, 화났어요?"

"아니."

"화났는데?"

"아니라고 했다."

강유는 목소리조차 싸늘하고 냉정하게 변해 갔다. 조금만 더 건드린다면 정말 터질지도 모르겠다. 어어, 지금 이거 질투하는 거야?

지후는 웃음을 꾹 참고 운전에 집중하는 강유의 옆모습을 유심히 바라봤다. 선글라스에 가려진 눈빛이 어떤지는 보이지 않지만, 지금 분명 그곳은 이글이글 타오를 것이다. 유 보좌관도 썰렁하다고 얘기해 줄까? 지후는 흠흠 목소리를 가다듬었다.

"다시 보니까요, 대통령 오빠 가슴에 구멍 났구나."

감탄을 하는 지후에게서 조심스럽게 장난스러움이 사라졌다.

"그거 내가 메워 줄까요?"

지후는 심장이 간질거리는 것을 꾹 눌러 참으며 은근히 목소리를 낮추어 말을 꺼냈다. 순간 강유의 몸이 흠칫 굳었다.

"그 말, 책임져."

"에?"

놀라 묻는 지후에게 강유는 더 이상 대답하지 않았다. 슬쩍 손을 들어 아연한 표정이 된 지후의 볼을 쓰다듬었을 뿐이었다.

*

　일정 없이 나온 길은 오히려 편했다. 숲과 녹지가 잘 가꿔진 런던의 외곽으로 빠져나와 30분쯤 달렸을까, 시골 장터 같은 곳의 중앙 광장에 사람들이 모여 웅성거렸다. 흥겨운 아코디언과 바이올린 소리가 들리고 사람들의 웃음소리가 떠들썩한 곳에 내렸는데, 아무래도 집시들의 즉석 공연이라도 열린 듯했다. 주름이 풍성한 붉은 치마의 여인과 남자가 어느 것에도 거리낄 것이 없는 환한 웃음으로 춤을 추고 있었다. 지후의 어깨와 고개도 흥겨움에 들썩댔다. 그런 지후를 돌아본 강유의 입가에 희미한 미소가 떠올랐다. 문득 강유를 돌아본 지후도 활짝 웃었다. 혹시 언론에 노출될까 신경이 쓰여 앞으로 나가지는 못하지만, 이 자유스러움이 너무나 좋았다. 편안하고 일상적인 느낌.

　"가 봐."

　"가 봐도 돼요?"

　지후의 눈이 둥그렇게 변했다. 누군가 따라오기라도 했다면? 사방을 흘끔흘끔 바라보는 지후의 눈빛이 재밌다는 듯 강유의 눈에는 즐거움으로 가득 찼다.

　"에드워드가 지켜 줄 거야."

　눈에 웃음이 가득 담긴 강유의 대답에 지후가 푸하하 환한 웃음을 터뜨렸다. '그럼 한 번?' 하는 표정으로 사람들 속으로 스며들어간 지후로 인해, 강유의 입가에도 짙어진 미소가 사라지지 않았다.

　마음이 편해진다. 답답했던 마음이 햇살처럼 녹아드는 느낌. 사람들 사이에 섞여 환하게 웃고 춤추는 지후를 바라보는 강유의 눈가에 문득문득 그리움이 섞여 들었다. 어릴 적 어머니를 따라 나온 그 장터의 낯익음이 그의 마음에 녹아들었다. 사랑하기에 보내셨던 아버지의 마음을 이제는 이해해 주고 싶은 아들의 눈빛이 깊어만 갔다.

눈앞에 보이는 광경에 지후의 얼굴이 환해졌다. 마을 어귀에서 조금 더 들어온 곳에는 드넓은 초지가 펼쳐져 있었다. 이제 막 시작된 석양이 서쪽 하늘에 걸린 배경으로 백설공주라도 살 것 같은 성이 모습을 드러냈다. 밝은 색의 화강암으로 지은 성은 마치 호수에 떠 있는 것처럼 보였지만, 사실은 호수를 끼고 있었고, 그 앞으로 너른 잔디밭이 펼쳐져 있었다. 석양을 받아 호수에 비치는 성의 그림자가 마치 풍경화 속 이미지를 그대로 옮겨 놓은 듯했다.

"어디예요, 여기가?"

차를 세운 강유는 대답이 없었다. 무심한 시선으로 눈앞의 성을 바라보더니, 손을 들어 짧은 머리를 쓸어 올렸다. 눈빛이 짙어졌다.

마을까지 왔는데 이곳에 오지 않는다면 말이 되지 않았다. 석양을 따라오다 보면 이곳에 도착한다는 것을 강유 자신이 제일 잘 알고 있었다. 넘어가는 석양빛이 제일 아름다운 곳. 그 익숙한 길을 따라 강유는 무의식적으로 차를 달렸다. 하지만 다분히 무의식만은 아닌 듯하여 그의 입가에 희미한 미소가 서렸다.

"들어가면 안 돼요? 여기 석양 너무 멋지다. 어차피 세웠으니 산책이나 하죠."

호기심을 이기지 못한 지후가 자연스럽게 차에서 내리자, 강유 또한 더 이상 생각을 끊고 차에서 내렸다. 초지 위에 넓게 자리한 성을 바라보는 눈빛이 한순간 흔들렸다. 들어갈 생각까지는 아니었는데, 낯선 곳처럼 마음이 씁쓸해졌다.

"어? 이 성 이름이 킴즈캐슬(Kim's castle)이래요!"

어느새 성으로 이어진 길을 따라 저만치 뛰어간 지후가 철제로 된 정문에 붙은 명패를 보고 함성을 질렀다. 문 사이로 안을 기웃대며 잔뜩 호기심을 드러내는 그녀와 달리, 강유는 제자리에 우뚝 서서 석양빛에 당당함을 드러내는 킴즈캐슬을 바라보았다. 자신의 유년이 묻혀 있는 곳. 눈빛이 가늘어졌다. 그리고 심장이 멎었다가 세차게 움직였다.

"사랑에 깊이 빠진 남자가 Kim이라는 부인을 위해 지은 성."

"로맨틱하긴 한데, '그 남자 돈이 많았구나.' 하는 생각이 먼저 드는데요? Kim 부인은 전생에 나라를 구하셨나?"

툴툴대는 지후를 내려다보며 강유가 슬쩍 웃었다.

"강 기자도 현실적이군."

응?

지후는 다가온 강유의 얼굴을 올려다봤다. 분명 웃음소리가 들렸는데 석양에 물든 얼굴은 무표정했다. 그곳을 살짝 스쳐 지나간 바람에 눈빛이 움찔거렸다. 그리고 직감적으로 그와 관련이 있다는 생각이 들었다.

어머니가 김……정윤 씨! 아……, 혹시 대통령 오빠 살던 곳이야?

그럴지도 모르겠다. 아니, 다시 그를 보자 모든 것이 확실해 보였다.

이혼한 어머니와 함께 이곳에 살았던 그는 어떤 생각을 갖고 컸을까? 대선 때 이미 드러난 그의 유년 시절. 가슴이 알싸해졌다. 그의 정체성에 대해 파헤치던 상대 후보에게 인정을 하면서도 반박하던 그가 떠오른 탓이었다. 줄줄이 떠오르는 생각을 접고, 지후는 애써 태연한 척 말을 꺼냈다.

"영국에 살았던 거, 진짜구나? 그런 유래도 알고."

"진짜 아니면?"

그의 말에 반응하여 눈가를 찌푸린 지후가 이내 활짝 웃었다.

"나는 또 영국제과 옆에 살았었나 해서. 누군 강즈캐슬 안 지어 줄라나?"

킥킥대는 지후의 표정을 부드럽게 바라보던 강유가 문득 그녀의 손목을 잡았다. 떨고 있는 거야? 강유의 눈빛이 떨리는 듯해서 지후의 웃음도 차츰 멎어 갔다. 그리고 예감은 확신이 됐다. 민감하게 느낀 강유의 감정에 지후의 마음도 아련해졌다. 열다섯 사춘기에 한국을 찾아왔지만, 분명 이강유란 남자가 이곳에 남긴 것도 많을 것이다. 바쁘게 살아가면서 그가 밀어 두고 돌아보지 않았던 것들.

"들어가 볼까?"

"들어가도……, 돼요?"

대답 없이 고개만 끄덕인 강유가 그녀의 손목을 잡은 채 정문 옆에 마련된 작은 문 쪽으로 다가섰다. 그 위에 늘어진 굵은 줄을 잡아당긴 후, 그는 어느덧 긴장한 지후를 보며 싱긋 웃었다.

"남의 집, 무단 침입할 수는 없잖아."

남의 집 아니잖아.

지후는 목 끝에 걸린 말을 꿀꺽 삼켰다. 언제나 매서울 만큼 강인한 그의 눈빛에 걸린 미세한 떨림이 그녀를 긴장케 했다. 정문 옆으로 지어진 전원풍의 빨간 지붕 집에서 뛰어나온 은발의 노인이 깜짝 놀라며 반색하는 것도 지후는 가능한 한 모른 척했다.

〈도련님! 도련님 맞죠? 오실 줄 알았어요. 부인께서 얼마나…….〉

〈잘 있었어요?〉

울먹이는 노인의 영어는 웅얼거리는 음성으로 거의 알아들을 수 없을 정도였다. 지후는 굳어져 가는 마음을 애써 감추고 시선을 되도록 다른 곳으로 돌렸다.

그리고 지금, 폭풍의 언덕에 선 것처럼 지후의 가슴에는 바람이 몰아쳤다. 산책길을 따라 조금 높이 올라와 보니 서늘한 저녁 바람이 불긴 했다. 그래도 가슴이 이렇게 시릴 만한 바람이 아닌데. 석양에 물든 호수와 그 위에 떠 있는 것같이 아름다운 건물을 바라보는 강유의 뒷모습이 다가설 수 없을 만큼 견고해 보였다. 누구에게도 곁을 내주지 않겠다는 오만함이 가득했다. 그런데…….

강유가 추운 듯 엇갈려 잡은 팔을 쓸어내렸다. 문득 오만한 껍질 밑에 감추었던 그의 외로움이 느껴져 지후는 저도 모르게 강유에게 다가가 두 팔로 꽉 껴안았다. 한 아름 들어오는 허리를 안고, 그 등에 얼굴을 묻었다. 허리를 얽은 지후의 손을 깍지 끼어 잡은 강유도 말없이 서로의 체온을 느꼈다.

"힘들어? 업어 줄까?"

"그 말 후회할 텐데요. 나, 무거워요."

말해 놓고 지후는 후회했다. 왜 이렇게 허튼소리만 하는 거야. 지후는 그의 앞으로 돌아섰다. 왜 그러냐고 묻는 눈빛의 그에게 성큼 다가가 허리를 와락 끌어안았다. 단단하고 너른 가슴에 얼굴을 묻고 웅얼거렸다. 그냥 그러고 싶었다.

"무슨 바람이 이렇게 세. 감기 다시 걸리겠어요. 대통령 오빠도 가슴에 구멍 났다면서, 바람 안 들어가요? 이렇게 막으면 되나?"

아마 따뜻하게 안아 주고 싶었을 것이다. 추운 듯 팔을 쓸어내리는 그를 대신해 그저 어루만져 주고 싶었다. 움찔한 강유의 눈빛이 짙어졌다. 그녀의 어깨를 잡은 그의 손끝에 힘이 더해질 때, 지후는 자신이 아마 허공으로 떠올랐을 거라고 생각했다.

폭풍과도 같은 바람. 그로 인해 길가 옆 정원수가 흔들리고, 잔디들이 한꺼번에 열을 지어 눕는 언덕. 그 남자의 모든 것을 알고 싶고, 또 담아내고 싶은 여자의 가슴이 터질 듯이 울렁거렸다.

내가 당신 많이 사랑하는구나.

깊게 머금은 강유의 입술을 달게 받아들이며 지후는 온 힘을 다해 그를 껴안았고, 그의 목에 매달렸다.

주변이 석양에 물들어 갔다. 그 석양에 젖은 강유의 눈빛도 짙어졌다. 그가 거친 호흡을 토해 내며 지후의 눈을 바라봤을 때, 그녀의 심장은 당장이라도 파열될 듯 제자리를 잊었다. 강유의 입술이 미미하게 떨렸다.

*

삐걱.

"헉!"

"쉿!"

놀라 숨을 들이켜는 지후의 입술을 막은 것은 강유의 뜨거운 입술이었다. 그 위에서 빙긋 웃는 그의 숨결이 느껴졌다. 그로 인해 지후는 더욱 숨을 쉬지 못해 딸꾹질이 터질 것 같았다.

흐흡!

누가 이렇게 멀쩡한 성 안에 이런 뒷문과 비밀 계단이 있을 줄 알았을까. 그것도 이렇게 삐걱대는 소리 요란한 나무 계단이!

강유의 짧은 키스가 준 짜릿함을 음미하면서도 지후는 툴툴거림을 멈추지 않았다. 하지만 어느 코너를 돌아 잘 가꿔진 호수와 잔디 정원이 빤히 내다보이는 환한 홀이 나타났을 때, 그리고 그곳에서 보이는 한쪽 문을 강유가 살짝 열었을 때 그녀는 한순간 숨을 멈췄다.

이강유…….

지후의 몸은 가벼운 낙엽처럼 문 안으로 쓸려 들어갔다. 비명이라도 지르고 싶었지만 바로 문이 닫혔고, 지후는 그 위에 밀쳐졌다. 그리고 숨이라도 막을 듯 다가온 강유로 인해 입술은 열리지 않았다.

차가운 눈빛에 일렁이는 것은 깊은 곳에서 타오른 불꽃일 것이다. 이 남자를 이루는 근본인 열정과 열기. 온몸을 맞대고 천천히 얼굴을 쓰다듬는 그의 손을 잡아, 지후는 자신도 모르게 그 손바닥 위에 입술을 맞췄다. 흠칫 놀라는 강유의 목을 당겨 먼저 키스를 했다. 볼을 시작으로 붉어지기 시작한 온몸이 뜨겁게 달아올랐다. 지금 이 순간, 겁이 나면서도 마음을 주체할 수 없었다. 목 끝까지 차오른 숨으로 가슴이 터질 듯했다.

"하아……."

지후가 가쁜 숨을 토해 내는 것과 동시에 강유의 입술이 해일처럼 덮쳐 왔다. 서늘하게 다가왔지만 입술은 열병과도 같이 뜨거웠다. 성급한 강유의 손이 그녀가 입고 있던 티셔츠를 위로 올려 벗겨 냈다. 스치는 곳마다 느껴지는 것은 짜릿한 관능. 봉긋한 가슴을 감싸고 있던 브래지어가 풀리자, 지후는 싸늘함을 느껴 어깨를 떨었다. 그곳을 강유의 손길이 감싸 안았다. 그의 손이 움켜쥔 가슴이 저릿해졌다.

강유의 키스는 저돌적이고 거칠었지만 그 손길은 지극히 정중했다. 깊은 키스로 그녀의 혀를 빨아들이던 입술이 조금씩 아래로 미끄러져 내려갔고, 그에 맞춰 가슴께에 머물러 있던 손끝도 조금씩 내려가 그녀의 벨트에 닿았다. 자극적인 손길에 짜릿함을 느낀 지후 역시 숨을 몰아쉬며 그의 옷을 헤집었다. 갈급한 갈증으로 목이 말랐다. 조금이라도 그와 더 가까이 닿고 싶은 몸이 움찔거렸다.

"으……음."

매끄러운 살결과 그 밑에 숨겨진 근육의 단단함이 손끝에 느껴지자, 갇힌 숨결 속에서도 지후는 야릇한 신음을 내 버렸다. 내가 가질 거야. 내가 당신 속으로 들어갈 수 있다면 좋겠어.

거칠어진 호흡과 맥박, 그리고 흐릿한 시선. 숨조차 쉴 수 없는 팽팽한 긴장감이 공간을 가득 채웠다.

이곳은 아마 그가 쓰던 침실이었을 것이다. 깨끗하게 정리된 너른 책상과 흰색의 시트가 깔린 커다란 침대. 아직도 사람이 사는 듯 잘 정리된 방의 정면에 걸린 대형 사진이 그녀의 시야에 들어왔다. 아련해지는 시선이 닿은 곳에 보이는 한 소년의 모습은 그녀의 가슴에 울컥 감정을 밀어 올렸다.

이강유, 당신…….

귓가에 스치는 뜨거운 숨결이, 그의 촉촉한 입술이, 그리고 또 하나, 사진 속 소년이 그녀를 떨게 했다. 폴로 경기 중, 달리는 말 위에서 뒤를 돌아본 소년의 이마는 땀으로 젖어 있었다. 그리고 소년의 눈빛은 반짝였고 활기가 넘쳤다. 자루가 긴 스틱을 들어 환호하는 소년에게는 생동감이 넘쳐흘렀다. 그것이 이 남자가 이곳에 놓고 온 모습. 부정하지도 잊지도 않던 그의 유년 시절.

강유에게 안겨 지후는 침대 위에 눕혀졌다. 열린 커튼 사이로 눈부시게 쏟아져 들어오는 석양빛보다 더 붉게 물든 그녀의 온몸을 강유는 눈빛으로 쓸었다. 그가 저렇게 바라보면 수줍고 두렵다. 그러나 몸을 틀면서도 지후는 거침없이 그를 안았다. 자신에게서 눈을 떼면 안 된다는 듯, 두 손으로 강유의 얼굴을 부여잡고 깊게 입술을 맞췄다.

"강 기자."

깊게 가라앉은 강유의 음성이 입술 위에 쏟아졌다. 지후는 '하아' 하고 뜨거운 숨을 토해 냈다.

"강지후예요."

"그래."

뜨거운 한숨과도 같은 강유의 속삭임이 귓가에 쏟아졌다. 그곳에서 시작된 떨림이 몸의 중심을 따라 손끝과 발끝까지 자르르 전해졌다. 떨고 있는 그녀의 몸을 끌어안고, 깊은 손길로 오랫동안 쓰다듬어 주는 그의 부드러운 터치에 허리가 들썩거렸다.

못 참겠어…….

깊게 입 맞추고 더 깊게 들어가 그녀의 모든 것을 제대로 앗았다. 거친 숨결과 뚝 떨어져 구른 땀방울을 닦아 내며 강유는 희미하게 웃었다. 열감에 흐릿해진 지후의 눈가를 혀끝으로 살며시 쓸며 허스키한 목소리로 입을 열었다.

"강지혁이 알면……, 나 죽일지도 몰라."

지혁이 얼마나 아끼던 동생인가. 낮게 갈라진 강유의 말에 눈을 감고 숨을 몰아쉬던 지후가 슬며시 눈을 떴다. 깊은 눈빛과 마주쳤다. 찌르르한 심장의 울림으로 인해, 지후의 입가에 경련이 일듯 겨우 미소가 서렸다. 어느새 송골송골 진땀이 맺힌 강유의 이마를 손끝으로 훔쳐 주며 지후는 그의 목을 끌어안았다. 맞닿은 몸의 떨림을 느끼고는 강유의 입술에 입 맞췄다.

"당장 영국에는 아버지도 오셨죠."

지후가 코를 찡긋거리며 웃자, 강유 또한 쿡 웃음을 터뜨렸다.

"그만두지 말아요. 오늘은 나, 정말 미쳐 버릴지도 몰라요."

낮게 웃는 강유의 웃음소리가 부푼 가슴 위에서 느껴졌다. 단단하게 커진 그의 남성을 느낀 하체가 익숙하지 않아 움찔거렸다. 검고 깊은 눈빛이 그녀를 한참이나 뚫어질 듯 바라봤다. 무어라 말을 하려 벌린 지후의 입술을 강유가 먹어 치울 듯 삼켜 버렸다.

"으……음."

머리끝에서 발끝까지 쏟아지는 전율. 이대로 하늘로 날아오를 것 같다. 지후는 막힌 숨통을 틔우기 위해 그에게 더 다가갔다. 간절히 원하는 상대를 죽어라고 끌어안았다. 땀이 촉촉이 배어난 매끈한 등을 쓰다듬고, 조금씩 그를 향해 몸을 열었다. 그러자 그녀의 가슴을 움켜 쥔 강유의 손에도 힘이 들어갔다. 바르르 떨고 있는 지후의 얼굴을 부 여잡고, 강유는 소낙비와 같이 키스를 뿌렸다. 가슴이 저릿하다.

"하아!"

하나가 되는 순간, 경련을 하며 굳은 지후의 몸을 꼭 안고 강유는 눈 을 감았다. 그조차 정신이 아득해지는 순간이었다.

다시 돌아온 곳. 여전히 변함없이 그를 기다리고 있던 곳에 지금은 또 하나의 분신과 함께 있었다. 힘겹게 그를 받아들이면서도 안아 주 고 보듬어 주는 그의 연인과 함께.

몇 시일까? 지후는 가물거리는 눈을 겨우 떴다. 이미 긴 꼬리 한 자락마저 모두 지평선으로 넘긴 태양으로 인해 방 안은 어둑하고 흐 릿했다.

"괜찮아?"

걱정 어린 강유의 눈빛이 지후를 감쌌다. 안고 있던 그녀의 등을 쓰 다듬어 주고, 땀에 젖은 머리카락을 쓸어 넘겨주는 손길이 따스할 정 도로 다정하다. 지후의 눈가에 눈물이 핑 돌았다. 이 남자가 이러면 심 장이 멎을 것 같아.

"아파."

녹아날 것 같은 마음을 숨기고 뾰루퉁하게 대답하는 그녀의 입술에 강유는 깊은 입맞춤을 남기며 낮게 웃었다.

"세 번째는 안 아플 거라면서. 대통령이 거짓말해도 돼요?"

툴툴대는 그녀의 목소리에 쿡 강유가 또다시 웃었다. 아무래도 강지후와 있으면 하루 종일이라도 웃을 것 같다. 이제는 정말 안 아플 거라며, 도망가는 그녀의 허리를 낚아챘던 강유를 지후는 원망의 눈빛으로 바라봤다.

"강 기자, 그렇게 아프면 다시는 하지 말까?"

그녀를 꼭 끌어안고 입 맞추는 강유의 표정이 심각했다. 하지만 눈빛은 웃고 있었다.

솔직히 좋았는데……. 그런데 이런 거, 전쟁터보다 더 떨려.

생각은 그렇게 하면서도, 뭔가 말리는 기분이 들어 지후는 강유의 가슴을 앙 물어 버렸다. 아프다고 엄살을 부리는 강유의 엉덩이를 툭툭 두드렸다. 매끄럽고 기분 좋은 감촉에 지후의 얼굴에 흐뭇한 웃음이 퍼져 나간다. 맞닿은 곳에서 전해지는 짜릿한 감각이 여전히 얼얼한 곳에 찌르듯 스며들었다.

"자신 있으면 그렇게 하시죠."

오만하게 고개를 든 지후를 보며 '오호라, 이것 봐라?' 하는 눈빛을 한 강유가 결국은 참지 못하고 큰 웃음소리를 냈다. 들썩이는 가슴의 움직임이 좋았다. 따뜻한 체온과 살 내음에 사르르 심장이 떨렸다. 지후의 입가에도 싱긋 웃음이 서렸다.

"여기 대통령 오빠 방이죠?"

대답 없이 깊어진 강유의 눈가를 지후는 손끝으로 매만졌다. 그 손끝에 강유의 입술이 와 닿았다.

"말하고 싶지 않으면 안 해도 돼요. 열다섯 살의 이강유도 멋지고 궁금하지만, 더 궁금한 것은 지금의 이강유이니까."

적어도 그가 어떻게 컸을지는 가늠할 수 있었다. 이 방에 비쳤던 햇살처럼 환하고 밝고 건강한 사람. 사진 속의 그처럼 큰 소리로 웃을 수 있는 사람.

문득 달라진 강유의 시선을 느끼며 지후는 하하하 큰 소리로 웃었다. 강유의 얼굴을 두 손으로 부여잡고 쪽 입술을 맞췄다.

"아, 예쁘다, 내 남자!"

엉덩이를 토닥거리던 지후의 표정이 문득 일그러졌다. 난감하게 찡그린 강유의 표정을 알아챈 탓이었다. 맞붙은 곳이 뜨거워졌다.

"또?"

"오늘은……, 짐승이 돼 볼까?"

음흉한 표정을 흉내 내던 강유는 놀란 얼굴로 벌떡 일어나려는 지후의 허리를 확 끌어당겼다. 그대로 몸으로 누르고 이불을 둘러썼다. 깍깍거리는 지후의 설익은 비명 소리가 이불 안에서 한참 동안 들린 후, 방 안은 또다시 은밀하고 가쁜 호흡으로 가득 찼다.

*

대한민국 서울.

금요일 저녁의 곱창을 굽는 선술집은 부산했다. 주말을 맞은 직장인들이 쏟아져 나온 종로통은 어디를 가나 어깨를 부딪칠 정도로 사람들로 넘쳐 났는데, 이곳이라고 다를 바가 없었다. 지글지글 먹음직스럽게 익고 있는 곱창의 연기가 자욱했고, 술잔을 기울이는 소리들로 왁자지껄했다.

계열사의 스포츠지로 전출된 얼마 전부터 함께 다니기 시작한 김 기자와 초저녁부터 선술집에 들러 저녁 겸 반주를 하는 주현의 표정은 한껏 일그러져 있었다.

"성 선배, 너무 신경 쓰지 마. 이 바닥이 다 그렇지, 뭐."

순간 주현의 눈이 날카롭게 번쩍였다. 이 바닥? 하!

자신이 왜 여기까지 떨어졌는지, 생각 같아서는 테이블이라도 뒤집어엎고 싶었다. 그래도 유력 일간지의 정치부에서 잔뼈가 굵은 자신이 스포츠지까지 떠밀리게 될 줄이야. 그뿐만이 아니라 듣도 보도 못한 새파란 배우 놈한테 면박을 당하며 인터뷰 요청까지 퇴짜 맞았으니, 이가 으드득 갈릴 수밖에. 비보도를 깼다는 이유 하나로 자신을 이곳까지 밀어 버린 데스크에 불만도 이만저만이 아니었다. 당분간 자중하라는데, 그 당분간이 언제까지냐 말이다. 현 정권이 유지될 때까지? 빌어먹을!

그때 문득 김 기자의 잔을 받느라 고개를 든 주현의 눈이 한곳을 향했다. 가게에서 틀어 놓은 TV 화면에 저녁 뉴스가 흐르고 있었다. 주위가 워낙 시끄러운 탓에 앵커의 말은 들리지도 않았지만, 화면에는 그즈음 전국을 떠들썩하게 만들고 있는 대통령의 영국 국빈 방문 소식이 흐르고 있었다. 세계 금융의 중심인 영국에서 연일 이어지는 국빈 방문의 성과는 이강유 대통령의 이미지와 지지율을 하루하루 높여 놓고 있었다. 영국 현지 특별방송의 앵커를 맡고 있는 여자를 보는 주현의 눈매가 가늘어졌다.

"류세아……."

문득 자신을 보자던 사람이 생각났다. 지하경제의 큰손으로 알려진 민영철 영감이 왜 자신을 보자고 했을까. 직감인가? 왜 저 여자를 보니 떠오르지?

중얼거리는 그의 소리를 들었는지 김 기자가 아는 척 한마디를 건넸다.

"쟤도 털면 많이 나올 텐데. 아버지가 거물이니……."

아쉽다는 어조였다. 재벌가로 시집갔다 2년 만에 이혼하고 돌아온 미모의 앵커에 대해 아쉬움이 많은 듯했다.

"아버지뿐만이 아니지."

"예?"

문득 잔을 부딪친 주현이 한마디 입을 열자, 김 기자가 흥미가 돋는다는 듯 귀를 쫑긋 세웠다. 확실히 정치권에서 오래 있었던 그는 얘깃거리가 많았다.

"전남편도 골치 아프죠. 워낙 권력에 맞짱뜨시는 막강 재벌 아닙니까?"

피식 웃는 주현을 흘끔 보던 김 기자의 표정이 야릇해졌다. 뭔가 있는 것 같은데?

"성 선배, 뭐 아는 거 있어요?"

"훗! 쟤 이 대통령이랑 그렇고 그런 사이 아냐. 여자 혼자 좋아한 거 같긴 하지만. 그래서 이혼 당했다는 소리도 우리끼리 하던 얘기다."

"오호! 그 얘기 진짭니까?"

"글쎄……."

"음, 여간해서 건드릴 만한 얘기는 아니네. 워낙 거물들이니."

없는 것도 있는 것이 되는 세상. 주현의 말에 묘한 여운이 서렸다. 눈빛이 반짝거렸던 김 기자는 아쉽다는 듯 입맛을 다시다가 소주잔을 홀짝 넘겼다. 그런 그를 보는 주현의 입가에 씁쓸한 미소가 서렸다. 오늘따라 소주가 쓰다.

같은 시각, 민영철의 서재에 놓인 TV에도 같은 뉴스가 흐르고 있었다. 여자와 약 문제로 사고를 쳐 놓은 아들 세준으로 인해, 류인호의 머릿속이 지끈거릴 때였다. 사회적 위치 때문에 나설 수도 없는 그를 대신해서 일을 무마시켜 준 것은 민영철이었다.

그런데 류인호의 심기는 점점 더 불편해져 갔다. 상대의 영향력을 인정하고는 있지만, 요즘처럼 자신이 이 사람에게 휘둘린 적은 없다. 자신이 해결할 수 있는 일들도 이런 식으로 정리해 놓고 오라 가라 하는 통에 점점 더 입지가 좁아만 갔다.

"자식 농사를 제대로 지었어야지."

묵직하게 닫혀 있던 민영철의 입이 열리자 류인호의 눈가가 움찔거렸다. 그때, 맞은편의 TV 화면을 주시하던 민영철의 눈빛이 한순간 번쩍였다. 저녁 뉴스에서는 대통령의 영국 방문 모습이 흐르고 있었다.

"딸이 한국대 정외과 출신, 애송이 동기지?"

또다시 류인호의 미간이 움찔거렸다. 섬뜩한 예감과 함께 서재 안에는 음습한 긴장감이 팽팽해졌다.

"애송이가 말한 그 친구……, 류 총재 딸, 맞지?"

확인이 아닌 단언이었다. 류인호는 민영철의 느릿한 말투에 목덜미를 엄습하는 한기를 느꼈다. 그럼에도 진땀이 흐르는 것은 어쩔 수 없었다.

"무슨 말씀을 하시려는 겁니까, 어르신?"

"지방선거가 바로 코앞인데, 너무 오랫동안 손을 놓고 있었어."

"어르신!"

"총재질이라도 계속하고 싶으면 시키는 대로 해. 딸은……, 해외로 보내."

일말의 여지도 없었다. 찻잔을 들던 류인호의 손이 미세하게 떨렸다. 얼굴에 핏기가 싹 가신 그는 고개를 들고 민영철을 바라보지 못했다. 싸늘하고 냉정한 목소리는 날카롭게 벼린 칼과 같아 30년 정객의 심장까지 덜덜 떨게 만들었다.

*

호텔방에서 보이는 달빛이 안개에 가려 흐릿했다. 도도하게 흐르는 템즈강을 따라 강변에 늘어선 가로등도 빛을 잃어 가고 있었다. 예민하게 일어선 신경줄을 안간힘을 써서 누르며 세아는 손에 들었던 잔의 액체를 단숨에 입으로 털어 넣었다. 독하고 쓴 액체가 목을 태운다.

'거기서 바로 미국행 비행기 타. 직장은 정리해 놓을 테니, 조용해지면 들어와.'

'아버지, 대체 무슨 일을 벌이신 거예요!'

'하라면 해! 네가 아비를 생각한다면, 이제 한 번쯤은 내 말을 따라.'

잠이 올 수가 없었다. 출장을 마치고 귀국하려 했던 그녀의 발목을 잡은 것은 아버지였고, 아버지와의 통화는 그녀의 신경을 잡고 놓아주질 않았다. 항상 아버지는 억압적이고 강압적이긴 했지만, 그래도 지금은 도대체 무슨 일을 벌이고 있는 건지 감을 잡을 수 없었다. 내일이면 귀국을 해야 하는데, 그 귀국을 막으려 하는 아버지의 의도도 알 수 없었다. 그런데 그 순간 문득 세아의 미간이 일그러졌다. 혹시……

내년 지방선거를 앞두고 공화당이 절치부심하고 있다는 것은 어린 아이도 알고 있었다. 총재인 아버지의 고심과 고뇌를 애써 모른 척하고 있던 것도 자신이었다.

그때, 책상 위에 놓아 둔 핸드폰에서 벨소리가 울렸다. 그 소리가 칼처럼 날카롭게 예민한 신경을 자극했다. 이미 늦은 밤이었지만, 알고 있는 발신자 번호임을 확인한 세아는 깊은 숨을 내쉬며 핸드폰을 들었다.

— 언니? 언니, 큰일 났어!

"얘기해, 지아야."

막내 동생인 지아였다. 아버지의 전화 연락 후, 무슨 일이 있으면 바로 연락을 해 달라고 했던 동생은 한국의 날이 밝자마자 숨이 넘어갈 듯한 목소리로 전화를 해 온 것이다. 짐작도 가지 않았지만, 세아의 가슴이 덜컥 내려앉았다.

— 언니, 지금 인터넷 접속돼?

세아는 방송국 홈페이지가 열린 노트북을 흘끔 바라봤다. 자동적으로 몸은 노트북을 올려 둔 책상으로 다가갔다.

— 정말 이강유 대통령이 지난번 마음에 두었다고 하는 친구가 언니야? 비공식 일정으로 사라진 대통령이 지금 언니랑 같이 있어?

"뭐?"

순간 세아의 눈이 번쩍 커졌다. 무슨 얘기냐고 묻고 싶은 마음도 싹 사라졌다. 분명 아니란 것을 알고 있는 동생이 이렇게 물을 정도라면, 일은 이미 벌어졌다는 뜻이리라.

— 여기 아침 신문 난리 났다. 포털 기사도 방금 다 떴어. 빨리 확인해 봐.

동생의 말이 끝나기도 전에 인터넷 포털로 사이트를 옮긴 세아의 손이 미세하게 떨렸다. 뉴스 기사 메인에 뜬 굵은 제목의 기사로 인해 그녀의 동공이 흐릿해졌다.

대통령의 '그녀'는 친구가 아니라 오래된 연인. 그리고 그녀는 미모의 앵커, 류세아?

현 S방송의 앵커로 복귀한 류세아 씨는 지금 대통령이 가 있는 영국에 특별 취재원 자격으로 동행했으며, 비공식 일정을 잡은 대통령과 함께 있는 것으로 확인됐다. 류 씨는 모 재벌 그룹의 후계자와 결혼 후 2년 만에 파경을 맞이했고, 그 원인 또한 지난번 이 대통령께서 언급한 바와 같이 서로의 사랑이 원인이 된 것으로 파악되었다. 본지에서는 독점 취재로 류세아 씨의 동생인 류세준 씨를 전격 인터뷰했다.

심장이 덜컥거린 것은 두 번째 문제였다. 당장 손이 덜덜 떨려서 기사 내용을 제대로 볼 수가 없었다. 그러나 그녀의 시선은 정확히 화면의 한곳에 멎어 있었다. 등나무 아래서 밝게 웃고 있는 한 남자와 여자를 보고 있는 세아의 눈빛이 바람 앞의 등불처럼 한없이 흔들렸다.

왜 이 사진이 여기 있지?

세아의 얼굴이 당황함으로 일그러졌다. 아련히 떠오르는 날들. 햇살 쏟아지는 교정에서 사진학과였던 친구가 당사자들도 모르게 찍었던 사진은 결혼을 하면서도 차마 버리지 못해 깊이 간직해 두었었다. 그의 웃음이 좋아서 오히려 가슴이 아팠던……, 아마 이강유도 모를 그런 사진. 정말 오랜 시간 간직해 왔던 혼자만의 것이 산산이 부서지고 까발려진 느낌에 가슴 한구석이 시큰하게 시려 왔다.

— 언니…….

동생의 음성이 들리고서야 세아는 자신이 아직도 핸드폰을 귀에 대고 있다는 것을 깨달았다. 투둑 떨어진 눈물이 노트북 자판을 짙게 물들였다. 세아는 자신이 울고 있다는 것도 느끼지 못했다.

"응."

— 정말 들어오지 마. 오면 언니 많이 곤란해질 것 같아.

지아의 말에 세아는 놀라지 않았다. 어느 정도 예상한 일이었으니까. 아버지구나. 이런 스캔들 기사쯤 막는 것은 아버지에게 우스운 일도 아니었다. 이렇게 한순간에 까발려진다는 것은 아버지의 묵인 하에 일어났다는 것일 터. 동생 세준의 인터뷰라. 그녀는 굳게 입술을 깨물었다.

그로부터 한 시간 후.

세아는 끊임없이 울려 대는 핸드폰을 차가운 눈빛으로 쏘아보다 기어이 손에 들었다. 아직 함께 왔던 동료들은 모르는 듯한데, 전화나 인터폰은 본국에서 들어오는 것일 터였다. 그런데 문득 번호를 보던 그녀의 눈빛이 흠칫거렸다.

─류세아……, 내가 갈게.

익숙한 번호, 그리고 익숙한 목소리. 핸드폰 앞에서 그녀가 수십 번 누르기를 망설였던 정이헌, 전남편의 번호였다. 천운일까? 아니다, 이 사람은 이미 알고 있을지도 모른다. 그녀는 메마르고 갈라진 목소리로 겨우 입을 열었다.

"왜요, 이헌 씨?"

세아는 태연함을 가장했다. 하지만 방금 잠에서 깬 듯 목소리가 젖었다. 2년이나 살을 맞대고 살았지만 결국 남이라고 밀어 버린 전남편. 이 사람에게는 처음부터 끝까지 미안한 일뿐이었다.

─울지 마, 세아야.

세아는 대답하지 않았다. 촉각을 곤두세운 이헌은 자신의 모든 것을 눈에 보는 듯 느끼리라. 수화기를 타고 이헌의 깊은 한숨이 전해졌다.

─내가 필요한 순간 아닌가? 내가 아는 너는 네 아버지와 달라. 네 사랑을 스스로 삼류로 만들 여자가 아니야.

흡!

세아는 급히 손을 들어 왈칵 솟아오른 흐느낌을 참아 냈다. 언제나 이헌의 이런 위로와 친절을 못 견뎌 했던 것도 자신이었다.

─필요하면 날 이용하라고 했잖아. 몇 호인지 말해.

이헌이 재계를 대표하는 수행원의 일원으로 대통령 영국 방문에 함께 들어왔다는 것은 알고 있었다. 애써 무시하고 있었지만, 아마 그는 자신에 대해 촉각을 곤두세우고 있었을 것이라고 세아는 생각했다. 정이헌은 그런 남자니까. 다른 곳만 바라보는 여자를 여전히 사랑하는 그런 바보 같은…….

"오지 마. 오면……, 당신 또 상처 받아."

혼자만의 사랑이 얼마만큼의 고통인지는 스스로가 제일 잘 안다. 세아는 깊은 숨을 내쉬며 머리를 쓸어 올렸다. 창밖을 내다보는 눈에는 어느새 물기가 마르고 있었다. 거리에 드리워진 안개가 더욱 짙어지는 밤이다.

*

아침부터 기자실이 술렁거렸다. 풀 기자단 일정이 없어 비교적 여유로웠던 지후조차 기자실을 들어서며 고개를 갸우뚱거릴 정도였다.

오늘 대통령은 EU(유럽연합) 정상 회의에서 연설을 하고, 한국 투자에 관심을 가지고 있는 영국의 CEO들과 경제 원탁회의를 갖는다. 그리고 오후에는 영국 국왕이 외국 국가원수에게 수여하는 영국 최고 훈장인 '배스대십자훈장(Grand Cross of Order of the Bath, GCB)' 수여식이 있을 예정이었다. 내일은 일찍 귀국을 하니 오늘이 마지막 날인 셈인데, 아무래도 기자실 분위기가 심상치 않았다.

"야아, 이것 참. 가뜩이나 대통령 외유 중일 때 스캔들이 터지냐."

스캔들……?

노트북을 들여다보던 기준이 들어서는 지후를 보며 한마디 했다. 그녀의 입이 딱 벌어졌다.

"누, 누구요?"

"누구긴, 이 대통령이지."

순간 지후의 심장은 벼락을 맞은 듯 감전이 됐다가, 또다시 돌연 서리를 맞은 듯 서늘해졌다. 온몸이 바짝 굳어서 아무런 말도 나오질 않았다.

아니, 이게 무슨 마른하늘에 날벼락? 자고 일어나니 세상이 변했다더니. 어제까지 은밀하고 짜릿한 데이트를 했다며 스스로를 대견해하지 않았던가. 그런데 이 엄중한 시국에 스캔들이라니……. 스캔들!

지후의 얼굴이 순간 하얗게 탈색되었다. 어찌해야 될지 판단이 서지 않았다. 스캔들이 터진 마당에 스스로 걸어서 기자 소굴로 들어왔으니……. 확 도망을 가야 하나? 그, 그런데 어디로? 대통령 오빠는 아는 거야?

그녀가 하얗게 변한 머릿속에서 가까스로 생각을 끌어내고 있을 때였다.

"여당도 난리 났겠네. 이혼녀에, 지난 대선에서 경합을 벌였던 상대 당 후보 딸에……. 게다가 불륜 분위기도 풍기잖아. 이 문제로 이혼했다면서?"

기준이 고개를 절레절레 흔들었다. 모든 조건이 좋지 않았다. 대통령의 도덕성에 치명적 타격이 온다는 것은 빤한 결과였다.

"사실 여부는 둘째 치고라도 안달이 났을 겁니다. 지방선거가 코앞인데요. 지난번 이 대통령의 친구 발언도 파장이 컸는데. 하늘 높은 줄 모르던 이 대통령 지지율이 곤두박질을 치겠네요. 불륜 스캔들이라니요."

"상황 묘하게 돌아가네. 어쨌거나 류 총재가 결국 청와대 입성은 실패했지만, 딸을 안주인으로 들이미는 건가?"

"아니, 이거 누가 간 크게 이런 기사를 낸 거야?"

아직 풀 기자 일정을 나가지 않은 기자 몇이 몰려서 의견을 주거니 받거니 했다.

아니 아니, 스캔들 당사자가……, 내가 아냐? 이혼녀? 대선 경합? 류 총재? 어머나, 그럼……, 류세아 앵커? 말도 안 돼!

지후는 문득 이상한 느낌이 들어 기준에게 다가섰다. 동시에 그녀의 눈이 휘둥그레졌다. 콩닥콩닥 뛰던 가슴이 조금씩 가라앉았다.

"이거 성주현이네? 얘, 총 맞았나?"

스캔들을 터뜨린 기사의 작성자를 누군가 큰 소리로 떠드는 순간, 지후의 눈가가 가늘게 일그러졌다.

"미친놈, 조용히 자중하고 있을 것이지. 소설을 써요, 소설을. 얘, 헛다리짚었어."

"왜요?"

한쪽 책상을 차지하고 앉았던 한성경제의 박용현 기자가 비교적 거칠게 욕설을 내뱉었다. 한동안 청와대 춘추관을 출입하며 돈독한 동지애를 키웠던 사람들인데도 주현은 별로 환영받지 못하는 듯했다.

"떡 줄 사람 생각도 않는데, 어디다 류세아를 끌어다 붙여? 정말 친구와 그 친구도 구별 못 하는 바보야?"

"박 기자님, 뭐 알고 있는 것 있어요?"

"류세아는 아마 전남편이랑 재결합할 거다."

사람들의 시선이 툭툭 말을 내뱉은 용현에게 향했다. 얼굴을 실룩

대던 용현이 이내 입을 열었다.

"SBN 특별 취재팀 오늘 귀국하잖아. 먼저 보낼 게 있어서 부탁 좀 하려고 일찍 호텔에 들렀는데, 전남편하고 밥 먹으러 내려왔다가 로비에서 딱 마주친 거 아냐. 그게 무슨 의미냐고. 같이 지낸 거잖아."

"전남편? 한서전자 사장 정이헌 씨요? 이번에 경제인단 대표로 왔잖아요."

"누가 아니래? 분위기 봐선 재결합이던데, 무슨 생뚱맞은 스캔들이야? 차라리 그들의 재결합 기사라면 모르겠다. 류 앵커도 지금쯤 상당히 당황했겠군."

왔다 갔다 하던 의견이 용현의 단정적인 말에 결론이 났다. 기자들의 면면에 미심쩍다는 빛이 스쳤다. 이쪽 생리를 너무도 잘 아는 그들인 탓이었다. 아무래도 의도된 뭔가가 있는 듯했다.

"그나저나 성 기자 이 바닥에서 다시 보기 힘들겠다."

결론을 내리는 용현의 말에 누구도 반박하지 않았다. 하지만 바로 누군가 한마디 보탰다.

"얼마 있다 고깃집 개업했다고 명함이나 돌리겠죠."

"그걸로 될까? 이미 외국으로 튀었을지 누가 알아."

분분한 의견이 오갔다. 지후는 당황한 가슴을 쓸어내리면서도 귓가에 들리는 온갖 소리들로 뚜껑이 열린 것처럼 오르는 열을 참아 내지 못했다.

하…… 뭐, 이런 경우가 다 있어! 그놈의 고깃집 끝까지 쫓아갈 거야!

그나저나 아무래도 10년은 수명이 준 것 같다.

*

세아는 눈앞에 모인 기자들의 면면을 눈에 익히려는 듯 시선을 고정시켰다. 특별히 기자회견장으로 꾸며진 특급 호텔의 그랜드볼룸은 쉴 새 없이 이어지는 카메라의 플래시 불빛과 강한 조명으로 눈이 부셨다. 문득 고개를 돌린 그녀의 시선과 이헌의 시선이 닿자, 그가 빙긋 웃었다.

먼저 귀국했던 그녀와 하루 사이를 두고 들어온 이헌이 마련한 자리였다. 아니, 영국에 있던 그가 먼저 귀국하면 기자회견을 하겠다고 세아를 혈안이 되어 찾고 있는 기자들에게 연락을 했다. 이헌의 도움으로 이 호텔 펜트하우스에서 하루를 지냈던 그녀의 긴 하루도 이제 끝이 나고 있었다. 이헌이 들어왔다는 것은 대통령 전용기인 코드원이 수도공항에 도착했고, 다시 말해 그, 이강유도 도착을 했다는 뜻이었다.

"이렇게 재결합을 하시는데, 동시에 터진 이강유 대통령과의 스캔들에 대해 한 말씀 부탁드립니다."

누군가 질문을 했다. 세아는 잡고 있는 이헌의 손에 강한 힘이 들어가는 게 느껴졌다.

그렇게 걱정하지 마. 그럼 나, 당신한테 얼굴을 들 수 없을 만큼 미안해져. 그러니 이강유, 이제 내 미련한 짝사랑도 접을 거야. 안녕, 오래된 내 사랑.

세아의 입가에 희미한 미소가 서렸다. 바라보는 이헌의 눈빛이 아릿해서 눈물이 날 것 같았다.

"이강유 대통령을 좋아합니다."

기자들 사이에서 웅성거리는 소리가 났다. 표정을 잡아내는 카메라 셔터 소리가 소란해졌다. 세아의 입가에 살짝 미소가 서렸다.

"의리 있고, 신의 있고, 친구로서 더할 나위 없는 분이죠. 친구의 자리에서 본 이 대통령은 자신의 신념을 실천으로 옮길 줄 아는 멋진 분이십니다. 그저 동창일 뿐이었던 제가 스캔들의 주인공이 될 수 있다니, 너무 부끄럽고 죄송스럽습니다. 제 남편에게도요."

또다시 굳게 손을 잡은 이헌이 빙긋 웃었다. 찌르르 심장에 무언가가 박힌 듯해서, 세아는 순간 뜨거운 감정이 울컥 솟았다. 지금은 길길이 뛰고 있을 아버지도, 떠나보내는 자신의 사랑도 머릿속에 남지 않았다. 오로지 바보같이 바라보는 이 남자뿐.

같은 시각, 청와대 관저.

관저의 접견실에서는 방금 외유에서 돌아온 이강유와 비서실장이 앉아 류세아와 정이헌의 기자회견을 지켜보고 있었다. 보고 자료를 손에 들고 있던 강유조차 화면에 시선이 멈췄다. 초유의 사태로 번질 뻔한 대통령 스캔들이 어느 엉터리 기자가 쓴 추측 기사였던 걸로 마무리되는 순간이었다.

"저쪽의 기대가 한꺼번에 날아가는 순간이군요."

저 재결합이 없었다면 류세아는 어떻게 되었을까? 생각이 미친 강유의 눈초리가 살짝 가늘어졌다. 보고에 의하면 류인호 쪽에서 일부러 터뜨린 것이라고 하는데, 그렇게까지 해야 했는지 자신은 아직 이해하지 못했다. 아버지가 딸을 팔 정도로 급했던 것일까.

"이 상황이 이해되지 않는 걸 보니, 저는 아직 정치가가 아닌가 봅니다."

"대통령님, 저런 아버지는 국민의 아버지가 될 자격도 없습니다."

단호히 대답하는 비서실장 후영을 보던 강유가 가볍게 웃었다. 한숨과도 같은 웃음이다. 그러다 문득 웃음이 멎었다.

귀국을 했으니 이제는 현안들과 싸워야 할 시간이었다. 당장 손에 들고 있는 보고서를 오늘 안으로 파악하고 답을 내줘야 한다. 모처에서 올라온 '파병에 따른 경제 파급효과'에 대한 분석 자료였다. 조만간 경제 자문 회의도 비공식적으로 열릴 예정이었다. 머릿속이 수십 가지의 가설로 얼기설기 얽혔다. 그러다 이내 강유는 생각을 딱 멈췄다.

강지후……!

보고 싶다. 그래서 오늘 밤도 긴 밤이 될 듯싶었다.

9

새벽 6시. 뜨거운 성하(盛夏)의 계절이 다가와 이른 시각인데도 벌써 날이 환했다. 푸릇한 아침 공기가 감싼 청와대 본관의 비서실장실에는 의전 비서관 호일과 비서실장 후영이 머리를 맞대고 있었다. 코앞으로 다가온 대통령의 여름휴가 건으로 인함이었다. 취임 첫해는 휴가도 없이 보낸 대통령이었다. 그러나 이번까지 챙기지 않으면, 자신들이 힘겨운 여름을 보낼 듯싶었다. 그것도 철저히 은밀하게 챙기지 않으면 안 된다.

"그럼 오늘 밤에 움직이십니까? 언론에는 내일부터 3박 4일간 휴가에 들어간다고 통보한 상황입니다."

후영은 대답 대신 고개를 끄덕였다. 이미 대통령이 휴가 때 머물 곳으로 결정된 제주도 별저에 대한 경호가 강화됐다. 휴가는 혼자 보내겠다고 선언한 그의 주변에서 경호원을 숨겨야 했던 것이다. 단 하루만이라도 자유를 원했던 대통령에게 한 가지 절충안을 제시하며 협상을 한 것도 비서실장이었다. 당근이라고 해야 할까.

"참 힘드십니다. K님과의 관계도 그렇고."

K는 지후를 지칭하는 그들만의 단어였다. 혹시라도 말끝에 이름이 묻어 나올까 궁여지책을 낸 셈이었다.

"결혼을 생각하시는 걸까요? 차라리 공표를 하면……."

"아니."

호일의 말을 후영이 짧게 잘랐다.

"언제고 결혼은 하시겠지만, 시기가 좋지 않아."

민감한 정국이었다. 아이센 파병에 대한 대통령의 결정이 코앞이었고, 그 뒤로는 지방선거를 앞두고 있었다. 모든 것이 어떤 식으로 작용을 할 것인지 청와대를 향한 여당 내부의 안테나도 첨예하게 세워졌다. 아니, 어쩌면 내심으로는 대통령의 연애도, 또한 결혼도 아직은 바라지 않을지도 모른다.

"당분간은 극비야."

"K님 배경도 만만치 않으십니다."

"그러니 보호해야지. 정치부에 있다는 것 하나만으로도 어떤 얘기가 쏟아질지 몰라."

여간해서 속내를 비치는 일이 없는 강유의 마음이 정확히 어떤 것인지 섣부른 판단을 할 수 없었다. 그러니 대통령의 연인 강지후에 대해 아직은 보호를 해야 할 의무가 있는 것이다.

다다다다!

헬기 소리가 요란하게 울렸다. 일렁이는 검푸른 밤바다를 앞으로 보며 헬기에서 내린 지후는 훌러덩 뒤집히려고 펄럭대는 선드레스 자락을 손으로 잡느라 정신이 없었다.

제기랄! 이럴 줄 알았으면 치마 따위 입지 않는 건데.

가까운 곳에서 기다린다는 소린 줄 알았다. 경호원이 모는 차를 타고 움직인 뒤, 또 헬기를 타고 나서야 다른 어디론가 이동이 있을 거라 짐작했을 뿐이었다. 대통령이 휴가를 어디에서 보내는지 알려지지 않은 상황이었고, 지후에게조차 강유는 웃음으로 때웠을 뿐이었다. 흘끔 주위를 둘러보니 환하게 불이 켜진 흰색 건물 주위로 키 큰 야자수들이 늘어서 있었다. 남해 바다나 제주도 정도인가?

"조심해서 가세요."

귀청을 울리는 요란한 헬기 소리에 묻혀 분명 자신의 인사가 헬기를 조종하고 있는 천 소령에게 들리지는 않았을 것이다. 하지만 지후는 이제는 익숙해진 그에게 손을 흔들며 고마움을 표시했다. 엄지손가락을 번쩍 치켜드는 그가 씩 웃자마자 검은색 헬기는 또다시 하늘로 번쩍 솟아올랐다.

"천 소령이 돌아가기 싫은가 보군."

어느새 다가왔을까, 귓가에 밀려드는 숨결이 밤바다에서 불어오는 바람에 차가워진 귓가를 사르르 녹였다. 어깨를 감싼 단단함은 긴장했던 마음을 풀어지게 했다. 바다 내음과 구별되어 실린 깨끗한 그의 향기에 마음이 편해지면서도 두근거렸다. 반팔 셔츠 아래 드러난 강인한 팔이 여름 햇살에 그을려 더욱 단단해 보였다. 지후는 한 손으로 강유의 목을 껴안고 돌아서 그의 입술에 짧게 입 맞췄다. 떨어짐이 아쉬운 듯 다시 뒷목을 당긴 강유가 혀끝으로 그녀의 입술을 살짝 핥고 가볍게 입 맞췄다. 그러다 욕심이 난 듯 지후의 얼굴을 두 손으로 붙들고 진한 키스를 퍼부었다. 짜릿한 전율이 몸의 중심을 따라 흐른다.

"돌아가기 싫은지……, 어떻게 알아요?"

지후는 강유에게서 겨우 입술을 떼어 냈다. 이대로라면 아무리 깨끗한 흰모래로 덮였다 해도 모래사장이 등에 닿을 것 같았다. 억지로 하던 말을 꺼내는 지후의 목소리가 깊이 잠겼다.

"머뭇거리는 게 다 보여."

밤처럼 짙어진 강유의 눈동자에 설레면서도 지후는 짓궂은 웃음을 씩 올렸다. 이 남자, 질투하면 정말 대책이 없다. 나중에는 정말 길 가다 다른 남자에게 눈길 주는 것조차 화낼 것 같은데…….

"왜 웃어?"

"재밌어서. 여기가 대통령의 숨겨진 별장이에요? 계속 혼자 있었어요?"

"그럼?"

강유의 고개가 기우뚱 왼쪽으로 20도쯤 기울어졌다. 궁금함을 드러낸 그를 향해 지후는 희미하게 웃어 보였다.

"휴가 선언하고 사라진 대통령 찾느라 대한민국 여자들이 비상인데."

등잔 밑이 어둡다는 말이 있다. 정작 휴가라고는 하지만 '청와대 관저에서 방콕과 방글라데시를 번갈아 넘나들며 잠이나 주무시는 게 아닐까?' 하는 의견이 나왔을 정도였다. 그러니 흔적조차 찾을 수가 없지 않냐며.

"강 기자도 나 찾았나?"

"흠……."

기대를 갖고 눈빛을 반짝이는 강유에게 지후는 시원한 대답을 해줄 수 없었다.

"왜?"

"안 찾았어요. 바쁘신 대통령 오빠 휴가 맞추느라 강 기자는 어젯밤도 꼴딱 샜어요."

투정하는 아이처럼 지후의 입이 뚱하게 나왔다. 잠을 못 잔 눈은 모래라도 들어간 듯 버석거렸다. 며칠 잠이라도 퍼질러 자고 싶다는 생각이 파도처럼 쏴 밀려왔다 밀려 나갔다.

"그리고 나는 체질적으로 거짓말에 약해요. 여행 간다고 나오긴 했는데……."

갑자기 지후의 목소리가 낮아졌다. 마치 누군가 곁에 있는 듯 그녀는 목을 감고 있던 강유를 조금 더 끌어당겨 귓가에 속삭였다.

"……남자랑 온다는 얘긴 안 했거든요. 지혁 오빠가 알면 다리몽둥이 부러져요. 게다가 건망증이 심해서 짐도 차에 모두 두고 왔다고요. 헬기 타고 나서 안 거 있지."

말로는 지혁이 두렵다면서도 실제로는 상황이 우스운지 키득대는 지후의 숨결이 미풍처럼 살랑댔다. 강유는 더 이상 참지 못하고 그녀를 번쩍 안아 들었다.

"오느라 정말 수고했어."

"내일 올라가야 돼요. 갈아입을 옷도 없어."

"옷? 정말 필요한가?"

응?

너무도 자연스럽고 천연덕스럽다. 강유의 표정이 미동도 없이 무표정하니, 지후는 자신이 더 민망해져 그의 목덜미에 얼굴을 묻었다.

"대통령 오빠, 엉큼해."

"나도 알아."

무뚝뚝한 대답에 쿡 웃음이 터졌다. 긴장한 탓일 것이다. 이강유가 긴장했다고 생각하니 스멀스멀 짜릿함이 감돌았다. 지후는 호기심이 바짝 올라 매끈한 강유의 목선을 살짝 깨물었다.

"지금 도발하면 저녁밥이 없을 텐데?"

무심한 목소리와 달리 강유의 팔에 힘이 들어갔다는 것을 지후는 알았다. 아, 정말 이 청개구리 심보를 어떡한다? 가뜩이나 배도 고픈데, 하지 말라고 하니 더 하고 싶다. 게다가 맨살이 스치니 은근히 달아오르기 시작했다.

지난번 영국 방문 이후, 대통령은 외유가 두 번이나 더 있었다. 정상외교의 시즌인 것이다. 게다가 서로 바쁘다 보니 만나도 짧게 만나는 것이 대부분이었다. 여름휴가를 기다리지 않았다면 거짓말이었다.

"밥도 주고 사랑도 해 주면 안 되나? 멀티는 안 되십니까?"

지후는 혼잣말로 중얼거렸다. 그러자 더 이상은 참지 못하겠는지, 따뜻한 오렌지빛 전등이 켜진 현관으로 들어서던 강유의 웃음소리가 유쾌하게 터졌다.

"일단 씻지? 강 기자 온다고 오랜만에 앞치마 둘렀다."

"정말요?"

지후의 두 눈이 휘둥그레졌다. 앞치마를 두른 대통령이라. 당장은 상상이 안 간다.

*

짙은 원목색으로 꾸며진 주방은 크고 넓었다. 여간한 주방 기구는
모두 갖춰져 있었고, 대형 냉장고에는 당분간 밖으로 나가지 않아도
될 만큼의 식재료가 가득했다.

"이거 너무 커요."

문득 들린 지후의 목소리에 아일랜드 식탁 위에 접시를 올려놓던
강유의 시선이 옆으로 향했다. 순간 그의 미간이 움찔거렸다. 아무래
도 선택을 잘못한 것 같은데.

면 티셔츠와 반바지를 욕실에 밀어 넣어 줬는데, 둘 다 강지후 정도
는 두 명이 너끈히 들어가도 남을 만큼 품과 길이가 컸다. 자루같이 뒤
집어쓴 티셔츠는 그렇다고 해도, 반바지의 바지춤을 꾹 쥐고 나온 지
후의 모습을 본 강유의 눈가에 희미한 웃음이 서렸다. 그리고 다음 순
간, 팔짱을 낀 채 지후의 모습을 머리에서 발끝까지 훑은 그가 성큼 지
후에게 다가섰다. 아무래도 더 이상 참는 것은 무리다.

"왜 점점 마르지?"

티셔츠의 목덜미가 우아한 쇄골선까지 깊게 파였다. 한 손으로 그
곳을 쓰다듬으며, 다른 한 손으로는 반바지의 바지춤을 쥐고 있는 지
후의 손을 나른하게 쓰다듬었다.

하아······.

지후의 손에서 힘이 풀리며 스륵 바지가 내려갔다. 그래도 긴 티셔

츠 자락이 그녀의 허벅지까지 내려와 덮었다. 하지만 그것이 더욱 시선을 감질나게 만들었다. 뜨거운 숨이 지후의 목덜미에 훅 떨어졌다. 허리로 들어온 강유의 손에 강한 힘이 들어가며, 그곳이 꺾일 듯 끌어당겨 품 안에 넣었다. 가깝게 맞닿은 심장 소리가 서로의 가슴을 넘나들었다. 거칠다. 참고 참아 억눌러 놓았던 갈급함이 단숨에 터졌다.

"배고픈데……."

이미 신경은 한곳으로 집중됐으면서도 습관적으로 튀어나온 지후의 말이었다. 그에 대한 대답으로 강유는 그녀의 입술을 막았다. 갓 욕실에서 나와 향기로 똘똘 뭉친 지후의 모든 것을 강유는 자신에게로 끌어들였다. 촉촉함이 남은 허리선을 지난 손이 속옷을 입지 않은 가슴에 닿았다. 순간 지후의 얼굴이 화끈 달아올랐다. 몸이 움찔거렸다. 맞물린 듯 꼭 닿은 아래쪽에서 그의 흥분이 고스란히 전해졌다. 여전히 사랑은 부끄럽고 어렵다.

"왜……."

깊고 탁한 강유의 음성이 귓가에 흘렀다. 강유의 손이 그녀의 가슴 위를 더듬어 지후의 신경은 그곳으로 쏠렸다.

"내가 유혹한 거 같잖아요. 속옷, 일부러 안 입은 건 아닌데."

아무려면 어떨까. 입가에 빙긋 떠올랐던 강유의 웃음이 순식간에 사라졌다. 그의 입술이 지후의 입술을 잠시 물었다가 폭풍처럼 덮쳤다. 깊게 들어온 강유가 벅차 지후는 더욱 그의 어깨를 아프게 잡았다. 입술에 느껴진 얼얼하면서도 아릿한 통증으로 인해 지후는 몸을 떨었다. 가슴 위에 머물러 꽉 움켜쥐었다가 놓기를 반복하는 강유의 손목을 잡고, 이제 그만 하라고 애원하고 싶을 만큼 그녀는 바짝 달아올라

숨이 찼다.

"제발……."

결국은 애원하게 만든다. 강유의 얼굴을 붙들고 지후는 소낙비 같
은 키스를 퍼부었다. 그의 머리카락 속으로 손가락을 집어넣어 마구
흐트러뜨렸다. 이쯤에서도 호흡 하나 흐트러지지 않는 그가 야속해질
때가 있다. 항상 먼저 이성을 잃는 쪽은 자신. 하지만 이내 갈라지고
탁한 그의 음성에 몸을 떨었다. 차갑게 절제된 눈빛 아래 일렁이는 것
이 뜨거운 욕망이라는 것을 그녀는 알았다.

"유혹 맞군."

번쩍 지후를 안고 일어선 강유의 표정이 풀어지지 않았다. 바짝 안
은 강유의 등허리가 잔뜩 긴장해서 팽팽해졌다.

*

바닷가라 그럴까, 침실 안은 특별히 냉방을 하지 않았는데도 서늘
했다. 낮 동안 분명 후끈 달아오른 태양빛에 노출됐을 텐데, 탁 트인
바다가 보이는 침실에는 청량함이 감돌았다. 살며시 눕혀진 침대의 시
트 또한 보송보송하고 서늘하게 느껴져 지후는 자기도 모르게 몸을 떨
었다. 낮은 조명 아래 보이는 강유의 눈빛이 타는 듯했다.

"추운가?"

아니. 대답 대신 지후는 고개를 저었다. 흐릿한 열망의 눈빛이 그를
똑바로 올려다보자, 강유의 입술에서도 희미한 신음이 새어 나왔다.
열 오른 지후의 볼에 와 닿은 강유의 손바닥도 뜨겁긴 마찬가지였다.

한참을 바라보던 강유가 기어이 참지 못하고 지후의 입술을 파고들었다. 허리를 쓰다듬던 손은 아래로 내려가 그녀가 입고 있던 티셔츠를 머리 위로 끌어올렸다. 이미 아무런 소용이 없던 그것이 침대 밖으로 떨어졌다. 그러자 몸의 선을 따라 쓰다듬던 손이 아래로 내려가 마지막 남은 작은 천까지 조심스럽게 끌어내렸다. 예민한 허벅지 안쪽에서 경련이 일어 바르르 떨렸다. 뜨거운 강유의 열기가 온몸으로 느껴져 지후는 그대로 젖어 들었다.

"하아……."

지후의 깊은 곳에서 신음이 터져 나왔다. 그녀 또한 참지 못해 바지 속에서 그의 셔츠를 마구 빼냈다. 뜨겁고 매끄러운 그의 살을 더듬던 손이 어느새 강유의 바지와 속옷을 동시에 벗겼다. 그러다 내려가던 바지가 손에 안 닿자 지후는 대충 발로 끌어내렸다. 급했다. 잘 잡히지도 않는 그의 엉덩이를 움켜쥐고 팽팽하게 흥분한 그를 끌어당겨 재촉했다. 이제 더는 참지 못해. 지후는 긴 다리로 강유의 튼실한 허리를 휘어 감고 노골적으로 유혹했다.

"작정했군."

"휴가잖아. 오늘 홍콩까지 갔다 와요."

강유가 빙긋 웃었다. 하지만 태연함을 가장했다는 것을 지후는 알고 있었다. 그것이 마지막 여유였음을. 곧바로 귓가로 쏟아진 뜨거운 숨결과 그곳에 닿은 촉촉한 혀끝으로 인해, 그녀는 그의 흥분도 절실히 느꼈다. 맨살로 맞닿은 몸에서 불이 화륵 타오르는 듯했다. 머릿속이 아찔해져 더 이상 생각이 불가능해졌다. 그가 무릎으로 다리를 벌린 것까지 알았지만, 그의 손길이 예민하게 달아오른 그곳을 자극했지만, 이미 강유의 입술이 막은 입술에서는 희미한 신음 소리만 새어 나갔다. 그리고 순간, 뜨겁게 젖은 그녀 안으로 그가 강하게 밀고 들어왔다. 끝까지 밀려온 그로 인해 정신이 번쩍 들었다. 격렬한 통증을 동반한 쾌감이 온몸을 쓸었다.

"아!"

지후의 온몸이 그를 꽉 잡았다. 아픔이 밀려들었는데, 오히려 그를 밀어내지 못하고 더욱 끌어당겼다.

"으음……."

귓가에 터진 그의 신음으로 인해 정신이 아찔해졌다. 은밀한 접촉이 더해질수록 머릿속은 하얗게 탈색되어 갔다.

*

새벽녘, 강유가 눈을 떴을 때 제일 먼저 느낀 것은 품에 안긴 작은 온기였다. 고르게 내쉬는 숨결, 그리고 마음을 넉넉하고 풀어지게 만드는 따스함이 단단한 그의 입술에 미소를 그렸다. 강유는 그녀의 어깨에 살짝 입술을 찍었다. 새벽바람이 추운 듯 그의 품을 파고드는 지후의 몸을 끌어안아 부드럽게 등을 쓸어내리다가, 기어이 강유는 몸을 일으켰다. 바닥에 떨어진 가운을 집어 몸에 걸치고 창문으로 다가가 문을 닫았다. 동이 트려는지 멀리 보이는 수평선 끝에서 푸른 기운이 가시고 있었다. 그 끝에서 날아오른 갈매기의 몸짓이 새벽 어스름에 아련히 보였다. 묵직하게 가라앉았던 상념이 그 시선 끝에 떠올랐다.

이제는 결론을 내야겠지.

조만간 임시국회를 소집해야 한다. 또다시 은밀히 그에게 파견되었던 아이센 정부의 특사는 많은 것을 남겨 두고 갔다. 국제 관계를 유추했을 때, 서로 눈치만 보고 있는 미국과 러시아를 제외하면 가장 유력시되는 것은 현재 한국뿐. 무궁무진한 지하자원의 개발, 그리고 국가 재건에 따른 시너지효과. 신념과 국익 사이에서 오랫동안 심사숙고했던 그의 결론은 하나로 귀결되고 있었다. 대통령 이강유에 대해서는 역사가 평가해 줄 것이라는 에드워드의 말이 귓가를 맴돌았다.

후! 짧게 숨을 내쉬는 순간, 뒤척이는 지후의 움직임이 느껴졌다. 강유는 곧바로 침대로 돌아갔다. 스륵 벌어졌던 가운이 또다시 바닥으로 떨어져 내렸다.

"지금, 몇 시예요?"

아직은 잠에 취해 지후가 중얼거렸다. 부드럽게 감기는 맨살의 감촉을 손끝에 느끼는 강유의 눈빛이 낮게 가라앉았다.

강지후…….

"왜 벌써 깼어요?"

지후가 여전히 붙어 버릴 것 같은 눈을 비비며 물었다. 함께 나눴던 사랑의 흔적으로 아릿한 통증이 차츰 찾아들었다. 새벽 기운에 또렷해지는 강유의 검은 눈동자가 잠에서 깨어나는 그녀의 심장을 흔들어 놓았다.

"잠은 잤어요?"

문득 지후가 강유의 뺨에 손바닥을 댔다. 아무 대답 없는 강유가 어딘지 모르게 불안했다.

"무슨 일, 있어요?"

그녀의 말이 끝나자마자 강유는 품 안에 지후를 바짝 끌어당겼다. 한 팔로 꽉 안고, 입술로는 윗입술을 스쳤다가 아랫입술에 머물렀다.

"아니, 자다 깼어."

한참 후에야 가볍게 대답한 강유였지만, 지후는 그의 대답 한마디에 나락으로 떨어질 듯한 아득함을 느껴야 했다. 정말 왜 이렇게 마음이 불안할까.

"강 기자."

"네."

강유는 짧게 대답한 지후의 머리를 쓸어 주었다.

길다면 길고 짧다면 짧은 삶을 살아오며 언제나 판단과 선택을 해야 했다. 더욱이 대통령에 당선된 이후엔 판단과 선택은 하루에도 수십 번씩 그의 결단을 요구했고, 그 짧은 순간의 판단은 예기치 못한 결과를 불러일으키기도 했다.

깊은 성찰과 이해는 필수였다. 하지만 언제나 선택과 판단을 해야 하는 찰나의 순간이 왔을 때는 머뭇거리게 된다. 그것은 대통령이라는 위치에 선 자신의 선택이 불러일으킬 파장 때문이었다. 그럼에도 그것을 한 번도 두려워해 본 적은 없었다. 지금껏 그때그때의 판단은 대부분 옳았으니까. 그런데…….

언제부터였을까, 흔들림 없이 자신을 바라보는 눈동자가 마음에 걸렸다. 녹지 않은 얼음을 삼킨 듯 가슴에 섬뜩하니 걸린 것은 이 여자의 얼굴, 이 여자의 웃음, 그리고 놓고 싶지 않은 따뜻함.

"언제나 내 곁에 있어라."

순간 멍해진 시선 안에서 지후는 심장이 두근두근 뛰었다. 당장 입을 열어야 하는데 목이 메어 소리가 나오지 못했다. 얼굴을 쓰다듬는 그의 다정한 손길에 왈칵 눈물이 몰려들 것 같았다. 지후는 대답 대신 그의 가슴에 얼굴을 묻고 고개를 끄덕였다. 안도의 한숨처럼 입술이 열렸고, 그는 부드럽게 지후의 얼굴을 들어 입술을 머금었다. 거칠고 격함 없이 천천히 강유는 지후의 입술을 달랬다. 감미롭게 혀를 감고 그녀의 모든 것을 빨아들였다.

10

청와대 춘추관 기자실이 아침부터 술렁거렸다. 임시국회가 소집된 날, 각 언론사에서 헤드라인 뉴스로 내보낸 것은 아이센공화국 파병에 대한 내용이었다. 아이센 정부가 대한민국 정부에 정식으로 파병 요청을 했다는 것이 주요 골자였다.

"기어이 파병하겠군. 정가 분위기가 그러네."

"대통령이란 자리에서 신념을 지키는 것이 쉬운 일은 아니지."

"결의되면 국방위 통과가 유력하다는데, 반대파까지 모두 설득해 낸 이 대통령이 대단한 거죠."

"반대하는 의원들 모두 개인적으로 접촉해서 설득했다는 후문이에요."

"힘이 있는 분이야. 행사하지 않지만, 힘이 있다는 것을 모두 아는 거지. 그게 정치 아니겠어?"

삼삼오오 모여 있던 기자들의 말도 지후의 귀에는 들어오지 않았다. 심장이 쿵쿵거렸다.

"그나저나, 반전 시위가 대단해질 거 같아."

누군가의 걱정 어린 말투에 모두가 동의했다. 반전주의자들의 극렬한 시위는 둘째 치고라도, 당장 오늘 밤 광화문에서 예정된 대규모 촛불 반전 시위로 인해 전국이 들썩거렸다.

이것이었나?

멍하니 노트북 화면을 보고 있던 지후의 머릿속에 떠오른 것은 그날 새벽 낮게 가라앉았던 강유의 눈동자였다. 고뇌가 담겨 있던 눈빛이 이제야 이해되기 시작했다. 그것은 남자 이강유의 마음이었을까.

꾸깃!

지후의 손에 들려 있던 오늘자 청와대 보도 자료가 손안에서 일그러졌다. 이를 악다문 그녀의 얼굴 위로 참담함이 스쳐 갔다.

청와대 춘추관 브리핑룸.

매주 있는 대통령 이강유의 정규 브리핑이 끝나자, 당연한 수순이었겠지만 파병에 대한 기자들의 질의가 빗발쳤다. 브리핑룸 한쪽에 자리 잡았던 지후는 기자들의 질문을 받고 있는 강유를 유심히 바라봤다. 변하지 않은 여유로운 표정, 그리고 이곳에 있는 기자들 중 자신만이 알고 있을 그의 의식적인 웃음. 저 웃음 뒤에 얼마만큼의 냉정과 열정을 감추고 있는지도 아마 자신만이 알 것이다.

"한성일보의 정대현 기자입니다. 지금껏 파병에 대한 대통령님의 입장은 '아니다' 쪽이었던 것으로 기억합니다. 이번 아이센 특사 건 관련하여, 다른 생각을 염두에 두고 계십니까?"

하나하나가 조심스런 질문과 답변이었다. 국제적인 관심사가 한꺼번에 쏠렸다는 것을 강유 또한 알고 있는지, 그는 잠시 시간을 두고 신중히 입을 열었다.

"많은 토론과 의견 수렴이 필요합니다. 답변은 제게도 시간을 주십시오."

"파병하실 예정이십니까?"

이번에는 돌려 묻지도 않았다. 곧바로 이어진 정 기자의 질문에 내외신 기자들의 모든 눈과 귀가 이강유의 한마디에 쏠렸다. 지후는 꿀꺽 마른침을 삼키며 그의 표정을 주시했다. 한순간 강유의 눈빛이 지후를 스쳐 지나간 후 그가 입을 열었다. 이번에는 대통령 또한 직접화법을 택했다.

"파병에 따른 국익을 감안하여 고려하고 있습니다. 다만 한다고 결정이 된다 해도, 아이센의 재건을 돕기 위한 공병대와 인도적 차원의 의료 지원단에 한정된 얘기입니다."

기자단이 술렁거림과 동시에 지후의 얼굴이 일그러졌다. 천천히 고개를 돌린 강유와 정확히 시선이 마주쳤다. 두 사람의 지그시 힘이 들어간 눈빛이 허공에서 뒤얽히며 스파크가 튀었다. 그녀는 이내 시선을 거두고 자리에서 일어섰다. 다음 질문 차례가 자신임을 알고 있었다.

"SBN의 강지후 기자입니다. 방금 하신 말씀에 대해 질문 드리겠습니다."

강유의 눈빛이 굳어졌다. 지후를 보는 그의 시선은 깊게 가라앉았다.

"혹시라도 연임을 염두에 둔 결정은 아니십니까?"

침묵이 흘렀다. 알려질 대로 알려진 두 사람의 대립을 지켜보는 사람들의 표정에도 긴장이 흘렀다. 날카로운 칼처럼 핏대가 드러난 강유의 목선이 꿈틀거렸고, 불꽃처럼 튀는 팽팽한 시선이 허공에서 부딪쳐 불꽃이 이는 듯했다. 잠시의 침묵을 대통령의 묵직한 음성이 깼다.

"아닙니다."

진실이죠? 신중한 강유의 눈빛을 온몸으로 받으며 지후는 자리에 털썩 주저앉았다. 경직되는 얼굴 근육을 진정시키고 싶었지만, 더 이상 어찌할 틈이 없었다.

그로부터 한 시간 후.

지후는 자신이 서 있는 곳이 대통령 관저 이강유의 서재임을 알 수 있었다. 한쪽 벽면에 가득 꽂힌 두꺼운 서적들이 뜨겁고 강렬한 8월 햇살 아래 드러났다. 책상이 있고 책이 가득한 평범한 서재였건만, 알 수 없는 위엄이 서려 그녀조차 움찔하게 만드는 분위기. 이곳은 처음이었다. 청와대 비서실장인 후영의 안내에 따라 들어온 곳에서 그녀는 자신도 모르게 땀이 찬 손바닥을 정장 스커트를 잡아 닦았다.

"강 기자."

문소리가 난 후 들려온 낮고 선명한 목소리의 주인을 알고 있었다. 충분히, 그리고 온몸으로 아프게 느낄 수 있을 만큼.

천천히 눈을 감았다 뜬 지후는 문 쪽으로 돌아섰다. 막간 회의를 하고 온 듯했다. 눈이 부시도록 흰 반팔 와이셔츠에 넥타이만 맨 차림 그대로 강유가 다가왔다. 선명한 블루빛의 넥타이가 시야를 아찔하게 했다. 관저로 잠시 돌아온 강유의 표정은 굳어 있었다. 지후는 자신의 표정도 굳어지는 걸 느꼈고, 순간 가슴 쪽까지 뭉근한 아픔이 일었다.

"궁금한 게 있는 표정이야. 그래서 불렀어."

제주에서 올라와 일주일 만에 보는 강유는 익숙하면서도 멀었다. 지후의 눈빛이 한순간 반짝거렸다. 그녀의 눈빛은 이강유를 처음 대통령으로 브리핑룸에서 봤던 그날처럼, 사뭇 경계심이 깃들고 도전적이었다.

"대통령님께서 언제부터 기자들 궁금증을 모두 풀어 주셨습니까?"

"너니까."

강유가 이끌리듯 가까이 다가서자 지후는 한 걸음 뒤로 물러섰다. 한여름 열기를 가득 품고 알싸하게 밀려오는 한 남자의 향취에 심장이 메어질 것 같았다. 이 며칠, 가슴속에서 뭉그러지다 터지려고 했던 말들이 목 끝에 걸렸다. 지후는 똑바로 강유를 바라봤다. 하지만 어쩔 수 없이 눈동자가 흔들렸다.

"대통령 오빠를 만날 때, 나는 기자가 아니었어요."

지후가 항변했다. 그것은 자신의 정체성에 대한 몸부림이기도 했다. 정말 스스로에게 자신할 만큼 대통령 이강유에 대해 객관적이었는지 지금은 확신할 수 없었다.

"나도 널 기자로 본 적 없어."

지후의 심장이 아릿하게 옥죄어 왔다. 흔들리지 않는 강유의 검은 눈빛을 하늘에서 내려온 동아줄처럼 붙들고 싶었다. 하지만 의도하지 않았던 입이 열렸다.

"파병을……, 하나요?"

"말한 바대로."

"신념을 꺾으셨습니까?"

지후의 목소리가 은근하게 떨렸다. 강유의 눈동자에 짧은 순간 스친 동요를 철저히 외면했다.

"아니, 꺾은 적 없어."

"그럼 왜!"

한순간 목이 콱 잠겼다. 지후는 숨도 못 쉴 것 같은 긴장 속에서 울컥 솟구치는 감정을 이를 물고 씹어 삼켰다.

"기자가 아닌 강지후가 한 가지만 물을게요."

"말해."

"신념은 꺾은 적 없지만, 기회를 보고 있었나요? 때를 기다렸던 거예요?"

드디어 목 끝에 걸렸던 말이 넘어왔다. 지후는 꿀꺽 침을 삼키며 터질 듯이 뛰고 있는 심장을 눌렀다. 싸늘하게 냉각되어 가는 강유의 표정을 똑바로 올려다봤다.

"처음부터 신념이란 것이 있긴 했었나요? 파병은 내가 출입 기자로 첫 번째 질문을 던졌던 그날도 이미 결정되었던 사항이었죠?"

"강지후!"

"내 이름 부르지 마요!"

지후의 눈빛은 단숨에 굳어졌다. 믿고 있는 것들이 한순간에 무너져 내렸다. 처참하게 구겨진 마음이 눈물을 흘렸다.

"대통령 이강유가 부르는 내 이름을 듣는 순간, 나는 저널리스트로서의 객관성을 잃었어요!"

그가 이름을 부르는 순간 심장이 파열되는 줄 알았다. 단숨에 사랑에 빠진 여자는 기자로서의 냉철함을 잃었다. 어쩌면 그가 마음에 들어온 순간부터 주관을 섞어 이편에 서고 상대를 공격했는지도 모른다. 지후의 눈앞이 아찔해져 갔다. 나는, 기자의 자격이 없어.

"나까지 당신 손바닥 위에 놓고 본 거예요? 반전론자 강지후가 어떻게 국익을 최우선시하는 대통령에게 넘어가고 행동할지 당신은 모든 걸 알고 있었죠?"

아프다. 냉정함을 가장한 심장이.

"네가 나한테 기자가 아니었듯이 나도 네게는 대통령이 아니었어. 한 남자였을 뿐이야!"

강유의 음성은 나직했지만 분노가 섞여 있었다. 상처 입은 들짐승처럼 으르렁거렸다. 품 안에 품고 싶은 암컷으로 인하여, 수컷은 아랫입술과 함께 어금니를 사리물었다.

"미안해요."

울컥 솟아오른 물기를 온 힘을 다해 밀어 넣은 지후가 바로 입을 열었다.

"생각해 보니, 나는 당신 앞에서 기자였어요. 기자로서의 정체성과 객관성을 잃은 천박한 기자."

강유의 시선이 움찔거렸다. 오만한 듯 고개를 쳐들었지만, 상처 입어 웅크린 지후의 모습이 그대로 보였다. 그가 한 걸음 더 지후에게 다가섰지만 그녀는 또다시 뒷걸음질쳤다. 서재 책상의 모서리에 닿은 몸이 휘청거리자, 강유가 손을 뻗어 겨우 그녀를 잡았다. 눈빛이 일렁였다. 심장이 소금을 뿌린 듯 쓰리다.

"언젠가 당신을 포함한 기자들에게 얘기한 적이 있어."

강유는 천천히 입을 열었다. 파르르 불꽃이 일고 있는 지후의 눈동자를 흔들림 없이 바라보았다.

"대통령으로서 해야 할 일 중엔 내가 기존에 갖고 있던 신념과 다른 것들도 있다고."

강유의 말이 끝나는 순간 지후는 입술을 꾹 깨물었다. 흔들리는 눈빛 속에 바라본 그의 얼굴이 너무도 낯설었다.

"파병은 당신의 신념이 아니라고요? 국익을 위해 신념 따위 꺾을 수 있다고요?"

거짓말이라도 해 줘요. 당신, 잃고 싶지 않아요.

지후의 목소리는 점점 더 메말라 갔다. 하지만 기어이 강유는 아무런 대답을 해 주지 않았다. 지후의 눈빛에 발끈 빛이 돌았다.

"처음부터 연임을 의식했어요, 당신은!"

"누구나 이 자리에 앉으면 그 생각을 해!"

차가운 눈빛 아래 감추고 있던 불꽃이 타올랐다. 강유의 단단한 표정은 색을 지웠지만, 눈빛만큼은 붉은 화염에 휩싸인 듯했다. 강유는 목소리가 커져 가는 지후의 얼굴을 뚫어질 듯 내려다보았다.

"신념까지 운운하며 그러진 않아요! 그건 신념이 아니라 이강유라는 남자의 욕심이잖아요!"

"욕심이 아니라 야망이야!"

거칠게 지후의 말을 정정한 강유가 한 손으로 머리를 쓸어 올렸다. 지후의 팔을 잡은 다른 손에는 힘이 들어갔다. 파들거리는 그녀의 떨림이 전해진 그의 팔 또한 부들부들 떨려 왔다.

삐익!

갑자기 집무 책상 위에 놓여 있던 인터폰이 울렸다. 몰아쳐 오는 강유의 힘에 밀려 얼결에 뒤로 손을 짚던 지후의 손가락이 인터폰의 스피커를 누른 것도 그때였다.

— 대통령님, 지금 국회 상정을 위한 파병 결의안에 대한 국방위 통과가 확실시됩니다. 국방위 위원들과 원내 대표께서 오셨는데…….

눈앞에 빛이 번쩍였다 사라지는 듯했다. 첨예하게 마주친 눈빛이 한순간 삐걱거렸다.

"강지후!"

지후는 강한 힘으로 강유의 팔을 떨쳐 냈다. 그리고 뒤도 돌아보지 않고 서재를 뛰쳐나왔다.

*

필요한 것은 용기가 아니었다. 결심일 뿐이었다. 지후는 깊은 숨을 들이켜고는 결국 국장실 문을 두드리고 말았다. 벌써 며칠 동안 실랑이를 벌이고 있는 일의 결말을 봐야 했다.

"강지후, 나 너 지금 보고 싶지 않다."

국장실에는 담배 연기가 꽉 들어차 있었다. 조금만 더 심하면 화재경보기가 울릴지도 모르는데도, 그는 지금 책상 위에 엉덩이를 걸치고 앉아 먼 하늘을 보며 담배를 뻑뻑 태우고 있었다. 그리고 지후는 황 국장이 무엇을 고민하는 줄 알기에 성큼성큼 걸어가 바깥쪽으로 나 있는 작은 환기창을 덜컥 열었다.

"아무리 고민하셔도 저밖에 없어요. 이제 우리나라가 참전하게 되면……."

잠시 지후의 말이 멎었다. 짧은 단발머리를 쓸어 넘기는 손끝이 가늘게 떨렸다.

참전이라……. 파병안이 국회에서 통과된 이상, 공병대를 보내든 의료 지원단을 보내든 참전은 참전이다. 평화 유지란 명목으로 전투 병력이 들어갈 가능성도 배제할 수 없었다.

"……우리 역사가 되는 건데 남의 손에 맡길 수 없잖아요. 아직까지도 CNN이나 유럽 뉴스 받아 써야 되는 게 현실이라니, 국장님은 말이 된다고 생각하세요?"

현수는 한순간 말이 막혔다. 그러나 그것도 잠시. 불처럼 타오르는 지후의 투지가 부럽기도 하고 기특하기도 한 짧은 순간이 지나자, 그는 벌컥 소리를 질렀다.

"말이 되고 안 되고의 문제냐, 지금?"

"지원자 중 제가 가장 적임자예요. 인정하시죠?"

현수는 지후의 눈빛을 한참 동안 바라봤다. 강지후의 말대로 그녀만 한 적임자가 없다는 것이 문제였다. 까다로운 종군기자의 요건에 이만한 적임자는 아직 찾지 못했다. 더욱이 본인이 이렇게 강력하게 원하고 있는 바에야.

"너……."

현수의 눈빛이 흔들렸다. 며칠 동안 변함없는 지후의 눈빛을 보며, 그는 깊은 한숨을 내쉬었다.

"……알지? 이번엔 죽을지도 몰라. 상황은 최악이야. 시가전이 곳곳에서 전개되고 있고, 생화학전이 벌어질 수도 있어."

"알아요."

대답하는 지후의 목소리가 담담했다. 이미 각오한 바였다.

"서약서 쓰고 가야 해."

"지난번에도 썼어요."

"그때하고는 달라!"

버럭 소리를 지르는 현수를 바라보며 지후는 앞머리를 쓸어 올리다 씩 웃음을 머금었다.

"강지후……, 생명선 길어요. 개죽음은 안 당합니다."

"넌 욕심이 많아. 그래서 걱정이야."

한순간 까칠해진 현수의 말에 지후는 신중히 대답했다. 오랫동안 생각하던 것들을 평이한 어조로 털어놨다.

"솔직히 말씀드려서, 처음 종군했을 때는 그랬어요. 욕심이 가득했죠. 무리를 해서라도 무언가 이루고 싶었어요. 막말로 큰 건 하나 터뜨리고 싶었다는 거죠."

"그래서 터뜨렸지."

현수의 시니컬한 대응에 지후는 씁쓸하게 웃었다.

"전쟁을 너무 안이하게 본 탓이었어요. 화면에서만 보던 전쟁이 피부에 와 닿지 않았던 거죠. 이상과 현실의 경계에서 이제 현실로 넘어왔습니다. 전쟁을 겪은 사람은 다시는 전쟁 전의 사고로 돌아가지 못한다는 말, 절실히 느꼈어요. 이번에는 무언가 이뤄야 한다는 욕심, 없어요. 그냥 눈에 보이는 것들을 제 손으로 기록하고 싶습니다."

"그런데 왜 너야?"

걱정이 가득 담긴 현수의 눈을 지후는 한참 동안 바라봤다. 그러다 너무도 심각한 분위기에 목이 막혔다. 아무래도 분위기 쇄신이 필요해 지후는 희미하게 웃어 넘겼다.

"음……. 독수리 5형제도 없는 마당에 지구를 지키려고요."

"이 자식이! 너, 이런 상황에서도 농담이 나와?"

조금 더 흥분해서 버럭대는 현수에게 지후는 흐흐 웃어 보였다. 스스로의 무거움도 그렇게 털어 내고 싶었다.

"국장님이 하도 심각하게 분위기를 잡으시니까 그렇죠. 그런데 국장님!"

현수를 좋아한다. 어느 쪽에도 편향되지 않은 그의 보도 철학을 존중하고 존경하고 있었다. 그녀는 이번에도 그가 정확한 판단을 내릴 것으로 기대했다.

"부르지 마. 이제 겁나, 강지후."

현수가 다시 담배를 뻑뻑 피워 댔다. 아끼는 후배에 대한 걱정으로 그의 속이 바짝 말라 갔다.

아이센 정부의 요청을 받아들여 파병이 확실시되는 마당에 자국민 보호 방침이 떨어져 철수했던 기자단이 다시 꾸려질 예정이었다. 아이센 반군의 극렬 저항이 우려되는 가운데, 전 세계에서 모여든 기자단은 한꺼번에 움직일 예정이었으니, 그곳에 우리 기자들이 없다는 말은 우리 역사가 없다는 말이 될 터였다. 확실히 남의 눈으로 보는 역사는 의미가 없다. 하지만 몇몇 물망에 오른 기자들 중, 강지후만 한 적임자가 없다는 것이 문제였다.

"왜 저냐고요?"

가슴이 참 착잡했다. 지후는 깊게 숨을 들이쉬며 현수를 똑바로 바라봤다.

"아무도 가려고 하지 않는 곳이라도 누군가가 가지 않으면 안 되니까요.* 제가 세상을 바꿀 수는 없지만, 제 보도로 무수한 억측을 피할 수 있다면 그것으로 족합니다."

나 한 사람의 힘은 미약해서 세상을 바꾸지 못하지만, 내가 기록한 것들은 이런 세상이 있다는 것을 알리고, 바꾸게 하는 원동력이 될 수도 있다고 하던 제임스 나트웨이(James Natchtway)의 말을 신념처럼 지켜 왔던 지후의 결심은 현수를 흔들리게 했다.

결국 또 진 것인가.

"위험하면 바로 철수해. 살아남아서 진실을 전하는 것도 기자의 의무야."

현수는 반짝거리는 지후의 눈빛을 보며 서서히 커지는 심장 소리를 느꼈다. 역사가 흐르는 소리가 들린다. 이름 없는 이 작은 여기자가 기록한 기록들이 이제 역사가 되겠지. 위험하면 바로 철수하라는 자신의 말에 지금은 수긍하는 듯하지만, 직접 현장을 맞닥뜨리면 어떻게 변할지는 누구도 모른다.

현수는 묵묵히 고개를 끄덕였다. 조만간 편성이 될 종군기자단의 구체적 윤곽이 그의 머릿속에 떠올랐다.

---

* 2007. 09. 27 미얀마 양곤에서 벌어진 반정부 시위 취재 중 총탄에 맞아 숨진 일본인 사진기자 나가이 겐지 씨의 말 인용

제임스 나트웨이(James Natchtway) 세계보도사진상 두 번, 로버트카파상을 다섯 번 수상한 전쟁 사진가

11

아이센공화국의 수도 아이드 인근 소도시.

사막의 새벽 기온은 영하로 떨어질 때도 있었다. 그럴 때면 건조한 기후로 인하여 뼈를 에는 듯한 찬바람이 불어와 을씨년스럽게 사막 모래 바람을 휘몰아치게도 만들었다. 식량 수송을 위해 아이드에서 출발하여 움직이던 일곱 대의 트럭과 한 대의 엄호 차량이 아프리카 사막의 모래 바람을 뚫고 이동할 때였다. 하늘의 달도 가린 그믐밤의 새벽. 일찍 서둘러 해가 뜨기 전 수도 아이드에서 출발한 차량의 행렬은 모래 바람을 일으키며 새벽을 갈랐고, 차량 소리가 공명하여 울려 퍼졌다.

타타타타타탕!

그때였다. 수십 발의 총성이 연달아 울린 것과 동시에 쿠쿠쿵 요란한 굉음이 규칙적으로 들려오던 차량 행렬 소리를 산산조각 내며 흐트러뜨렸다.

같은 시각, 아이센의 인접 국가 사트지코 제1의 항만도시이자 경제 중심지 해이언.

"오늘따라 뭔가 좀 기분이 으스스하다는 생각 안 들어?"

"졸린다는 기분이요."

코트라(KOTRA 대한무역투자진흥공사) 소속으로 파견되어 1년 동안 이곳에서 일을 해 온 철훈은 함께 출장을 가게 된 영진을 향해 자신의 기분 상태에 대해 한마디 던졌다. 인접국 아이센에서는 내전이 벌어지고 있지만, 아프리카 최대의 상업지대로 들어가는 경제 관문인 해이언은 자유무역항으로 주요 거점이 되는 포인트라 아직까지 옆 나라의 내전과는 별 상관이 없는 듯 활기차고 평화로웠다. 자국의 파병으로 인해 대사관에서는 경계 명령이 떨어졌지만, 기본적인 것까지 미뤄 두고 있을 수는 없었다. 새벽 비행기를 타기 위해 외곽에 위치한 공항으로 차를 모는 철훈은 비교적 한적한 도로를 거침없이 달렸다. 하지만 뒤통수를 따라오는 이상한 기분에 더욱 속도를 높이는 중이었다. 그때였다.

끼이익!

철훈이 급브레이크를 밟은 것은 한참 전에 그들을 추월했다고 기억하는 차량 한 대가 도로를 가로로 막고 있었기 때문이었다. 아직 공항으로 들어가기 위해서는 20분 남짓 더 가야 하는데, 떠오르는 태양빛을 받은 검은 차체가 왜 그런지 기분을 더욱 싸늘하게 만들었다.

"무슨 일이에요, 차장님?"

좌석 등받이에 기대 나른한 눈을 가물거리던 영진이 몸을 벌떡 일으켰다. 그리고 경악으로 눈동자가 커진 그들이 본 것은 검은 차체에서 우르르 내리는 사람들과 뒤따라온 차량에서 연달아 들린 총성이었다.

사막의 새벽을 가른 운명의 8월 15일 일요일 새벽, 대한민국의 공병대와 의료 지원단이 아이센으로 떠난 닷새 뒤였다.

*

대한민국, 청와대 NSC(국가안전보장회의) 산하 국가안보 종합 상황실.

신혁은 지그시 눈을 감은 강유의 얼굴을 바라보았다. 무표정한 그의 얼굴에 생각이 드러나 있진 않았지만, 지금 머릿속에서는 빠르게 모든 것이 정리되고 있을 것이다. 아니면 화를 삭이고 있든지. 동도 트지 않은 이른 새벽, 긴급하게 뛰어온 외교통상부 장관과 몇몇 참모진 또한 침통한 얼굴로 자리를 지키고 있었다.

"무장 탈취에 납치……."

강유의 가라앉은 목소리에 누구도 입을 열지 못했다. 영국 방문 후, 직접 아이센까지 들어갔다 왔던 신혁조차 전혀 예상치 못했던 일들이 빠른 속도로 동시다발적으로 벌어졌다. 하지만 의혹은 있었다. 최첨단 군사 과학위성까지 보유하고 있는 한국이 어떻게 저들의 움직임을 놓쳤을까? 그들이 앉아 있는 원탁의 오른쪽 앞 전광판에는 전 세계에서 시시각각 들어오는 안보 관련 상황들이 펼쳐졌다. 문득 눈을 뜬 강유의 눈빛이 예리하게 빛났다. 목소리는 날이 서 냉정하고 차가웠다.

"해외 공관 재외 동포 보호 시스템에서 허점이 발견됐습니다."

외교통상부 장관과 국정원장 또한 안색이 창백해졌다. 아이센 현지에서 다른 엔지오(NGO 민간단체가 중심이 되어 만들어진 비정부기구) 단체와 활동 중이던 코데아(Korea development agency 한국국제개발단) 단원들과 코트라 직원이 피랍되었다는 시각으로부터 약 두 시간이 흐른 뒤였다. 피랍 상황은 발생 한 시간 뒤, 본국인 이곳에 알려졌다.

"왜 반군 움직임에 대한 보고가 없었지, 유 보좌관?"

"아이센의 정보가 차단되었던 것 같습니다. 죄송합니다."

신혁이 고개를 들지 못했다. 꾹 쥐고 있던 신혁의 주먹에 힘이 들어가 우두둑 관절이 드러났다.

"문책은 각오하고 있습니다."

그 모습을 무감하게 보고 있던 강유가 입을 열었다.

"해결 후에 하지."

강유의 눈가에 보이지 않는 힘이 들어갔고, 살벌한 강유의 말에 신혁은 입술을 물었다. 차단된 정보를 감지하지 못한 것 또한 자신의 실책이니, 더 이상 할 말은 없는 셈이다.

"요구 사항이나 접수 사항은?"

"아직 없습니다."

강유의 질문에 바로 신혁이 굳은 목소리로 입을 열었다. 아직 누구에 의해 피랍이 이뤄진 것인지도 분명치 않았다. 하지만 짐작되는 곳은 단 하나였다.

거세진 반군의 저항을 이기지 못해, 지속적으로 국제사회에 지원을 요청하던 아이센 정부. 하지만 지난 이라크 파병 결과로 러시아와 첨예의 대립을 벌였던 미국은 러시아의 눈치를 보고 있었고, 러시아 또한 마찬가지였다. 그런 국제 역학 관계에서 한국의 파병이 사실화되었고, 공병단과 의료 지원단이 아이센으로 떠난 지 닷새가 지났다.

"코데아 단장 통화 결과, 그들은 단체 규정상 납치범이 어떠한 조직이든 그들과는 어떤 협상도 할 수가 없다고 합니다."

신혁의 낮은 어조에 모두의 눈빛이 굳었다. 누군지 모르는, 하지만 이제 드러날 분명한 적. 열 명의 한국 국적의 코데아 단원들과 두 명의 코트라 직원을 동시다발로 납치한 그들이 내걸 조건은 불을 보듯 뻔했다. 파병 철회.

"윤 장관님!"

"예, 대통령님!"

"즉각 전 공관에 경계경보 내리시고, 해외 교민 상황을 일일보고 체제로 바꾸도록 하십시오."

단호하고 묵직한 강유의 음성이 떨어졌다. 이미 전쟁은 시작됐다. 삽시간에 팽팽해진 긴장감으로 상황실 안은 공기가 모두 증발한 듯했다.

"김 비서관!"

"예!"

"납치범들 쪽에서 공식 발표가 있기 전까지 기자들 눈치 채지 않게 하세요. 만약 알게 된다 해도 엠바고(embargo 시한부 보도 금지)로 묶으세요."

"알겠습니다."

"대책 회의는 세 시간 후, 이곳 국가안보 종합 상황실에서 하겠습니다. 이상입니다. 먼저들 나가십시오."

새벽, 곤히 잠든 이들을 깨운 것은 무장 세력에 의해 사라진 한국인들 때문이었다. 그리고 그들이 어떤 요구 조건을 내세울 것인지 쉽게 예상이 됨으로 인해, 더더욱 분위기는 바닥으로 곤두박질쳤다.

"유신혁!"

"예, 대통령님."

서둘러 상황실을 나가는 보좌관들 사이에서 신혁을 부른 강유의 표정은 한껏 굳어 있었다. 평소라면 직책을 부를 텐데, 오랜만에 이름이 불리니 마치 선생님 앞에 서 있는 아이 같은 기분이 들어 신혁의 몸은 날이 선 듯 팽팽해졌다. 물론 벌어질 일에 대한 대비를 제대로 못한 신혁 자신의 실책을 강유가 탓한다 해도, 그는 달게 받아야 하는 입장이었다.

"각오하는 것이 좋을 거야."

강유의 목소리와 눈빛은 깊게 가라앉아 있었다. 표정을 지운 강유에게서는 다른 감정은 찾아볼 수 없었다. 결정은 번복되지 않을 테지만, 파병에 대한 자신의 선택이 잘못되지 않았기를 이 사람은 짧은 순간 바랐을지도 모른다. 기나긴 시간 동안 고민한 자신의 선택에 후회 없기를. 이강유란 남자는 젊고 경험이 없다고 비난받을 만큼 그렇게 호락호락한 사람이 아니었다. 때를 기다리고 있었다. 수순을 밟아, 아주 자연스럽게 모든 것이 들어맞을 그때를. 분명 아이센이라는 이국의 땅이 환산치 못할 이득을 안겨 줄 것이라는 예상은 그가 대통령이 되었던 처음부터 했겠지만, 어떠한 감정도 지금껏 드러내지 않았다.

"무섭지 않습니다."

언론과 여론의 질타를 말함이다. 마녀사냥을 시작할지도 모를 일이었다. 벽면에 들어찬 대한민국의 거대한 지도를 보는 강유를 한참 동안 바라보던 신혁이 입을 열었다. 그리고 또다시 감돈 그들의 무거운 침묵을 깬 것은 강유였다.

"지켜 주지 못할 수도 있다."

"농담 한마디 해도 됩니까?"

신중하게 신혁을 바라보던 강유가 고개를 끄덕였다. 이내 신혁이 입을 열었다.

"애인이나 지키십시오."

시니컬한 신혁의 대답에 강유의 입가에는 희미한 웃음이 떠올랐지만, 눈은 여전히 매섭고 날카로웠다.

학교 선배로 스무 살에 만났으니, 오랫동안 이 남자, 이강유를 안 셈이었다. 국회의원으로 활동한 그의 보좌관 생활을 한 것 또한 만만치 않은 시간이 흘렀다. 그런데 요즘만큼 이강유라는 남자가 부드러웠던 적이 있던가. 이강유 또한 대통령 이전에 남자인 것을.

그리고 강유는 신혁의 말뜻을 정확히 알고 있었다. 전날 올라온 보고서에 있던 종군기자 명단에 섞인 강지후라는 이름을 말함이었다.

그로부터 이틀 후 새벽.

제이포인트(J—POINT), 제주도의 남서쪽에 위치한 대한민국의 비밀 군사기지.

통일대한민국의 삼군 및 국가정보원(NIS)이 합동 운영하는 기지로서 한국이 지구 궤도상에 띄운 첩보 위성들의 지상 통제 센터이다. 이곳에서는 세계의 모든 전파를 첩보 위성을 통해 감시할 수 있는데, 전 세계의 무선 및 위성통신, 전화, 팩스, 이메일을 감청할 수 있다. 또한 컴퓨터를 이용하여 수집한 정보를 자동으로 분석, 분류하는 것으로 알려져 있다. 물샐틈없는 완벽한 보안을 유지하는 곳으로 대형 안테나, 레이더 돔, 그리고 부속 건물들로 이루어져 있었다.

국가 안전보장 회의(National Security Council)가 소집된 제이포인트는 삼엄한 경계 태세에 들어갔고, 참석자들은 속속들이 비밀리에 도착하기 시작했다. 그동안 일상적으로 정무를 처리하던 이강유 대통령 및 장운일 국무총리, 그리고 외교통상부 장관, 국방부 장관, 국가정보원장과 국가안보 보좌관, 청와대 비서실장 등의 각료들이었다. 동도 트기 전인 새벽 5시였지만, 기지는 터질 듯한 긴장감으로 팽팽한 상태였다.

최첨단 컴퓨터 통제 시설이 들어찬 제1회의실은 어두웠다. 정면으로 보이는 벽면 전체에 띄워진 세계지도만이 푸르스름한 빛으로 빛나고 있었다. 그 지도를 앞에 두고 신혁이 붉은색 레이저 포인트로 지역을 짚어 가기 시작했다. 그의 컴퓨터 조작에 따라 지도는 아프리카 전도가 되었다가, 다시 동부아프리카, 그리고 아이센공화국과 인접한 사트지코까지 점점 더 영역을 좁혀 들었다. 잔뜩 굳은 신혁의 목소리가 회의실 안에 울려 퍼지기 시작했다.

"현재 무장 괴한들은 에이프라(AFRA, Aisen force revolution army)로 불리는 아이센 무장 혁명군이라고 자신들을 밝혔으며, 이들의 위치는 이곳, 아이드에서 서쪽으로 120킬로미터 떨어진 사막지대로 보입니다."

지난 이틀, 그가 국정원장과 수집, 정리한 자료들이 청와대에서 한 시간 전에 출발하여 바로 제이포인트로 이동한 대통령 이강유 앞에서 보고되고 있었다. 무장 괴한들로부터 자신들이 한국인 열두 명을 억류하고 있다는 통보를 받은 지 한 시간이 지났다.

"그쪽에서 제시한 조건은 두 가지입니다. 첫째, 즉각 파병을 철회할 것. 둘째, 아이센 정부에 압력을 행사하여 아이센 정부군 측에 억류 중인 에이프라의 지도자 무하마드를 즉시 석방할 것. 시한은 한국 시각으로 8월 20일 0시까지입니다."

신혁의 말이 끝날 때까지 날카로운 눈빛으로 전방을 주시하던 강유는 쓰고 있던 안경을 벗고 눈가를 문질렀다.

지금까지 대외적으로 아이센 민간인 피랍 사실은 알려지지 않았다. 청와대와 정부의 일상은 평소와 같이 돌아갔지만, 국정원만이 빠르게 정보 수집에 나섰던 것이다. 물론 이 사실을 알고 있던 대통령 이강유의 신경은 첨예하게 곤두섰고, 경호원들의 경호 또한 철통과 같이 강화되었다.

"국정원 건에 대해 해명해 보십시오."

강유의 시선이 묵묵히 앞을 보고 있던 국정원장에게 꽂혔다. 국가정보기관인 국정원에 아이센 반군들의 움직임이 제대로 포착되지 않은 점과 동부아프리카 지역 한국인의 동선이 그들에게 드러난 것에 대한 질문이었다. 신혁과 함께 밤을 새운 국정원장이 무거운 입을 열어, 그동안 밝혀진 내용에 대해 보고하기 시작했다.

"다섯 시간 전, 아이센의 A6지구에서 잡힌 반군 통신에 의하면, 한국의 몇몇 인물들을 집중 관리한 것으로 드러났습니다."

"감청을 했다고요?"

침통한 분위기를 깨고 국방부 장관이 물었다. 국정원장은 천천히 고개를 끄덕였고, 신혁이 그의 말을 받아 보충을 시작했다.

"아이센으로 파견된 국정원 실무 담당이 수차례 반군의 움직임에 대해 수상함을 포착하여 보고했으나, 중간에 차단된 흔적이 있었습니다. 확인을 해 보니, 중간 책임자가 자신의 선에서 마무리를 한 것으로 알려졌습니다."

"왜지?"

신혁은 잠시 사이를 두었다. 국정원에서 대사관으로 파견된 직원이라고 했던 서하은이 떠올랐다. 그런데 정작 외사촌인 서하은이 실무 담당이었을 줄이야. 지난번 아이센에 들어갔을 때, 첫 항공모함 함장에 해군 제독의 직함을 가진 하은의 부친과 청와대 보좌관인 자신의 입장을 생각해서 만남을 자제했던 것이 안타까운 순간이었다. 아니, 만났다 해도 비밀이 생명인 그녀와 이런 얘기는 할 수 없었겠지만.

"……공화당 쪽 사람이었습니다."

신혁의 말이 끝나자 깊은 침묵이 회의실 안을 맴돌았다. 바라보고 있던 강유는 뜻을 알 수 없을 만큼 표정이 없었다. 다만 눈빛만은 매의 눈처럼 빛이 났다.

"그 건은 추후에 재논의하겠습니다."

"협상을 진행하시겠습니까?"

강유의 말이 끝나자, 그때까지 묵묵히 듣고만 있던 장운일 총리가 강유에게 물었다. 그러자 반대쪽에 앉아 있던 국방부 장관의 얼굴이 일그러졌다.

"저들이 내건 협상 시한은 8월 20일입니다. 시간도 시간이지만, 테러 단체와의 협상이 어떤 결과를 낳고 있는지 아십니까? 즉각 파병 철회라는 저들의 요구에 휘둘러야 합니까?"

그의 신랄한 어조에 또다시 회의실에는 침묵이 감돌았다. 이곳에 모인 사람들은 적어도 그 사실을 알고 있는 사람들이었다.

"무력에는 무력뿐! 우리 쪽도 강경 대응해야 합니다. 피랍자들을 석방치 않으면, 우리 또한 실력행사를 할 것이라는 사실을 천명해야 합니다."

"안 됩니다. 비전투병 파병에도 국제사회의 지탄을 받고 있습니다. 일단 협상으로 시간을 끌어야 합니다."

국방부 장관의 의견에 장운일 총리가 정면으로 반박하고 나섰다. 윙윙대는 기계음만이 들리는 적막이 잠시 감도는 사이, 누구도 먼저 입을 열지 못했다. 팽팽한 의견은 접점이 없는 듯했고, 그만큼 답답한 긴장감이 회의실에 가득 찼다.

"장 총리께서는 지금 국제사회의 지탄이 아니라 국민 여론을 의식하십니까? 협상을 하는 것이 오히려 반군에게 우리가 끌려가고 있다는 이미지를 심어 준다는 것을 모르십니까?"

발끈한 국방부 장관이 목소리를 높였다. 강유는 뻑뻑한 눈가를 꾹 눌렀다가 이내 눈을 똑바로 떴다. 기지로 들어오기 전 민주당 원내 대표와의 전화 통화를 떠올린 머릿속이 지끈거렸다.

'내년 지방선거와 연임을 위해서는 전투병 파병은 불가피합니다. 국민적 관심을 그쪽으로 돌려야 합니다.'

과연 무엇이 옳은 것일까. 순식간에 떠오르는 생각들이 머릿속을 복잡하게 만들었다. 하지만 강유는 한순간에 그것들을 잠재워 버렸다. 그는 결연한 표정으로 좌중을 훑어봤다.

"협상을 진행합니다. 외교통상부 장관께서 협상단을 꾸려 주십시오."

"대통령님!"

머릿속 정리가 끝나 결심을 마친 강유가 입을 열었다. 목소리는 단호했고, 표정은 날이 선 듯 매서워졌다. 의외의 결정에 놀라 바라보는 국방부 장관에게 강유의 시선이 향했다.

"협상단이 시간을 끌 동안 동부아프리카에 투입된 우리 병력을 동원해서 인질들을 구출할 수 있도록 하십시오. 구체적 시행 방안은 열두 시간 뒤인 오늘 오후 5시에 듣겠습니다."

강유의 예리한 눈빛을 본 국방부 장관은 몸을 꼿꼿이 세웠다. 그가 모를 복안을 준비하고 있던 강유를 보며 정신이 번쩍 들었다. 군기가 바짝 든 그가 우렁차게 목소리를 높였다.

"시행토록 하겠습니다, 대통령님!"

"유 보좌관."

"예, 대통령님."

그리고 이내 신혁을 향해 시선을 돌린 강유가 다음 일을 지시했다.

"오늘 오후 2시, 대국민 담화를 발표하겠습니다. 비서실장, 부속실장과 의논하여 담화문 초안 작성하여 내게 오전 11시까지 주십시오."

"알겠습니다."

"이 실장님!"

"예, 대통령님."

강유의 빠른 업무 지시에 모여든 사람들의 시선이 모두 그를 향해 꽂혔다. 긴장한 빛들이 역력했다.

"첫째, 오늘 피랍 사실이 알려지는 즉시 민주당에 인질 석방 촉구 결의안을 국회에서 추진해 달라고 요청하십시오. 그리고 둘째, 유엔 사무총장과 아이센 인접국인 사트지코와 에티오피아 정상과의 화상 통화 일정 잡아 놓으세요."

"알겠습니다."

"김 장관님은 아이센 정부에 피랍 정황과 관련한 우리 군의 조사에 협조해 줄 것을 요청하십시오."

외교통상부 장관에게까지 모든 지시를 마치니 7시가 가까워졌다. 지금은 각자의 위치로 돌아가 또다시 분초를 다툴 그들이기에 눈빛만은 여전히 예리하게 빛났다.

*

청와대 춘추관.

대통령과 외교통상부 장관을 비롯한 정부 각료들이 브리핑룸으로 들어서자, 내외신 기자들이 모인 브리핑룸은 작은 웅성거림조차 멎었다. 기자회견이 따로 준비가 돼 있기에 풀 기자들과 외신 기자들만 모인 브리핑룸은 평소보다 기자들은 적었다. 하지만 긴장만큼은 오히려 몇 배나 증가한 듯했다. 찰칵거리며 셔터를 눌러 대는 사진기자들의 긴장된 손놀림만이 재빠르게 움직였다.

지후는 브리핑룸으로 들어서는 강유의 발걸음에 맞춰 시선을 움직였다. 어떤 감정이 읽히는 것도 거부한다는 듯, 티끌만큼의 감정도 묻어나지 않은 강유의 표정은 굳건함만 가득 찼다. 서재를 뛰어나왔던 그날 이후, 의식적으로 지후의 마음에는 절대적인 한 가지만 남은 셈이었다. 남자가 아닌 대통령 이강유만이. 지후는 입술을 지끈 물었다. 그리고 이내 그녀 또한 자신의 본분으로 돌아가 누구보다 냉정한 시각을 갖기 위해 마음을 비웠다.

그 아침, 모든 언론에서 앞 다투어 내보낸 것은 외교부가 밝힌 '아이센, 한국인 12명 피랍' 건이었고, 속속들이 들어오는 속보로 정신없는 보도국은 전쟁터를 방불케 했다. 파병에 대한 거센 반군의 저항으로 터진 피랍 건으로 인해 여론은 지금 초유의 관심사를 청와대로 돌리고 있었다.

파병 철회와 자신들의 지도자 석방. 이 두 가지 조건을 건 반군에게 정부는 아직 입장을 발표하지 않았으니, 누구도 대통령의 심중을 읽지 못했다. 그런데 이례적으로 피랍이 알려진 오늘, 대통령이 대국민 담화를 발표한다는 소식이 전해졌다. 때문에 긴급히 중계차가 청와대로 출동하여 생방송이 진행되고 있는 중이었다.

— 화면 넘어갑니다.

리시버에서 들리는 감독의 목소리에 지후는 침을 꿀꺽 삼켰다. 곧바로 이어진 방송 앵커의 목소리가 다른 톤으로 들려왔다.

— 지금 청와대 화면이 나오고 있습니다. 이제 곧 이강유 대통령께서 대국민 담화를 발표할 예정입니다. 대통령께서 지금 연단에 올라섰는데요, 현장 연결하겠습니다.

앵커의 목소리가 사라졌다. 지후는 자신의 숨소리가 역으로 들리는

듯한 착각이 들어 침을 꿀꺽 삼키고 귓등을 쓸어내렸다. 긴장감이 고
조되며 손에는 땀이 찼다.

"존경하는 국민 여러분."

연단에 올라 카메라를 직시한 강유의 음성은 단호했다. 언제나 그
랬듯 듣는 사람에게 믿음을 주는 목소리가 브리핑룸에 울려 퍼지자,
모인 이들은 숨조차 쉬지 못하고 대통령만 바라봤다. 물론 그것은 TV
화면을 지켜보고 있을 국민들도 마찬가지일 거라고 지후는 생각했다.

"저는 오늘 동부아프리카에서 날아든 침통한 소식을 들고 여러분
앞에 섰습니다. 정부는 15일 새벽, 아이센과 인접국 사트지코에서 일
어난 한국인 피랍 건에 관련하여……."

강유의 음성을 듣던 지후의 눈가가 미세하게 경련했다. 15일이면
이틀 전. 분명 대통령은 그때부터 이 소식을 알고 있었을 것이다. 한국
의 정보력으로 보아 모를 리가 없었다. 그런데도 어떤 실마리도 남기
지 않고 월요 브리핑은 진행이 됐다.

생각지도 못했던 것이 떠오른 순간, 지후의 얼굴색이 눈에 띄게 굳
어져 갔다. 분명 머리로는 이해를 하지만 가슴이 울렁거렸다. 아무렇
지도 않게 하루하루의 일정을 소화해 냈을 그를 생각하자 머릿속이 엉
켜 버렸다.

"무고한……, 그것도 자국을 돕기 위해 들어간 국제 개발 단원들이
다수 포함된 민간인을 인질로 삼는 행위는 어떤 이유로도 용납될 수
없습니다."

문득 지후의 온몸에 전율이 흘렀다. 기자들을 향해 짧게 머물렀던
강유의 시선 위에 자신이 드러나 버린 탓이었다. 그 숨 막히는 전율 속

에서 지후는 두 손에 한껏 힘을 주었다. 그러다 다음 순간, 강하게 울려 퍼지던 강유의 목소리는 부드럽게 변해 갔다. 마치 상심하고 있을 가족들을 옆에서 위로하려는 듯이.

"……다만 우리 정부는 가족들의 애타는 마음을 잘 알고 있고, 피랍된 국민들의 무사 귀환을 위하여 모든 노력을 기울이고 있습니다. 현재 사트지코를 비롯한 국가들과 정부는 긴밀한 협조를 하고 있으며, 유엔 등의 국제사회 또한 동참하고 있습니다. 그러니 국민 여러분께서는 정부를 믿고 차분하게 대응해 주실 것을 당부 드립니다."

대통령의 말이 끝나자 조용한 술렁임이 일었다. 하지만 그는 질의 시간 없이 곧바로 브리핑룸을 빠져나갔다. 이후 약간의 시간 터울을 두고 기자회견이 준비된 회견실로 들어설 터였다. 파병 철회에 대한 질문이 쏟아질 테고, 아마 대통령은 답변을 하지 않을지도 모른다.

지후는 혼란한 머릿속을 털기 위해 온 힘을 끌어 모았다. 그저 대통령이었던 이강유를 알던 그때와는 다른 감정이 치솟아 올랐다. 인간 이강유의 고뇌가 무엇이었을지 알게 된 기분이 조금씩 밑으로 가라앉아 갔다. 지후는 한순간 풀린 긴장으로 온몸이 허물어지는 것 같았다.

*

마감 시간에 맞춰 정신없이 돌아온 보도국은 역시 전쟁터였다. 사방에서 들어오는 외신과 함께 국내에서 쏟아지는 기사를 소화하기에도 담당 기자들은 하루해가 짧게 느껴질 정도였다. 그날 아침 회의한 보도의 방향을 무색케 할 정도로 사건들이 쏟아졌다. 그리고 협상 시한을 48시간 남겨 둔 시점에서 발표된 공화당의 대국민 성명은 여론을 뒤집어엎기에 충분했다. 피랍을 미연에 방지하지 못한 국가의 총체적 안보 시스템 결격에 대한 책임을 물어 국정원장 해임을 촉구하는 한편, 그 과실을 청와대의 실책으로 돌리고 있었다. 피랍된 국민들에 대한 걱정에 연이어 청와대는 비난의 화살까지 받아들였다.

"야아, 강 기자. 너, 내일 출발 아니었냐?"

간부회의 중의 휴식 시간을 틈타 비상구로 나온 현수가 담배를 뻑뻑 피워 대며 한마디 던졌다.

"아, 비상이라 미뤄졌나?"

"아뇨, 출발은 내일 맞아요. 아무래도 사트지코에서 발이 묶일지도 모르겠어요. 상황을 봐야죠.

"그래서 오늘까지 마감이냐?"

쿡쿡대며 묻는 황 국장에게 눈을 흘기면서 지후는 아랫입술을 삐죽 내밀었다. 머리를 식히기 위해 들고 나왔던 커피가 이제는 거의 식어 단번에 홀짝 컵을 비웠다.

"병 주고 약 주시네요. 환송식에서 오늘까지 마감하라던 분이 누구시더라?"

"에이, 그 말을 또 믿고 이러시나."

너스레를 떠는 황 국장을 보면서 지후는 희미하게 웃었다.

"이제 정리하고 갈 거예요. 국장님, 회의 중이시라 인사 못 했어요."

"흠."

현수가 지후를 지그시 바라보았다. 아무래도 마음이 무겁다.

"내 생각에는 말이다, 조만간 전투병 파병이 있을 거야. 아무래도 이강유 정권이 들끓는 여론을 밖으로 돌려야 될 때가 왔지 싶다. 그러니 자나 깨나 몸조심해."

지후의 눈빛이 문득 깊어졌다. 짧은 머리를 쓸어 올리며, 그녀는 황 국장을 향해 낮은 목소리로 물었다. 눈빛이 한없이 가라앉아만 갔다.

"왜 야당에 반박하지 않죠?"

"뭘?"

"우리나라, 안보 시스템이 그렇게 허술한 나라가 아니에요. 분명 뭔가가 있어요."

지후를 보며 눈을 가늘게 뜬 황 국장이 물고 있던 담배를 지후의 빈 컵에 눌러 껐다. 후후거리며 연기를 없앤 그가 고개를 갸우뚱했다.

"무력에 무력으로 대응하면 전면전이 일어날지도 몰라요. 궁지에 몰린 쥐는 고양이에게 덤벼들지요. 그렇게 되면……."

지후는 아이센에서 보았던 반군들의 눈빛을 기억해 냈다. 검은 얼굴에 눈동자가 유난히 반짝이던 사람들. 한 사람 한 사람을 놓고 보았을 때는 분명 그들도 순박한 사람들이었다.

"강지후."

말끝을 맺지 못한 지후를 보면서 황 국장은 낮게 숨을 몰아쉬었다.

"국제 정세와 정치란 게 말이다……."

20여 년 정치부 기자 생활을 하다 보도국을 맡게 된 황 국장은 자신의 눈이 나름대로 날카롭다고 자부하고 있었다. 젊은 대통령 이강유의 당선을 처음부터 예측하기도 했던 사람이었다. 황 국장은 와이셔츠 주머니에 넣어 둔 담뱃갑에서 또 한 개비의 담배를 꺼내 물었다. 불은 붙이지 않고 그냥 입으로 물기만 한 채로 지후를 향해 툭 입을 열었다.

"그렇게 호락호락한 것이 아니지. 이 대통령 머릿속은 지금 수십, 아니, 수백 개의 시나리오로 꽉 차 있을걸."

지후의 눈가가 찌푸려졌다. 아무래도 내가 이상주의자인가? 지후의 고개가 조금씩 아래를 향했다. 그가 인간 이강유를 자신에게 많이 보여 줬다고 해도, 그는 여전히 대통령이었다. 연임이 된다면 아직도 임기는 한참이나 남았고, 또 중임에 대한 여론이 일고 있는 만큼 언제든 다시 집권할 수도 있는 사람이었다. 그는 아직 젊으니까. 하지만······.

전쟁을 한 번 겪은 사람은 다시 전쟁 이전의 삶으로 돌아가지 못한다고 한다. 그 참혹한 현실을 맞닥뜨린 머릿속이 나태함을 용서하지 못하는 것이다. 그만큼 전쟁은, 냉혹했다. 그리고 지금 몇몇 사람들이 자신들의 이권을 위해 다투는 땅에 살고 있는 대부분의 사람들이 원하는 것은 타국의 무력이 아닌 평화였다. 그리고 그 평화를 지킬 수 있는 약간의 원조였다. 그러면 스스로 충분히 제 몸을 지킬 수도 있을 사람들이었다.

"우리가 이제는 침략전쟁을 치르는군요."

지후의 목소리가 떨려 왔다. 말 자체가 힘이 들었다. 아마 이강유는 모든 것을 알고 있을 것이다. 자신과는 차원이 다른 정보를 접하는 사람이니까.

"그러니 때를 기다리고 있었겠지."

"네?"

지후의 놀란 음성이 비상계단을 울렸다. 황 국장은 그녀를 흘끔 보더니 결국 담배에 불을 붙였다.

"대통령인 그를 이루는 것이 본인만은 아니잖아. 자기 당도 있을 거고, 연임뿐만이 아니라 그 이후도 생각했을 거고, 또 단번에 상대 당을 누를 무언가도 생각했을 거고. 대통령을 이루는 다면체의 모든 부분이 최대한의 효과를 낼 수 있는 정점에서 움직이려고 무던히도 생각하고 또 생각하고, 힘을 썼을 거야."

지후의 눈빛이 흔들렸다. 그녀는 몸을 움직여 똑바로 황 국장을 향해 섰다. 비틀거리려는 몸에 힘을 줬다.

"이강유 대통령이라면 초기부터 파병에 대한 뜻이 있었을까요?"

아직도 순진하다는 듯, 황 국장은 지후를 보며 작은 한숨을 내쉬었다.

"강지후."

"예."

"넌 똑똑한 놈이 가끔 답답할 정도로 순진해. 조금 더 시야를 넓혀 봐."

현수의 말에 지후의 미간이 움찔 긴장을 했다.

"절호의 기회잖니. 미국과 러시아는 서로 눈치보고 있는 상황이니 개입을 못 하고. 나는 아이센에 다이아몬드뿐만이 아니라 거대한 지하 광물이 있다고 보는 사람이야. 차세대 에너지원이 될 수도 있는 그런 것. 분명 아이센 정부는 그걸 내걸었을 테고, 국가 재건 사업에도 우선권을 약속했겠지. 결과적으로 우리는 누구도 쫓아올 수 없는 강대국이 되는 거야."

"무고하게 죽어 갈 사람들은 어쩌고요? 남의 땅에 가서 죽어 갈 우리 국민들은요! 지금 누구도 아이센에 들어가지 못하게 하려고, 서로 견제하던 러시아와 미국이 반군 편을 들고 있다는 소문이 도는 마당인데! 그러다 세계대전이 될 수도 있다고요!"

강대국? 아아……. 지금보다 더한 강대국의 꿈이 있었지. 대륙을 향해 뻗어 가려던 선조들의 오랜 노력이 서서히 펼쳐지려 하는 시기가 지금이잖아. 지후의 심장이 맹렬히 뛰었다. 흥분으로 목소리는 높아졌고, 얼굴이 상기됐다.

"죽은 그들은……."

황 국장의 눈빛이 깊고 날카롭게 지후를 꿰뚫었다. 비상계단 불빛 아래 흔들리는 지후의 눈망울을 그대로 주시했다.

"……돈을 받겠지, 남아 있는 사람들에게 전해질."

황 국장의 목소리는 단호해서 지후는 한순간 몸이 얼어붙는 듯했다. 여름이 끝나 가는 계절. 저녁이 되면 부는 선선한 바람이 지금은 선뜩하게 변하여 심장에 몰아쳤다.

통일 후 징병제는 모병제로 바뀌었다. 그리고 막강한 군사력의 대부분을 차지하는 이들은 옛 북한 출신이었다. 통일 후 심화된 양극화 현상은 아직껏 극복되지 않았다.

"심화된 양극화의 타개책이 될 수도 있어."

아아.

그 모든 것을 떠올린 지후의 눈빛이 서서히 심연으로 가라앉아 갔다.

*

청와대 관저.

강유가 관저로 돌아온 시각은 12시가 다 된 때였다. 협상 시한은 늦춰지고 있었지만, 협상단에서 더 이상 진전된 소식은 없었다. 시시각각 강유는 병력의 움직임을 보고받고 있었다. 그와 함께 관저로 들어온 비서실장이 걱정스런 눈빛으로 강유를 바라봤다.

"눈 좀……, 붙이십시오."

지난 며칠 계속된 회의와 보고, 그리고 각계의 대표들을 만나고 면담을 했다. 제대로 잠을 잘 시간이 있을 리가 없었다. 지금도 신경이 팽팽하게 서 있는 그를 알기에, 후영의 눈빛에는 걱정에 더한 안쓰러움이 물씬 묻어났다. 문득 탁자 위에 놓인 달력을 보던 강유의 눈동자가 움찔 흔들렸다.

"부탁 하나 드려도 되겠습니까?"

관저의 응접실 소파에 깊이 몸을 묻었던 강유의 목소리는 낮게 갈라져 있었다. 피로가 물씬 묻어났지만, 옷차림이나 행동은 여전히 단정했다.

"말씀하십시오."

"세 시간만 사라지겠습니다."

"대통령님!"

강유의 시선이 휘둥그레 눈이 커진 후영을 향했다. 속내를 알 수 없게 단단하게 굳은 표정이었지만, 슬쩍 말린 입꼬리에 아릿함이 서렸다. 국가 경계경보의 단계가 올랐고, 대통령 특별 경호가 시작된 시점. 모든 것을 알면서도 청하는 강유가 후영은 안타까웠다. 결국 후영은 작고 가벼운 한숨을 내쉬었다. 이 밤이 지나면 이제 이강유가 쉴 곳이 사라진다는 것을 후영 자신이 제일 잘 알고 있는 탓이었다.

"연락은 되신 겁니까?"

"이제부터 해야겠죠."

"제가 모시겠습니다. 그래야 안심이 될 것 같습니다."

강유는 후영을 거절하지 않았다. 오랫동안 함께해 왔던 사람들의 걱정과 염려조차 무시하고 싶은 생각은 없었다.

*

잠이 오지 않았다. 포탄이 떨어지는 전장에서도 잠은 자야 한다는 지론을 갖고 있는 강지후였지만, 오늘 같은 날 잠이 올 리 만무했다. 마지막까지 노발대발하시던 할아버지를 피해 나왔던 호텔방이다. 그래도 인사를 드리러 갔던 오늘은 완고하신 표정은 그대로였지만, 잘 다녀와 보자고 하셨으니 조금은 인정받았다는 뜻일까. 가족과 의식을 치르듯 인사를 하고 나왔으니 이제 감성적인 면은 모두 사라진 줄 알았다. 공항 근처 호텔방에 머무는 그녀는 창 아래로 펼쳐진 공항 불빛에 의미 없는 시선을 뒀다.

"후……."

방 안을 왔다 갔다 하던 지후는 문득 돌아서서 머리를 쓸어 올렸다. 그때까지 손안에서 폴더를 올렸다 내렸다 반복했던 핸드폰에는 눅눅하게 땀이 차 있었다. 바라보는 지후의 가슴이 아릿해져 갔다.

인사 한마디 정도는 하고 싶었다. 그를 완전히 이해하진 못한다 해도, 남자 이강유는 사랑하니까. 남자 이강유가 가진 생각에 대해서는 이해해 보려 노력할 수 있을 것 같다는 그런 형식적인 얘기라도 한마디 할 수 있으리라 생각했다.

하지만 지후는 강유의 단축 번호 위에 놓인 엄지손가락에 기어이 힘을 주지 못했다. 두려운 것이다. 남자 이강유와 떼어 낼 생각할 수 없는 대통령 이강유와 대면하는 것은 아직 마음이 정리되지 않았다. 그런데 그때였다.

경쾌하게 울리는 벨소리가 호텔방 안에 가득 차자 지후의 미간이 움찔거렸다. 심장이 덜컥 내려앉았다. 핸드폰 액정에 뜬 너무도 낯익은 번호. 폴더를 밀어 올리는 지후의 손가락이 미세하게 떨렸다.

"강지후입니……!"

— 1분 후 도착. 문……, 열어 줘.

익숙한 목소리가 귓가에 울렸다. 왈칵 솟구친 것은 이 남자에 대한 속상함, 사랑, 미움, 그리고 그리움. 온갖 감정들이 혼합되어 지후는 쥐고 있던 핸드폰을 더욱 움켜쥐었다. 그리고 어느새 다가간 문 앞에서 큰 숨을 들이쉬었다. 손잡이에 올린 손에도 하얗게 관절이 드러날 정도의 힘이 들어갔다.

"대통……. 흡!"

문을 열자마자 얼굴을 확인할 틈도 없이 밀고 들어온 것은 이강유, 그였다. 달려온 듯 다급한 숨결로 서늘한 새벽바람을 몰고 들어왔지만, 그녀를 향해 밀려온 입술은 화염과 같은 열기를 머금고 있었다. 단숨에 그녀의 허리를 휘어 감고 얼굴을 고정시킨 그가 지후의 입술을 가르고 들어왔다. 폭풍처럼 휘몰아치는 감각으로 숨을 쉬지 못하게 했다. 지후는 겨우 발뒤꿈치를 들어 강유의 목을 안았을 뿐이었다. 으스러지게 안는 그를 똑같이 마주 안았다.

"왜 이렇게 말랐어요?"

오랜 입맞춤의 끝, 지후는 수염이 까슬하게 돋아난 강유의 얼굴을 어루만졌다. 세차게 뛰는 심장 소리가 들리는 듯하여, 지후는 울컥 솟구친 울음을 억지로 눌렀다.

"여기 있는 줄은 어떻게 알았어요?"

"강 기자에 대한 것은 다 알아."

지혁 오빠구나. 지후는 문득 그런 생각이 들었지만 더 이상 묻지 않았다. 머뭇거리던 자기 대신 이렇게 와 준 강유가 고맙기도 하고, 원망스럽기도 했다.

"어느 순간에도 나를 믿어 줄 수 있나?"

깊은 빛의 눈동자가 대답을 원했다. 지후는 대답 없이 천천히 고개를 끄덕였다. 당신은 대통령 이강유 이전에 사람인 것을.

"그곳에 가 있는 동안 네 걱정은 하지 않겠어. 아마 그동안 나는……, 너를 잊을지도 모르겠다."

멈칫거리는 강유의 눈빛을 이해했다. 그래서 냉정하고 단호한 남자의 말도 서운하지 않았다. 말은 이렇게 하면서도, 숱한 밤 이 남자가 어떤 생각을 할지 떠올라 지후는 빙그레 입술을 늘여 웃었다. 뚝뚝 떨어지는 눈물을 닦아 주기 위해 강유의 손이 그녀의 볼 위로 올 때까지, 지후는 자신이 울고 있는 것도 몰랐다.

"나도 바라는 바예요. 대통령 오빠가 완전히 잊었으면 좋겠어요."

말하는 자신은 이 품을 잊을 수 있을까. 아니, 잊기보다는 잠시 마음속에 묻어 둬야겠다. 지후는 입가에 씩씩한 웃음을 물었다.

"강 기자."

"네."

"나 좀 재워 주라. 사흘째 잠을 못 잤더니 성격이 까칠해졌어."

강유가 슬쩍 웃었다. 억지로 씩 웃는 지후의 얼굴을 부드럽게 쓰다듬었다.

"우리 두 시간만 자자."

"그래요. 두 시간만……."

심장이 저릿해졌지만 지후는 내색하지 않고 강유의 손을 잡아끌었다. 그리고 침대 헤드에 몸을 기댄 지후의 허리를 끌어안고 강유는 그곳에 머리를 묻었다. 온몸의 긴장이 일시에 풀어져 모래가 섞인 것 같은 눈꺼풀이 점차 가라앉았다. 천천히 강유의 머릿결을 쓸어 주던 지후 또한 그를 안은 채 침대에 몸을 눕혔다. 이대로 시간이 멈췄으면 좋겠어.

째깍째깍. 사이드 테이블 위에서 사정없이 움직이는 시계 소리가 아쉬운 밤이 깊어 갔다.

12

늦은 밤, 집무실의 소파에 깊숙이 몸을 눕힌 강유는 뻑뻑한 눈을 감았다. 일명 서방 계획이라 명명된 아이셴 인질 구출 작전이 펼쳐졌던 열흘 동안 거의 잠을 자 본 기억이 없었다. 아마 지후와 함께였던 두 시간 남짓이 마지막이었을 것이다. 이제 곧 인질 구출을 위해 투입된 SWC(Special Warfare Command 특수전사령부) 요원들의 작전이 완료된다면, 적어도 이 터질 듯이 부푼 열기는 가라앉을 터였다. 인질로 잡혔던 열두 명의 생명이 온전히 조국의 품으로 돌아오는 것이다.

"관저에라도 들어가 쉬십시오."

그와 함께 제이포인트에서 돌아왔지만, 국무총리와 밀담을 나누고 온 이후영 비서실장이 집무실로 들어와 강유에게 다가섰다. 그러자 잠을 못 자 무거운 머리를 누르며 강유가 후영을 올려다보았다. 쉬지 못했기는 그 역시 마찬가지가 아닌가.

"이 실장님이라도 눈 좀 붙이십시오. 국정원에서 들어오는 정보는 내게 직접 연결하라 이르시고요."

강유의 목소리는 깊게 가라앉았다. 아직은 긴장을 풀 수가 없는데, 몸은 바닥으로 가라앉을 것 같았다.

"혹시 말입니다, 대통령님."

"예?"

후영은 쭈뼛쭈뼛 머뭇거리며 강유의 앞에 뭔가를 내밀었다. 작은 포켓용 TV를 그 앞에 내민 것이다. 바로 전원이 켜지며 TV에는 SBN 의 화면이 잡혔다.

"무엇입니까?"

신물 나게 듣고 봐 왔던 TV 뉴스가 아닌가. 후영을 바라보는 강유 의 눈가에 희미하게 힘이 들어갔다.

"궁금하지 않으십니까? SBN에서 아이센을 생방으로 연결했습 니다."

후영의 얼굴에 가느다란 미소가 서렸다. 그동안 의식적으로라도 강 유가 강지후라는 종군 여기자에 대한 소식을 원천적으로 막았다는 것 을 후영은 알고 있었다. 모든 것을 잊고, 한 나라의 대통령으로 당당하 게 우뚝 선 그의 모습에 국민들은 한없는 지지와 신뢰를 보냈다.

"궁금……."

그다지 궁금하지 않다고 대답하고 싶은 마음에 제동이 걸렸다. 화 면으로 시선을 돌린 강유의 눈빛이 멈칫거렸다. 화면에는 '아이센 생 중계'라는 하단의 자막 표시와 함께 사막 도시가 펼쳐져 있었다.

"SBN에서 위성 연결 중입니다. 강 기자가 방금 받았을 겁니다."

마지막 한 명의 인질이 도망치는 반군의 지도자급 인사와 함께 있다는 아이센 지방의 한 도시 건물 앞이었다. 대한민국 대테러 진압 특수부대인 SWC 요원들이 일사불란한 움직임을 보이는 가운데, 또렷하고 낭랑한 목소리가 조용하고 날렵한 발걸음 속에 들려왔다.

　— 격렬한 저항으로 인해 치열한 전투였습니다. 우리 군은 한 명의 전사자가 발생하긴 했지만 이곳으로 몸을 피한 반군을 완벽히 제압했고, 마지막 인질로 남은 코트라의 서철훈 씨를 극적으로 구출하였습니다. 마지막까지 억류되었던 서철훈 씨는 부상에 극심한 탈수 증세를 보이고 있지만, 생명에는 지장이 없는 것으로 알려졌습니다. 전쟁이 아직 끝나지 않았음을 시사할 수도 있지만……

　수수한 흰 티셔츠와 청바지. 강유의 기억보다 조금 길어진 머리를 하나로 질끈 묶은 지후가 화면에 나타났다. 얼굴은 검게 탔지만, 변함없이 반짝이는 눈동자는 전혀 퇴색되지 않고 오히려 더욱 빛이 났다. 강유는 이제 서서히 심장 쪽에 온기가 돌아오는 듯했다. 눈동자의 반짝임은 자신도 그녀도 살아 있다는 증거.

　휴……우.

　강유는 후영 모르게 한숨을 내쉬며 이마에 손을 얹었다. 그동안의 긴장이 풀린 탓일까, 기가 막힌 가운데 예상치 못했던 웃음이 가만히 번져 나왔다.

　"아이센 방문 일정이……."

　강유의 거칠고 탁한 목소리가 갈라져 나왔다. 오랜만에 말을 하는 사람처럼 목이 메었다. 후영은 그의 심정을 알 것 같아 조용히 강유의 뒷말을 이었다.

"조정 중입니다. 극도의 보안이 필요한지라 어려움이 조금 있지만, 조만간 보고 드리겠습니다."

갑자기 가슴이 쿡쿡 쑤셔 댔다. 강유는 깊은 한숨 속에 여전히 화면 속에서 시선을 떼지 못하고 있었다. 아이센의 미래와 현재 내전의 참상을 전하는 지후의 목소리가 어느덧 점점 물기에 젖어 갔다. 투둑 떨어지는 맑은 눈물을 닦지도 못하고 먼 곳을 바라보는 지후의 옆모습이 언뜻 잡혔다. 영상 취재를 담당한 기자의 절묘한 구도였는지, 떠오르는 태양빛에 섞인 지후의 모습은 눈이 부셨다.

"강지후는, 냉철한 저널리스트는 못 될 것 같습니다. 눈물이 많아요."

지후에게서 시선을 돌린 강유의 냉정한 어조에 후영은 눈을 커다랗게 떴다. 아이센에 밀려들어간 종군기자들 중 단연 돋보이는 한 여기자를 세계는 주목했다. 밤낮을 가리지 않는 반군들의 폭격 속에서도 그녀의 목소리는 흔들림 없이 전 세계의 전파를 탔다.

"그것이, 대통령님, 강지후 기자는 지금 전 세계가 주목하고 있는 대상입니다."

"눈물 많은 기자보다는, 대한민국의 퍼스트레이디로 적임자겠지요."

후영이 당황을 수습할 틈도 없었다. 강유는 몸을 벌떡 일으키더니 후영을 보고 싱긋 웃었다.

"방문 후에는 퍼스트레이디로서의 신변 보호를 해 주십시오."

강유가 집무실을 나간 후에도 후영은 잠시 자신이 무슨 얘기를 들었는지 멍한 기분이었다. 그러다 다음 순간, 후영은 곧 눈썹을 치켜세

왔다. 아무래도 아이센에 들어간 지후와 전화 연결이라도 해야겠다는 생각으로 부랴부랴 집무실을 나서는 그의 입가에도 오랜만에 밝은 미소가 서렸다.

그로부터 일주일 후였다.

사트지코의 수도공항에서 바라본 바깥은 열사의 사막이 내뿜는 열기로 가득 달아올랐다. 끝을 모르는, 아마 사막 끝까지 뻗었을 것 같은 아스팔트조차 열기에 흐물흐물 녹아내릴 듯했다. 인천공항의 일부밖에 안 될 듯한 작은 공항 한편에서는 아이센으로 들어가는 병사들과 군수물자를 이동시키는 수송기가 뜨고 내렸다.

그곳이 빤히 보이는 공항 청사의 한 곳, 간이 대기실에는 취재차 사트지코로 나왔다가 다시 아이센으로 들어갈 일행이 잠시의 막간을 이용해 TV 앞에 모여 앉아 있었다. 민항기는 이제 접근이 어려운 그곳에 들어가려고 수송기로 갈아타기 위해 기다리는 중이었다.

시간 참 빠르네.

이곳에서 종군기자단과 함께 아이센으로 들어가는 수송기를 기다리던 그때가 2주 전이었다. 한 치 앞을 내다볼 수 없는 예측 불가의 상황에서 기자들 사이에 흐르던 긴장감은 팽팽했었다. 각자에게 지급됐던 방탄복의 10여 킬로그램 무게가 온몸을 압박하는 순간, 자신들이 서 있는 곳이 전장의 중심이라는 현실을 깨달아서 더욱 긴장의 강도가 심해진 건지도 몰랐다.

지금이라고 크게 달라진 게 있을까. 숨이 턱턱 막히는 아프리카 사막의 불볕더위가 에어컨이 가동되는 실내까지 침범해 주룩주룩 흐르는 땀도 여전했다. 하지만 그래도 지금은 여유라도 가질 수 있지 않은가.

손바닥에 흐르는 땀을 지후는 옷 위에 쓱쓱 닦아 냈다. 이미 종군을 한 이상, 자신이 여자라는 것은 중요치 않았다. 사막에서 맨얼굴로 태양을 대하며 익어 버린 얼굴에 붉은 기가 남아 있었다.

"이제 그만 내전이 끝나려나."

그런 가운데, 지난 아이센 취재 후 다시 한팀을 이루게 된 상민이 대기실 TV에서 방송되는 영상에서 눈을 떼지 못하고 뚫어지게 바라보다 한마디 했다. CNN 방송을 인용한 방송이 대기실에 앉아 있는 그들의 시선을 끌었다.

아이센 정부가 대한민국 정부에 정식으로 재건을 위해 도와줄 것을 요청한 후였다. 고려해 보겠다는 이강유 대통령의 전언이 방송을 타고 흘렀다.

자료 화면에 언뜻 비친 강유의 모습에 지후의 눈빛이 아릿해졌다. 보고 싶다는 감정이 생기는 것을 보니 긴장이 풀린 듯하다는 생각을 하며, 지후는 입가에 희미한 미소를 지었다.

"어?"

그때였다. 뉴스 진행을 하던 앵커가 속보가 들어왔다고 밝힌 한순간이었다. 방송 화면이 흔들리고 남성 앵커의 목소리가 놀람으로 커진다 했더니, 이미 화면은 바뀌어 있었다.

대기실에 모여 있던 많은 사람들의 눈동자가 일순간에 TV 화면에 꽂혔다. 모두 방금 눈앞에 나타난 상황을 믿을 수 없다는 표정으로 바라보고 있었다. 하늘 가득 검은 연기를 피어 올리며 나타난 광경에 입이 벌어졌다.

대한민국 국군 수송기, 아이센 서북부에서 공중 폭파. 의료 지원단 소속 군의관 및 간호장교 등 50여 명 탑승자 전원 사망 추측.

자막으로 흐르는 내용이 선뜻 눈에 들어오지 않은 지후의 눈빛이 한순간에 얼어붙었다. 이제는 심장까지 얼어 가는 듯, 지후와 상민은 숨 쉬는 것조차 잊어버렸다.

"제기랄!"

상민이 거칠게 말을 뱉는 순간, 지후는 손을 들어 입을 막았다. 의료 지원단은 그들이 어제 취재를 했던 대원들이었다.

— 상황이 어떻게 된 건지 여기서는 정확히 확인이 되지 않고 있습니다. 현장이……, 아, 연결됐습니다.

조금씩 흥분이 섞여 가는 앵커의 목소리보다 더 흥분한 누군가가 현장이라고 표기되는 아이센 서북부 지역에서 마이크를 넘겨받았다.

"상민 선배……."

"잠시만, 본부야. 무언가 알고 있을지도 몰라."

손에 들고 있던 핸드폰을 받은 상민의 얼굴이 일그러졌다. 심각하게 전화 통화를 하던 그의 목소리는 점점 더 작아졌다. 지후는 그런 상민의 얼굴을 초조하게 바라봤다.

여전히 TV 화면에서는 불타오르는 수송기의 잔해를 보여 주고 있었다. 지후의 가슴은 두려움으로 터질 것같이 뛰고 있었지만, 그래서 당장이라도 눈물이 터질 것 같았지만 그녀는 이를 악물고 모든 것을 참아 넘겼다. 감정이 여린 티를 낼 수는 없었다.

"미친 새끼들."

"선배!"

상민이 신음하듯 말을 토해 냈다.

"반군 미사일에 당했어. 일단 우리도 여기서 대기해야 될 것 같다. 위험해."

지후는 이를 지끈 물었다. 말도 나오지 않았다.

그러다 화면에 사망자 명단과 사진이 뜨기 시작하자, 문득 발견한 낯익은 얼굴로 인해 온몸에 힘을 줬다. 그래도 더 이상 울컥 솟은 눈물을 감추지는 못했다.

K. C. Cheon (Squadron Leader)

천경찬 공군 소령.

아아.

두 다리를 휘청거리는 지후를 보고 상민이 놀라 팔을 잡았다.

"강 기자!"

"괜찮⋯⋯아요."

아니, 괜찮지 않다. 어제 만났던 것을. 대통령 전용 헬기를 몰던 그가 이곳에 와 있는 것을 본 지후는 너무 놀라고 반가워서 두 눈만 둥그러니 떴을 뿐이었다. 공군 소속으로 자원을 했다는 그. 자신을 알아보고 다른 내색은 못 했지만, 두 엄지를 번쩍 치켜들며 웃던 그의 표정이 생생히 머릿속에 남았다.

"비상사태야. 데프콘 1단계가 발령될 듯해."

묵묵하게 지후의 어깨를 토닥이던 상민이 결국 입을 열자, 지후는 두 손으로 입을 틀어막았다. 그러지 않는다면 오열이라도 쏟을 것 같았다. 의자에 앉아 있음에도 후들거리는 다리를 주체할 수가 없었다. 하지만 입을 틀어막은 손등 위로 빗물처럼 쏟아지는 눈물까지 참을 수는 없었다.

이강유…….

이 순간, 전장의 한복판에 있는 자신의 안전보다 더 먼저 떠오르는 사람이 왜 그인지 몰랐다. 부모님도 계시고 할아버지와 오빠들도 있었지만 왜 그가 떠올랐을까? 지금 아마 가장 고뇌하고 아파하고 있을 사람 역시 그일지 모른다는 생각이 스치듯 지나가 각인되었을지도 모른다.

"가야 해요. 우리가 가요, 선배."

어느새 지후는 눈물을 지웠다. 이대로 여기 머물러 있을 수만은 없는 일이다. 결연한 표정의 그녀를 보던 상민은 깊은 한숨을 내쉬었다.

＊

한국의 선전포고가 발표된 것은 수송기가 격추된 24시간 후였다. 교전은 수도인 아이드의 시가지에서 열리고 있었고, 후방의 비교적 안전하다고 판단된, 그리고 온전히 모습을 보존하고 있는 정부군 관할의

데프콘 1단계 Defense Readiness Condition, 전군에 내려지는 전투 준비 태세, 또는 방어 준비 태세로 1단계는 전시로 돌입하는 단계

호텔 한 동이 프레스센터로 쓰이고 있었다. 사막 전통 양식에 의해 붉은 벽돌로 지어진 건물은 아름다웠다. 하지만 뒤쪽은 폭격의 흔적이 고스란히 남아 있었다.

몇 개월 만에 초토화가 돼 버린 시가지를 멀리 바라보는 지후의 눈망울이 심하게 흔들렸다. 이미 거주민들에 대한 소거 명령이 떨어진 아이드는 유령의 도시처럼 텅 빈 듯했다. 불에 탄 흔적이 남은 나무들과 무너진 폐허 더미 위로 열사의 눈부신 태양만이 쏟아지고 있었다.

역설적으로 평화로운 광경. 지후는 가만있어도 줄줄 흐르는 땀을 주먹으로 훔쳐 내렸다. 바람 한 점 없는 건물 안은 불가마와 같이 더웠다. 지정된 시간만 물이 나오는 이곳에서 아무 때나 샤워를 한다는 건 이제 사치였다. 온몸의 끈적끈적함도 지후는 그대로 받아들였다.

"강 기자, 시작한다."

다급한 상민의 부름에 몸을 돌린 지후는 프레스센터 앞쪽에 놓인 작은 화면에 시선을 고정시켰다. 이미 각국에서 모여든 기자단의 눈빛은 한곳, 몇 대의 모니터가 모여 있는 중앙으로 집중되었고, 그곳의 모니터는 모두 한 장면으로 연결되었다. 아이센의 중앙 방송조차 지금 한국에서 쏘아 올리는 위성 생중계를 받아 송출하고 있었다. 그 화면에 한 남자의 모습이 나타난 순간, 금방이라도 쓰러질 것 같은 더위에도 불구하고 지후의 눈빛이 또렷이 빛났다.

이강유였다. 몸이 공포와 두려움이 아닌 다른 감정으로 떨렸다. 이곳으로 떠나오기 전날 밤 찾아왔던 그 남자의 뜨거움이 여전히 남아 있었다.

어느 상황에서도 자신을 믿어 달라고 했던 그. 그녀를 잊겠다던 그의 한마디만이 귓가에 남았다. 수송기를 격추시킨 후, 반군은 48시간 이내에 철군하지 않으면 이제는 대한민국 본토에 대한 테러를 감행하겠다고 선언했다. 그 후, 안전한 곳에 있다던 대통령이 24시간 만에 모습을 드러낸 것이다.

물론 누구도 그가 있는 곳을 알지는 못했다. 다만 데프콘 1단계가 발령되어 완전 전시 상황에 들어간 대한민국의 국군 최고 통수권자로서 그는 완벽한 지휘 체계를 통해 명령을 전달하고 있었다. 모든 것을 비밀에 가린 채. 이미 인도양에 떠 있던 대한민국 소속 항공모함들이 사트지코만을 향해 움직이고 있다는 외신이 들어오고 있었다.

— 사랑하는 국민 여러분.

강유의 신중한 눈빛을 마주한 순간 심장이 울렸다. 또다시 훅 눈물이 터졌다. 지후는 안간힘을 쓰며 입을 막았다. 한국이 아직 무사하다는 사실에 가슴을 쓸어내렸고, 또한 강유가 무사히 있다는 것이 그녀의 목을 메이게 했다. 아마도 그로 인해 자신도 총성이 난무하고 포탄이 터지는 이곳에서 숨을 쉬고 있으리라.

— 아이센공화국에 내전이 발발한 이래, 우리 정부는 아이센 정부의 요청을 받아들여 타 종족의 무차별 살해를 자행하는 에이프라를 무장해제하기 위해 외교적 노력을 기울여 왔습니다. 하지만 유엔 안보리의 결의를 거부하고, 유엔군을 포함한 모든 군대의 무조건 철군과 내정 불간섭을 요구하는 그들로 인해 열두 명의 한국인 민간인이 피랍되

는 참사를 겪었습니다. 그리고 어제는 의료 지원단이 탄 대한민국 소속의 수송기를 격추시켰습니다. 그걸로도 모자랐는지 48시간 이내 철군을 전제로 대한민국 본토에 대한 테러를 공언한 그들의 행위는 명백한 도발 행위로 간주됩니다.

심장이 떨려 왔다. 지후를 비롯한 모든 기자들은 숨소리 하나 내지 않고 화면 속 이강유의 모습을 바라보고 있었다.

— 한국 국민들은 이제 결심을 굳혔습니다. 우리는 무고한 희생이 계속해서 나오기를 바라지 않습니다. 우리나라의 존속과 안전을 더 이상 위협받을 수는 없습니다. 한국 군대의 통수권자로서 본인은 국가의 안전을 위해 필요한 모든 조치를 취하였습니다. 대한민국의 대통령으로서 대한민국과 아이센의 무장 혁명군 사이에 전쟁이 시작되었음을 국회에서 선언해 줄 것을 요청하는 바입니다. 동시에 우리 대한민국 국군은 아이센 무장 세력인 에이프라에 대한 무장해제를 진행할 것입니다.

단호하고 간결하나 분노가 담긴 강유의 목소리는 듣는 이에게 모두 또렷이 각인됐다. 전면 선전포고가 진행된 것이다. 그리고 그의 선전포고를 시작으로 웅성거림이 커지기 시작한 프레스센터 기자들 사이에서 지후는 잠시 멍하니 있었다. 호텔이 진동하도록 요란하게 앵앵거리며 울려 대는 사이렌 소리조차 이제는 무감각해져 들리지 않았다.

"본부에서 연락이 들어왔어. 오늘 밤 대규모 폭격이 있을 거야. 예정 시각은 20시 09분. 아이드 북쪽 120킬로미터 후아인."

곁으로 다가온 상민이 지후의 귓가에 대고 나직이 속삭였다. 그러자 상민의 의도를 알아들은 지후의 미간에 주름이 갔다. 후아인은 반군들의 본부가 있다고 알려진 곳이었다. 아직 해가 지려면 두세 시간 더 있어야 한다.

"잠자는 사자의 코털을 건드린 거야. 오늘 공격이면 반군은 씨가 마를 거다."

"젠장! 20시면 20시고 10분이면 10분이지, 사람 심장 떨리게 09분은 또 뭐래요?"

긴장으로 인해 거친 말을 내뱉으며 지후는 마른세수를 했다. 까칠해진 얼굴 위로는 비 오듯 땀이 흘렀다.

"왜 그래? 09분 14초, 이런 것도 아닌데."

괜스레 상민이 여유를 부렸다. 그 모습이 이상해서 지후가 상민을 빤히 바라보았다.

"그런데 상민 선배, 우리 철수하는 거 아닌가요?"

무척 의무적인 물음. 전쟁이 터지면 바로 철수하라는 지침을 받은 상황이었다. 하지만 상민은 지후를 바라보다 눈을 끔뻑댔다.

"갈 거냐?"

"아휴, 뭔 말을 못 해. 의무적으로 물은 거잖아요. 갈 거면 어제 갔지!"

피식 웃으며 지후는 상민을 흘겨봤다. 분명 몇 달 전과 지후는 달라져 있었다. 더 느낌이 깊어졌다고 할까. 조금 더 여유롭게 주변을 살피는 통찰력이 남자인 그를 깜짝깜짝 놀라게 할 정도가 되었다. 상민이 툭 입을 열었다.

"겁나냐?"

"겁, 안 나겠어요? 진짜 전쟁 났잖아요."

"언제는 진짜 전쟁 아니었냐?"

지후는 꿀꺽 침을 삼켰다. 의외로 담담한 상민을 보며 눈매를 가늘게 떴다.

"상민 선배, 그동안 담이 커졌나? 이젠 안 떠네요?"

지후의 질문에 상민이 씨익 웃었다. 그녀나 그나 사막의 열기에 익은 얼굴 위에 초조함과 동시에 웃음이 떠올랐다.

"왜 안 떨겠냐. 엄연히 처자식이 있는 사람인데. 다만……."

상민의 눈빛이 여전히 선전포고를 한 한국에 대한 뉴스를 타전하느라 정신없는 기자들에게 향했다. 아아, 어디서나 직업의식에 투철한 기자들이라니.

"……그때는 남의 나라 내전이고, 지금은 내 나라 전쟁이니까. 미친 자식들이 의료 지원단이 탄 수송기를 떨어뜨린 것도 모자라 한국 본토에 테러한다잖냐. 당장 내 가족이 있는 서울 땅이 불바다가 될 수도 있는 거라고."

심장이 덜컹거렸다. 아직 일어나지 않은 일이지만, 생각만으로도 끔찍해져 지후는 꿀꺽 마른침을 삼켰다.

"짜식들, 우릴 잘못 건드렸어. 하룻강아지도 못 되는 일개 반군 찌 끄레기들이 어딜 까불어. 우린 이번 공격 하나만으로도 이 전쟁 끝내. 우리는, 이길 거거든."

상민의 눈빛이 깊게 변하며 반짝거렸다. 불과 몇 달 전, 아이센을 떠나는 수송기 안에서 웩웩대고 구토를 해 대며 의지와 달리 덜덜 떨던 상민이 맞는지 의심스러울 정도로 의연해 보였다.

"강지후."

"예?"

동글동글한 얼굴의 상민이 심각하게 지후를 불렀다. 지후는 티셔츠 위에 걸친 방탄조끼 안에 펜과 종이며 녹음기 등을 챙기다가 그에게 시선을 돌렸다. 가는 어깨가 휘청댈 정도로 방탄복의 무게는 꽤 나갔지만, 그녀는 누구보다 굳세게 자신의 위치를 다져 가고 있었다. 엄하게 바라보는 상민으로 인해 다시금 긴장의 끈이 바짝 조여졌다.

"올해의 기자상은 너랑 내 거야. 수송기 때는 여기 없어서 안타까웠지만, 있는 동안 사실은 전부 알려야지. 내가 잘 잡아 줄 테니까, 넌 겁 없이 제발 뛰쳐나가지나 마. 알았냐?"

전쟁터였다. 기자들에 대한 배려는 눈 씻고 찾아봐도 없었지만, 폐허 위를 누비고 다니는 지후로 인하여 상민은 하루에도 열두 번은 심장이 철렁거렸다. 안전제일이라는 뜻을 누구보다 제일 잘 알고 있을 강지후가 죽은 사람들을 위해서 눈물을 흘릴 때면, 상민조차 심장이 벌렁거렸다.

"알았어요, 선배. 우리, 환상의 팀워크죠?"

"그래, 가자."

조심에 또 조심을 한다 해도 천운 또한 작용을 한다는 것을 알고 있었다. 어느 구석에서 총알이 날아와 심장에 박힐지도 모를 일이었다. 하지만 지후는 자신이 운명처럼 되뇌던 말을 잊지 않기 위해 노력했다. 우리의 역사는 우리의 손으로 전할 것이다. 자랑스러운 우리 국군이 어떻게 싸우고 어떻게 이겼는지, 모조리 기록해 줄 것이다. 그리고…….

이강유……. 나의 대통령.

말없는 지후의 눈망울이 가늘게 흔들렸다. 선전포고를 감행할 만큼 치열했던 그의 고뇌가 전해진 듯 머릿속이 뭉근해졌다.

내가 여기 있는 동안 내 걱정은 하지 않겠다던 당신이……, 나를 잊을지도 모르겠다던 당신이 자랑스러워. 당신은 그 자리에서, 나는 이 자리에서 최선을 다하게 될 거야. 당신 말대로 지금은 전쟁 중이니까.

돌아섰지만, 찰나를 영원처럼 TV 화면에 비치는 강유의 얼굴이 지후의 뇌리에 각인되었다.

*

대한민국 이강유 대통령이 유엔 특별 총회에서 연설을 한 것은 아이센 반군 무장해제를 위한 선전포고가 있은 후 일주일 만의 일이었다. 거대한 유엔 마크 아래 놓인 대리석 단상 위에 오른 이강유의 표정은 단정했다. 방사형으로 뻗어 나간 좌석의 면면을 바라보는 눈빛은 날카로웠지만, 입가에는 부드러움이 잔뜩 담겼다.

"존경하는 의장님, 그리고 총회 회원 여러분. 나흘 전 새벽, 대한민국 군은 에이프라의 최고 지도자인 알 사다드만을 확인 사살함으로써 사실상 반군 세력은 와해가 되었습니다. 이로써 아이센 반군의 무자비하고도 배타적인 인종 학살 행위로부터 시작된 아이센 사태에 대한민국은 국제사회의 일원으로서 그 의무를 다했다고 봅니다. 이후, 아이센의 치안 및 국방은 아이센 정부와 유엔에 완전히 이양될 것입니다."

이강유의 연설이 끝나기도 전이었다. 잔잔하게 시작되었던 박수 소리가 함석지붕에 쏟아지는 소낙비처럼 우렁차게 총회장을 휩쓸었다. 단상의 양옆을 짚었던 이강유의 손등에 힘이 들어간 순간이었다.

*

아이센공화국의 수도 아이드, B4지구.

한국군 기지가 들어선 알 사드르 육군 기지를 향해 모래 바람을 일으키며 줄을 지어 달려오던 군용 허머(Hummer 사륜구동 지프)가 멈춰섰다. 곧바로 사람들이 쏟아져 내리며 한 차량을 엄호하기 시작했다. 그리고 모래 색깔의 사막 위장복과 검은색 방탄조끼를 입은 대한민국 국군의 최고 통수권자인 이강유 대통령이 모습을 드러냈을 때, 한순간 술렁이던 기지는 떠나갈 듯한 함성 소리에 파묻혀 버렸다.

대통령의 아이센 방문은 극비리에 진행됐다. 미국 뉴욕에서 열린 유엔총회 참석 후, 싱가포르에서 열리는 아시아 각료 정상 회의를 위해 출발했던 코드원은 비밀리에 열다섯 시간을 이동해 아이센 기습 방문을 진행했다. 대통령 전용기인 코드원이 아이센 인접국인 사트지코에 도착하고, 또다시 헬기의 엄중한 경호를 받으며 수직으로 이착륙을 할 수 있는 수송기로 아이센까지 들어와서야 대통령의 방문 소식이 알려졌다. 그로 인해 파병되어 타국으로 들어온 장병들의 얼굴에는 기쁨의 함성이 흘렀다. 생사를 걸고 있는 극도의 긴장감 속에 하루하루를 지내고 있는 장병들은 갑자기 들이닥친 그들의 젊은 대통령으로 인해 사기가 충천했고, 장병들의 환호는 하늘을 찔렀다.

"대통령님, 10시에 예정된 아이센 샤르하 대통령과의 회담에 늦지 않으려면 지금 떠나셔야 합니다."

사막 색깔의 위장복에 둔중한 검은색 방탄복까지 겹쳐 입어 움직이기도 불편한 차림이었건만, 강유는 그조차 날렵하게 들어맞았다. 천성이 군대 체질인 듯 각이 잡혔고, 군복이 여지없이 잘 맞아 너른 어깨와 강인함을 여실히 드러냈다. 푹푹 찌는 아프리카 사막의 날씨로 인해 살짝 햇볕에 그은 목을 타고 땀이 흘러내렸다. 그조차도 장병들과 나누는 환한 웃음과 격려에 녹아들어 강유는 모든 것이 자연스러웠다. 사방으로 경계를 서며 긴장한 경호원들과 장교들과는 확연히 다른 모습이었다. 그의 뒤로 따라붙은 신혁이 살짝 귀엣말을 하자, 그는 바로 냉정한 목소리로 한마디 하고는 돌아섰다.

"30분 뒤로 조정해."

아이센의 현재 상황을 보고 받은 후에도 강당에 모였던 장병들에게 격려사를 하고, 장병들의 숙소까지 일일이 찾아드는 강유의 예상치 못한 행동에 경호원들과 사전 준비자들이 바빠진 것은 당연한 일이었다. 생포하려던 반군의 지도자는 격렬한 저항으로 결국 사살해야 했고, 그로 인해 반군이 와해되었다지만 만일의 사태는 언제든 대비해야 했다. 하지만 이번 극비 방문과 관련해, 보좌진과 삼군에서 머리를 짜내어 완벽히 준비한 동선대로 움직일 이강유가 아니었다. 그러니 보좌진으로 따라붙은 신혁의 머리가 안 아플 수 없는 노릇이었다.

"30분의 여유는 있지만, 그러면 K님이 뒤로 밀리십니다. 만에 하나 시간이 어긋나면 그냥 돌아가셔야 될지도 모릅니다."

이동 중 따라붙은 신혁에게 찌릿 강한 눈빛을 쏘아 준 강유는 이내 표정까지 험악해졌다. K님이란 당연히 강지후를 지칭하였으니, 반응은 새로울 것도 없었다.

아이센 대통령과의 단독 정상회담이 예정된 마사한호텔은 아이센 전쟁의 프레스센터가 운영되어 각국 기자단의 숙소로도 이용되고 있었다. 물론 강지후도 그곳에 있었는데, 그녀의 이름이 나오자마자 강유의 눈가가 움찔거렸다.

약은 하나군.

신혁은 곧바로 반응이 오는 강지후라는 이름으로 인해 미간을 약간 찡그러뜨렸다. 그곳으로 땀이 주룩 흘렀다. 조금이라도 나이 덜 먹은 자신의 체력이 강유보다 좋아야 하는데, 저 철인은 아직 지친 기색도 없었다. 민간인 피랍부터 시작하면 3주가 넘는 시간. 제대로 잠을 잔 것 같지도 않은데, 국민들은 항상 처음과 똑같이 냉정하고 결단력 있는 이강유 대통령의 모습을 보았고, 그로 인해 안심하고 환호했다. 아무래도 자신도 약발 잘 듣는 것 하나 만들어야겠다는 생각을 하며 신혁은 급히 강유의 뒤를 쫓았다.

*

마사한호텔 8층.

지후는 최 경호원을 뒤로하고 문에 손을 댔다. 마치 그곳에 강유의 심장이 있는 듯 손바닥에 쿵쾅거리는 느낌이 확 달려들었다.

"여긴 보안이 샐지도 모르니 가급적 통신은 자제하셔야 합니다. 오시는 대로 벨을 누르라고 하셨습니다."

조용하게 지후를 향해 말을 마친 최 경호원이 멀찍이 떨어졌다. 지후는 왼쪽 벽 위에 붙은 벨을 보며 두근거리는 가슴을 억지로 눌렀다.

처음 이강유 대통령이 기습적으로 아이센을 방문했다는 사실이 조용히 퍼진 프레스센터는 술렁거렸다. 유엔총회에서 그가 한 연설이 각국 기자단 사이에서도 일대 파란을 일으켰던 탓이었다. 하지만 그의 일정은 모두 비밀에 붙여졌고, 지후 또한 한순간 멍해졌던 기분을 지웠다. 그를 보고 싶고 만나고 싶다는 마음은 현재 시점의 욕심일 뿐이었다. 그런데 막상 낯익은 최 경호원을 보았을 때, 그녀는 두 눈을 부릅뜨고 말았다. 지금 정말 여기 있는 거야?

왜 이렇게 떨릴까. 스무 날이 넘는 시간 동안 강유를 생각하는 것조차 사치라고 생각하며 뛰었는데, 마치 묻혀 있던 감정들이 한꺼번에 몰려온 듯 숨을 쉴 수가 없었다. 서로가 서로의 위치에서 충실하게 자신의 방향으로 뛰었기에, 만날 수 있는 접점도 없었다. 그런데 왜 지금은 이렇게 가슴이 벅찰까.

대통령 특별 경호에 들어갔다는 호텔의 복도에는 경호원들과 특수 경호를 맡고 있다는 무장 군인들의 뒷모습이 보일 뿐이었다. 지후는 룸의 벨에 손을 올렸다. 이를 꽉 깨물고 벨을 누르려고 할 때였다.

"저, 그, 그게……. 나는…….."

확 열린 문으로 불쑥 강유의 모습이 나타났을 때, 당황한 그녀와 달리 차분하게 가라앉았던 강유의 눈빛이 화륵 불타올랐을 때, 그리고 그녀보다 조금 더 빨리 감정을 수습한 강유가 지후의 팔을 홱 당겨 룸

안으로 이끌었을 때 지후는 자신의 심장이 멈추지 않을까 한순간 고민했다. 연이어 터지는 포탄의 굉음에도 단련된 심장이 스스로 터질 것 같았다. 끌려 들어와 성급히 벽에 밀쳐지자마자 그대로 압박해 들어오는 강유. 그로 인해 숨을 쉴 수조차 없었다. 익숙한 그의 느낌으로 정신이 혼미해졌다. 불꽃같이 일렁이는 강유의 눈빛이 익숙하고도 생경했다. 그리웠던 마음을 이를 악물어 누르며 그녀는 겨우 입을 열었다. 울컥하고 터지려는 감정을 가까스로 막았다.

"나오려고 했어요? 위험한데……."

"기다릴 수 없어서."

가까이 다가온 뜨거운 숨결이 속삭였다. 아른거리는 열정의 열기. 꿈일까 두려워 차마 한꺼번에 갖지도 못하고, 살짝 윗입술에 닿았다 떨어진 강유의 입술을 따라가 지후는 그를 한꺼번에 머금었다. 단숨에 단단한 팔로 그녀의 가는 허리를 옭아 안은 강유의 목을 끌어당겼다. 터지려는 그리움에 그를 껴안았다. 안고 싶고 만지고 싶던 그가 품 안에 있었다.

지후는 열렬히 그의 입술을 앗으며 탐했다. 혀를 얽고 타액을, 서로의 모든 것을 빨아들여도 갈증이 일었다. 맞붙은 모든 곳에 화염이 솟구친 듯 한꺼번에 달아올랐고 뜨거워졌다.

거칠게 지후의 가슴을 움켜쥔 강유의 다른 손이 그녀의 허리를 쓰다듬다가 그대로 티셔츠를 파고들었다. 뒤로 휘는 목을 따라 숨결을 미끄러뜨린 그의 입술이 목덜미에 머물렀다. 그대로 훅 뜨거운 숨결이 쏟아진 순간, 강유는 그녀의 윗옷을 한꺼번에 벗겨 냈다. 그러고는 뽀얗고 탐스럽게 드러난 지후의 젖가슴을 두 손으로 움켜쥐었다.

"하……아."

몸을 틀면서도 강유의 머리를 끌어안은 지후의 입에서 거칠고 색정적인 신음이 쏟아졌다. 더 이상 뒤로 갈 곳도 없는 몸이 자꾸만 뒷걸음쳤다. 가슴으로 머리를 숙인 그의 머리카락 속에 손가락을 깊숙이 넣어 강유를 끌어안고, 지후는 뜨거운 입술을 그 위에 맞췄다. 거칠게 뛰는 심장 소리는 자신의 것만은 아닐 것이다. 허겁지겁 가슴에 닿은 강유의 촉촉한 숨결로 인해 열기와 같은 뜨거움이 중심으로 밀려들었다. 그의 혀끝이 닿은 가슴에서 퍼진 저릿한 기운을 참지 못해 지후는 허리를 들썩였다.

참을 수……, 없어!

익숙한 상대의 체향과 체온에 급격히 달아올랐다. 당장이라도 강유를 갖지 않으면 안 될 것 같았다. 지금 당장!

지후는 자신의 바지에 손을 댄 강유와 동시에 그의 바지 버클에도 손을 댔다. 여전히 열렬히 서로를 원하는 입술은 떨어뜨리지 않은 채 숨 가쁘게 고개의 위치를 바꿔 가며 상대의 입술을 빨아들였다. 갈증이 나서 견딜 수가 없었다. 상대를 끌어당기는 손에는 힘이 들어가 부들부들 떨렸다. 조금 더, 더, 더!

하앗!

지후를 끌어안고 단숨에 그녀에게 밀려들어간 강유의 이마에 불끈 힘줄이 섰다. 그저 얼굴만 보자고, 아니, 한 번만 안아 보자고 잠시의 틈을 빌렸던 터였는데…….

그의 생각을 읽었는지, 이미 결합된 부위에서 감지된 충격에 정신을 잃을 뻔한 지후가 가쁜 숨을 헐떡거렸다.

"이강유……."

자신의 이름이 머무는 지후의 입술을 열정적으로 삼켰다. 그녀의 작은 엉덩이를 움켜쥔 강유의 손이 부들부들 떨었다. 그의 몸이 폭풍처럼 밀려들어왔다가 다시 밀려 나가고, 또 밀려올수록 흐느낌과 같은 지후의 비명 소리는 커져 가고 있었다. 안타까운 쾌락이 온몸을 휩쓸었다. 강유의 옷 속으로 손을 넣어 근육이 잡힌 아랫배를 쓰다듬고, 또 격렬한 쾌감을 참을 수 없으면 맨가슴을 움켜쥐면서도 지후는 안간힘을 썼다. 으득 이를 악문 그처럼 자신도 입을 열 수는 없었다. 대낮인데도 눈앞에 별빛이 터졌다. 그래도 지후는 강유를 끌어안고 기를 쓰고 참았다. 비명 지르면, 안 돼!

"제길! 난 몰라. 여기, 방음도 잘 안 되는 것 같던데."

대한민국 대통령이 이 호텔에 왔다는 것을 아는 사람이 몇이나 될까. 하지만 만에 하나 남은 반군의 잔당이라도 이 방을 도청하고 있다면, 지금 그 사람은 얼마나 황당할까. 일국 대통령 방에 대낮부터 야릇한 신음 소리만 가득하다니.

저릿한 몸에 경련이 일 때마다 힘겹게 말을 토해 내는 지후를 내려다보던 강유가 욕망으로 붉어진 눈빛으로도 희미하게 웃었다. 땀이 흐르는 그녀의 이마와 목덜미를 닦아 내던 그는 지후의 머리가 자신의 어깨를 향하게 했다.

"걱정되면 물어. 이 상하니까."

낮게 갈라진 강유의 음성이 지후의 귓가로 쏟아졌다. 은밀하고 뜨거운 접촉. 사랑하는 남자의 격한 숨결. 그의 힘찬 움직임을 따라 밀린 몸. 지후는 온몸의 감각이 날뛰어서 정신을 차릴 수 없었다. 그의 근육질 어깨가 움찔거리는 것으로 봐서는 자신이 강유를 꽉 깨물었다는 것을 희미하게 알 수 있었다. 높아 가는 열락의 파도 속에서, 산산이 부서져 쏟아진 쾌감 안에서 지후는 정점에 올랐다 나락으로 떨어지며 정신을 잃어 갔다. 온몸의 힘이 한꺼번에 소멸된 것 같아 강유의 품 안으로 스러져 내렸다.

"강지후?"

걱정스런 강유의 속삭임이 귓가로 흐르자 지후는 가늘게 눈을 떴다. 그제야 가물가물 시야가 확보되기 시작했다. 언제나 그녀를 떨게 만드는 낮고 선명한 음성이 짜릿한 여운을 남겼다. 결코 잊을 수 없는 흔적과 함께.

생각지도 못했는데. 이곳에서 볼 줄은 꿈에도 상상하지 못했는데.

지후는 강유의 목을 껴안고 그곳에 눈물을 터뜨렸다. 꽉 움켜쥐었던 마음이 한꺼번에 탁 풀어져 온몸으로 퍼졌다. 그립고 또 보고 싶던 얼굴이 그곳에 있었다. 온몸을 얽어 안은 강유의 느낌이 온전히 전해져 왔다. 맞닿은 온몸에 체온이 전해졌다. 뜨겁다. 살아 있다는 생생한 감각.

"괜찮아?"

지후는 대답 대신 고개를 끄덕였다. 사막의 모래 바람처럼 뜨겁고 열정적인 연인. 그녀는 강유의 몸을 쓰다듬었다. 강유 또한 어느 한 곳 다친 곳이 없을까, 샅샅이 지후의 윤곽을 더듬었다. 땀이 흐르는 지후의 얼굴을 훑어 내리는 강유의 손끝이 서늘했다. 심장보다 먼저 그 끝이 저릿했다.

"아픈 데 없지?"

또다시 지후는 고개를 끄덕였다. 그녀의 손끝에 남은 감각보다 마른 강유의 얼굴을 세심히 쓰다듬었다.

"건강히 잘 견뎌 줘서 고마워."

"나도요."

지후가 그를 향해 싱긋 웃을 때였다.

"강 기자, 결혼하자. 더 이상 혼자 못 견뎌. 강 기자가 날 좀 살려야겠어."

강유가 부드럽게 지후의 얼굴로 흐르는 땀을 닦아 내며 속삭였다. 순간 지후는 아직 자신들이 결합된 것도 잊고 몸을 경련시켰다. 움찔, 미간을 찡그린 강유로 인해 그녀조차 숨을 쉴 수가 없었다. 어느새 다시 커진 그를 느꼈기 때문이었다.

*

마사한호텔의 1층 서쪽 별채. 기자들이 모인 프레스센터에 긴급 마련된 기자회견장은 약소했지만, 어느 때보다 취재 열기로 후끈거렸다. 물론 그냥 앉아만 있어도 땀이 흘러내리는 무더위는 미약하게 돌고 있는 냉방 시설로는 가시지 않았다. 제한적으로 전기가 들어오고는 있었다. 하지만 전력망이 끊긴 상태에서 긴급 복구된 아이드는 아이센, 아니, 아프리카 도시 최고의 호텔로 평가받던 마사한마저 전력난에 시달리게 만들었다. 덕분에 이곳에 모인 어느 기자치고 방탄복 아래 감춰진 곳에는 심한 땀띠에 시달리지 않는 이가 없었다.

그래도 그 열악한 상황을 잊고 웅성거리며 놀람을 감추지 못한 것은 방금 아이센 대통령과의 비밀 회담을 끝낸 대한민국 대통령 때문이었다. 대한민국 대통령의 기습 방문만으로도 화제가 될 텐데, 전소된 대통령 궁 대신 마사한호텔에서 비밀 회담을 가졌다는 대한민국과 아이센 대통령의 간이 기자회견은 전 세계로 타전될 만큼 긴급하고도 중요한 뉴스였다. 특히 유엔 연설 직후, 일정을 이유로 사라진 이강유 대통령이 이곳에 나타날 줄이야. 그래도 분명 보도는 신변 보호를 이유로 이강유 대통령이 아이센을 떠나는 시점, 열두 시간 후 보도라는 엠바고가 걸려 있었다.

작은 기자회견장은 강유의 단호하고 낮은 저음으로 가득 찼고, 팽팽히 떠도는 긴장으로 인해 한눈을 팔 틈도 없었다. 누군가 유엔총회 연설을 다시 확인하는 질문을 한 탓이었다.

"대한민국 정부는 아이센에 속히 평화가 찾아오기를 희망합니다. 대한민국은 아이센 반군의 완전 와해가 확인되는 순간, 아이센의 평화 유지를 위한 군사권을 유엔군에 이양할 것이며, 이곳에서 완전 철군할 것입니다. 이후 긴밀한 경제 협력을 통하여 아이센의 재건을 돕고, 양국의 우의를 다질 것이며……."

한국말에 이어 그의 보좌진 중 한 명이 통역을 하고 있어서 반 박자 늦은 말을 듣고 있어도 지금 대한민국의 젊은 대통령이 무슨 뜻을 어떻게 전하려 한다는 것은 기자들 사이에도 충분히 전달되고 있었다. 아이센의 자주독립을 인정한다는 것이 요점이었다. 그리고 기자단은 예상치 못했던 대통령의 방문에 서로 질문을 하려고 서두르는 듯했다. 그들의 의문을 읽은 듯 연단에 올라 있던 강유의 강인한 입매가 살짝 늘여졌다.

"……아이센은 자주독립국으로 설 수 있을 것입니다."

기사를 적고 있던 지후의 손이 멈췄다. 영상을 담고 있던 상민 또한 앞을 응시하던 멍한 눈빛을 지후에게로 돌렸다.

"대한민국 SBN의 강지후 기자입니다. 유엔총회 연설에서도 확인하셨듯이 대한민국은 아이센의 어떠한 내정에서도 손을 떼시겠다는 말씀이신지요?"

지후는 강유의 시선을 맞받았다. 강렬한 빛으로 가득 찬 눈동자가 강유에게 들어왔을 때, 강유는 그 눈부심으로 살짝 눈빛이 흔들렸다.

"그렇습니다."

지후는 단호히 대답하는 강유를 보며 희미하게 웃음을 물었다. 유엔에서도 지지 성명을 냈던 아이센 파병. 그의 결정에 박수를 보낸다. 이제 조금씩이라도 대통령인 이강유의 생각을 이해해 보도록 노력할 수 있을 것 같다.

"다만 아이센 복구와 재건은 유엔을 통해 충분히 지원될 것입니다. 전쟁 없는 평화로운 지구가 되기를 희망합니다."

울컥 지후의 감정이 솟구쳤다. 벌겋게 충혈되는 눈을 질끈 감았다 떴다. 마주 바라보는 강유의 시선이 잠시 머물렀다 사라진 곳에는 두근거리는 심장의 박동만이 남아 있었다.

이강유 대통령……. 마주친 시선에 신뢰가 담겼다.

그런데 그때였다.

쿠쿵, 쿵! 쾅!

무언가 거대한, 마치 지진이 일어난 듯한 폭발음이 들리는 동시에 호텔 건물이 사방으로 흔들렸다. 천장에서 후드득 떨어지는 먼지와 흙더미로 기자회견이 열리는 프레스센터마저 순식간에 자욱한 흙먼지로 뒤덮였다. 어딘가에서 밀려들어온 매캐한 화약 냄새와 불꽃 냄새가 그곳에 있던 이들을 일순간에 공포로 몰아넣었다. 이미 반군이 정리되는 시점이라, 더 알 수 없는 두려움이 밀려들었다.

쿠쿵!

또다시 여진이라도 일어난 듯, 건물이 흔들릴 만큼 거대한 폭음이 들려왔다. 본관 쪽인 듯했다.

"대통령님, 자살 폭탄 테러입니다. 긴급 이동하셔야 합니다."

순식간에 경호원들이 이강유를 에워쌌다. 최우선 경호 대상인 그가 이곳을 가장 먼저 빠져나가야 했던 것이다. 최 경호원이 이강유의 온몸을 감싸고 자리를 피하려 했지만, 자욱한 흙먼지 속에서 이강유의 다급한 시선은 한 사람을 찾기 위해 바삐 움직였다. 방금 전까지 자신의 시야에 있던 작은 여자가 보이지 않아 심장이 멈춰 버린 듯했다. 그런데 카메라를 챙기는 상민의 짐을 나눠 들고 그제야 급히 몸을 일으킨 지후가 눈에 들어왔다.

"대통령님, 지금 피하셔야……!"

쿠쿵!

또다시 폭발음이 들린 그 순간이었다.

"강지후!"

경호원들로 에워싸였던 강유가 책상을 밟고 뛰어올라 몸으로 막는 경호원들을 뛰어넘었다. 순식간에 비상구를 찾아 뛰는 기자들 속에서 카메라를 챙기느라 뒤처진 상민을 밀어 넣은 지후가 경악에 찬 눈으로 천장을 올려다보는 순간, 강유가 그녀를 감쌌다.

연이은 폭음에 한순간에 무너지기 시작한 시멘트와 흙더미가 천장에서 주르륵 흐르기 시작했다. 미약한 지반에 흔들렸던 천장의 균열이 커지며, 한쪽 지붕이 완전히 무너져 내려 지후를 덮치려는 그 순간, 강유가 그녀를 안고 바닥으로 구른 것이다.

"지후야!"

"강유 오빠!"

지후가 자신을 안고 있는 강유의 얼굴을 감싸며 절규했다. 뿌연 흙먼지 속에서 보이지 않는 그를 더듬으며 울부짖었다. 촤르륵 쏟아지는 천장의 잔여물이 그들을 덮어 가기 시작할 무렵, 경악을 하며 뛰기 시작한 경호원들이 강유와 지후를 에워쌌다.

"대통령님!"

무너진 천장 잔해 더미 속을 헤치는 경호원들과 무장 요원들의 손길이 바빠졌다. 제 목숨을 버리더라도 보호해야 할 대통령이 지금 흙더미 속에 있다는 사실이 그들의 사고를 마비시켰다. 최 경호원은 뿌연 흙먼지 속에서 드러나는 강유의 몸을 안아 들었다.

"윽!"

그러나 가슴 쪽을 틀어쥐던 강유가 더 먼저 지후를 안고 일어섰다. 다음 순간, 강유의 한마디가 그의 귓속을 뚫고 들어왔다.

"다치지 않았어."

"대통령님!"

"영부인이다. 강지후……, 보호해."

으득 이를 깨물어 문 강유가 지후를 꽉 안았다. 긴급히 그녀를 안고 비상구를 통해 대피하는 순간, 쿠쿵 또 한 번의 폭발음이 본관 쪽에서 들렸다. 아이센 대통령을 겨냥한 무장 세력의 자살 폭탄 트럭이 호텔을 향해 돌진한 순간이었다.

13

닷새 후 청와대.

청와대 비서실장인 이후영과 국무총리인 장운일의 애타는 시선이 앞을 향해 움직이지 않았다. 그들은 지금 조마조마한 심정으로 춘추관의 기자회견실에서 열리고 있는 대통령의 기자회견을 지켜보고 있었다.

"대기하고 있나?"

"예, 비상사태라면 바로 문을 막을 겁니다. 보도 못 합니다."

귀엣말을 나눴던 그들의 시야에 놓인 것은 비록 옆모습뿐이지만 여유로운 표정의 강유였다.

유엔총회 연설 후, 아이센을 기습 방문했던 대통령이 한 여기자를 위해 몸을 던졌다는 사실이 알려지자마자 국내에서는 일대 파란이 일었다. 야당은 엄중한 전쟁터에서 일개 기자를 구하기 위해 경호원들을 뛰어넘어 몸을 날린 대통령의 행동이 현 시국에서 일국을 대표하는 대통령으로서 할 만한 행동이었는가에 대해 강력한 비난과 지탄을 하고 나섰다. 또한 일국 정상을 제대로 경호하지 못한 경호실과 청와대 비서진 등 모든 관련자들을 문책하고 나선 그들로 인해 여론은 들끓었다. 바로 아이센에서 코드원을 띄워 돌아왔던 대통령이 며칠째 모습을 드러내지 않자 정국은 더욱 혼미해졌고, 그런 가운데 오늘은 대통령 스스로 기자회견을 자청한 터였다.

긴장한 기자단의 면면을 강유의 눈빛이 훑어갔다. 대통령이 된 후 너무도 많은 일들이 일어났다. 그로 인해 이제는 얼굴이 익숙해진 기자들 사이에 오직 한 여자만이 보이지 않는다는 사실이 그의 마음을 잠시 가라앉게 했다. 하지만 이내 강유는 특유의 부드럽지만 강한 눈빛으로 기자단을 제압했다. 다쳤다는 사람이 맞냐는 듯, 지켜보는 기자들의 눈에는 의혹이 감돌았고, 화면으로 보는 국민들은 대통령의 건재함에 안도의 한숨을 내쉬었다. 테러 위협에 대비하여 모처에 은둔했다는 얘기가 사실인가 보다고 생각하는 찰나였다.

"무엇이 문제입니까? 자살 테러로 아이센 대통령을 노린 무장 세력의 시도는 실패했고, 완전히 와해되는 것까지 지켜보았습니다. 저는 건재합니다. 제 경호원들은 경호에 목숨을 바쳐 일했는데, 여전히 비난받아야 되겠습니까?"

대통령 이강유의 날카로운 눈빛과 신중한 목소리에 움찔거렸던 한 기자가 자신의 차례가 되자 손을 들고 일어섰다.

"대한일보의 김영주 기자입니다. 종군 여기자로 전 세계의 주목을 받던 SBN의 강지후 기자와는 연인이었다는 소문이 있고, 그를 위해 대통령께서 아이센을 전격 방문했다는 의견에 대해서 한 말씀 해 주십시오."

"강지후, 제 연인 맞습니다."

이번에는 한 치도 망설임 없는 강유의 대답에 기자회견실에 가득 모인 기자들의 웅성거림이 커졌다.

"하지만 그녀를 위해 아이센을 방문했다는 말은 어불성설입니다. 대통령의 일정은 하나에서 열까지 사전 계획대로 움직이고, 이번 아이센 방문은 사전 기획으로 타당합니다. 그리고 제 연인에 대해 말씀드리면……."

강유의 입가에 부드러운 웃음이 잡혔다. 언제나 지후를 떠올리면 유쾌해지는 마음이었지만, 그조차 지금은 가슴을 아프게 했다.

"……강지후를 제 연인으로만 국한했다면 나는 종군기자단에 껴 있던 그녀의 출국조차 금지시켰을 겁니다. 전쟁터가 어떤 곳인지 기자 분들이 모르십니까?"

강유의 질문에 몇몇 기자들이 움찔거렸다. 공포감에 휩싸이는 게 당연시되는 전쟁터에 자신이라면 사랑하는 연인을 보낼 수 있을까.

"기자인 강지후와 대통령인 이강유는 각자의 위치에서 최선을 다했습니다."

"강지후 기자를 위해 경호 라인을 뚫고 몸을 던진 것은 가장 위험한 시점에 일국 정상으로 마땅했다는 말씀이십니까?"

강유의 부드러운 눈빛이 김영주 기자를 직시했다. 그리고 그 순간 영주는 덜컥거리는 심장을 눌러야 했다. 조금 전까지 대한민국 여심이 들끓고 있는 것을 비웃었던 그녀가 아닌가. 하지만 그녀는 한순간에 인정하기로 마음을 돌렸다.

이 남자, 정말 사랑에 빠졌어. 티끌만큼의 관심도 없던 나조차 이렇게 알 수 없는 질투가 솟구치는데.

"그 순간 강지후는……, 제 연인이기 전에 대한민국의 국민이었습니다."

곧바로 강유의 단호한 음성이 이어지자, 또다시 기자들 사이에 침묵이 흘렀다. 누군가 꿀꺽 침 삼키는 소리까지 들릴 만큼 적막이 흘렀다.

"남자이기 전에 대통령인 이강유는 그 자리에 어떤 국민이 있었어도 똑같이 행동했을 것입니다. 다만……."

강유의 얼굴에 약간의 홍조가 떠올랐다. 분명 부끄러워하고 있을 것이라는 생각에 지켜보는 이들의 심장이 울렁거렸다.

"……그 국민이 강지후이기에 이강유라는 남자의 마음이 하나 더 작용을 했습니다. 한 남자로서 내 여자인 강지후를 지키고 싶었습니다. 대한민국 국민인 강지후, 그리고 내가 사랑하는 여인인 강지후를 지키기 위한 행동이었지만, 그때 과연 두 마음 중 어느 것이 더 컸다고는 말씀드리지 못합니다. 그것이 솔직한 심정입니다. 김영주 기자가 그 자리에 계셨어도 나는 김 기자를 향해 뛰었을 겁니다."

부드럽게 풀어진 강유의 표정을 바라보며 영주는 머릿속이 멍해졌다. 아마 남자라는 자각이 더 컸겠지. 분명 지켜보는 여자들은 모두 느낄 것이라는 생각이 스쳐 갔지만, 그녀는 '알겠습니다.' 라는 한마디로 고개를 끄덕이고 자리에 앉았다. 곧바로 이어진 유엔총회 연설과 아이센 대통령과의 비밀 회담 결과에 대한 질의로 얘기는 자연스럽게 녹아들었다.

*

모든 것이 물 흐르는 듯 매끄러웠다. 강유는 청와대 본관에 들어서서 붉은 카펫이 깔린 계단을 올라갔다. 평소와 같이 집무실로 돌아온 그를 맞은 것은 주치의인 강재완 박사였다. 하지만 집무실 문이 닫히자마자 그곳에 기댄 강유의 미간이 일그러졌고, 크게 숨을 몰아쉬며 아픔이 밀려드는 가슴과 아랫배 쪽을 다스리려 안간힘을 썼다.

"대통령님!"

초조하게 강유를 기다리고 있던 재완이 뛰듯이 걸어 강유에게 다가섰다. 손에 들었던 거즈로 진땀이 배어 나오는 강유의 이마를 닦아 내던 그는 서둘러 강유가 입고 있던 양복 상의를 벗겼다. 그리고 비서실장의 도움을 받아 그를 소파 쪽으로 조심스럽게 옮겼다.

"괜찮……습니다."

재완이 굳은 얼굴로 강유의 와이셔츠 자락을 벌렸다. 붕대로 배를 칭칭 동여맨 사이로 피가 스며 나왔다. 미간을 잔뜩 일그러뜨린 재완이 혀를 차며 입을 열었다.

"저, 강지후 애비 되는 사람입니다. 이렇게 말 안 들으시면, 지후 못 드릴 수 있습니다."

육중한 힘에 눌린 갈비뼈 몇 대가 금이 갔고, 철근 한 개가 옆구리를 찔러 들어갔다. 그로 인해 코드원에서 응급 대수술을 하고 뼈를 고정시킨 지 이제 며칠이 지났을 뿐이었다. 강유가 이 몸으로 나가 기자회견을 한다고 했을 때, 가장 반대를 한 사람도 재완이었다. 그러면서도 떨리는 그의 음성은 차마 더 이상 말끝을 맺지 못했다.

"한 번만 더 봐주십시오. 지후……, 데리러 가야 합니다."

재완은 진땀을 흘리면서도 표정만은 편안한 강유를 보며 미간을 찡그렸다.

"후우."

정말 못 말릴 고집쟁이 둘이 만난 것이다. 강지후는 그렇다 쳐도, 또 이분은 누굴 닮으신 건가. 그래도 작은 한숨을 내쉬는 재완의 얼굴빛이 조금씩 풀어지기 시작했다.

＊

서울 양평 인근의 요양 병원이었다. 한국병원 재단 소속 병원인 그곳 특별실의 TV 화면으로 대통령 기자회견을 지켜보던 지후의 눈에 어느덧 눈물이 글썽거렸다. 태연해 보였지만 그가 속으로 얼마나 안간힘을 쓰고 있을지 알고 있었다. 자리에서 일어나 앉은 것도 불과 이틀 전이었다. 바라보는 지후의 심장이 아프게 옥죄어 왔다.

"바보, 대통령 오빠. 뭐냐고. 많이 아프면서 하나도 안 아픈 척이나 하고. 그러면 누가 결혼해 준대? 내가 정말 못 살아."

울며 웃으며, 그녀는 결국 침대에서 일어나서 서둘러 옷을 갈아입기 시작했다. 아버지인 재완과 오빠인 지혁은 무서운 얼굴로 당분간 여기서 꼼짝 말고 치료나 받으라고 했다. 하지만 어떻게 더 이상 앉아만 있을 수 있겠는가. 지후의 마음이 바빠졌다. 무너진 흙과 시멘트 더

미에 깔려 금이 가 깁스를 한 다리가 불편했지만, 서울까지 가는 데는 무리가 없을 것이다. 총알택시라도 타면 한 시간이면 되겠지? 그렇게 지후가 병원 마당으로 나왔을 때였다.

다다다다!

멀리서 들리던 소리가 가까이 다가왔다고 느낀 순간, 눈앞 잔디밭에 거대한 헬기가 내려앉았다. 눈이 휘둥그레진 그녀가 입을 다물 새도 없는 순식간이었다.

"강 기자, 어디 가려고?"

헬기의 세찬 바람이 초가을 뙤약볕과 더위를 일시에 몰아냈다. 강하게 흩날리며 쏟아지는 머리를 쓸어 올린 지후가 앞으로 다가온 강유를 올려다봤다. 그녀만큼 햇볕에 탄 강유의 얼굴이 마치 건강한 사람 같았다.

"방금 전까지 기자회견 중이었는데……. 생방 아니었어요?"

"응, 비상 대비 5분 정도 차이 나려나?"

"하!"

옆으로 고개를 돌렸던 지후가 짧은 숨을 깊게 내쉬었다. 그러다 강하고 도전적인 눈빛으로 강유를 올려다봤다.

"여긴 왜 와요? 의사가 움직이지 말라면 움직이지……. 흡!"

지후의 강력한 항의는 끝을 맺지 못했다. 그녀의 허리를 낚아채 끌어당긴 강유의 입술이 강하게 밀려왔다. 그가 폭풍처럼 몰아치며 열정적으로 숨결을 빨아들일 듯 다가들었고, 지후는 온몸으로 버티려 했지만 역부족이었다.

"대통령 오빠, 상처……."

틈을 주지 않던 강유의 입술이 살짝 떨어져 나갈 무렵, 지후가 겨우 입을 열었지만 그조차 강유의 입술 속으로 사라졌다.

아, 정말! 이러면 어쩔 수 없잖아.

이내 포기한 지후 또한 발돋움하여 강유의 목을 감싸 안았다. 온몸을 다해 그의 정열적인 키스를 되받아 돌렸다. 강렬한 입맞춤으로 입술이 얼얼해졌고, 그곳에 상처까지 난 듯했다. 짭짜름한 피 맛이 느껴질 정도로 키스는 강했다.

"사랑해요."

"나도."

빙긋 웃는 그의 입술을 살짝 깨물며 지후가 열렬히 외쳤다. 눈물이 글썽한 채, 터질 것 같은 마음을 고백했다. 그러다 결국 스스로를 이기지 못하고 펑펑 울어 버렸다. 이 남자, 왜 이렇게 바보 같을까.

"강지후."

"으응."

"결혼, 대답한 거지?"

지후는 고개를 끄덕였다.

"평생 내 곁에 있을 거지?"

또 다른 물음에도 지후는 고개를 끄덕였다. 그러다 울음 속에 섞여서 그녀의 말이 튀어나오기 시작했다.

"결혼할 거야. 평생 당신 곁에 있을 거고, 다시는 떨어지지도 않을 거고……. 찰싹 달라붙을 테니, 나 책임지란 말이야."

지후가 훌쩍이며 강유가 예전에 했던 말들의 대답을 할 때였다. 흠흠거리는 소리에 강유의 뒤편을 넘겨다보던 지후의 눈이 커다래졌다.

"아빠!"

아마 헬기에 강유와 동승을 한 것 같았다. 멀찍이 섰다가 연인의 포옹이 풀릴 즈음 가까이 다가온 강재완 박사의 얼굴에도 빙긋 웃음이 서렸다. 놀라 부르는 지후의 얼굴이 홍조로 벌게졌다.

"어딜 나온 거야? 꼼짝 말고 있으란 애비와 오빠 말은 귓등으로 들은 게냐?"

엄한 아버지로서 강 박사의 음성에 지후가 고개를 푹 수그렸다. 강 박사는 강유를 바라보면서는 싱긋 웃었지만, 지후를 향해서는 짐짓 화난 표정을 풀지 않았다. 그러다 문득 떠오른 사실로 인해 난감함이 밀려오자 이마에 깊은 주름이 생겼다. 이곳에 오긴 전 지혁으로부터 전해들은 얘기에 대통령 주치의로서의 입장과 지후 아버지로서의 입장이 함께 떠올라 그를 난감하게 만들었다.

'아버지, 산부인과 컨설트 결과 도착했습니다.'

'목소리가 왜 그러니?'

'음…… 할 말이 없어서요. 강유 그 자식을 패야 할지, 지후 그 녀석 엉덩이를 때려 줘야 할지.'

'지혁아, 아무리 친구라 해도 대통령님께 무슨 말을!'

'지금은 그 자식 맞아요. 제가 그 자식이 목매는 강지후 오빱니다.'

'흠. 그래, 무슨 일인데?'

'그게…… 지후가 임신 6주랍니다.'

강 박사는 서로를 간절한 눈빛으로 바라보는 지후와 강유를 보면서도 '끙' 하고 한숨을 내쉬었다.

결혼식을 빨리 올리시라 말씀드려야 하나. 이 민감한 시국에 속도 위반한 대통령이라……. 강지후, 이 녀석을!

아직도 아이에 대해서는 꿈에도 생각지 못할 두 사람 몰래 강 박사의 한숨이 깊어지고 있었다.

에필로그

여기는 남서울 영동……이 아니라, 프랑스 파리.

"이봐요, 대통령 오빠! 내가 사람 많은 곳에서는 자제하라고 했죠? 우리가 지금 사르코지 대통령 짝퉁 소리 듣게 생겼냐고요!"

에펠탑의 야경이 정면으로 보이는 호텔 룸에는 여자의 새된 비명이 쿵쿵 울렸다. 격앙된 목소리를 내며 들고 있던 노트북을 던질 기세로 흔들어 대는 여자는 대한민국의 퍼스트레이디가 된 강지후, 그녀였다.

"좋아하며 더 매달린 사람이 누구였더라? 키스를 혼자서 하나?"

침대에 비스듬히 누워 모른 척 딴청을 부리던 강유가 느른한 목소리로 한마디 했다. 즐거움이 가득한 눈빛에 억지로 웃음을 참는 입가가 실룩였지만, 그는 들고 있던 시사 잡지를 열심히 탐독하는 척했다.

"아이 정말, 같은 업계가 더 무섭다니까. 뭐야, 이거! 한수현 기자? 내 동기잖아! 정치부 기자가 어디서 이런 기사를 쓰는 거야. 자기가 연예부 기잔 줄 알아!"

샤워를 하고 나와 헐렁한 티셔츠만을 입고 있던 지후가 열이 받는다는 동작으로 티셔츠 자락을 풀럭댔다. 거친 손길로 아직 덜 마른 머리카락도 쓸어 넘겼다.

"이번엔 뭐라고 떴는데?"

하도 지후가 분통을 터뜨리니 강유 또한 외면할 수가 없었다. 침대에서 일어선 장신의 그가 성큼성큼 걸어 화장대 앞에 노트북을 올려놓고 씩씩대는 지후의 뒤로 다가섰다.

"흐음."

드러난 그녀의 목덜미에 얼굴을 묻고 향긋한 체향을 들이켠 순간, 이미 생각은 별나라로 떠났지만 강유는 잠시 동안만은 지후를 달래 주기로 했다. 엄연히 강지후는 임부가 아닌가.

"대통령 부부는 프랑스 사르코지 대통령이 부러웠던가? 훗!"

키스하는 모습이 대문짝만 하게 실린 사진. 그리고 그 아래 달린 기사 제목을 보며 강유는 웃음을 터뜨렸다. 프랑스 대통령이 안 부러울 수가 있을까. 아니, 그럼! 신혼여행 와서까지 기자들 눈치를 봐야 한다고? 카페 거리를 걷다가 풍경 좋은 노천카페에 앉아 차 한 잔을 마셨다. 그러다 부드러운 햇살을 받아 어깨에 기댄 지후가 꾸벅꾸벅 졸기 시작하자, 강유가 깊은 키스로 그녀의 잠을 깨웠던 것이다. 그 장면이 포착되다니. '당연 부러웠음'이라고 댓글이라도 달고 싶어 꿈틀거리는 손가락을 강유는 꾹 눌렀다.

"이봐요, 강지후 여사! 아이한테 좋지 않아. 흥분은 금물이다."

강유의 한 손이 슬금슬금 지후의 티셔츠 자락 아래로 들어갔다. 따뜻하고 매끄러운 그곳의 느낌은 경탄스럽기만 하다. 도톰하게 부풀기 시작한 아랫배 쪽을 부드럽게 쓰다듬다가 그대로 조금씩 아래쪽으로 향했다. 목덜미에 묻었던 입술 또한 천천히 입맞춤을 하며 이동시켰다.

청와대는 닷새 전 새 안주인을 맞았다. 심장 쪽에 이상이 있는 것으로 판명 난 이미유 여사의 건강 문제와 기타 다른 문제(물론 속도위반한 아이 문제) 덕분에 이강유 대통령과 강지후 기자의 결혼식은 일사천리로 이루어졌다. 청와대 경내에서 전통 혼례로 치러진 결혼식은 일국 정상의 결혼식인 만큼 일반인들에게까지 공개됐고, 세계 각국에서 온 축하 사절로 인해 대한민국은 또 한 번 세계의 주목을 받았다. 특히 혼주석에 앉았던 김정윤, 강유의 모친이 하객으로 방한한 에드워드 영국 국왕의 숙모뻘이라는 사실은 호사가들의 눈과 귀를 즐겁게 했다. 에드워드 국왕이 자신 또한 동양 여인을 아내로 맞고 싶다는 발언을 해서 뭇 여인들의 가슴을 설레게 한 것은 둘째 문제였다.

신혼여행으로 받은 열흘의 휴가. 지후는 적어도 이 시간은 자신들만의 시간이 될 줄 알았다. 앞으로 당분간은 누릴 수 없는 자유를 누리고 싶은 마음이었는데…….

하지만 밀월여행을 떠난 대통령 부부의 일거수일투족은 매일 신문에 업데이트될 정도였다. 경호와 보안으로 인해 움직일 수 있는 범위도 넓지 않은데 어떻게들 알고 찾아내는지, 자유롭고 싶다고 물리친 경호팀이 그리울 정도였다. 아니, 실제로는 대통령 부부 모르게 비밀 경호에 들어갔지만 때때로 포착되는 사진은 예외 없었다.

"우리나라는 프랑스도 아니고, 또 당신과 나는 사르코지와 브루니가 아닙니다. 그러니 제발 길거리에서의 키스는 자제해 주십시오, 대통령님!"

어느새 볼을 지나 입술로 내려온 강유의 입맞춤에 움찔거리면서도 지후는 싸늘히 쏘아붙였다. 냉정을 가장했지만 이미 가슴을 움켜쥔 강유의 손길에 자잘하게 떨었다.

"대답해요!"

번쩍 지후를 안아 든 강유의 입가에 슬며시 미소가 떠올랐다. 대답해도 거짓말임을 빤히 알면서 꼭 이렇게 아이처럼 투정을 부린다.

"밤은 짧아, 영부인."

"흥! 대답 안 해요? 혼자 긴 밤 허벅지 찌르라지."

깊게 가라앉은 눈빛과 목소리에 심장이 살랑거렸다. 지후를 살며시 침대에 내려놓은 강유는 걸쳤던 가운 매듭을 단숨에 풀었다.

끙.

지후의 두 눈이 움찔거렸다. 넓은 가슴에서 시작된 시선이 단단한 근육이 꽉 들어찬 배까지 내려오다가 지후는 눈을 꽉 감았다. 아직도 배 쪽에 감긴 붕대가 그의 상처가 얼마나 깊었는지를 말해 주고 있었다. 자신의 다리는 이미 다 나았건만. 그녀는 그곳을 가벼운 손길로 쓸었다.

"알았어. 길거리에서 키스 안 해."

위기를 모면키 위한 사탕발림.

"이번엔 거짓말 아니죠?"

"그래."

강유는 지후의 아랫입술을 살짝 깨물었다. 작게 터진 신음에 낮은 웃음이 흘렀다. 사랑스런 아내의 몸을 가득 안은 강유의 얼굴에 진한 욕망이 퍼져 나갔다.

거짓말인지 아닌지는 내일 가 봐야 알 것이다. 아무래도 경호팀에 SOS를 쳐야 될지도 모르겠다는 생각을 끝으로 신혼부부의 긴, 아니, 짧은 밤이 시작되었다.

The President / Fin

작가 후기

글을 쓰고 싶다는 열망으로, 글을 쓴다는 것이 무엇인지도 모른 채 조심스럽게 이야기를 엮어 나가던 때부터 손끝에 맴돌던 이야기를 두 번의 대선을 치르고 나서야 세상에 내놓는다. 시간이 꽤 흐른 셈이고, 돌아보면 내가 글을 써 온 시간도 그만큼이 되었다.

특히 이번 대선을 치르며 다시 한 번 떠올라 언젠가 써야지 하며 안타까워했던 얘기가 완전한 형태를 잡게 된 것은 민혜윤(카미유) 작가의 공이 크다. 의기투합하여 연작을 시도했고, 그로 인해 그동안 두루뭉 수리 뭉쳐 있던 정치나 군대 쪽 이야기들의 많은 부분이 윤곽을 갖추고 다듬어지기 시작했다. 게다가 내가 꿈꾸던 조국과 이상적인 지도자를 그리다 보니, 우리의 소원인 통일이 되었다는 가상 판타지까지 탄생을 시켰다.

평화통일 후 20년이 가까워지면 어떤 일들이 일어날까. 그때쯤은 이런 젊은 지도자가 나올 수 있지 않을까. 그때쯤은 우리도 세계 최강국으로 도약하지 않을까. 그런 일련의 상상들이 통일대한민국 3대 대통령인 이강유가 주인공인 『The President』를 구성하게 되었을 것이다. 그리고 그로 인해, 아쉽지만 『The President』는 판타지 로맨스를 표방할 수밖에 없었다. 아직까지 통일은 이뤄지지 않았고, 언제가 될지도 알 수 없으니까.

마지막까지 미련이 많이 남았다. 마음이 만족스럽지 못한 것은 젊은 대통령의 일과 사랑이라는 주제에 맞게 글이 진행되었는지 모르겠다는 머뭇거림 때문이다.

정권 교체기라 그랬는지 청와대와 대통령 관련 다큐들이 꽤 많이 방영되었고, 나름대로 적잖은 도움을 받았다. 또한 글을 쓰기 위해 열심히 관련 책과 자료들을 모았고, 뉴스며 청와대 출입 기자님의 블로그와 청와대 홈페이지를 틈나는 대로 들락거리며 눈팅했다. 이 자리를 빌려 그분들께 감사드린다. 하지만 분명한 것은 대통령에 대해서는 몇 편의 다큐와 글, 몇 권의 책으로 알 수 없는 부분들이 존재한다는 것이다. 거의 모든 면을 채운 내 상상들이 실질적인 면에 얼마만큼 근접했는지 알 수 없지만, 관련되신 분들께 누가 되지 않길 바랄 뿐이다.

민혜윤 작가가 연작으로 쓰고 있는 「The tempest 폭풍」에도 대통령 이강유는 잠시 모습을 보일 것이다. 나와는 다른 성격의 글을 쓰는 민 작가의 글에서 그가 어떤 모습을 보일지 나 또한 사뭇 기대된다.

기존에 써 왔던 글과는 조금 성격이 다르다. 아니, 결과는 어떨지 모르겠으나 그러려고 노력했다. 고질병으로 찾아온 목 디스크 치료도 병행해야 했고, 그래서 유난히 힘든 작업이었던 것 같다.

Special thanks to……

글 쓰는 마눌의 든든한 지원자 울 남편, 언제나 미안하고 고마워요. 우리 딸 현아, 사랑한다. 그리고 항상 응원해 주는 나의 가족들, 고맙고 사랑해요.

은방 식구들, 깨으른 여자들의 작가님들과 식구들, 그리고 지인(知人)이란 단어를 제게 허락하신 분들께 감사드립니다.

특히 이 글을 시작할 때 함께 고민하고 토론해 준 민혜윤, 신해영 작가에게 고마움을 전합니다. 바통을 이어받을 혜윤, 「The tempest」 건필하길.

통일대한민국이라는 판타지 국가를 내놓았을 때, 함께 고민하고 길을 제시해 주신 파란의 박 편집장님과 도로시 팀장님, 너무 고생하셨습니다. 일을 할 때마다 제가 훌쩍 크는 느낌이 듭니다. 감사합니다. 이사 오는 바람에 뵙기가 요원해진 교정 박군님께도 감사드립니다.

언제나 같은 말로 끝맺음합니다. 다음에는 조금 더 나아진 글로 만나 뵙고 싶은 소망, 여전합니다.

2008년 푸오른 나무들이 저마다의 일 돋우는 닮, 6월

이서윤 배상(拜上)